REVIEW

열일곱 살에, 학교 도서관에서 처음 캐드펠 수사 시리즈를 읽었는데 완전히 푹 빠지고 말았다. 어떻게 21세기 한국의 고등학생이 12세기 영국의 수도사에게 친밀감을 느낄 수 있었을까? 책을 펼치면 캐드펠 수사가 가꾸는 허브밭의 싱그러운 향이 미풍에 실려 오는 것만 같았고, 부지불식간에 이웃처럼 정이 든 마을 사람들이 삶의 우여곡절을 겪을 때는 함께 탄식했다. 그 생생한 경험을 통해 역사와 문학을 동시에 사랑하게 되었는지도 모르겠다.

서른다섯 살이 되어 캐드펠 시리즈를 다시 읽고 싶어졌는데, 혹시 두 번째로 읽었을 때의 감회가 예전만 못할까 걱정했다. 기우 중의 기우였다. 열일곱 살에 발견하지 못했던 부분들을 잔뜩 발견하며 읽을 수 있었고, 역사추리소설을 추천하는 자리에서 매번 자신 있게 추천하곤 했다. 소박하고 담백하게 시작해 역사의 큰 톱니바퀴와 힘 있게 맞물려 들어가는 이 놀라운 이야기에 대해 말할 때 한없이 행복했다.

엘리스 피터스가 육십대 중반에 이처럼 대단한 시리즈를 시작했다는 것을 떠올리면 마음에 환한 빛이 든다. 먼 길을 다녀와 켜켜이 쌓인 지혜를 품고 유적지를 직접 걸으며 작품을 구상했을 작가를 상상하고 만다. 멋진 일은 언제든 시작될 수 있고, 심혈을 다해 빚은 이야기는 시간과 공간을 뛰어넘는다는 것을 이 보물 같은 작품들을 통해 믿게 되었다.

정세랑
소설가

REVIEW

엘리스 피터스는
가장 뛰어난 추리소설 작가다.
UMBERTO ECO
움베르트 에코

이보다 더 매력적이고 인상적인 탐정은
찾기 어려울 것이다.
SUNDAY TIMES
선데이 타임스

시리즈가 추가될 때마다 기쁨을 느낀다.
연대기 시리즈가 계속 이어지기를 바란다.
USA TODAY
USA 투데이

엘리스 피터스의 미스터리는 역사적 디테일,
마을과 수도원의 중세 생활상, 생생한
캐릭터 묘사, 우아하고 문학적인 문체 등
이야기 그 자체로 즐거움을 선사한다.
THE WASHINGTON POST
워싱턴 포스트

엘리스 피터스는 중세인들의 삶을 상세하고
설득력 있게 재현함으로써, 독자들을
강력하게 흡인하여 교묘하게 짜여진
중세의 어두운 미로 속으로 데려간다.
YORKSHIRE POST
요크셔 포스트

캐드펠 수사는 한 세기를
완벽하게 구가한 셜록 홈스에
비견되는 창조물이다.
LOS ANGELES TIMES
BOOK REVIEW
LA 타임스 북 리뷰

서스펜스와 역사소설이 혼합된
유쾌하고 독창적인 작품.
LONDON EVENING
STANDARD
런던 이브닝 스탠더드

캐드펠 수사는 분명 범죄소설의
컬트적 인물이 될 것이다.
FINANCIAL TIMES
파이낸셜 타임스

스타일과 격조를 갖춘 미스터리로
멋지게 포장된 뛰어난 역사소설.
THE CINCINNATI POST
신시내티 포스트

고전적인 의미의
선과 악이 격투를 벌이는 역작.
CHICAGO SUN-TIMES
시카고 선 타임스

수도사의 두건

MONK'S HOOD

수도사의 두건

엘리스 피터스 장편소설
현준만 옮김

북하우스

CADFAEL

중세 웨일스

1 아를레흐웨드
2 아르본
3 흘레인
4 호로스
5 디프린 클루이드
6 마일로르
7 컨흘라이스
8 펜흘린
9 메카인
10 아르수이스틀리
11 마일리에니드
12 엘바일

CADFAEL

슈롭셔와 웨일스 국경지대

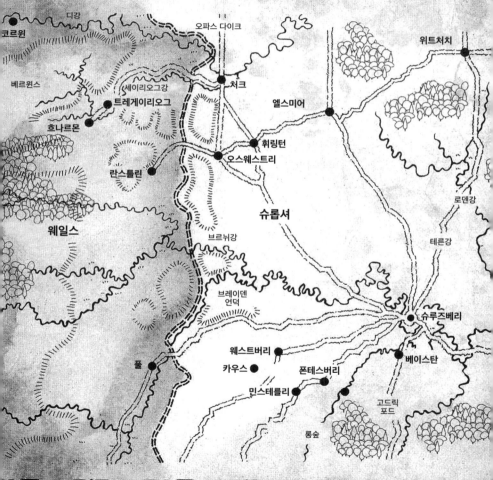

디강

코르윈

오파스 다이크

위트처치

베르윈스

세이리오그강

처크

트레게이리오그

엘스미어

호나르몬

휘링턴

오스웨스트리

란스틀린

슈롭셔

로덴강

브르뉘강

웨일스

테른강

브레이덴
언덕

슈루즈베리

웨스트버리

베이스탄

풀

카우스

폰테스버리

고드릭
포드

민스테를리

롱숲

CADFAEL

슈롭셔주 슈루즈베리

프랭크웰

성

웨일스 다리

성모마리아 수로

대십자가상

성모마리아 예배당

잉글랜드 다리

세인트알크문드 교회

와일가

수도원

세인트채드가

밭과 정원

슈루즈베리 성벽

세번강

CADFAEL

슈루즈베리
성 베드로 성 바오로 수도원

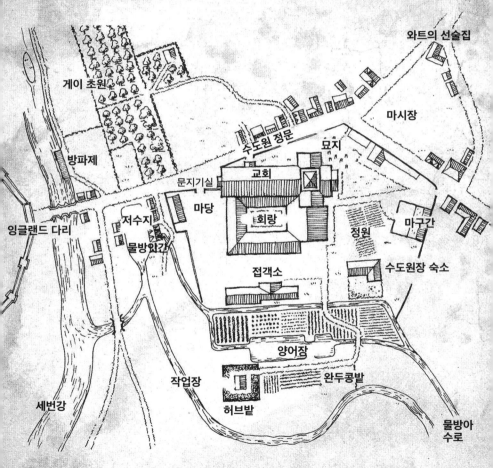

와트의 선술집

게이 초원

마시장

방파제

수도원 정문

묘지

문지기실

교회

마당

잉글랜드 다리

저수지

회랑

물방앗간

정원

마구간

접객소

수도원장 숙소

양어장

세번강

작업장

완두콩밭

허브밭

물방아
수로

일러두기. 주석은 모두 한국어판 주다.

1

1138년 12월 초순, 캐드펠 수사는 평온한 마음으로 수도회 평의회에 참석했다. 그는 프랜시스 수사의 지루하고 단조로운 낭독이나, 성구 보관을 담당하는 베네딕트 수사의 장황한 잔소리까지도 다 용서할 수 있을 것 같은 마음이었다. 인간이란 변하기 쉬운 존재이며, 늘 오류를 범하고, 그때그때 적응해야 하는 동물이 아닌가. 되돌아보면 처음 몇 달간 적군의 포위와 살육과 붕괴로 혼란스럽기만 했던 이번 해도 이제 비교적 풍요롭고 평온한 분위기 속에서 저물어가고 있었다. 모드 황후[1] 지지자들과 스티븐 왕[2] 사이에 벌어진 내전의 물결이 남서 변경 지방으로 물러난 지금, 약자의 편에 선 탓에 피나는 대가를 치러야 했던 슈루즈베리도 내란의 상처에서 서서히 회복되는 중이었다. 숱한 악조건에도 불구하고 농작물들은 찬란한 여름이 끝나자 풍성하게 결실을 맺어 창고에는 곡식이 가득했고, 방앗간은 쉴 새 없이 분주했으며, 양이며 소들도 목장에서 파릇파릇한 풀을 맘껏 뜯고 있었다. 날씨도 이른 아침에만 서리가 약간 내릴 뿐 믿기 어려울 정도로 따뜻한 날이 계속되었다. 그 누구도 추위에 움츠러들지 않았으며, 아직까지는 끼니를 거르는 사람도 눈에 띄지 않았다. 이런 상태가 오래 지속되지는 않겠지만 그래도 하루하루가 엄청난 축복처럼 여겨지는 나날이었다.

캐드펠의 작은 왕국에서도 온갖 작물들이 풍성하게 결실을 맺었다. 허브[3]밭에 있는 그의 작업장에는 햇볕에 잘 말린 허브로 가득한 리넨 주머니들이 처마 밑에 주렁주렁 걸렸고, 잘 익은 포도주 항아리들이 줄지어 늘어서 있었으며, 선반에는 코감기에서부터 관절염, 통증, 가슴앓이에 이르기까지 겨울철에 흔히 찾아오는 질환에 잘 듣는 특효약을 담은 약병과 단지들이 그득했다. 분명 봄에 예상했던 것보다 훨씬 나은 상황이었다. 시작에 비해 끝이 좋다는 것은 아무리 생각해도 반가운 일이 아닐 수 없었다.

이런 일들로 마음이 흡족해진 캐드펠 수사는 언제나처럼 느긋한 걸음으로 대회의실의 자기 자리에 가 앉았다. 커다란 기둥 뒤쪽 어둠침침한 곳에 있는 자리라, 그는 눈을 반쯤 감은 채 동료 수사들이 열을 지어 각자의 자리로 가는 모습을 편안하게 지켜볼 수 있었다. 맨 먼저 헤리버트 수도원장[4]. 부드러운 성품을 지닌 노인이지만, 이제 작별을 앞둔 이 소란스러웠던 한 해를 지내오면서 적잖이 지쳤는지 어딘가 불안하고 슬픈 표정이었다. 그다음은 로버트 페넌트 부수도원장[5]. 무척 큰 키에 귀족적 풍모를 지녔으며, 상앗빛이 감도는 안색에 머리카락과 눈썹은 온통 은빛이었다. 그의 자세는 더없이 당당했으니, 자신이 열망해 마지않는 고위 성직자의 자리를 벌써부터 염두에 두고 그에 걸맞은 몸가짐을 보이려 신경을 쓰는 듯했다. 그 자신은 평생 신을 섬겨온 거룩한 원로의 풍모를 드러내려 애쓰지만 정작 그의 외모는 노쇠함이나 유약함이라곤 찾아볼 수 없는 강인한 51세의 모습 그대로였고, 10년 전이나 20년 후나 그 모습은 변함없을 터였다. 그 바로 뒤에서 미끄러지듯 걷는 이는 그의 심복인 제롬 수사로, 부수도원장의 일거수일투족을 마치 작은 거울처럼 그대로 비추는 사람이었다. 이들 뒤로 부수도원장의 보좌 수사, 성구 보관 담당, 구호 담당, 자선 담당, 진료소 담당, 성모 예배당 담당, 식품 저장실 담당, 성가대의 선창자, 수련사를 책임지는 수련장이 줄지어 들어왔다. 이들 모두 그다지 특별할 것 없는 그날의 임무를 수행할 만반의 준비라도 하듯 몸가짐을 바로잡았다.

나이 어린 프랜시스 수사가 코감기와 다소 빈약한 라틴어 실력 때문에 곤욕을 치르며, 기도 시간에 기려야 할 성자와 순교자의 목록을 죽 읽어나갔다. 이미 지나간 사도 성 안드레 축일에 대해 우물우물 한마디 보태는 것도 잊지 않았다. 이어 성구 보관을 담당하는 베네딕트 수사가 교회와 교회에 딸린 토지 관리를 담당하고 있는 사람으로서 당연하다는 말투로 상당액의 예산을 요구하더니, 그 돈은 자신뿐 아니라 모리스 수사가 담당하는 성모 예배당의 제단을 밝힐 양초 구입에도 쓰일 것이라고 설명했다. 성가대의 선창자는 한 작곡가의 후원자로부터 찬미가 한 곡을 기증받았는데, 준 사람 성의를 생각해 감사하는 마음으로 받기는 했지만 그다지 감동적인 내용이 아니라 자주 부를 기회는 없을 것이라고 보고했다. 수련장 폴 수사는 제자 가운데 하나가 세상 경험이 아직 많지 않은 젊은이라 하더라도 도저히 용납할 수 없는 경솔한 짓을 저질렀다고 보고했다. 그 젊은 수사가 회랑에서 성 아우구스티누스의 기도를 필사하면서 저속한 의미를 담은 노래를 불렀다는 것이었다. 그 노래의 내용인즉슨, 사라센인들에게 붙잡힌 그리스도교 순례자가 연인이 헤어지면서 건네준 속옷을 가슴에 부여안고 스스로를 달래는 서글픈 곡이라고 했다.

캐드펠 수사는 선잠에 들었다가 그 아름답고 감동적인 곡을 떠올리며 잠에서 깨어났다. 십자군 원정에 참가했던 그는 사라센이라는 곳과 사라센인들, 그리고 그 감옥 생활의 명암과 고통에 대해 잘 알고 있었다. 제롬 수사는 경건하게 눈을 감고 있었다. 여성의 가장 은밀한 부분과 관련된 속옷 이야기가 나오자 혼란스러운 마음을 필사적으로 억누르는 모양이었다. 제롬 수사로서는 아마 그런 것은 만져보지도 못했으리라. 캐드펠은 왠지 그가 측은해지기까지 했다. 세상의 절반을 모르고 평생을 살아온 나이 많고 순진한 몇몇 수사들 사이에서도 경악의 수군거림이 잠시 일었다. 캐드펠은 수도회 평의회의 관례를 깨고 부드러운 목소리로 그 젊은이가 무어라 변명했는지 물어보았다.

"그 수사의 말에 의하면, 예루살렘 탈환을 위해 십자군 원정에 참여했던 조부로부터 그 노래를 배웠다고 합니다. 그땐 곡조가 아름다워서 성스러운 노래겠거니 생각했다더군요. 그러나 그 노래의 주인공인 순례자는 수사나 병사가 아니라 사랑하는 사람과 헤어져 긴 여행을 떠난 평범한 남자에 불과합니다."

"맑고도 성스러운 사랑 아니겠습니까?" 캐드펠은 사랑이란 어떤 용서나 변명도 필요 없는 감정이자 스스로를 정화시키는 힘이라 생각했기에, 그러한 표현이 자신에게 그리 어울리지 않는다는 것을 알면서도 이렇게 말했다. "게다가 그 노래 속 여자가 남자의 아내가 아니라는 것을 드러내는 내용이 있습니까? 제 기억으로는 아닙니다. 그 멜로디도 들어볼 만한 가치가 있고요. 금욕서원을 하지 않은 이들 사이에서 이루어진 결혼의 신성함을 비하하거나 배척하는 것이 우리 교단의 목적은 분명 아닐 것입니다. 저는 그 젊은이가 큰 죄악을 지은 것은 아니라고 생각합니다. 혹시 형제께서는 그 젊은이가 신이 부여한 목소리를 지니고 있을지 모른다는 생각은 안 해보셨는지요? 작업 중에 노래를 부른다니, 어쩌면 신이 내린 재능을 시험해보는 것이었는지도 모를 일입니다."

성가대 선창자는 당황한 눈치였지만 노래를 부른 젊은이에게 혹독한 벌을 가하는 것에 찬성할 마음은 없던 터라, 기꺼이 그 수련사의 노래를 들어보겠다고 했다. 로버트 부수도원장은 뭐가 불만스러운지 눈살을 찌푸렸다. 만일 부수도원장이 처벌을 내렸다면 잘못을 범한 그 젊은 수사에게는 틀림없이 가혹한 고행이 부과되었을 것이다. 그러나 수련장은 고행의 남용을 가급적이면 피하려는 쪽이어서, 제자의 잘못이 선의로 받아들여진 점에 만족하는 듯했다.

"그 젊은이가 지금까지 열심히 수련을 해온 것은 사실입니다, 수도원장님. 우리 수도원에 들어온 지도 얼마 안 되었고요. 잠깐 한눈을 판 것은 사실이지만, 일만큼은 확실하게 하는 젊은이입니다."

노래를 부른 젊은 수사에게는 무릎이 굳어 일어서지 못할 정도로 엄한 고행은 부과하지 않는 것으로 결론이 났다. 헤리버트 수도원장은 평소 처벌에 관대한 사람이었는데, 이날 아침은 뭔가 다른 일에 정신이 팔린 사람처럼 주의가 산만해 보였다. 그날의 의제도 이제 거의 끝나갔고, 수도원장은 수도회 평의회의 종회를 고하기 위해 자리에서 일어섰다.

"서명하실 서류가 몇 건 있습니다." 식품 저장실 담당인 매슈 수사가 양피지 서류를 급히 넘기면서 말했다. 원장이 지금 다른 일에 정신이 팔려 자신의 의무를 잊고 있다는 생각에 조바심이 난 듯했다. "헤일즈의 상속 농지 건, 월터 아일원의 보조금 건, 그리고 물방앗간 저수지 근처의 첫 번째 가옥으로 이주하기로 되어 있는 거베이스 보넬 부부와의 계약 건 등이 있습니다. 보넬 씨는 가능하면 하루라도 빨리 이주하기를 바라는데, 크리스마스 전에……."

"알아요, 알아. 나도 기억하고 있소." 평소의 위엄이 사라지
는 않았으나 헤리버트 수도원장은 그날따라 유난히 기운 없고 왜
소해 보였다. 원장은 양피지 서류 한 장을 펼쳐 들고 수사들 앞에
섰다. "형제들 모두에게 알리고 싶은 것이 있소. 앞서 말한 안건
들은 오늘 이 자리에서 결정을 내릴 수 없을 것 같소이다. 내 능
력 밖이라고 하는 편이 차라리 옳겠지. 나는 이제 더 이상 우리
수도원과 관련된 계약서에 서명할 권리가 없게 되었소. 웨스트민
스터에서 어제 내려온 훈령이 여기 있소. 모두 알고 있겠지만, 인
노켄티우스 교황[6]께서 스티븐 왕의 왕권을 인정하시고 왕을 지
원하고자 오스티아의 알베리크 추기경[7]을 전권 사절로 파견하셨
소. 추기경은 교회 개혁을 위해 런던에서 교황사절 종교회의를
개최하겠다고 제안했고, 나도 이 수도원을 맡은 원장으로 회의에
참석하라는 부름을 받았소." 수도원장은 비장하면서도 또박또박
말을 이어갔다. "나의 임기는 전적으로 교황사절의 뜻에 달려 있
게 되었소. 우리는 지난 한 해 동안 이 나라의 왕권을 놓고 각축
을 벌이는 양자 사이에서 고통스러운 나날을 보내왔소. 다들 알
다시피, 지난여름 스티븐 왕이 이곳으로 진주해 왔을 때 그 혼란
한 시국 속에서 내가 분명한 입장을 정하지 못하고 왕권을 인정
하기를 주저했던 것은 사실이오. 그 결과 교황사절 회의에서 재
임명을 결정하기 전까지는 나의 수도원장직이 정지될 수밖에 없
다는 점을 겸허하게 받아들이는 바요. 현재로서는 우리 수도원

과 관계된 어떠한 서류나 계약에도 서명할 수 없소. 현재 미결로 남은 문제들은 나의 재임명이 확실시될 때까지 보류해두어야겠소. 내가 다른 사람의 권한이 될지 모르는 영역을 침범할 수는 없으니까 말이오."

말을 마친 수도원장은 두 손을 조심스럽게 포개고 자리에 앉았다. 장내에 경악과 당혹감으로 가득한 웅성거림이 차츰 일기 시작하더니 점점 커져, 나중에는 마치 벌집을 쑤신 듯 요란한 소음이 되었다. 그러나 모두가 경악하고 있던 것은 아니었다. 로버트 부수도원장의 경우, 다른 수사들처럼 놀라긴 했지만 노련하게도 그 단정한 자세를 흐트러뜨리지 않고 상앗빛 얼굴 뒤로 음흉한 미소를 숨긴 채 나름대로 이 사태의 결론을 계산하고 있었고, 제롬 수사는 원장의 말이 무슨 의미인지 재빨리 파악하고는 속으로 쾌재를 부르면서도 겉으로는 짐짓 동정과 고뇌에 찬 진지한 표정을 짓고 있었다. 이들이 원장에 대해 악감정을 품고 있던 것은 아니었다. 다만 자신들이 바라 마지않는 원장직을 그가 너무도 오랫동안 차지하고 있는 것이 불만일 뿐이었다. 헤리버트 수도원장은 사람만 좋았지, 그들이 보기엔 시대에 뒤떨어진 낡은 인물인데다 매사에 엄격하지 못했다. 국왕이 너무 오래 생존하다 보면 필연적으로 암살을 부르기 마련이랄까. 그러나 다른 수사들은 여우의 습격을 받은 암탉들처럼 놀라 입을 다물지 못했다.

"그렇지만 수도원장님, 국왕께서 수도원장님을 반드시 복권시켜주실 것입니다."

"아, 원장님! 회의에 꼭 참석하셔야 하나요?"

"맙소사, 이제 우리는 길 잃은 양 신세로군!"

기회만 주어진다면 자신이 슈루즈베리의 성 베드로 성 바오로 수도원[8] 무리를 어렵지 않게 이끌어갈 수 있으리라 믿고 있는 로버트 부수도원장은 웅성거리며 한마디씩 하는 수도사들을 뱀 같은 눈으로 힐끗 쳐다보았으나, 그 이상의 반응은 보이지 않고 심지어는 낭패한 듯한 표정까지 지어가며 자신도 비탄의 언사를 중얼거렸다.

"나는 교회에 의무를 다하기로 서약한 몸이오." 헤리버트 수도원장은 비장하게 말했다. "따라서 교회의 충실한 종답게 소환에 응하지 않으면 안 되오. 만일 교회가 나의 직책을 인정한다면 지금까지 해온 일을 충실히 수행해나갈 것이오. 그러나 다른 사람이 내 대신 임명된다 하더라도 나는 형제들 곁으로 돌아오겠소. 형제들이 허락해준다면 새로운 지도자와 함께 충실한 수도사로 여생을 보낼 생각이오."

캐드펠은 부수도원장의 얼굴에 짧은 순간이지만 만족스러운 미소가 언뜻 스치고 지나가는 것을 보았다. 나이 지긋한 윗사람을 일개 수사로 자기 밑에 두는 것도 그다지 불쾌한 일은 아니리라.

"어쨌든 한 가지 분명한 것은, 이 문제가 해결되기 전까지 나에게는 어떠한 권한도 없다는 사실이오." 수도원장은 겸손하게 말을 이었다. "그러니 다른 지시가 있거나 내가 돌아오고 난 다음에야 이 서류들에 결재할 수 있겠소. 혹시 지금 당장 처리하지 않으면 안 될 사안이 있소?"

뜻밖의 이야기에 그때까지도 덜덜 떨고 있던 매슈 수사는 생각에 잠겨 문서들을 넘겼다. "아일윈의 보조금 건은 서두를 필요가 없을 듯합니다. 그분은 우리 교단의 오랜 친구이니 후에 처리해도 문제가 안 되겠지요. 또 헤일즈의 상속 건도 내년 성모영보대축일[9]에 가서야 발효될 예정이니 아직 시간이 있고요. 하지만 보넬 부부는 하루라도 빨리 계약이 이루어지기를 바라고 있습니다. 지금 거처를 옮길 날만 기다리는 중입니다."

"그 계약에 대해 다시 이야기해주겠소?" 수도원장은 미안해하며 말을 이었다. "다른 일에 온통 신경이 쏠려 있어서 어떤 조건이었는지 잊었소이다."

"보넬 씨가 말릴리의 장원을 소작인과 함께 우리에게 양도하고, 그 대가로 수도원 내에 거주지를 마련해주기로 한 내용입니다. 다행히 물방앗간 저수지 맞은편에 있는 첫 번째 집이 비어 있는데, 보넬 씨 부부와 하인 두 명 정도가 살기에는 적당할 것 같습니다. 세부 사항은 다른 경우들과 대동소이합니다. 이 가족에게는 매일 수사용 빵 두 덩이와 하인용 빵 한 덩이, 그리고 수도원용 맥주 8리터에 하인용 맥주 1리터를 지급합니다. 고기가 나오는 날에는 수도원의 상급 수사 식사에 준하는 고기 요리 한 접시, 생선이 나오는 날에는 생선 요리 한 접시씩을 수도원장 전용 조리실에서 직접 제공하고, 이 외에 특식이 나오는 날에는 그때그때 별도로 제공하기로 되어 있습니다. 식사 운반은 보넬 씨의 하인이 맡기로 했습니다. 또 하인 두 사람용으로 매일 고기 요리 한 접시와 생선 요리 한 접시도 추가됩니다. 그리고 보넬 씨는 매년 수도원 장로에 준하는 승복 한 벌을 지급받기를 원하고, 그 부인은 원하는 의복을 살 수 있도록 10실링의 의복비를 지불해주기를 희망하고 있습니다. 여기에 리넨과 구두, 땔감, 그리고 말을 먹일 사료 구입 비용으로 연간 10실링이 추가로 지급됩니다. 두 사람 중 한쪽이 먼저 사망하는 경우 남은 사람이 지금 말씀드린 내용의 절반에 해당하는 양을 지급받습니다. 만일 부인 쪽에서 생존하는 경우에는 말 사료 부분은 필요치 않다고 합니다. 지금까지 세부 사항들을 말씀드렸습니다. 평의회가 끝나는 대로 입회인을 불러서 재가를 받았으면 합니다. 판사도 이미 서기를 대기시켜놓은 상태입니다."

"사정은 알겠지만 이 건도 유보했으면 하오." 수도원장은 어렵사리 입을 열었다. "내 권한은 정지 상태라고 봐야 하니까."

"그렇다면 보넬 씨가 적잖이 불편할 것입니다. 이미 이사할 준비를 마치고 이삼일 안에 옮기겠거니 생각하는 것 같습니다. 더군다나 크리스마스도 다가오니 되도록 그들을 불편하게 하지 않는 편이 나을 듯싶습니다."

"그렇습니다." 로버트 부수도원장이 입을 열었다. "재가는 잠시 미룬다 하더라도 그들의 이주는 묵인해도 무방할 듯합니다. 누가 새로운 수도원장이 되시든 그분이 이 계약을 취소하실 가능성은 거의 없을 테니까요." 자신이 새 수도원장으로 임명될 가능성이 대단히 높으며, 스티븐 왕도 상급자인 현재의 수도원장보다 자신을 더 좋게 보고 있다는 걸 잘 알고 있어서인지 자신 있는 어조였다. 그의 발언에 수도원장은 결정을 내린 듯했다.

"이사하는 건 문제가 없겠군요. 좋소, 매슈 형제. 최종 인가는 나중에 내리더라도 그 일은 그대로 진행시킵시다. 우리 손님께 그 점을 잘 설명하고, 이사는 당장에라도 하게끔 하시오. 편안하고 안정된 가운데 크리스마스를 지낼 수 있게 해주어야겠지요. 다른 안건이 또 있소?"

"없습니다, 수도원장님." 매슈 수사는 잠시 생각에 잠겼다가 물었다. "언제 길을 떠나셔야 합니까?"

"이틀 뒤에는 출발해야겠지. 말을 타기는 하겠지만 요즘 원체 움직임이 느려져 며칠은 족히 걸릴 거요. 내가 없는 동안에는 물론 로버트 부수도원장이 모든 일을 주관할 거요."

헤리버트 수도원장은 힘없이 손을 들어 축복을 내리고 대회의실을 빠져나갔다. 그 뒤로 로버트 부수도원장이, 이제 슈루즈베리의 베네딕토회[10] 성 베드로 성 바오로 수도원의 전 책임은 자신에게 있으며 죽을 때까지 그 책임을 완수하리라 마음속으로 굳게 다짐하기라도 한 듯 당당한 자세로 걸어 나갔다.

다른 수사들은 모두들 침통한 표정으로 입을 다문 채 걸음을 옮겼으나, 일단 수도원 뜰로 흩어지자 조용하면서도 흥분된 어조로 한두 마디씩 웅성거리는 소리가 들렸다. 헤리버트가 이곳 수도원장으로 재임한 지 어느덧 11년째였다. 그는 모시기 좋은 상급자였고 워낙 친근하고 다정한 데다 때로는 너무 무르다 싶을 정도로 선량한 사람이었다. 변화를 반기는 이는 아무도 없었다.

10시 대미사까지는 아직 30분 정도 남아 있었으므로, 캐드펠 수사는 조제 중인 약들을 들여다보러 작업장으로 돌아갔다. 산울타리로 둘러싸인 허브밭은 겨울로 접어들면서 을씨년스러운 풍경을 연출하고 있었지만, 대기 중에는 여전히 향긋한 허브의 내음이 떠다녔다. 캐드펠은 한가할 때면 언제나 이곳에서 명상에 잠겼다. 허브 향기에 거의 젖다시피 한 채 살아와 많이 무디어지기는 했지만, 그래도 필요한 경우에는 냄새만 맡고서도 무슨 허브인지를 금세 알아맞힐 수 있었다.

결국 스티븐 왕은 묵은 한을 잊지 않았던 것이다. 헤리버트 수도원장은 그의 즉위에 반대한 슈루즈베리의 속죄양인 셈이었다. 그러나 왕은 천성적으로 복수를 즐기는 인물이 아니었다. 그렇다면 그는 자신을 잉글랜드의 왕으로 인정하고 정적인 모드 황후와 벌인 분쟁에서 강력한 지지를 보여준 교황에게 호의를 표하느라 그 사절에게 저자세를 보이는 것일까? 자신의 적이 쉽사리 무릎을 꿇지 않으리라는 것을 스티븐 왕은 잘 알고 있었다. 어쩌면 모드 황후가 온갖 수단을 써서 로마의 환심을 사려 할지도 모르는 일이었고, 그랬다가는 자칫 교황마저 지금까지의 협력 관계를 바꾸겠다고 나설 수 있었다. 결국 이런 이유에서 오스티아의 알베리크 추기경이 교회 개혁을 진행시킬 전권을 부여받게 되었고, 그 과정에서 헤리버트 수도원장이 종교적 열정의 희생물이 되는 상황에 이른 것인가.

캐드펠의 머릿속을 떠나지 않는 생각은 이것 말고도 한 가지가 더 있었다. 이번에 손님 자격으로 수도원에 들어오겠다는 사람, 한창 일할 나이에 세상을 버리고 유산은 전부 수도원에 기탁한 채 자기는 손가락 하나 까딱하지 않고 음식과 의복과 연료 따위를 지급받으며 은거하겠다는 그자는 도대체 어떤 인물일까? 땀 흘리며 양을 치고, 뼈 빠지게 농사일을 하고, 온갖 궂은 꼴을 다 보아가며 장사를 하는 동안 꿈꾸었던 생활이 과연 이런 것이었을까? 하늘에서 음식이 저절로 떨어지고, 여름이면 시원한 그늘을 찾아 쉬고, 겨울에는 따뜻한 난롯가에서 맥주나 마시는 일 외에는 아무것도 하지 않는 생활을 과연 천국의 삶이라 부를 수 있을까? 아무 일 없이 무위도식하는 생활을 어느 정도까지 참아낼 수 있을까? 눈이 멀었다거나 다리를 전다거나 몸이 아픈 사람이라면 이해할 수 있다. 그러나 몸과 마음을 부단히 놀리며 바쁜 삶을 살아온 사람이라면? 아니, 그건 이해가 되지 않는다. 틀림없이 뭔가 다른 동기가 있을 터였다. 나태한 생활을 축복받은 삶이라 여길 수는 없는 법이니까. 그렇다면 그런 결심을 하게 된 진짜 동기는 과연 무엇일까? 상속인이 없어서? 아니면 말 못 할 다른 이유로 세상과 등지고 싶지만 당장 그렇게 할 용기는 없어서 수도원에 잠시 몸을 피해 있으려는 건가? 그래, 어쩌면 그럴지도 모른다! 나이 들어 그런 결심을 하는 경우가 전무하지는 않으니까. 아닌 게 아니라 수사들 중에서도 자식과 손자들까지 본 나이에 사제복을 입는 경우가 드물지 않다. 그런 경우, 신성한 집에 손님의 신분으로 몸을 맡기는 것이 첫 단계이다. 혹시 그것도 아니라면, 불평만 늘어놓는 자식들이나 자신을 억누르는 영혼의 무게가 버겁고 싫어서 세상과의 인연을 무조건 끊어내자는 생각으로 수도원에 들어오겠다는 것일까?

캐드펠 수사는 박하를 섞은 기침약의 향기가 새어 나가지 않도록 문을 꼭 닫은 뒤, 차분하게 가라앉은 마음으로 대미사에 참석하러 갔다.

*

그해 첫 서리가 풀잎을 적시고 하늘에는 잿빛 구름이 잔뜩 낀 이른 아침, 헤리버트 수도원장은 백마를 타고 런던으로 향했다. 서기인 이매뉴얼 수사와 이 수도원에서 오랫동안 일해온 평신도 하인 둘이 그와 동행했다. 출발하며 밝은 표정을 지어 보이기는 했지만, 일행과 함께 말을 타고 점점 작아져가는 수도원장의 뒷모습은 어딘가 쓸쓸했다. 한창때는 어땠을지 모르지만 지금 그는 누가 봐도 힘겨운 모습으로 높은 안장에 걸터앉아, 마치 속이 꽉 채워지지 않은 자루처럼 좌우로 흔들리고 있었다. 많은 수사들이 수도원 문 앞에 서서 일행이 시야에서 사라질 때까지 오래 지켜보았다. 그들의 표정에는 한결같이 편치 않고 걱정스러운 기색이 감돌았다. 그 가운데는 견습 중인 소년 수사 몇 명도 끼어 있었는데 이들 역시 몹시 불안한 얼굴이었다. 수도원장이 자신이 없는 동안에도 공부를 게을리하는 일은 없어야 한다고 폴 수사에게 일러두었으니 그 점에 대해서야 걱정할 바 없겠지만, 로버트 부수도원장이 수도원의 일을 총괄하게 된 이상 틀림없이 모든 생활이 전과 달리 엄한 규율에 구속받게 될 터였다.

솔직히 말해 수도원에도 이제 실용성의 바람이 조금이나마 불기 시작하리라는 점은 캐드펠 수사도 인정하지 않을 수 없었다. 헤리버트 수도원장은 최근 들어 속세의 일에 몹시 실망한 나머지 기도에만 매달리는 경향이 없지 않았다. 슈루즈베리의 포위와 함락, 그 뒤를 이은 유혈과 보복은 사실 모든 이의 마음을 황량하게 만들었다. 물론 그것이 악을 배척하고 정의를 수호하려는 노력을 포기하는 구실이 되어서는 안 되겠지만 말이다. 나이가 들면 사람은 부쩍 지치기 마련이고, 남을 이끄는 지도자의 자리가 견디기 힘들 정도로 버거워지는 법이다. 어디까지나 가정이지만, 적어도 그 무거운 짐을 벗게 되었다는 점에서 헤리버트 수도원장은 지금 다른 사람들이 생각하는 만큼 그렇게 씁쓸한 기분은 아닐지도 몰랐다.

그날의 미사와 수도회 평의회는 더할 나위 없이 엄숙하고 품위 있게 치러졌다. 대미사 역시 경건하게 끝났으며, 다른 일과들도 여느 때와 다름없이 예정대로 진행되었다. 로버트 부수도원장은 자칫 자신의 이미지를 손상시킬까 싶어 남들이 보는 앞에서는 손을 비비거나 입술에 침을 바르는 행동마저 자제했다. 그의 행위는 성인의 가르침에 따라 경건하고도 올바르게, 하나하나 법칙에 준하여 이루어졌다. 자신의 손에 들어올 특전을 생각하면 이 같은 노력은 마땅히 치러야 할 과정이라 여기는 모양이었다.

캐드펠은 허브밭만이 아니라 담장 안 여러 밭에서 농작물을 재배하고 있는 터라 신경 쓸 것이 한두 가지가 아니었다. 일이 많은 시기에는 두 명의 조수가 그를 도왔다. 그가 돌보는 밭들은 경내에 있었으나, 수도원 소유의 주요한 밭들은 수도원 담장 밖 큰길 건너 시냇가에 있었다. 게이라 불리는 그 평평한 땅에는 푸른 초원이 무성하게 펼쳐져 있었다. 홍수철이면 세번강이 범람하는 탓에 그곳의 토양은 유독 기름지고 작물이 잘 자랐다. 한편 수도원 경내에 있는 밭들은 캐드펠 수사가 혼자 힘으로 가꾸다시피 하여 울타리를 두른 허브밭에는 주로 작으면서도 진귀한 식물들을 재배했고, 그 너머 수도원 물방앗간에 물을 대는 메올 시내까지 이어진 밭에는 주로 콩이며 양배추며 완두콩 등의 작물을 길렀다. 그러나 겨울의 문턱에 들어선 지금은 땅이 고슴도치 거죽처럼 딱딱하고 낙엽과 지푸라기들만 그득히 쌓여 있기에 특별히 할 일이 없었다. 그는 수련사 한 명의 도움을 얻어 와인을 빚거나 알약을 만들거나 바르는 오일을 젓거나 습포제를 두들겼다. 이런 약들은 수사들뿐 아니라 슈루즈베리나 수도원 인근 마을에서 질병으로 고통받는 많은 이들에게 좋은 치료제가 되었다. 그가 이 분야에 관해 특별히 교육받은 바는 없지만, 풍부한 경험으로 터득하고 숱한 연구와 노력으로 익힌 그만의 독특한 처방은 그 어떤 이름난 의사의 처방보다도 좋은 평을 얻고 있었다.

이즈음 그를 돕는 조수는 열여덟 살이 채 안 된 수련사 마크였다. 고아인 마크는 성질 고약한 백부 손에서 자라다가 열여섯 살되었을 때 이 수도원으로 쫓기듯 보내졌다. 처음에 마크는 말도 없고, 외로움을 잘 타고, 그저 집으로 돌아가고 싶어 하며, 인생의 최대 목적이 체벌을 피하는 것인 양 다른 사람 말에 무조건 복종하는, 제 나이보다도 훨씬 어려 보이는 가련한 소년에 지나지 않았다. 그러나 캐드펠 밑에서 몇 달간 허브 재배를 거들고 나서부터는 말이 조금씩 늘었고, 두려워하는 기색도 사라지기 시작했다. 왜소한 체격에 윗사람이라면 겁부터 집어먹는 습성은 여전했지만 그래도 상당히 건강해진 데다, 무엇보다 허브 재배와 약을 조제하는 일에 남다른 재주와 큰 관심을 보였다. 친구들 사이에서는 늘 말수 적은 마크도 밭일을 할 때면, 특히 캐드펠과 함께 있을 때면 누구 못지않게 말하기를 좋아했다. 수도원 생활에서는 침묵과 소극적 태도로 일관하면서도 떠도는 소문들을 누구보다 앞서 듣고 캐드펠에게 전해주는 사람이 바로 마크였다.

마크는 저녁기도 한 시간 전에 물방앗간으로 심부름을 다녀오면서 새로운 소식을 한 보따리 가져왔다.

"부수도원장님이 무슨 일을 했는지 아세요? 수도원장님 숙사를 차지해버렸어요. 정말이라고요! 보좌 수사님은 오늘 밤부터 수도사 숙사에 있는 부수도원장님 방에서 주무실 거래요. 헤리버트 수도원장님께서 수도원 문을 나서기가 무섭게요! 도를 넘은 거죠!"

캐드펠 역시 같은 생각이었으나 군이 그런 이야기를 하기가 꺼려졌고, 더군다나 마크가 자기 생각을 공공연히 드러내는 것은 주제넘은 일 같아 부드러운 목소리로 말했다. "상급자에 관해 섣불리 판단해서는 안 돼. 적어도 상대방 입장에 서서 그 사람 눈으로 보기 전까지는 말이야. 헤리버트 수도원장께서 당신이 수도원을 비우신 사이에 부수도원장께 당신 숙사를 쓰라고 하셨을지도 모르는 일 아니냐? 그 집은 이 수도원의 정신적 지도자를 위해 마련된 곳이니까."

"하지만 로버트 부수도원장님은 아직 수도원장님이 아니잖아요! 또 정말로 수도원장님께서 그러기를 바라셨다면 평의회에서 말씀하셨을 거예요. 아니면 적어도 보좌 수사한테는 일러두셨을 테고요. 하지만 그런 얘긴 아무도 못 들었대요. 보좌 수사님 얼굴을 봤는데, 그분도 놀라시는 눈치였어요. 처음 듣는 얘기 같았어요."

맞는 말이지. 캐드펠은 절구에 허브 뿌리를 넣어 빻으면서 생각했다. 수도원장의 보좌 수사인 리처드는 결코 주제넘은 짓을 할 위인이 아니었다. 커다란 몸집에 평화를 사랑하는 성품 좋은 리처드 수사는 그 수단의 정당성과 상관없이 결코 승진을 탐내는 법이 없었다. 대담한 짓을 곧잘 저지르는 젊은 수사들에게는 이번 사태가 유리한 점으로 작용할 터였다. 리처드 수사가 수도사 숙사 한 귀퉁이를 널찍하게 차지하고 있는 부수도원장실에 머무르면 소등 후에도 비상계단을 통해 밖으로 나가기가 훨씬 수월해지기 때문이었다. 설령 발각된다 하더라도 리처드 수사가 그 사실을 보고하는 일은 절대 없으리라. 골치 아픈 일에는 눈을 돌리지 않는 것이 상책 아닌가.

"수도원장님 숙사에서 일하는 사람들도 모두 야단이에요. 그 사람들이 헤리버트 수도원장님을 얼마나 따랐는지 잘 아시죠? 그런데 어느 날 갑자기 생각지도 않았던 사람을 섬기게 됐으니 어떻겠어요? 그것도 수도원장님 자리가 완전히 공석으로 판명된 것도 아닌데 말예요! 헨리 수사님은 거의 모독 행위나 마찬가지라며 열을 올리셨어요. 페트러스 수사님은 불같이 화를 내시더니 요리하던 냄비를 내려다보면서 끔찍한 저주의 말을 입에 올리셨고요. 그분이 뭐라고 하셨는지 아세요? 부수도원장님이 수도원장님 숙사에 발을 들여놓는 날에는 독미나리를 잔뜩 먹여서 헤리버트 수도원장님이 돌아오실 때쯤에는 이미 이 세상 사람이 아니게 해주겠다고 단단히 벼르셨어요."

캐드펠도 충분히 상상할 수 있는 일이었다. 흑발에 험상궂은 눈빛을 한 스코틀랜드 국경 지방 출신의 페트러스 수사는 오랜 세월 헤리버트 수도원장을 섬겨온 요리장으로, 상황에 따라 험한 소리를 내뱉긴 했으나 이를 심각하게 고려해야 할 만큼 위험한 인물은 아니었다. 다만 문제는 그가 한 말 가운데 어디까지가 그의 진심인가 하는 점이었다.

"페트러스 형제가 안 해도 좋을 말을 한 것 같다만, 너도 잘 알

다시피 나쁜 짓을 할 사람은 아니다. 게다가 그는 최고의 요리사이니 누가 수도원장 자리에 앉더라도 계속해서 좋은 요리를 해줄 게야. 그게 그의 천직이니까."

"하지만 기꺼이는 아니겠죠." 마크 수사는 자신 있게 말했다.

그날 벌어진 사건으로 수도원의 일상에 엄청난 변화가 예상되기는 했으나, 수도원 체제가 워낙 잘 짜여 있기에 수사들은 기쁜 마음에서건 아니건 다들 주어진 임무를 평소와 다름없이 해나갈 터였다.

"헤리버트 수도원장님이 돌아오셔서 다시 원장직에 오르신다면 로버트 부수도원장님 코가 납작해질 거예요." 마크는 확신에 찬 어조로 말을 이었다. 그 우뚝 선 콧날이 숱하게 얻어맞은 늙은 군인의 코처럼 납작해진 모습을 상상하는 것만으로 어느 정도 마음의 위안을 얻었는지, 마크는 여유를 되찾고 빙긋이 웃어 보였다. 캐드펠 역시 그 모습을 그려보는 것이 싫지 않았기에 마크를 꾸짖을 마음은 조금도 들지 않았다.

*

헤리버트 수도원장이 떠나고 일주일이 지난 오후, 진료소를 담당하는 에드먼드 수사가 환자에게 쓸 약을 얻으러 캐드펠 수사의 작은 오두막을 찾아왔다. 아직 혹독하다 할 만한 수준은 아니었지만 온화한 날씨 끝에 갑자기 닥친 추위 때문인지 야외에

서 양을 치던 젊은 수사 몇 명이 감기 증상을 보여 격리 치료를
받고 있다고 했다. 진료소에는 그들 중 네 명과, 죽을 날만을 기
다리며 평온한 마음으로 종교적 의무를 다하는 노인들 몇 명이
있었다.

"젊은이들은 이삼일가량 몸만 따뜻하게 해주면 저절로 나을
겁니다." 캐드펠은 커다란 병에 들어 있는 액체를 저은 뒤 작은
병으로 옮겨 담으며 말했다. 달콤한 아로마 향이 진하게 풍기는
갈색 혼합물이었다. "하지만 단 며칠이라도 쓸데없이 고생할 필
요는 없지요. 이걸 작은 스푼으로 하나씩, 하루에 두세 차례 먹
으면 더 편해질 겁니다."

"뭐가 들었습니까?" 에드먼드 수사가 호기심 어린 어조로 물
었다. 캐드펠 수사의 조제약에 대해서는 이미 적잖이 알고 있는
데도 매번 새로운 것들이 나오곤 했으니, 이따금씩 그는 캐드펠
이 이 약들을 실제로 시험해본 것인지 의문이 들기도 했다.

"로즈메리[11]와 박하[12]와 범의귀[13]를 아마[14]씨 기름에 섞어서,
버찌와 그 씨앗으로 제가 직접 빚은 술에 탄 것이지요. 눈에 열
이 오를 때나 두통이 있을 때, 그리고 기침감기에도 잘 들을 겁니
다." 캐드펠은 커다란 병의 마개를 조심스럽게 막고 주둥이 부분
을 닦아냈다. "더 필요한 게 있으십니까? 연로하신 수사님들은
어떠세요? 그분들은 최근 수도원에서 일어나는 일들에 적응하기
쉽지 않을 텐데요. 예순이 넘은 사람들은 변화를 잘 받아들이지
못하는 법이니까요."

"이번 일은 특히 그런가 봅니다." 에드먼드 수사는 딱하다는 표정으로 말을 이었다. "헤리버트 수도원장님은 사람들이 이렇게까지 당신을 사랑하는지 꿈에도 모르셨을 겁니다. 누군가가 없어진 뒤에야 비로소 그 사람의 가치를 안다고 하죠."

"우리가 그분을 영영 잃었다고 생각하십니까?"

"그렇게 될까 봐 걱정이에요. 스티븐 왕이 오랫동안 한을 품어 왔다는 점은 두렵지 않지만, 전권 사절이 교황님 눈에 들기 위해 하려는 일들을 왕이 허락하리라는 점이 걱정스럽습니다. 개혁을 추구하는 인사가 이 땅에서 자기가 원하는 대로 교회를 개혁하도록 내버려두면, 그 사람이 과연 우리 수도원장님 같은 분을 탐탁하게 생각할까요? 스티븐 왕이야 여전히 분을 삭이지 못하고 있으니 말할 필요도 없지요. 어쨌든 문제가 되는 것은 오스티아의 알베리크 추기경이에요. 헤리버트 수도원장님을 저울에 달아보고 성품이 너무 물러서 부적당하다며 쫓아낼 사람은 결국 그 사람일 겁니다." 에드먼드 수사는 한탄조로 말하더니 화제를 돌렸다. "욕창에 잘 듣는 연고를 한 병 더 가져갈 수 있을까요? 에이드리언 형제가 오래 앓고 있는데 보고 있기 딱해서요."

"지금으로선 연고를 바르느라 몸을 움직이는 것만으로도 고통이 클 겁니다." 캐드펠 수사는 연민 어린 말투로 말했다.

"뼈하고 가죽밖에 안 남았어요. 식사하게 하는 일도 무척 힘들고요. 나뭇잎처럼 빼빼 말라가고 있어요."

"간병할 사람이 필요하시면 저를 찾아주십시오. 언제라도 괜찮습니다. 자, 부탁하신 건 여기 있습니다. 성모초 잎을 더 많이 넣었으니 지난번 것보다 효과가 좋을 겁니다."

에드먼드 수사는 주머니에 약병을 넣고 엄지와 집게손가락으로 뾰족한 턱을 만지작거리며 필요한 것이 더 있는지 생각해보았다. 그때 문 쪽에서 서늘한 기운이 느껴져 두 사람은 동시에 고개를 돌렸다. 이들의 반응에 놀랐는지 앳되어 보이는 청년이 살짝 문을 열고 들어오려다가 흠칫 놀라 당황한 표정으로 움직임을 멈췄다.

"문을 닫아주게나." 캐드펠이 어깨를 움츠리며 말했다.

청년은 기어들어가는 목소리로 황급히 말했다. "죄송합니다, 수사님! 나중에 다시 오겠습니다." 비쩍 야위고 우울해 보이는 그 얼굴 앞에서 문이 천천히 닫히기 시작했다.

"아니, 아니네." 캐드펠은 서둘러 청년을 만류했다. "내 말뜻은 그게 아닐세. 안으로 들어와서 문을 닫으라는 얘기였어. 바람 때문에 난로 연기가 일어서 그랬네. 자, 어서 들어오게나. 에드먼드 수사님은 곧 가실 테니 잠깐만 기다리게."

문이 다시 살짝 열리고 비쩍 마른 청년이 미끄러지듯 조심스럽게 들어왔다. 청년은 서둘러 문을 닫더니 거기 바싹 몸을 붙이고 기대섰다. 그러나 그의 눈은 방 안에 주렁주렁 매달린 허브 주머니들을 보고 놀란 듯 휘둥그레졌고, 여름에 거둔 신비한 수확물로 만든 약병이며 단지들로 가득 찬 선반을 보고는 호기심을 감추지 못했다.

"아, 그렇지." 에드먼드 수사가 마침 생각났다는 듯 말했다. "한 가지 더 있어요. 리스 형제가 어깨와 허리 통증으로 몹시 고생하고 있습니다. 요즘은 바깥출입도 제대로 못 할 정도로 심해졌어요. 거동하기가 영 불편하신가 봅니다. 지난번 주신 기름이 통증을 가라앉히는 데 효과가 있었던 것 같은데요."

"아, 그것 말씀이십니까. 잠깐만 기다리십시오. 약 따를 병을 찾아보지요." 캐드펠은 작업대에 있는 커다란 도자기 병을 집어 들고 선반을 뒤져 작고 불투명한 유리병을 찾아냈다. 그는 마개를 돌려 강한 냄새를 풍기는 짙은 색의 끈적한 기름을 조심스럽게 유리병에 따랐다. 약을 다 따른 뒤에는 다시 나무 마개를 돌려 병을 꼭 막고 리넨으로 잘 감싼 다음 다른 천으로 병 주둥이 부분을 세심히 닦아내더니, 무언가 토기에서 보글보글 끓고 있는 작은 난로에 그 천을 던졌다. "잘 들을 겁니다. 아픈 부위에 힘주어 골고루 발라주면 특히 효과가 좋습니다. 하지만 조심해서 다뤄야 하고, 특히 입에 대면 절대로 안 됩니다. 바르고 난 뒤에는 손을 깨끗이 씻으시고, 다른 사람들도 그렇게 하게 하십시오. 이 약은 외상에는 잘 듣지만 체내에 흡입되면 치명적일 수 있습니다. 상처 부위나 갈라진 피부에는 절대 사용하면 안 됩니다. 무척 독한 약이니까요."

"그렇게 위험한가요? 뭐로 만든 겁니까?" 에드먼드 수사는 손에 든 병을 이리저리 돌리다가 유리병 안에서 벽을 타고 서서히 흘러내리는 액체를 들여다보았다.

"수도사의 두건이라고도 불리는 투구꽃의 덩이뿌리를 겨자[15] 기름과 아마기름에 섞은 겁니다. 독성이 강해 조금만 삼켜도 목숨이 위태롭습니다. 조심해서 다루고 반드시 손을 씻으십시오. 하지만 관절염에는 아주 그만이지요. 바르면 처음에는 욱신거리다가 이내 고통이 잦아들고 한결 좋아질 겁니다. 자, 이제 더 필요하신 건 없으십니까? 괜찮으시다면 조만간 제가 직접 가서 약 바르는 일을 도와드리겠습니다. 저는 아픈 부위도 금방 찾을 수 있고, 게다가 이건 힘껏 잘 발라줘야 하는 약이니까요."

"형제의 손힘이 강철처럼 세다는 것은 잘 알고 있지요." 에드먼드 수사는 짐을 챙기면서 말했다. "언젠가 내게도 약을 발라주지 않았습니까. 그때 뼈가 으스러지는 듯했는데, 다음 날이 되니 움직임이 한결 수월했어요. 시간 나면 한번 와주세요. 리스 형제도 무척 기뻐하실 겁니다. 요즘은 젊은 수사들 얼굴은 알아보지도 못하시지만 형제는 알아보실 겁니다."

"아마 웨일스어를 하는 사람으로 기억하시겠죠." 캐드펠은 담담하게 말했다. "사람이란 나이를 먹을수록 어린 시절로 돌아가는 법이니까요."

에드먼드 수사는 짐을 챙겨 문간으로 걸어갔다. 그때까지 눈만 커다랗게 뜨고 지켜보던 마른 체격의 젊은이는 옆으로 조금 비켜서며 공손히 문을 열었다가 에드먼드 수사가 고마움을 표하며 밖으로 나가자 가만히 문을 닫았다. 다시 보니 그렇게까지 마른 체격은 아니었다. 매사에 긴장하는 품이 다소 예민해 보이긴 했지만, 캐드펠 수사보다 몇 센티쯤 큰 키에 체격이 제법 단단하고 몸놀림도 어느 정도 순발력이 있어 보였다. 옅은 갈색 머리칼은 바람에 흩날려 아무렇게나 흐트러져 있었고, 입술과 턱 주위를 수북이 덮은 턱수염은 매처럼 날카로운 인상을 한층 더 강퍅하게 보이게 했다. 청년은 푸른빛이 감도는 커다란 눈으로 캐드펠을 뚫어지게 바라보았다.

"자, 젊은이." 캐드펠은 약단지를 난로에서 조금 떼어놓으며 부드러운 어조로 말을 걸었다. "무슨 일로 왔는가?" 그는 고개를 돌려 낯선 청년을 머리끝에서 발끝까지 찬찬히 뜯어보았다. "초면인 것 같은데. 어쨌든 잘 왔네. 필요한 게 뭔가?"

"보넬 부인의 심부름으로 왔습니다." 주의를 기울여 듣지 않으면 거의 알아들을 수 없을 만큼 나지막한 목소리였다. "요리에 쓸 허브를 얻어 오라고 하셨어요. 구호소를 담당하는 수사님께서, 허브가 떨어지면 언제든 수사님께 부탁하라고 말씀하셨거든요. 저희 주인님께서는 오늘 수도원 사택으로 이사하셨습니다. 수도원의 손님 자격으로요."

"아, 그런가?" 캐드펠은 안락한 노후를 위해 장원을 수도원에 기탁하겠다던 말릴리 영주의 일을 떠올렸다. "이사는 무사히 하신 겐가? 하느님의 보살핌이 있으셨기를! 자네가 식사 운반을 맡고 있나 보군. 여기 지리를 잘 익혀두어야겠구먼. 조리실에는 가봤는가?"

"네, 나리."

"나는 나리가 아닐세." 캐드펠은 다정하게 말했다. "여기서는 모두가 다 형제지. 그래, 자네 이름이 뭔가? 조만간 소개할 기회가 있겠지만 미리 알고 지내는 것도 나쁘지 않겠지."

"제 이름은 앨프릭입니다." 젊은이가 말했다. 그는 문간에서 안으로 걸음을 옮기며 호기심 어린 눈으로 주변을 둘러보다가 투구꽃의 뿌리 기름이 담겨 있는 커다란 병을 보고는 겁에 질린 듯 눈을 휘둥그렇게 떴다. "이게 그렇게 독한가요? 적은 양만으로도 사람을 죽일 정도로요?"

"다른 것들도 마찬가지지. 오용하거나 과용하면 말일세. 예컨대 포도주도 과음하면 몸에 좋을 게 없지. 음식도 마찬가지고. 뭐든 지나치면 독이 되는 법일세. 그래, 주인께서는 집이 마음에 드신다던가?"

"글쎄요, 아직은 모르겠습니다." 청년은 조심스럽게 대답했다. 몇 살쯤 되었을까? 스물대여섯 정도? 그 이상은 아닐 것 같았다. 청년은 손이 닿기만 해도 가시를 곤두세우는 고슴도치처럼 세상의 모든 것에 대해 경계하는 눈치였다. 몸과 마음이 자유롭지 않아서겠지. 캐드펠은 연민 어린 마음으로 생각했다. 무슨 일에든 민감하고 상처 받기 쉬운 성격이야. 아마 자기보다 덜 민감한 사람을 상전으로 모시고 있기에 더 그렇겠지? 가능한 일이었다.

"그 집에 전부 몇 명이 사는가?"

"주인님, 마님, 저 그리고 하녀 한 사람이 삽니다." 하녀 한 사람! 이렇게 잘라 말하고 청년은 가느다란 입술을 파르르 떨며 입을 꼭 다물었다.

"알았네, 앨프릭. 언제든 여기 오고 싶으면 부담 갖지 말고 오게나. 마님께 필요한 게 있거든 무엇이든 부탁하고. 지금은 뭐가 필요하지?"

"세이지[16]와 바질[17]이 있을까요? 저녁 식사를 미리 준비해 오셨는데 양념을 못 챙기셨답니다." 앨프릭이 긴장을 약간 풀며 말했다. "서둘러 이사하는 바람에 챙기지 못한 게 꽤 많아요."

"여기에 있는 건 뭐가 됐든 부탁만 하게. 자, 앨프릭, 받게. 이 정도면 충분할 게야. 그래, 마님은 좋은 분이신가?"

"물론입니다!" 그러고서 청년은 조금 전 "하녀 한 사람"이라고 말했을 때처럼 입을 굳게 다문 채 눈살을 찌푸리며 생각에 잠겼다. "주인님하고 결혼하실 땐 그전 남편분이 돌아가셔서 혼자셨죠." 그는 누군가의 목을 죄듯이 허브 다발을 꼭 잡았다. 누구의 목을 생각하고 있을까? 여주인에 관한 이야기를 할 때는 목소리가 조금이나마 부드러워졌었는데. "고맙습니다, 수사님."

청년은 민첩하게 그 자리를 떠났다. 문이 열리고 닫히기까지 몇 초도 걸리지 않았다. 캐드펠은 생각에 잠겨 그가 있던 자리를 한동안 바라보았다. 저녁기도까지는 아직 한 시간 정도 남아 있었다. 진료소에 들러 리스 수사와 웨일스어로 이런저런 이야기를 나누며 어깨 통증을 치료해주는 것도 나쁘지 않을 성싶었다.

그러나 원한과 증오에 가득 차 고통스러워하는 저 젊은이는 어떻게 할 것인가? 그랬다. 캐드펠이 잘못 본 것이 아니라면, 그 젊은이는 지금 자기 신분으로는 어림도 없는 말 못할 고민거리, 그 것도 하나가 아닌 여러 가지 고민거리로 괴로워하고 있었다. "하녀 한 사람"이라고 했을 때 꼭 다문 입술 사이로 새어 나왔던 건 분명한 시기심이었다.

하지만 저들 네 사람은 이제 막 도착하지 않았는가. 시간이 해 결하도록 내버려두는 것이 상책일 터였다. 캐드펠은 에드먼드 수 사에게 주의시켰던 대로 손을 깨끗이 씻고 자신의 작은 왕국을 한번 둘러본 뒤 진료소를 향해 발걸음을 옮겼다.

*

연로한 리스 수사는 난로에서 멀리 떨어지지 않은 곳, 잘 정돈 된 자신의 침대 옆에 앉아 정수리를 삭발한 잿빛으로 센 머리를 아래위로 끄덕이고 있었다. 매사에 만족한 듯 더없이 편안한 얼굴이었다. 짧은 수염으로 뒤덮인 주걱틱, 이리저리 마구 뻗친 숱 많은 눈썹, 그 아래 잿빛으로 퇴색했으나 여전히 날카롭게 반짝이는 작은 눈. 검은 머리의 청년이 그 옆의 의자에 앉아 끝없이 솟아나는 샘물처럼 계속해서 그의 귀에 웨일스어를 들려주며 노인의 시중을 들고 있었다. 노인의 상의는 앙상한 어깨가 다 드러나도록 벗겨져 있고, 청년은 세심한 손길로 노인의 아픈 부위에 기름을 바르는 중이었다. 이따금 노인이 기분 좋은 신음을 토해 냈다.

"저보다 한발 앞질러 온 사람이 있군요." 캐드펠 수사는 문간에 서서 에드먼드 수사의 귀에 대고 말했다.

"친척이랍니다." 에드먼드 수사는 조용히 말했다. "웨일스 출신인데, 리스 형제 고향 집에서 북쪽으로 조금 떨어진 곳에 살았답니다. 오늘 물방앗간 저수지로 이사 온 집 있잖습니까? 그 집일을 도우러 왔다가 잠시 들렀다는군요. 그 집 부인의 아들 가게에서 도제로 일한대요. 여기 있는 동안 노인을 위해 도울 일이 없느냐고 묻더군요. 착한 젊은이죠. 리스 형제도 아프다고 하고 청년도 기꺼이 하겠다고 나서기에 내가 부탁을 했습니다. 그래도 형제가 오셨으니 할 이야기가 있으면 하시지요. 서로 잉글랜드어를 쓰지 않아도 의사소통을 할 수 있겠군요."

"약을 다 바른 다음엔 손을 꼭 씻으라고 일러주셨습니까?"

"네, 장소까지 가르쳐줬지요. 끝난 뒤에는 약병을 원래 있던 자리에 갖다 놓으라고도 했고요. 말귀를 잘 알아듣는 것 같더군요. 형제 말을 듣고 보니 얼마나 위험한 약인지 나도 잘 알겠어요. 청년에게도 단단히 일러두었지요. 잘못 사용하면 어떤 해가 오는지 말입니다."

젊은이는 그가 다가가자 하던 일을 멈추고 자리에서 일어나 인사를 하려 했으나, 캐드펠이 손을 들어 말렸다. "아니, 그냥 앉아 있게. 신경 쓰지 말게나. 오랜 친구와 이야기나 좀 할까 해서 왔는데 자네가 내 일을 대신 해주고 있고, 그것도 아주 잘하고 있구면."

캐드펠의 말에 청년은 환한 얼굴로 다시 자리에 앉아 리스 수사의 어깨에 자극이 강한 기름을 계속해서 바르기 시작했다. 스물너덧 살 정도 되어 보이는 건장한 청년이었다. 검게 탄 얼굴에 유난히 튀어나온 광대뼈하며 숱 많은 새카만 머리카락과 눈썹이 전형적인 웨일스인의 생김새였다. 리스 수사를 대하는 청년의 태도는 장난기가 어려 있다 할 정도로 친근했다. 마치 어린아이를 대하는 듯한 그 모습을 보면서 캐드펠은 사람이 늙으면 아이가 된다는 말을 실감할 수 있었다. 오늘따라 유난히 즐거워하는 리스 수사의 모습은 온전히 이 청년 때문이리라.

"아, 캐드펠 형제, 어서 오시오!" 노인은 청년의 손길이 닿을 때마다 어깨를 들썩들썩하면서도 기분이 좋은지 큰 소리로 그를 반겼다. "우리 친척 애가 아직도 날 잊지 않고 이렇게 찾아왔다오. 내 조카딸 앙하라드가 낳은 아이로, 내 종손자인 메이리그라고 하오. 태어났을 적부터 알던 녀석이지……. 아니, 이 애 엄마가 태어났을 때 일도 훤히 기억난다오. 그 애를 본 지도 꽤 여러 해 되었는데. 얘야, 너도 좀 일찍 찾아오지 그랬느냐. 하긴 요즘 젊은 애들이 친척을 제대로 챙길 줄이나 아나." 그는 청년의 방문에 매우 기분이 좋은 것 같았다. 조금 들떠서였을까, 리스 수사는 칭찬을 하다가 갑자기 엉뚱한 비난을 하는 식으로 노인네들의 전형적인 횡설수설을 늘어놓고 있었다. "그런데 네 엄마는 왜 안 왔니? 그 애도 같이 왔으면 좋았을걸."

"거기서 여기가 어딘데요. 굉장히 멀잖아요." 메이리그라는 청년은 가볍게 말을 받았다. "집에서 할 일도 많고요. 하지만 제가 가까이 있으니까 이제 자주 올게요. 시내에 있는 가게에서 목수 일을 하고 있거든요. 다음번에 와서도 이렇게 약을 발라드릴게요. 봄이 되면 양들이 뛰어노는 언덕에 모시고 가고요."

"내 조카딸 앙하라드는 우리 고향에서 제일 예쁜 아이였소." 노인은 인자한 미소를 띠며 중얼거렸다. "정말 귀여운 아가씨였지. 그 애가 지금 몇 살이나 됐나? 마흔다섯 정도 됐을까? 지금도 예쁘겠지. 아니라고 할 생각은 말아라. 네 엄마처럼 고운 여자는 어디서도 못 봤으니까."

"그분의 아들이 다른 얘기를 할 수 있을 것 같지는 않네요." 메이리그는 흔쾌하게 동의했다. 만날 수 없는 조카가 아름답지 않은 경우가 있던가. 어린 시절 여름날은 그 어느 때보다도 찬란하고, 그때 따먹은 과일들은 세상 그 무엇보다도 더욱 감미로운 맛으로 다가오는 법이다. 리스 수사는 이미 여러 해 전부터 노망기를 보여온 터였다. 말에 조리가 없고, 기억력도 흐려졌으며, 때로는 헛것을 보는지 세상 어디에도 존재하지 않는 바다며 육지들에 대해 이야기하곤 했다. 그러나 그와 피를 나눈 청년의 등장으로 리스 수사는 지금 젊은 날의 추억 속에 한없이 빠져들고 있었다. 이런 상태가 그리 오래가지는 않겠지만, 그래도 당장에는 커다란 즐거움이리라.

"난롯불 쪽으로 조금만 몸을 틀어보세요. 여기, 여기가 맞죠?" 리스 수사는 놀란 고양이처럼 움찔하더니 가르랑 소리를 냈다.

청년은 웃으면서 손바닥으로 환부 주위를 정성껏 문질렀다.

"처음 해본 솜씨가 아닌 것 같구먼." 캐드펠은 고개를 끄덕이며 말했다.

"병든 말에게 이렇게 해본 적이 있습니다. 말들도 사람처럼 붓기도 하고 상처도 나거든요. 어디를 문지르느냐에 따라 효과가 천차만별이죠."

"이 애가 글쎄, 목수 일을 하고 있다오." 리스 수사가 자랑스레 말했다. "슈루즈베리에서 아주 이름난 목수랍디다."

"성모 예배당의 설교대를 만드는 중이에요." 메이리그가 말했다. "다 만들어지면 제가 직접 운반해 올 거예요. 그때 다시 들러서 뵙고 갈게요."

"그때 어깨를 다시 문질러주겠니? 크리스마스가 가까워져서 그런지 한기가 뼛속까지 파고드는 것 같구나."

"물론이죠. 하지만 오늘은 이만해야겠어요. 더 했다가는 살갗이 벗겨질 거예요. 옷을 다시 입어 몸을 따뜻하게 하세요. 욱신거리지는 않으세요?"

"처음에는 서양쐐기풀[18]에 찔린 것처럼 후끈거리더니 지금은 얼얼한 게 기분이 괜찮아. 통증도 가신 것 같고. 한데 좀 피곤하구나……."

그럴 만도 했다. 몸도 몸이지만, 오래된 기억을 떠올리느라 마음도 몹시 지쳐 있을 것이었다. "자, 다 됐어요. 이제 누워서 눈 좀 붙이세요." 메이리그는 동의를 구하듯 캐드펠 수사를 쳐다보왔다. "그러는 게 좋겠죠, 수사님?"

"잠만큼 좋은 약은 없지. 힘드셨을 테니 푹 쉬도록 하십시오."

리스 수사는 흡족한 표정으로 침대에 누워, 벌써부터 자신을 찾아와 있던 잠의 세계로 빠져들었다. 그는 잠드는 와중에도 문 쪽으로 가는 그들을 향해 작별 인사를 잊지 않았다. "메이리그, 엄마에게 안부 전해라. 한번 들르라고 해…… 슈루즈베리 시장에 양모를 팔러 올 때 말이다……. 꼭 한번 보고 싶구나……."

"자네 어머니를 끔찍하게 생각하시는구먼." 캐드펠은 메이리그가 손을 제대로 씻는지 끝까지 지켜보며 말했다. "어머니가 한번 오실 수 있겠나?"

메이리그의 옆모습에서는 조금 전 노인을 대할 때의 쾌활함과는 다른, 침울하면서도 사려 깊은 기색이 엿보였다. 조금 시간을 들인 뒤 그가 입을 열었다. "이승에서는 불가능하죠." 그는 손을 뻗어 올이 거친 수건을 쥔 채 캐드펠의 눈을 빤히 들여다보았다. "어머니는 돌아가신 지 오래예요. 지난 성 미카엘 축일이 11주기가 되는 날이었어요. 할아버지도 알고 계시죠. 하지만 아직 살아 있다고 생각하신다면, 굳이 아니라고 할 필요가 뭐 있겠습니까? 그렇게 해서라도 마음이 즐거워지신다면 그대로 내버려둬야죠."

두 사람은 말없이 차가운 바람이 부는 수도원 뜰로 나가 그곳에서 헤어졌다. 메이리그는 빠른 걸음으로 문지기실을 향해 걸어갔고, 캐드펠은 교회로 걸음을 옮겼다. 저녁기도를 알리는 종이 그날따라 몇 분 늦게 울렸다.

"잘 가게!" 캐드펠은 헤어지면서 말했다. "자네가 오늘 저 노인께 젊은 날의 추억을 되살려주었어. 자네 친척 어른들 모두 아주 복이 많은 분들 같군."

그러자 메이리그가 걸음을 멈추고 뒤돌아보더니 크고 까만 눈을 빛내며 말했다. "친척이라 해봐야 전부 외가 쪽입니다만, 모두들 아주 가깝게 지내고 있습니다. 친가 쪽은 달라요. 아버지는 웨일스인이 아니시거든요."

메이리그의 각진 어깨가 황혼을 가르며 힘 있게 성큼 멀어졌다. 캐드펠은 조금 전 앨프릭에 대해 그랬듯 이 청년에 대해서도 호기심을 느꼈다. 그러나 교회의 입구에 닿자 자신을 기다리고 있는 의무 때문에 더는 생각할 여유가 없었다. 결국 다들 자기 일은 자기가 알아서 할 테고, 그가 상관할 문제는 아니었다.

아직까지는 말이다!

2

　　12월 중순에 접어든 어느 날, 우울한 표정의 하인 앨프릭이 허
브밭을 다시 찾아왔다. 여주인이 요리에 쓸 허브를 구하기 위해
서였다. 이즈음 앨프릭의 모습은 광장을 오가는 이들 사이에 워
낙 일상적이고 익숙해져, 거리의 다양한 왕래와 소음 가운데 그
만이 가진 침묵은 자연히 눈에 띄지 않게 되었다. 캐드펠도 매일
아침 하루치 빵과 맥주를 가지러 제빵소와 식품 저장실로 가는
그를 보았다. 늘 뭔가 골똘히 생각하는 표정으로 말없이 바쁘게
몸을 놀리는 품이, 마치 조금이라도 늑장을 부리는 것이 큰 죄라
도 되는 듯 여기는 모양이었다. 실제로 그럴지도 모를 일이지만
말이다. 마크 수사는 과거의 자신처럼 외롭고 불안해 보이는 그
영혼에 이끌려 몇 차례 앨버릭에게 말을 걸려 해봤지만 모든 시

도가 번번이 실패로 돌아갔다.

"저 친구, 겉보기에 말이 없긴 해요." 마크 수사가 생각에 잠겨 말했다. 그는 연고를 섞으며 캐드펠의 작업장에 있는 의자에 발꿈치를 차고 있었다. "하지만 성격이 까다로운 것 같지는 않아요. 마음에 뭔가 맺힌 게 있을 뿐이지요. 이따금 제가 인사하면 다가와서 미소를 지어주더라고요. 그렇다고 자리에 멈춰 대화를 나누진 않지만요."

"자기 일이 바빠서겠지. 게다가 주인이 까다로운 사람일 수도 있고." 캐드펠이 부드럽게 말했다.

"여기 온 이래 상태가 안 좋다고 들었어요." 마크 수사가 말했다. "저 친구 주인 말이에요. 어디가 아픈 건 아니고, 그저 식욕이 없고 저기압이라던데요."

"나라도 그럴 걸세." 캐드펠은 자기 의견을 말했다. "하릴없이 앉아 시간만 죽이고 있다면 말이야. 게다가 아무리 나이가 들었다 해도 자기 땅을 내놓는 게 즐거울 리 있겠나? 머릿속으로 그려왔던 안락한 생활이라는 것도 현실로 닥치면 썩 좋은 것만은 아닐 게야."

"그 집 하녀가 참 예쁘장하던데요." 마크 수사가 조심스레 덧붙였다. "본 적 있으세요?"

"아니. 여자에게 한눈팔면 곤란하지. 예쁘다고 했나, 그 하녀가?"

"굉장히요. 키는 크지 않지만 통통하고 피부가 하얀 데다 눈은 새까맣고 머리는 금발이에요. 금발에 까만 눈이 썩 잘 어울리더라고요. 어제 그 여자가 앨프릭에게 전할 말이 있다며 마구간에 왔었어요. 앨프릭은 그 여자가 가고 난 뒤에도 이상한 눈빛으로 계속 쳐다보더군요. 그 아가씨 때문에 마음 아픈 일이 있나 봐요."

그럴지도 모른다고 캐드펠은 생각했다. 그가 농노이고 여자가 자유민이라 해도 그녀가 앨프릭을 노예처럼 낮춰 보지 않는다면, 게다가 말릴리의 장원에 있을 때보다 비좁은 곳에서 매일 어깨를 부딪치며 집안일을 하다 보면 더욱 가능성이 높을 것이다.

"만약 자네 얘기를 제롬 수사나 로버트 부수도원장이 듣기라도 했으면, 자네 역시 그 아가씨 때문에 고민하고 있다고들 생각할 걸세." 캐드펠은 날카롭게 한마디 던졌다. "아름다운 여자를 보더라도 곁눈질에 그쳐야 하지. 이곳의 엄격한 규칙을 잊어선 안 돼."

"물론이죠! 조심하겠습니다." 마크 수사는 캐드펠 수사를 두려워하지 않았으며, 그로부터 해야 할 일과 하지 말아야 할 일에 대한 다소 이단적인 사고방식을 배우고 있었다. 사실 이 젊은이의 수도 생활에는 어떠한 경우에도 의심받거나 위태롭다 할 만한 점이 없었다. 일이 순조롭게만 풀렸더라면 옥스퍼드에 가서 공부할 수도 있었겠지만, 그런 기회를 얻지 못했어도 이 젊은이가 서품을 받은 성직자, 그것도 이 세상에 여자가 존재한다는 사실을 알며 그 존재 가치를 인정할 수 있는 훌륭한 성직자가 되리라는 것을 캐드펠은 충분히 확신하고 있었다. 처음에 자신의 의지에 반해 이곳에 왔을 때는 수도원에 몸담기를 강하게 거부했었으나, 결국 그도 자기가 있어야 할 자리를 제대로 찾은 셈이었다. 모든 사람이 다 이 청년처럼 운이 좋지는 않으리라.

어느 흐린 날 오후, 앨프릭이 말린 박하를 얻으러 오두막을 찾아왔다. "마님께서 주인님께 박하 음료를 만들어드려야겠다고 하셔서요."

"요즘 기분이 가라앉고 건강도 좋지 않다는 말은 들었네." 캐드펠이 리넨 주머니를 뒤적이며 말했다. 허브들의 짙은 내음이 방 안에 가득 찼다. 청년은 코를 벌름거리며 감미로운 허브 향기를 한껏 들이마셨다. 실내의 은은한 불빛에 비친 청년의 얼굴이 조금은 편안해 보였다.

"어디가 특별히 아프신 건 아닙니다. 몸에 병이 있다기보다는 마음이 불편하신 거니까. 기운만 내시면 금세 좋아지실 겁니다. 무엇보다 집안일로 골치를 썩이고 계셔서요." 예상 외로 앨프릭이 길게 말을 늘어놓았다.

"자네 같은 하인들이 걱정이겠군. 마님은 더하실 테고."

"마님은 여자로서 할 수 있는 모든 일을 하십니다. 사실 그 누구도 마님만큼 잘하실 수는 없을 거예요. 다만 요 며칠간 하도 어수선한 일들이 많아 주인님 신경이 곤두설 대로 곤두서 있는 상태죠. 주인님은 자식이 고집을 꺾고 당신 앞에 나타나길 바라세요. 당신의 마음을 돌려 상속재산을 자신에게 달라고 간청하길 바라시는 거죠. 그런데 그러질 않으니 몹시 실망하시는 눈치 예요."

캐드펠은 놀란 얼굴로 물었다. "그러니까 상속자를 내치고 수도원에 재산을 기부하셨다 이 말인가? 자식에게 화가 나서? 그건 법률상으로 허용되지 않는데. 어떤 단체도 상속인의 승낙 없이는 그런 재산을 취득할 수 없게 되어 있어."

"친자식이 아니거든요." 앨프릭은 고개를 저으면서 어깨를 으쓱였다. "마님이 첫 번째 결혼에서 얻은 자식이기 때문에 주인님 재산에는 아무 권리도 없는 셈입니다. 상속인으로 삼는다는 유언장을 쓰신 건 사실이지만 그것도 수도원과의 계약으로 말소되었죠. 입회인이 보는 앞에서 서명만 하면 완전히 없던 것으로 되어버리는 모양이에요. 법률상으로도 아무 문제가 없다고 합니다. 아무튼 두 분 사이가 나빠져서 도련님은 약속받은 장원을 잃었고, 더 이상 어쩔 수 없게 된 거죠."

"도대체 무슨 잘못을 했기에 그렇게까지 됐나?" 캐드펠이 의아해하며 물었다.

앨프릭은 못마땅하다는 듯 어깨를 추어올렸다. 말랐으나 넓고 곧은 어깨였다. "아직 어린데 고집이 이만저만이 아니에요. 주인님도 나이가 들면서부터는 조급해지셔서 다른 사람이 당신 뜻을 거스르는 걸 질색하시고요. 도련님이나 다를 바 없죠. 자신의 자유가 침해되는 것을 조금도 참으려 하지 않으니까요."

"아들은 지금 뭘 하고 있나? 지난번 자네 말로는 그 집에 네 명

밖에 안 산다고 했는데."

"도련님도 주인님 못지않게 자존심이 강한 사람이라, 결혼한 누님 댁에 살면서 거기서 장사를 배우고 있습니다. 주인님은 언제라도 자식이 두 손 들고 와서 빌겠거니 생각하시지만, 제가 보기엔 전혀 그럴 기미가 없어요."

그렇다면 상속권을 박탈당한 자식의 친모, 그러니까 두 사람 사이에서 이러지도 저러지도 못하고 갈등을 겪을 부인이 가장 견디기 힘든 상황일 것이다. 주인이 수도원에 장원을 기증한 행동도 어느 정도 이해가 돼. 어쩌면 지금쯤은 홧김에 내린 결정을 후회하고 있을지도 모를 일이지만. 캐드펠은 박하 줄기 다발을 앨프릭에게 건네주었다. 따가운 여름 햇볕에 충분히 말려두어 달걀형의 녹색 이파리들이 아직도 그 형체를 보존하고 있었다. "잘 비벼서 가루를 내어 사용하시라고 하게. 그러면 향기가 한층 짙을 게야. 또 필요하면 미리 알려주게. 그럼 빻아놓을 테니까. 오늘은 시간이 없으니 그냥 가져가게. 이것으로 주인이나 마님께서 원기를 회복하시기를 바라겠네. 그래야 자네에게도 좋지 않겠나." 말을 마친 뒤 캐드펠은 앨프릭의 어깨를 가볍게 두드렸다.

앨프릭의 여윈 얼굴이 미소를 지을 듯 약간 움직였지만, 그저 입꼬리만 씰룩일 뿐 더 이상의 변화는 없었다. "농노 신분에 바라는 게 뭐 있겠습니까. 속죄양이나 마찬가지인데요." 그는 나지막한 목소리로 알아듣기 힘들게 고맙다는 인사를 남긴 뒤 서둘러 오두막을 나갔다.

*

　크리스마스가 가까워지면서 슈루즈베리의 상인들과 근처 크고 작은 장원의 영주들은 그동안 겉으로만 헌신적인 기독교도 행세를 해온 것에 죄의식을 느끼면서 영혼의 안락을 위해 되도록 경제적인 방법으로 공덕을 쌓으려 하고 있었다. 1년 내내 완두콩과 강낭콩과 생선, 어쩌다가 질 낮은 고기가 등장하던 수도원 식탁에 갑자기 큼직한 고깃덩어리와 새 요리가 올라 성 베드로 성 바오로 수도원의 수도사들을 더없이 즐겁게 하고 있었다. 꿀을 발라 구운 케이크며 말린 과일이며 닭고기 요리가 식탁에 오르고, 때로는 사슴 허벅지 고기가 나오는 날도 있었다. 이 보기 드문 성찬으로 수도원은 온통 축제와도 같은 분위기였다.

　개중에는 이런 음식을 기부하면서 수도원의 특정인을 지정하는 사람들도 있었다. 일개 평범한 수사보다는 수도원장이나 부수도원장의 기도가 더 영험하리라는 생각에서 나온 행동이었다. 남부 슈롭셔의 한 기사는 헤리버트 수도원장이 런던으로 소환당한 사실을 알지 못한 채 살이 통통히 오른 메추라기 한 마리를 수도원장 앞으로 보냈다. 메추라기는 수도원장 숙사로 전달되었고, 로버트 부수도원장은 흡족한 마음으로 그것을 받아 그날 점심에 먹을 수 있도록 하라며 요리사인 페트러스 수사에게 보냈다.

　헤리버트 수도원장 일로 부수도원장에게 불만을 품고 있던 페트러스 수사는 그 귀한 새를 한참 노려보면서, 이 녀석을 태우거나 바싹 구워버리거나 아니면 양념을 엉망으로 해서 요리를 망쳐버리면 어떨지 요모조모 따져보았다. 그러나 요리사로서의 자존심과 명예를 아는 그가 차마 그런 짓을 할 수는 없었다. 기껏해야 할 수 있는 일이라고는, 자신이 아는 최선의 방법에 따라 적포도주와 향신료를 섞어 만든 소스로 요리를 하되 가능한 천천히 만들어서 부수도원장의 입에 들어가는 시간을 최대한 늦추는 것뿐이었다.

부수도원장은 지금의 상황에 대단히 만족하고 있었다. 머지않아 수도원장직에 오를 수 있다는 확실한 전망이 보이는 데다 덤으로 말릴리 장원까지 수도원에 편입될 예정이니, 그야말로 호박이 넝쿨째 굴러든 격이었다. 집사의 보고에 따르면 말릴리는 놀라울 정도로 호화로운 선물이었다. 거베이스 보넬은 도대체 무슨 이유에서 그 값진 재산을 단순한 생필품과 맞바꾸기로 결정한 걸까? 이미 예순이 넘었으니 은거 생활도 그리 오래가지 않을 텐데. 약간의 경의만 표하며 지내다 보면 그 모든 재산이 수중으로 들어올 것이니, 이렇게 괜찮은 거래도 다시없을 터였다. 수도원 안팎의 소식을 두루 꿰고 있는 정보통 제롬 수사에 따르면, 보넬은 현재 식욕을 잃고 건강도 좋지 않은 상태라고 했다. 수도원장의 식탁에 올라온 요리를 보내면 꽤나 고마워할 것이다. 별로 큰 공 들이지 않고도 생색을 낼 수 있는 기회였다. 게다가 이 메추라기는 살집이 좋아 양도 꽤 나올 듯했다.

페트러스 수사가 메추라기에 적포도주 소스를 얹고 로즈메리와 루타[19]로 맛을 내는 사이, 로버트 부수도원장이 한껏 위엄을 부리며 당당한 걸음걸이로 수도원장 전용 조리실에 들어섰다. 부수도원장은 냄비에 코를 갖다 댄 채 킁킁대며 냄새를 맡더니, 냄새만큼이나 근사해 보이는 요리를 찬찬히 뜯어보았다. 페트러스 수사는 싫은 표정을 드러내지 않으려고 고개를 푹 숙인 채 요리에만 전념하면서, 속으로는 자신이 최선을 다해 만든 이 메추라기 요리가 제발 부원장의 마음에 들지 않기를 빌고 또 빌었다. 그러나 그의 기도는 허사였다. 그 냄새가 어찌나 기막힌지, 로버트 부수도원장은 손님에게 요리를 나눠주겠다는 계획을 포기해버릴까 생각할 정도였다. 물론 말릴리라는 커다란 유혹 앞에서 정말 그럴 수는 없었지만 말이다.

　"듣자 하니 물방앗간 저수지 집으로 이사 온 손님의 건강이 좋지 않다 하오. 입맛도 잃었다더군. 페트러스 형제, 이 요리를 조금 덜어 그 손님에게 보내도록 하시오. 뼈를 발라 내 전용 접시에 담아야 하오. 다른 음식은 못 먹어도 이걸 먹으면 입맛이 돌아올 거요." 이어 부수도원장은 다시 한번 감탄의 말을 던졌다. "정말이지 기막힌 냄새군."

　"최선을 다했습니다." 그 반대였으면 얼마나 좋았을까 생각하면서 페트러스는 퉁명스럽게 대꾸했다.

　"우리 모두 최선을 다하지." 로버트 부수도원장은 엄숙한 표정으로 고개를 끄덕였다. "당연히 그래야만 하고." 부수도원장은 들어올 때와 마찬가지로 무척이나 흡족한 얼굴로 조리실을 나갔다. 지금 자신의 모습, 그리고 자신을 둘러싼 모든 것이 그로서는 더할 나위 없이 만족스러웠다. 페트러스는 고개를 숙인 채 눈을 치켜뜨고 그의 뒷모습을 뚫어지게 바라보다가 애꿎은 조수 둘에게 고함을 지르며 화풀이를 했다. 둘 모두 페트러스가 요리를 할 땐 가까이 가지 않는 편이 신상에 이롭다는 것을 알기에 구석으로만 빙빙 돌며 명령이 떨어지기를 기다리고 있다가 날벼락을 맞은 꼴이었다.

제아무리 다혈질인 페트러스 수사에게도 명령은 명령이었다. 그는 부수도원장의 지시를 따르기로 하고, 자기 재량으로 가장 맛있는 부위를 떼어내 거기에 소스를 듬뿍 쳤다.

"입맛이 없다고?" 페트러스는 마지막으로 맛을 본 뒤 자신의 작품에 만족하여 중얼거렸다. "이 정도면 죽어가던 사람도 벌떡 일어날 거다."

*

식당으로 가던 캐드펠 수사는 앨프릭이 수도원장 숙사의 조리실에서 나와 나무 쟁반 위에 뚜껑 덮인 접시를 받쳐 든 채 수도원 정문 쪽으로 바삐 걸음을 옮기는 모습을 보았다. 손님에게 제공되는 식사는 수사들 것보다 조금 낫지만, 그래봐야 소금에 절인 고기의 양이 조금 더 많은 정도였다. 냄새로 미루어보아 양파를 넣고 삶은 쇠고기와 콩 요리인 것 같았다. 다만 위에 올라간 작은 접시에서는 뭔가 색다른 냄새가 풍겼으니, 새로 온 손님에게 과수원 사과로 만든 디저트에 앞서 또 다른 특별 요리가 제공되는 모양이었다. 앨프릭은 꽤나 무거운 듯 보이는 쟁반에 정신을 집중한 채 저수지 근처의 집으로 서둘러 걸어갔다. 그곳까지 그리 먼 거리는 아니었다. 수도원 담장이 끝나는 곳에서 왼쪽으로 조금 가다 보면 물방앗간 저수지가 나오는데, 그 너머 첫 번째 집이 바로 앨프릭의 목적지였다. 집 뒤쪽에는 세번강을 가로지르는 다리와 슈루즈베리 성벽과 성문이 있었다. 거리는 멀지 않지만 12월의 이런 날씨에 음식을 식지 않게 하려면 서둘러야 했다. 물론 손수 요리를 하지 않더라도 그 집에는 화로와 냄비와 접시가 있을 것이며, 장원을 제공하는 대가로 지급받는 땔감도 충분할 터였다.

캐드펠은 식당으로 들어가 자리에 앉았다. 음식은 예상했던 대로 삶은 쇠고기와 콩 요리였다. 특별 요리 같은 건 보이지 않았다. 수도원장의 보좌 수사인 리처드 수사가 상석에 앉아 식사를 관장했다. 로버트 부수도원장은 수도원장 숙사에서 혼자서 식사를 즐겼다. 메추라기 요리는 더없이 훌륭했다.

*

모두 식사를 마친 뒤 감사 기도를 올리고 자리에서 일어설 때,

갑자기 문이 열리더니 문지기실에서 일하는 평수사가 숨이 끊어질 듯 황급히 식당 안으로 달려 들어왔다. 그 바람에 리처드 수사는 하마터면 문에 얼굴을 부딪칠 뻔했다. 평수사는 곧장 에드먼드 수사에게 달려가 말을 꺼내기 시작했는데, 달려오느라 숨이 가빠 말이 제대로 이어지지 않았다.

"보넬 씨가…… 하녀가 와서 도와달라고……." 여기서 평수사는 숨을 한 번 크게 들이쉬고는 한참 뒤에 다시 말을 이어갔다. "상태가 매우 안 좋답니다. 거의 숨이 끊어질 지경이라는데…… 마님께서 빨리 사람을 좀 보내달라고 했답니다!"

에드먼드 수사는 평수사의 팔을 잡았다. "어디가 아프다는 거요? 기절한 것인가? 경련을 일으켰소?"

"아닙니다. 하녀 얘기로는 그렇지는 않답니다. 아주 기분 좋게 식사를 하셨는데, 15분쯤 지나자 갑자기 입안이 얼얼하고 쑤신다면서 토하고 싶다고 하셨답니다. 하지만 정작 토는 안 나왔고 입술과 목이 뻣뻣하게 굳었다고……."

그 말대로라면 하녀는 참으로 훌륭한 목격자이기도 하다고, 캐드펠은 생각했다. 그는 이미 작업장을 향해 문을 나서고 있었다. "에드먼드 형제, 먼저 그리로 가보십시오. 전 필요한 약들을 챙겨 곧장 뒤따라가겠습니다."

캐드펠이 달려가고, 에드먼드 수사도 그 뒤를 따라 뛰었다. 이어 소식을 전한 평수사가 숨 돌릴 사이도 없이 하녀가 기다리고 있는 문지기실 쪽으로 내달렸다. 입술과 입안과 목구멍이 얼얼하게 쑤시고 찌르는 듯하더니 곧 뻣뻣하게 굳어버렸다면 무엇보다 먹은 것을 토해내는 것이 급선무야. 15분 전에 먹은 식사가 탈이 났다면 겨자를 먹여 토하게 하는 조치도 이미 늦었을지 모르겠군. 그래도 어쨌든 시도는 해봐야겠지. 식욕을 잃은 사람이 과식을 해 탈이 난 것이라면 그게 최선의 방법이니까. 그러나 혀와 목구멍이 쑤시고 뻣뻣하게 굳는 증상이라면⋯⋯. 이는 캐드펠이 언젠가 보았던 치명적인 증세와 비슷했다. 그 증세의 원인이 무엇인지도 그는 잘 알고 있었다. 캐드펠은 허겁지겁 선반 위에서 약을 꺼내 들고 문지기실을 향해 달리기 시작했다.

12월의 차가운 날씨에도 불구하고 물방앗간 너머 첫 번째 집 현관은 활짝 열린 채였다. 집 주위에는 침묵의 기운이 무겁게 드리워 있었다. 엄청난 참사가 벌어진 현장에서 느껴질 법한 묘한 분위기랄까. 방 셋과 부엌 하나, 뒤쪽으로는 저수지까지 이어진 작은 뜰이 딸린 아담한 집이었다. 캐드펠은 전에도 이곳을 방문한 적이 있던 터라 그 집의 구조를 잘 알고 있었다. 부엌문은 저수지와 반대 방향으로 나 있고, 세번강 너머로 슈루즈베리 시내가 훤히 바라다보였다. 남쪽으로 난 창에 덧문을 대지 않아 부엌에는 조리 작업에 필요한 빛과 공기가 어느 정도 들어왔지만, 겨울철 이른 시간이라 집 안은 대체로 어둠에 잠겨 있었다. 캐드펠은 바람에 저수지의 수면이 은빛으로 반짝이며 물결치는 것을 보았다. 집이 수면보다 높은 지대에 있는데도 이곳 앞뜰의 폭은 상당히 협소했다.

겁에 질린 목소리가 새어 나오는 내실 문 옆에 한 여자가 서 있었다. 여자는 가슴께 올린 두 손을 꼭 그러모은 채 긴장해서 벌벌 떨며, 현관으로 들어서는 캐드펠을 간절하게 바라보았다. 캐드펠도 가까이 다가가면서 상대의 얼굴을 자세히 볼 수 있었다. 여자는 그와 동년배에 키도 비슷했다. 수수하고 단정한 옷차림에 까만 머리는 은색 띠로 묶어 틀어 올렸고, 달걀형의 갸름한 얼굴에는 짙은 갈색 눈의 가장자리를 제외하고는 주름 하나 보이지 않았다. 전체적으로 쾌활하고 친근감을 주는 인상이었다. 그녀는 도움을 청하듯 캐드펠의 손을 꼭 쥐었다. 42년이라는 세월이 무색하게도, 그녀는 여전히 매력과 아름다움을 간직하고 있었다.

*

캐드펠은 한눈에 그녀를 알아보았다. 열일곱 살 이후 처음이었다. 그때 두 사람은 남들 모르게 장래를 약속한 사이였다. 가족이 알았다면 둘의 만남을 인정했으리라. 그러나 그는 십자군에 참가하기 위해 성지로 떠나야 했다. 많은 무공을 세우고 돌아와 그녀와 결혼하겠다는 굳은 약속을 하고 떠났으나, 병사로서 또 선원으로서 겪어야 했던 숱한 열광과 흥분과 위험 속에서 모든 것을 잊고 말았다. 그는 귀국을 차일피일 미루지 않을 수 없었다. 그녀 역시 캐드펠을 기다리겠다고 철석같이 약속했지만, 마침내 기다림에 지치고 부모의 권유에 못 이겨 보다 안정적인 남자와 결합

하고 말았다. 그는 그녀의 행복을 진심으로 빌었다. 그러나 이곳에서 재회하리라고는 꿈에도 생각지 못했다. 그녀와 결혼한 남자는 보넬이라는 북부 영주가 아니라 슈루즈베리의 성실한 장인이었으니까. 그 후로는 그녀의 소식을 들은 적도, 그녀에 대해 생각할 여유도 없었다.

그러나 캐드펠은 한눈에 그녀를 알아보았다. 42년이라는 세월이 흘렀지만 결코 모를 수 없었다! 마치 그 모습을 한순간도 잊지 못하고 지내왔던 것만 같았다. 자신에게 전적으로 의지하고 있는 모습, 고개를 돌리는 방식과 돌돌 감아 올린 저 머리 모양, 그리고 무엇보다도 저 눈. 어둠 속에서도 빛을 발하는 크고 맑고 솔직한 저 눈.

그 순간, 다행스럽게도 그녀는 그를 알아보지 못하는 듯했다. 그럴 만도 했다. 그는 알아보기 힘들 정도로 많이 변해 있었다. 그녀가 알지 못하는 세계가 그를 감화하고 적응케 하여 몸과 마음을 송두리째 변화시켰던 것이다. 그녀의 눈에 비친 사람은 단지 허브와 약물에 정통한, 병든 남편을 도우러 달려온 일개 수사일 뿐이었다.

"이쪽으로 오시죠, 수사님……. 이쪽이에요. 진료소 담당 수사님이 그이를 침대에 눕혔습니다. 아, 제발 그이를 살려주세요!"

"제 힘껏 해보겠습니다. 신의 가호가 있으실 겁니다." 캐드펠은 그녀를 따라 들어갔다. 식탁과 의자가 놓인 거실은, 한 사람의 갑작스러운 발작이라기보다는 그 이상의 무언가 중대한 사태에 의해 중단된 듯 보이는 식사의 잔해들로 온통 난장판이 되어 있었다. 보넬은 분명 아무 문제 없이 식사를 잘 마쳤다는데 식탁과 바닥에는 깨진 그릇 조각들이 어지럽게 널려 있지 않은가. 그 난장판에도 아랑곳없이, 그녀는 캐드펠을 환자가 있는 방으로 서둘러 안내했다.

침대 곁에 앉아 있던 에드먼드 수사가 기겁한 눈으로 자리에서 일어섰다. 환자를 가능한 한 편안하게 해주려고 힘닿는 데까지 노력했건만 그로서는 더 이상 할 수 있는 일이 없던 터였다. 캐드펠은 침대로 다가가 거베이스 보넬을 내려다보았다. 백발이 드문드문 섞인 갈색 머리를 한, 덩치 크고 살이 찐 남자였다. 짧은 턱수염은 반쯤 벌린 입에서 흘러나온 침으로 축축이 젖어 있었다. 안색은 납빛처럼 창백했고, 열린 동공은 초점 없이 허공을 향해 있었다. 잘생긴 얼굴이었지만 지금은 흙빛 가면을 쓴 것처럼 아무 움직임이 없었다. 캐드펠은 맥을 짚어보았다. 가늘고, 느리고, 불규칙했다. 환자는 가쁜 숨을 힘겹게 몰아쉬었다. 턱과 목은 이미 돌처럼 딱딱했다.

"그릇을 갖다주십시오." 캐드펠은 무릎을 꿇으면서 말했다. "그리고 달걀흰자를 우유에 타서 준비해주세요. 드신 것을 토하게 해야 하는데 이미 늦지나 않았는지 모르겠습니다. 독은 먹는 것도 해롭지만 토하는 것도 좋지 않아요." 누가 그릇을 가지러 가는지 일부러 고개를 돌려 확인하지는 않았다. 그 방에 에드먼드 수사와 보넬 부인과 환자 외에도 세 사람이 더 있다는 것을 그

62

는 그때까지도 모르고 있었다. 물론 그 중 둘은 앨프릭과 하녀였다. 그리고 누군가 나무로 만든 그릇을 가지고 와서 환자의 입가에 댈 때에야, 비로소 캐드펠은 나머지 한 사람의 존재를 알아차렸다. 한마디 말도 없이 잽싸게 몸을 놀리는 품이 마음에 들어 캐드펠은 고개를 들고 그를 힐끔 쳐다보았다. 리스 수사의 종손자인 웨일스 청년 메이리그의 겁에 질린 얼굴이 눈에 들어왔다.

"좋습니다! 에드먼드 형제, 환자의 머리를 잡아 움직이지 않게 해주십시오." 반쯤 벌어진 입에 겨자액을 흘려 넣는 일은 그리 어렵지 않았지만 이미 굳은 목구멍이 액체를 넘기지 못했다. 겨자액은 대부분 다시 흘러나와 그릇과 수염 주위를 더럽혔다. 환자의 머리를 받치고 있는 에드먼드 수사의 손이 마구 떨렸다. 그릇을 든 채 서 있는 메이리그도 떨고 있기는 마찬가지였다. 환자의 거대한 몸이 한차례 발작을 일으키며 부르르 떨더니, 이내 맥박이 약해졌다. 이미 때가 늦은 것이다. 캐드펠은 손쓰기를 포기했다. 그저 그대로 숨이 끊어지지 않기만을 바라며 발작이 가라앉기를 기다릴 뿐이었다.

"우유와 달걀을 주십시오." 캐드펠은 환자가 질식하지 않도록 조심하면서 조금씩 액체를 흘려 넣었다. 이미 식도 주변에 퍼진 독은 막을 수 없지만, 그래도 이렇게 하면 손상 부위에 얇은 막이 형성되어 더 이상 퍼지지 않게 해줄 터였다. 그는 참을성을 가지고 스푼의 액체를 한 방울 한 방울씩 떨어뜨렸다. 죽음의 정적이 서서히 주위를 감싸고, 지켜보는 이들 모두 숨을 죽였다.

그 커다란 몸이 힘을 잃고 움츠러드는가 싶더니 침대 위로 털썩 떨어졌다. 맥박은 더욱 약해졌다. 허공을 바라보던 환자의 눈이 초점을 잃으며 몸이 축 늘어졌다. 목 근육이 움직임을 멈춰 음식물을 삼키지 못한 채로 뻣뻣하게 굳었다. 호흡과 맥박이 정지했다. 갑작스레 죽음이 찾아왔다.

캐드펠 수사는 스푼을 그릇에 내려놓고 환자의 발치게에 털썩 주저앉았다. 그러곤 주위에 빙 둘러선 사람들을 처음으로 차근차근 살펴보기 시작했다. 떨리는 두 손에 지저분한 내용물이 담긴 그릇을 들고 있는 메어리그, 에드먼드 수사의 어깨 너머에서 하얗게 질린 얼굴로 침대를 내려다보는 앨프릭, 그리고 크나큰 충격에 눈물도 흘리지 못하고 작고 여린 두 손으로 입을 가린 채로 얼어붙은 듯 서 있는 하녀(마크 수사의 말은 과장이 아니었으니, 금발에 까만 눈을 한 그녀는 대단히 아름다웠다), 마지막으로 남편을 잃은 보넬 부인. 한때 리힐디스 본이라 불리던 그녀는 지금 남편의 주검 앞에서 대리석 같은 얼굴을 하고 있었다. 그녀의 눈에 서서히 눈물이 고였다.

"이제 우리가 할 수 있는 일은 없습니다." 캐드펠이 말했다. "운명하셨습니다."

주위에 선 사람들은 한줄기 거센 바람이 들이치기라도 한 듯 몸을 부르르 떨었다. 미망인의 눈에 가득 고인 눈물이 미동도 않는 뺨을 타고 흘러내리기 시작했다. 그녀는 아직도 눈앞에서 벌어진 일을 현실로 받아들이지 못하고 있었다. 에드먼드 수사가 그녀의 팔을 잡으며 부드럽게 말했다. "일손이 필요할 겁니다. 저희 모두 유감스럽게 생각합니다. 저희가 힘닿는 데까지 도와드리겠습니다. 준비가 될 때까지 시신은 교회에 안치하도록 하지요. 제가 지시를 해두겠…….”

"안 됩니다." 캐드펠이 힘겹게 몸을 일으키며 그의 말을 잘랐다. "아직 그럴 수 없습니다, 에드먼드 형제. 이 죽음은 자연사가 아닙니다. 음식물에 섞인 독에 의한 죽음이에요. 행정 장관에게 맡겨야 할 사건이니, 그때까지 이곳에 있는 어떤 것도 만지거나 옮겨서는 안 됩니다."

잠시 침묵이 흘렀다. 앨프릭이 목쉰 소리로 말했다. "하지만 어떻게 그런 일이 있을 수 있습니까? 말이 안 되는 일이에요! 저희도 같이 먹었습니다. 여기 있는 사람들 전부가요. 음식이 잘못되었다면 저희도 잘못되었어야 하지 않습니까?"

"맞는 말이에요!" 미망인은 떨리는 목소리로 말하더니 소리 높여 흐느끼기 시작했다.

"그 작은 접시는 아니잖아요." 하녀가 겁에 질린 듯하면서도 단호한 목소리로 나지막이 입을 열었다. 그녀는 사람들의 시선이 자신에게 향하는 것을 깨닫고 얼굴을 붉혔지만 이내 말을 이었다. "부수도원장님이 보내신 접시 말이에요."

"하지만 그건 부수도원장님이 당신 요리에서 일부를 덜어 보내신 겁니다." 앨프릭은 충격을 받은 표정이었다. "페트러스 수사님 말씀으로는, 식사의 일부를 덜어 주인님께 예를 갖춰 보내라는 지시를 받으셨다고 했어요. 주인님 식욕이 돌아오도록요."

에드먼드 수사는 겁에 질린 표정으로 캐드펠을 바라보았다. 그는 캐드펠의 얼굴에서 자신의 끔찍한 추측이 틀리지 않았음을 읽고 경악해 마지않아 숨 가쁜 소리로 말했다. "부수도원장님께 가봐야겠습니다. 아, 하느님, 제발 그분께 아무 일도 없기를! 행정 장관께도 알려야겠습니다! 부수도원장께서 무사하셔야 할 텐데. 캐드펠 형제, 내가 돌아올 때까지 여기 계십시오. 아무것도 만지지 마십시오."

"그렇게 하겠습니다." 캐드펠 수사는 근심이 가득한 얼굴로 대답했다.

*

에드먼드 수사의 다급한 발소리가 멀어져가자, 캐드펠은 그때까지 아무 말 못 하고 서 있는 사람들을 거실로 내보내야겠다고 생각했다. 침실에는 병과 땀과 죽음의 냄새가 뒤범벅된 역겨운 공기가 가득했고, 더하여 미미하면서도 강렬한 모종의 냄새가 분명히 떠돌고 있었다. 잠시라도 주의를 집중하면 이 냄새가 어디서 오는지 알 수 있을 듯했다.

"여기 있어도 더는 할 일이 없습니다." 캐드펠은 사람들을 진정시키려고 부드럽게 말했다. "권한 없이 우리는 아무것도 할 수 없어요. 그리고 여기에는 원인을 밝혀야 할 죽음이 있습니다. 그

러니 여기 서서 고민해보았자 아무 소용이 없어요. 자, 밖으로
나가서 앉으십시오. 포도주나 맥주가 남았으면 마님께 좀 드리
도록 해요. 여러분도 편히 쉬어요. 우리가 이곳에 왔으니, 이제
모든 것을 수도원에 맡기십시오."

그들은 정신이 나간 듯 아무 말도 못 하고 멍청히 서 있다가 이
내 순순히 캐드펠의 말에 따랐다. 앨프릭만이 깨진 접시 조각과
어지럽게 흐트러진 식탁을 내려다보다가 하인으로서의 임무가
생각났는지 떨리는 목소리로 이렇게 물을 뿐이었다. "깨진 그릇
들도 그냥 둘까요?"

"그래. 아무것도 만져선 안 되네. 자리에 앉아서 편안히 쉬게.
행정 장관이 조사하기 전까지는 어떤 것에도 손대서는 안 돼."

캐드펠은 사람들을 내보내고 혼자 침실에 남아 문을 닫았다.
조금 전 맡았던 그 기묘한 냄새는 토사물의 역한 냄새에 눌려 이
제 거의 분간할 수 없었으나, 사자死者의 뒤틀린 입술 주변에 묻
은 흔적에는 아직 뚜렷이 남아 있었다. 비록 그의 코는 뭉툭하고
비틀어진 형태에 햇볕에 그을려 있었으나, 수사슴의 것처럼 정확
하고 예리한 후각을 가지고 있었다.

그 냄새를 제외하면 사건 현장에서는 더 이상 얻을 것이 없어
보였다. 캐드펠은 사람들이 모여 있는 옆방으로 갔다. 미망인은
꼭 쥔 두 손을 무릎 위에 얹은 채 여전히 믿기지 않는 듯 고개를
가로저으면서 연신 중얼거리고 있었다. "어떻게 이런 일이 일어
났지? 어떻게 이런 일이!" 하녀는 미망인 옆자리에 앉아 어깨에

팔을 두르고 그녀를 위로했다. 앨프릭과 메이리그는 가만있지 못하고 불안한 표정으로 방 안을 오갔다. 캐드펠은 다른 이들의 눈에 띄지 않는 곳에 서서 식탁을 바라보았다. 의자가 셋, 잔도 셋이었다. 의자 중 하나는 바닥에 쓰러져 있었다. 맥주가 흥건히 엎질러진 것으로 보아, 보넬이 고통을 느끼며 일어서다가 의자를 넘어뜨린 것 같았다. 식탁 한가운데에는 먹다 남은 요리가 담긴 접시가 놓여 있었다. 기묘하게도, 세 사람의 접시 중 둘은 깨끗이 비워져 있었으나 나머지 하나는 거의 손을 대지 않은 상태였다. 이 집에서 전부 다섯 명(아니 어쩌면 여섯 명일지도 모른다)이 식사를 했다는데, 한 사람을 제외하고 다른 사람들은 모두 멀쩡했다. 식탁에는 헤리버트 수도원장 전용의 작은 접시도 있었다. 조금 전 앨프릭이 수도원 앞마당을 가로질러 갈 때 그가 보았던 바로 그 접시였다. 그 접시에는 소스만 약간 묻어 있을 뿐 요리는 남아 있지 않았다. 보넬은 로버트 부수도원장이 보낸 요리를 깨끗이 비운 것이다.

"이 접시에 담긴 요리는 보넬 씨 외에 아무도 먹지 않은 겁니까?" 캐드펠은 접시 가장자리에 조심스럽게 코를 들이대고 냄새를 맡아본 뒤 질문을 던졌다.

"네." 미망인은 겁에 질려 대답했다. "부원장님께서 친절하게도 남편에게 특별히 보내주신 음식이라……."

그렇기에 보넬은 그 요리를 깨끗이 비웠다. 그것이 끔찍한 결과를 낳았고.

"자네들 셋, 그러니까 메이리그, 앨프릭 그리고 자네…… 자네 이름은 못 들었군."

"알디스라고 합니다." 하녀가 말했다.

"그래, 알디스. 그러니까 자네들 셋은 부엌에서 식사를 했다는 거지?"

"네, 앞에 낸 음식들이 비워지기 전에 남은 요리들을 데워서 내가야 했기에 부엌에 있었습니다. 앨프릭은 원래 늘 부엌에서 식사하고요. 그런데 메이리그가 찾아와서……." 알디스는 잠시 말을 멈추고 얼굴을 살짝 붉혔다. "……저하고 같이 있었습니다."

일이 그렇게 된 것이군. 무리도 아니었다. 알디스는 정말 아름다웠으니까.

캐드펠은 부엌으로 가보았다. 알디스는 아름다울 뿐 아니라 부지런한 하녀였다. 부엌에는 반들반들 닦인 냄비며 솥단지들이 가지런히 놓여 있었다. 화로 양옆에는 철망을 얽어 만든 보호대가 세워져 있었고, 그 위에 작은 그릇이 얹혀 있었다. 화로 근처 벽에 붙어 있는 의자 두 개와 열린 창문 밑 선반에 놓여 있는 나무 그릇 세 개도 눈에 들어왔다.

뒤쪽 방에서는 여전히 무거운 침묵이 흘렀다. 캐드펠은 열린 부엌문을 통해 밖으로 나와 길 쪽을 바라보았다.

다행히 두 번째 죽음은 걱정하지 않아도 될 듯했다. 화가 머리 끝까지 치민 로버트 부수도원장이, 위엄을 유지하느라 뛰지는 않았으나 에드먼드 수사가 거의 따라잡기 힘들 만큼 빠른 걸음으로 옷자락을 펄럭이며 이쪽을 향해 오고 있었다.

*

"평수사를 슈루즈베리에 보내두었소." 부수도원장이 집에 모여 있는 사람들에게 말했다. "행정 장관께 이 사건을 즉시 고하라고 했소. 이번 죽음이 자연사가 아니라 독살이라 들었소. 아아, 부인, 남편을 잃으셔서 얼마나 마음 아프시겠소! 이런 끔찍한 일이 우리 수도원의 사택에서 일어난 것은 사실이지만, 수도원 담장 밖에서, 그러니까 수도원의 직접적인 관할구역 밖에서 일어났으니 앞으로는 행정 당국에서 이 일을 처리할 것이오." 부수도원장은 그 점을 몹시 다행스럽게 생각하는 듯했다. "그러나 우리가 도울 수 있는 것은 무엇이 되었든 도와야겠지요. 그것이 우리의 의무니까."

남편을 잃은 부인에게 심심한 위로의 말을 건네고 장례식을 비롯하여 자신이 도울 수 있는 일은 무엇이든 돕겠다고 말은 했지만, 로버트 부수도원장은 내심 몹시 격분하고 있었다. 책임을 맡은 지 며칠도 안 되어 자신의 관할구역 안에서, 그것도 자신이 생색을 내느라 직접 하사한 요리 때문에 이런 끔찍한 사건이 벌어지다니, 어떻게 이런 일이 있을 수 있는가? 그저 장례식을 적당히 치르고 수도원 묘지 한 귀퉁이에 시신을 매장한 다음, 나머지는 행정 장관의 손에 넘겨 한시라도 빨리 이 사건을 매듭지을 수 있기를 바랄 뿐이었다. 그는 침실 문간에서 역겨운 표정으로 허둥지둥 성호를 긋고 기도문을 외운 다음 문을 닫았다. 자신에게 이러한 엄청난 시련과 불편을 끼쳤다는 점에서 이 집의 모든 사람들이 못마땅했지만, 그중에서도 그를 가장 화나게 하는 건 이 사건이 독살이라는 무책임한 주장을 펼치며 나대는 캐드펠 수사였다. 캐드펠의 주장대로라면 수도원 전체가 이 사건에 말려들 것이 뻔했다. 게다가 말릴리 건은 아직 계약이 완전히 성사되지 않은 상태였다. 이제 그 장원은 그의 손에서 영영 멀어져버릴지도 몰랐다. 계약이 법적으로 확정되기 전에 보넬이 죽어버렸으니 누군가 다른 사람에게 이 막대한 재산이 돌아가는 것은 아닐까? 만약 서명이 이루어지기 전에 다른 상속인이 나타나면 그 사람 손에 들어가게 되는 것이 아닐까?

"캐드펠 형제." 부수도원장은 자기보다 머리 하나쯤 작은 캐드펠을 내려다보면서 말했다. "형제는 여기 이 음식물에 누군가가 독을 넣었다고 주장하는데, 그 성급한 결론이 행정 장관의 귀에 들어가기 전에 다른 가능성을 생각해볼 수는 없겠소? 갑작스럽게 발병을 했거나 우연히 독이 섞여 들어갔거나 하는 가능성 말이오. 왜, 건강한 사람도 한순간에 급사하는 경우가 있잖소. 형제가 확신을 갖고 독살을 주장하는 이유가 궁금하군. 왜 그렇게 생각하는지, 무슨 특별한 증거라도 있는지 말이오."

"발현된 증상을 보고 알았습니다." 캐드펠은 말했다. "입술과 입안과 목구멍이 찌르듯 쑤시고 욱신거렸다고 했습니다. 그다음에는 그 부분에 경직 현상이 나타나 물을 삼키지 못하고, 호흡이 곤란해지고, 몸 전체가 딱딱하게 굳으면서 심장박동이 현저하게 떨어지는 증상을 보였죠. 동공이 확대되고 눈에 초점이 없어졌고요. 이런 증세는 전에도 한 번 본 적이 있습니다. 그때는 그 남자가 병을 손에 쥐고 있어서 무엇을 마셨는지 금세 알 수 있었지요. 몇 년 전 일인데, 아마 부원장님도 기억하실 겁니다. 슈루즈베리 시장이 열렸을 때 술에 취해 제 작업장에 몰래 들어온 한 마부가 술인 줄 알고 독약을 마신 사건이 있었잖습니까. 그때는 마신 지얼마 지나지 않아 바로 발견됐기 때문에 생명을 구할 수 있었지요. 그러나 보넬 씨의 경우에는 시간이 많이 지나 손을 쓸 수 없었습니다. 하지만 증상은 그때와 똑같았습니다. 그래서 같은 독이 사용되었다는 것을 알게 되었지요. 또 보넬 씨 입술에서 풍기는 냄새와 그분이 드신 요리 접시, 그러니까 부원장님께서 보내신 그 접시에 남은 흔적으로도 확인할 수 있었습니다."

캐드펠의 말에 담긴 뜻을 제대로 간파하고 부수도원장의 얼굴빛이 변했으리라 생각한다면 큰 오산이리라. 그의 안색은 전과 다름없이 여전히 상앗빛 그 자체였고, 표정 또한 조금도 달라지지 않았다. 부수도원장은 결코 소심한 인물이 아니었으니, 지극히 당당한 태도를 유지한 채 캐드펠에게 물었다. "형제는 아주 자신 있게 말하는데, 그 독이란 게 대체 어떤 것이오?"

"관절염 특효약으로 제가 직접 만든 기름입니다. 그것을 손에 넣을 방법은 두 가지밖에 없습니다. 제 작업장에서 빼내거나 아니면 다른 곳에서 몰래 소량을 훔치는 거지요. 그 다른 곳이란 바로 우리 수도원의 진료소입니다. 약은 '수도사의 두건'이라 불리는 풀로 만듭니다. 꽃의 모양 때문에 그런 이름이 붙었지요. 투구꽃이라고도 부릅니다. 그 식물의 뿌리는 상처 부위에 바르면 통증이 완화되는 효과가 있지만, 마실 경우에는 치명적인 독이 됩니다."

"식물 뿌리로 만드는 것이라면 다른 이들도 그 독을 추출해낼 수 있겠군." 부수도원장은 냉랭하게 말을 이었다. "그렇다면 우리 수도원이 아니라 완전히 다른 곳에서도 구할 수 있다는 얘기가 될 텐데."

"그렇지 않습니다." 캐드펠은 주장을 굽히지 않았다. "제가 만든 약의 냄새가 독특해서 잘 알고 있습니다. '수도사의 두건'뿐 아니라 겨자기름과 바위솔 냄새가 섞여 있는 것을 보면 확실합니다. 저는 이것을 마셨을 때 나타나는 증상에 대해서도 잘 알고 있습니다. 틀림없습니다. 그러니 행정 장관께도 이대로 말씀드리려 합니다."

"자기 분야에 정통하다는 건 좋은 일이지." 부수도원장의 말투는 여전히 쌀쌀하기 그지없었다. "그러면 형제는 여기 남아 기다리다가 프레스코트 행정 장관이나 보좌관에게 형제가 알고 있는 사실을 모두 말하시오. 나는 지금 이 수도원의 평화와 질서를 유지할 책임을 지고 있는 입장이니, 일단 내가 먼저 만나본 뒤 그들을 이리로 보내겠소. 그 사람들이 필요한 조사를 마치고 나면 진료소 일을 맡은 형제들을 불러 시신을 수습해 교회로 운구하도록 하시오." 이어 부수도원장은 미망인 쪽으로 돌아서더니 지금까지와는 사뭇 다른 어조로 입을 열었다. "부인, 부인의 신분 보장에 대해서는 걱정하실 것 없습니다. 공연한 일로 괴롭혀드리지는 않겠습니다. 다시 한번 진심으로 애도의 뜻을 표하는 바입니다. 언제라도 필요한 것이 있으면 아랫사람들을 보내십시오." 그런 뒤 그는 불안한 표정으로 안절부절못하는 에드먼드 수사에게 말했다. "나랑 같이 진료소로 가봅시다. 그 약이 보관된 장소를 보고 싶군. 관계자 이외의 사람이 손에 넣을 수 있는지도 알아보고 싶고. 캐드펠 형제는 여기 남아 계시오."

부수도장은 도착할 때 그랬듯이 당당하고도 빠른 걸음으로 집을 나섰다. 진료소를 책임지는 에드먼드 수사가 종종걸음으로 그 뒤를 따랐다. 캐드펠은 그들의 뒷모습을 바라보며 생각에 잠겼다. 이해할 수 있는 일이었다. 그토록 바라던 지위에 오르자마자 이런 참혹한 사건이 일어났으니 부수도원장의 심정이 어떨지는 충분히 짐작할 만했다. 부수도원장은 이 죽음이 불행하기는 하지만 전혀 의심할 구석이 없는 자연사, 예컨대 심장마비에 의한 돌연사쯤으로 무마하기 위해 모든 노력을 다할 터였다. 아직 미결 상태인 계약을 감안한다면 예상되는 문제야 한두 가지가 아니지만, 타살의 가능성을 최대한 줄여 공연한 소문을 불러일으키지 않으려 하리라. 설령 타살로 밝혀지더라도 수도원과 상관없는, 확인 불가능한 외부인에 의한 살인으로 몰고 가 영구 미제 사건으로 처리되기를 바랄 것이다. 그 점에 대해 비난할 수는 없으리라고 캐드펠은 생각했다. 그러나 자신이 만든 진통제가 살인에 쓰였다는 것은 그냥 넘길 일이 아니었다.

캐드펠은 침통해하며 한숨을 내쉬는 유족들 쪽으로 몸을 돌렸다. 그때 그의 눈이 미망인의 검은 눈과 마주쳤고, 그는 흠칫 놀랐다. 지난 스무 해의 세월과 어깨를 무겁게 짓누르는 고민을 한순간에 떨쳐버린 듯 그 눈은 밝고 깨끗한 시선을 그에게 보내고 있었다. 캐드펠은 처음부터 남편을 잃고도 그리 상심해하지 않는 그녀의 태도를 감지한 터였지만, 지금의 표정은 그것과는 또 달랐다. 그녀는 지금 그 옛날, 그와 안타깝게 헤어졌던 열일곱 살의 리힐디스로 돌아가 있었다. 뺨을 살짝 붉히고 파르르 떨리는 입가에는 엷은 미소를 머금은 채, 그녀는 두 사람 사이에 아무도 모르는 비밀이 있지만 다른 이들이 있는 지금 이곳에서는 차마 말할 수 없다는 듯한 눈초리로 지그시 그를 바라보고 있었다.

잠시 뒤에야 캐드펠은 그 정황을 파악할 수 있었다. 로버트 부수도원장이 나가면서 그의 이름을 부르지 않았던가. 캐드펠이라는 이름은 이 지방에서 그리 흔한 이름이 아니었다. 이미 그의 목소리와 태도를 살피며 어렴풋한 기억을 떠올리고 있던 그녀는 그 이름을 듣고 지난 일을 완전하게 되살릴 수 있었던 것이다.

공평무사함과 초연함으로 이 사건을 대하려던 캐드펠의 결심은 이 순간부터 위태로워질 터였다. 리힐디스는 그를 알아보았을 뿐 아니라, 비록 입 밖에 내어 말하지는 않았지만 감사와 신뢰의

눈길로, 앞으로 그가 어떠한 행동을 취하더라도 믿고 따르겠다는
신호를 보내고 있었다.

3

지난여름 슈루즈베리가 스티븐 왕의 수중에 들어간 이래 길버트 프레스코트는 슈롭셔주의 행정 장관으로서 슈루즈베리 성에 기거하며 이곳을 왕의 충실한 요새로 만들기 위해 노력하고 있었다. 만일 로버트 부수도원장의 전갈이 성에 닿았을 때 그의 보좌관인 휴 베링어가 슈루즈베리에 있었다면 프레스코트는 틀림없이 그를 수도원으로 파견했을 테고, 그렇게 되었다면 캐드펠도 마음을 놓았을 것이다. 그만큼 휴 베링어의 상황 판단력을 신뢰하고 있었기 때문이다. 그러나 공교롭게도 그 젊은 보좌관은 메이즈버리에 있는 자신의 장원에 볼일이 있어 자리를 비우고 없었다. 결국 물방앗간 저수지 근처의 집에 파견되어 온 사람은 두 명의 호위병을 데리고 나타난, 처음 보는 행정관이었다.

행정관은 목소리가 굵고 커다란 체구에 턱수염을 기른 남자로, 행정 장관의 신뢰를 등에 업고 어떠한 행동이라도 서슴지 않을 듯 보이는 인물이었다. 그는 수도원 관계자 가운데 먼저 캐드펠 수사를 찾았다. 캐드펠은 자신이 현장에 도착한 뒤에 벌어진 일들을 자세하게 설명했다. 행정관은 이미 로버트 부수도원장을 만난 터라 문제의 요리가 수도원장의 조리실에서 부수도원장의 명령에 의해 보내졌다는 사실을 알고 있었다.

"수사님은 독극물에 대해 맹세하실 수 있습니까? 바로 이 요리에 독이 있었고, 다른 음식에는 없었던 게 확실한가요?"

"그렇소이다. 맹세할 수 있지요. 남아 있는 것이 거의 없긴 하지만, 소스를 아주 조금만 찍어서 입술에 발라도 몇 분 안 지나 엄청난 통증을 느낄 수 있을 겁니다. 내가 직접 확인하기도 했고요. 의심할 바 없습니다."

"하지만 로버트 부수도원장께서도 이 메추라기 요리를 드셨는데 그분은 아무 탈 없이 살아 계시지 않습니까? 물론 그래서 천만다행이지만요. 어쨌든 그렇다면 수도원장 숙사의 조리실에서 이 집의 식탁까지 옮겨지는 사이 어디에선가 요리에 독이 들어간 셈이군요. 먼 거리도 아니고 시간도 길지 않습니다. 이보게, 자네. 수도원장 숙사의 조리실에서 이 집까지 음식을 날라 온 사람이 자네인가? 오늘도 자네가 날랐고? 오는 길에 중간에서 쉰 적은 없나? 누구와 말을 나눴다든가, 아니면 쟁반을 잠시 어디다 내려놓았다든가 말일세."

"없습니다." 앨프릭은 방어적으로 대답했다. "조금이라도 시간이 지체되거나 음식이 식으면 제 책임이 되잖아요. 저는 늘 지시받은 그대로 일을 합니다. 오늘도 마찬가지였고요."

"그럼 여기 도착해서는? 이 집에 들어온 뒤 그 접시들을 어떻게 했나?"

"곧바로 제게 넘겨주었습니다." 알디스가 확신에 찬 어조로 재빨리 대답했다. 캐드펠은 호기심 어린 눈으로 새삼스레 그녀를 바라보았다. "앨프릭이 화로 옆 의자에 쟁반을 내려놓았고, 저는 작은 접시에 담긴 요리를 화로에 올려 데웠습니다. 주인님과 마님이 드실 요리 접시들을 나르는 사이 음식이 식으면 안 되니까요. 부수도원장님께서 주인님을 생각해 특별히 보내주신 음식이라 더 신경을 썼죠. 그런 다음엔 저희들도 부엌에서 밥을 먹었습니다."

"그 메추라기 고기에서 이상한 점을 보지 못했나? 냄새나 겉모양은 어떻던가?"

"향이 강한 소스였고 냄새도 좋았습니다. 특별한 건 없었어요. 주인님도 드시면서 이상한 점을 느끼지 못하셨고요. 입안에 통증이 느껴진다고 하신 것은 훨씬 뒤의 일이었습니다."

"독약의 냄새나 맛은 소스로 완전히 가릴 수 있었을 겁니다." 캐드펠은 자신에게 의견을 구하는 행정관의 눈짓을 알아채고 확인해주었다. "어차피 많은 양이 필요하지도 않았을 거고요."

"그리고 자네……." 행정관은 메이리그 쪽으로 고개를 돌렸다. "자네도 함께 있었나? 이 집에서 일하고 있나?"

"지금은 아닙니다." 메이리그는 주저 없이 답했다. "예전에 거베이스 보넬 님의 장원에서 일하긴 했지만, 지금은 시내에서 목수 일을 하는 마틴 벨코트 장인 밑에 있습니다. 오늘 제가 여기 온 건 수도원 진료소에 계시는 제 큰할아버지를 뵙기 위해서였고요. 미심쩍으시면 진료소를 담당하시는 수사님께 확인해보십시오. 수도원에 온 김에 인사나 드리려고 여기 들렀죠. 제가 막 부엌에 들어섰을 때 알디스와 앨프릭이 마침 식사를 하려던 참이었고, 이 사람들이 제게도 같이 먹자고 해서 여기 있게 되었습니다."

"음식이 충분했거든요." 알디스가 거들고 나섰다. "요리를 담당하는 수사님이 워낙 손이 큰 분이셔서요."

"그래서 자네들 셋이 함께 이 부엌에서 밥을 먹었다 이거군. 작은 접시에 담긴 음식을 가끔 저어가면서 말이야. 그리고 저기 안에는……" 행정관은 부엌문을 지나 거실로 가서 식탁 위를 다시 한 번 훑어보았다. "보넬 씨와 그 부인이 계셨을 테고." 그러나 그는 어리석은 사람이 아니었다. 이들의 이야기에는 한 사람이 빠져 있었다. 행정관은 식사를 한 사람이 모두 여섯이며, 이들 모두가 그 여섯 번째 인물에 대해 입이라도 맞춘 듯 함구하고 있다는 사실을 눈치채고 있었다. "식탁에는 총 세 사람의 자리가 마련되어 있는데. 이 제삼의 인물은 누구였나?"

일이 이렇게 된 이상 누군가는 대답을 해야 했다. 결국 리힐디스가 나섰다. 느닷없는 질문에 놀란 양 그녀는 짐짓 순진한 표정으로 입을 열었다. "제 아들이에요. 하지만 그 아이는 제 남편이 이상한 증상을 보이기 전에 떠났습니다."

"식사도 하지 않았군요! 여기가 그 사람이 앉았던 자리겠죠?"

"맞습니다." 리힐디스는 위엄을 갖춰 대답한 뒤 더 이상은 말을 않겠다는 듯 입을 다물었다.

"그렇군요, 부인." 행정관이 음산한 미소를 입가에 띠며 말을 이었다. "우선 여기 앉아 그 아드님에 대해 좀 더 자세히 들려주시겠습니까? 로버트 부수도원장께 듣자 하니, 주인께서는 부인과 함께 손님 자격으로 평생 이 집에 머무는 대가로 장원 영지를 수도원에 기증하실 생각이셨다고요. 하지만 아직 계약서에 서명을 하지 않은 상태이기 때문에 이번 사건으로 인해 그 계약은 자연히 취소될 수밖에 없다고 들었습니다. 주인께서 계약서에 서명하기 전에 이 세상을 하직하셨으니 이 영지에 권리를 가진 상속인은 큰 이득을 얻게 되겠지요. 하지만 두 분 사이에 아드님이 있었다면, 그러한 계약을 맺기 전에 아드님의 동의가 반드시 필요했을 텐데요. 자, 이 일에 관해 설명해주실 수 있겠습니까? 주인께서는 왜 아드님께 영지를 상속하지 않으려 하셨지요?"

리힐디스는 필요 이상의 설명을 하고 싶지 않은 눈치였으나, 지나친 침묵은 오히려 의심을 불러일으킬 터였다. 결국 그녀는 어렵사리 입을 열었다. "에드윈은 제가 첫 결혼에서 얻은 아이입니다. 그러니 거베이스는 친부로서의 의무를 지지 않은 셈이지요. 영지를 어떻게 하느냐는 전적으로 남편 의지에 달려 있었습니다." 여기까지 털어놓은 이상 그다음 이야기를 감춘다는 것은 오히려 일을 더욱더 어렵게 만들 뿐이었다. 그녀는 말을 이어나갔다. "남편이 에드윈을 상속인으로 지명한 유언장을 작성해두긴 했어요. 하지만 언제든 마음을 바꿀 수 있었죠."

"아! 그러니까 부인 말씀은, 이 계약으로 인해 상속권을 박탈당하게 되었지만 만일 계약이 무효화되면 다시 권리를 되찾을 수 있는 상속인이 있었다는 거군요. 하지만 시간이 얼마 없었죠. 겨우 며칠, 길어도 몇 주 뒤면 새로운 수도원장이 임명될 테니까요. 오해는 마십시오. 전 여러 가능성에 대해 생각해보는 것뿐입니다. 모든 이의 죽음에는 그 죽음으로 이득을 얻는 사람이 있는 법입니다. 이득을 보는 사람이 여러 명인 경우도 있고요. 실례를 무릅쓰고 말씀드리자면, 아드님이 바로 그런 사람인 것 같군요."

리힐디스는 잠시 가늘게 떨리는 입술을 깨물며 정신을 가다듬다가 담담하게 입을 열었다. "행정관님의 의견이 옳은지 그른지에 대해서는 따질 생각이 없습니다. 하지만 에드윈이 아무리 그 영지를 원했다 하더라도 이런 짓을 할 만큼 절실하지는 않았다는 점을 분명히 말씀드리고 싶군요. 더군다나 그 아이는 지금 장사를 배우고 있습니다. 혼자 힘으로 얼마든지 살아갈 수 있는 아이예요."

"그렇지만 그가 오늘 이곳에 온 것은 사실입니다. 서둘러 떠난 것도요. 여기 언제 도착했죠?

"제가 모시고 왔습니다." 메이리그가 재빨리 대답했다. "도련님도 마틴 벨코트 씨 밑에서 일을 배우고 있거든요. 벨코트 씨는 도련님의 매형이자 제 스승님이세요. 오늘 아침 제가 수도원 진료소에 입원해 계신 제 큰할아버지를 문병하러 왔을 때 그분도 함께 왔습니다. 전에도 한번 같이 온 적이 있었죠."

"그럼 이 집에도 함께 온 건가? 내내 둘이 같이 있었다고? 아까 자네는 '제가' 이 부엌에 왔다고 하지 않았나? '우리가'가 아니라 분명히 '제가'라고 했어."

"도련님이 저보다 먼저 왔으니까요. 진료소에 잠깐 같이 있다가…… 젊은 사람이 노인의 병상 옆에서 알아듣지도 못하는 웨일스어를 듣고 있으려니 좀이 쑤셔서 못 견디겠던가 봅니다. 게다가 여기서 모친이 기다리고 계셨고요. 그래서 도련님이 먼저 이리로 왔습니다. 제가 도착했을 때 도련님은 식탁에 앉아 있었죠."

"하지만 식사도 하지 않고 떠났다, 이 말이군." 행정관은 생각에 잠겨 말을 이었다. "애초에 왜 왔을까? 젊은 사람이 자기 상속권을 파기한 자와 함께하는 식사가 과연 즐거웠을까? 보넬 부인, 수도원에 상속권이 넘어간다는 사실이 결정된 뒤 보넬 씨와 아드님이 만난 것은 이번이 처음이었습니까?"

행정관은 사건 해결의 실마리를 찾아가는 듯했다. 하기야 이처럼 경험이 부족한 신참으로서는 잘못 짚기 딱 좋은 정황들이 널려 있으니 그의 잘못이라 탓할 수만도 없으리라. 캐드펠도 그와 같은 처지였다면 동일한 추리를 했을 터였다. 여기 계약을 하루라도 빨리 파기시켜야 하는 젊은이가 있다. 그에게는 음식에 약을 넣을 충분한 기회가 있었고, 범행에 쓰인 독극물이 있는 진료소를 두 차례나 방문한 정황도 있다. 그러나 이 순간 행정관의 위압적인 시선에 눌린 리힐디스가 도와달라는 무언의 눈짓을 보내고 있지 않은가. 사랑하는 자신의 아이가 곤경에 처했다며 호소하고 있지 않은가. 캐드펠은 그녀에게 모든 것을 털어놓으라는 눈짓을 보냈다. 비록 자식에게 불리한 이야기라 해도, 있는 그대로의 진실만이 혐의를 벗을 수 있는 유일한 길이었다.

"처음이었습니다." 리힐디스가 입을 열었다. "불편한 자리였지만, 에드윈이 절 위해 시간을 내줬어요. 남편의 마음을 돌리기 위해서가 아니라 제 마음이 편하라고 온 겁니다. 여기 있는 메이리그가 오랫동안 그 아이를 설득해오다가 마침내 오늘 이곳까지 데려온 거죠. 메이리그가 그동안 기울인 노력에 대해서는 고맙게 생각하고 있습니다. 하지만 남편은 처음부터 악감정을 갖고 아들을 대했어요. 약속한 장원을 돌려받으러 왔느냐며 모욕을 주었죠. 예, 애초에 그 사람 입으로 약속한 건 사실이었으니까요. 그렇지만 에드윈은 전혀 그럴 생각이 없었어요. 그래요, 두 사람이 싸운 건 맞습니다. 둘 다 워낙 조급한 성격이라 고성을 지르며 말다툼을 벌였죠. 그러다 에드윈이 문을 박차고 나가버렸고, 남편은 그 뒤에 대고 접시를 던졌습니다. 벽 앞에 떨어진 파편들을 보셨죠? 그게 전부입니다. 하인들에게 물어보십시오. 메이리그도 잘 알고 있으니 이 사람에게도 물어보시고요. 우리 애는 이곳을 떠나 슈루즈베리의 누이 집으로 갔을 겁니다."

"잠깐 정리를 해봅시다." 행정관은 일이 너무도 순탄히 풀려나간다고 생각하며 말했다. "그렇다면 부엌을 거쳐 나갔겠군요. 그렇죠? 이 사람들 셋이 앉아 있던 부엌을 통해서 말입니다." 그는 알디스와 젊은이들 쪽을 바라보며 날카로운 눈빛으로 물었다. "자네들도 그 사람이 나가는 걸 보았겠군. 그가 곧장 이 집을 나가던가?"

그들은 선뜻 대답을 못 하고 머뭇거리며 불안한 눈길로 서로를 바라보았다. 마침내 알디스가 어쩔 수 없다는 듯 셋을 대표해서 입을 열었다. "안에서 고함을 지르고 뭔가를 내던지는 소리가 들리기 시작했을 때 저희 셋은 달려가 주인님을 진정시키고…… 그리고……."

"제 곁에 있었어요. 저를 안심시켜줬죠." 리힐디스가 대신 말을 맺었다.

"그러니까 그 사람이 나간 직후엔 모두 여기 들어와 있었다는 말이군요." 사람들의 난처해하는 표정을 눈여겨보며 행정관은 자신의 추측이 옳았음을 새삼 확인하고 매우 만족스러운 말투로 말을 이었다. "역시 그랬군. 불같이 화난 사람을 진정시키는 데는 얼마간 시간이 필요한 법이지요. 그러니 이 젊은 친구들은 그 사람이 부엌에 얼마나 머물렀는지 몰랐을 테고, 복수심에 메추라기 요리에 뭔가를 탔는지 아닌지도 알 길이 없었을 겁니다. 그 사람은 여기 오기에 앞서 진료소에 들렀다지요. 전에도 가본 적이 있다니 그곳에 독극물이 있다는 것과 그 독성이 얼마나 강한지도 이미 알고 있었겠군요. 이 식사가 싸움을 위한 자리였든 화해를 위한 자리였든, 여기 오기 전에 그가 이미 단단히 준비를 했다는 점만은 분명한 사실입니다."

리힐디스는 세차게 고개를 저었다. "행정관님은 그 아이를 모릅니다. 그 애가 원한 것은 제 마음의 평화뿐이었어요. 게다가 몇 분 뒤 뒤쫓아 나간 앨프릭이 다리까지 가서야 그 아이를 따라잡았다니 부엌에서 머뭇거릴 시간은 없었을 겁니다."

"사실입니다." 앨프릭이 말했다. "이런저런 일을 하고 말고 할 시간이 없었을 거예요. 제가 토끼처럼 잽싸게 쫓아갔는데 도련님은 등도 돌리지 않더라고요."

행정관은 납득하지 못하는 눈치였다. "약을 타는 데 시간이 걸리면 얼마나 걸리겠나? 몇 방울 떨어뜨리고 숟가락으로 한 번 저으면 그만이지. 어쨌거나, 그렇담 자네 주인께서는 진정하신 뒤에 부수도원장께서 보내신 그 요리를 드셨겠구먼."

"하지만 그 젊은이가 어떻게 알았겠소?" 캐드펠이 조심스럽게 끼어들어 의문을 제기했다. "그 요리를 보넬 씨만 드실 것이라는 걸 말이오? 자기 모친의 목숨마저 위협할 만한 위험을 감수하지는 않았을 거요."

그러나 이미 자신의 수사 방향에 지나친 확신을 품은 행정관은 그 어떤 반론에도 관심을 기울이지 않았다. 그가 매서운 눈으로 알디스를 바라보자 그 기세에 그녀의 얼굴이 창백해졌다. "그렇게 불편한 분위기였다면 자네는 하녀로서 주인을 기쁘게 하기 위해 최선을 다했겠지? 분명 요리를 들고 들어가면서 부수도원장께서 특별히 보넬 씨 앞으로 보내신 음식이라는 말을 했을 거야."

알디스는 눈길을 떨군 채 치맛자락을 만지작거리며 자포자기한 목소리로 대답했다. "그렇게 하면 주인님 마음이 누그러지실 것 같았어요."

행정관은 살인범을 체포하는 데 필요한 모든 증거를 손에 넣었다고 생각하며 마지막으로 난장판이 된 집안을 죽 둘러보았다. "이제 더 이상 볼 게 없으니 방을 치워도 됩니다. 진료소에서 일하는 수사님이 시신 수습을 거들 겁니다. 나중에 더 물어볼 게 생길지 모르니 일단 모두 이 집을 떠나지 않도록 해주십시오."

"우리가 달리 갈 곳이 있나요?" 리힐디스가 처량한 목소리로 말했다. "이제 어떻게 되는 거죠? 최소한 무슨 일이 생기는지라도 알려주실 거죠? 만일, 만일 행정관님이……." 그녀는 잠시 말을 잇지 못하다가 허리를 꼿꼿이 세우고 위엄 있게 다시 입을 열었다. "제 아들은 이 일과 아무 상관이 없습니다. 행정관님도 곧 아시게 될 겁니다. 에드윈은 열다섯 살도 채 안 된 어린아이예요!"

"마틴 벨코트의 가게라고 했던가?" 행정관이 말했다.

"제가 어딘지 압니다." 무장한 병사가 대답했다.

"좋아! 자네가 앞장서게. 그 친구 얘기를 한번 들어봐야겠군."
일행은 당당하게 현관 쪽으로 걸어갔다.

"그 약을 담은 병이 문제요." 캐드펠 수사는 이 자신만만한 분위기에 미약하나마 파문을 일으키는 것이 좋겠다는 생각으로 입을 열었다. "내 작업장에서 훔쳤건 진료소에서 훔쳤건, 약을 넣을 병이 있어야 했을 테니까. 메이리그, 오늘 아침에 에드윈이 그런 병을 갖고 있는 것을 보았나? 같이 왔다고 했지? 아무리 크기가 작더라도 바지 호주머니나 윗도리 주머니에 넣었다면 불룩한 형태가 보였을 텐데."

"전혀 못 봤습니다." 메이리그는 자신 있게 말했다.

"또 한 가지, 그 약은 매우 독해요. 아무리 마개를 꼭 닫는다 해도 한두 방울만으로 냄새나 자국을 남기기 마련이지. 의심 가는 사람을 조사할 땐 그 사람의 옷을 반드시 살펴보시기를 바라오."

"저를 가르치시려는 겁니까?" 행정관이 기분 나쁜 미소를 지으며 물었다.

"내가 알고 있는 바를 알려드리는 거요. 행정관께 도움이 될지 모르고, 만에 하나 생길지 모를 실수를 방지하도록 말이오." 캐드펠은 차분하게 대답했다.

"저는 범인 검거가 급선무라고 봅니다." 행정관은 문간에 서서 어깨너머로 그를 돌아보며 대꾸했다. "일단 그자만 잡으면 수사님의 박식한 조언은 그다지 필요 없으리라 여겨지는데요." 그는 말이 매여 있는 큰길로 나섰고, 무장한 병사 둘이 그 뒤를 따랐다.

*

　그날 오후 늦게 행정관과 부하들은 와일가街에 있는 마틴 벨코트의 가게에 나타났다. 30대 후반에 체격이 크고 잘생긴 목수 마틴은 하던 일을 멈추고, 놀라거나 경계하는 기색도 없이 무슨 일로 오셨느냐고 물었다. 마틴은 프레스코트의 요새에서 한두 차례 일한 적이 있었기에 자기 작업장에 나타난 행정관을 보고도 아무런 위협을 느끼지 않았다. 갈색 머리에 매우 아름다운 그의 아내가 뒤편 안채에서 열린 문틈으로 작업장을 살짝 내다보았고, 세 아이들도 천진난만한 얼굴로 낯선 손님들을 지켜보았다. 열한 살쯤 되어 보이는 의젓한 여자아이와 여덟 살 정도 된 작고 얌전한 사내아이, 그리고 나무 인형을 옆구리에 낀, 네 살이 안 되어 보이는 장난꾸러기 계집아이였다. 행정관은 모두 들으라는 듯 명령조로 소리쳤다.

　"여기 에드윈이라는 도제가 있다는데, 그자에게 볼일이 있어 왔소."

　"예, 있지요." 마틴은 손에 묻은 니스를 닦아내며 큰 소리로 말했다. "제 손아래 처남 에드윈 거니를 찾으시는군요. 그 친구는 아직 집에 안 왔는데요. 수도원에 있는 장모님 댁에 갔습니다. 돌아올 때가 지났는데, 아마 장모님이 붙잡고 안 놓아주시나 봅니다. 무슨 일이십니까?" 그는 대단히 침착했다. 무슨 일이 벌어졌는지 전혀 모르는 눈치였다.

"두 시간 전에 그 집에서 나갔다더군." 행정관은 무뚝뚝하게 말했다. "우리도 거기서 오는 길이오. 집에 없다고 했는데, 그자를 찾는 것이 내 일이니 기분 나쁘게 생각하지 마시오. 집을 좀 수색해도 되겠소?"

이 말 한마디에 마틴의 침착한 태도는 곧바로 사라져버렸다. 그는 눈썹을 치올리고서 상대방을 빤히 쳐다보았다. 그의 아내도 짙은 갈색 머리를 작업장 문간으로 들이민 채 잔뜩 경계하는 눈초리로 동정을 살폈다. 아이들은 크게 동요하지 않았다. 다만 막내만이 낯선 사람에 대한 자연스러운 경계심으로 "저 아저씨 나빠!" 하고 소리칠 뿐이었다. 아무도 꼬마의 입을 막지 않았다.

"제가 없다고 말씀드렸으면 없는 겁니다." 마틴이 곧 차분하게 말을 이었다. "하지만 정 확인하고 싶으시다면 하십시오. 집 안이건 가게건 마당이건 숨을 데가 어디 있으며, 대관절 저희가 왜 그를 숨기겠습니까? 에드윈은 제 처남이자 제 밑에서 일을 배우는 도제입니다. 대체 무슨 일로 그를 찾으십니까?"

"오늘 그자가 방문한 어머니 집에서 일이 생겼소." 행정관이 정색을 하며 설명했다. "거베이스 보넬 씨, 그러니까 그자에게 말릴리 장원을 물려주겠다고 약속했다가 마음을 바꾼 계부가 살해되었소. 이 살인 사건의 용의자로 에드윈을 만나보겠다는 거요. 이 정도면 설명으로 충분하오?"

지금껏 행복한 가정에서 평화롭게 지내온 이 집의 큰아들에게는 충격적인 이야기가 아닐 수 없었다. 소년은 내실에 숨어 이 끔찍하고도 도저히 이해할 수 없는 소식에 귀를 곤두세우고 있었다. 관리들이 에드윈을 붙잡으려 하고 있었다. 아무 일도 없었다면 벌써 돌아왔어야 하는데 지금껏 모습을 나타내지 않는 것을 보면 틀림없이 에드윈에게 무슨 일이 생긴 것이었다. 이 소년, 에드위는 별일 없을 거라 믿는 어른들과 달리 불안한 마음을 억누르지 못하고 바짝 긴장한 채 있다가 관리들이 안채로 들어오기 전에 뒤쪽 창문을 통해 서둘러 밖으로 나간 뒤 벽에 쌓아놓은 목재를 디뎌 다람쥐처럼 날쌔게 담을 넘었다. 담 너머부터 강가로 이어지는 비탈길 중간에는 평소 늘 열려 있는 샛문이 하나 있었다. 에드위는 그 문을 지나쳐 수도원 포도밭에서 그리 멀지 않은 둑길 쪽으로 허겁지겁 달려갔다. 물건을 적재할 곳이 필요한 시내 상인들이 포도밭 근처에 창고를 마련해둔 터였고, 마틴 벨코트가 목재를 건조시키는 야적장도 그곳에 있었다. 두 소년은 간혹 문제가 생길 때마다 그 야적장으로 오곤 했다. 에드윈은 틀림없이 여기 와 있을 터였다. 만약 에드윈이…… 아니, 절대 그럴 리가 없다. 에드윈이 사람을 죽이다니, 말도 안 된다! 물론 아버지라는 사람에게 모욕을 당해 화가 났을 수도 있다. 죽이고 싶을 만큼 화가 났을 수도 있다. 하지만 그렇다고 사람을 죽일 리는 없다! 에드윈은 결코 그런 짓을 저지를 사람이 아니었다.

　　에드위는 뒤쫓는 사람이 없는지 다시 한번 확인한 뒤 숨이 끊

어질 듯 내달려 아버지의 목재 야적장으로 통하는 쪽문으로 들어
갔다. 그리고 그곳에서 아직도 눈물 자국이 뚜렷한 얼굴로 처량
하게 앉아 있는 에드윈을 보았다.

　울었다는 사실을 들킨 것이 쑥스러웠는지, 에드윈은 에드위가
다가오는 것을 보자마자 자리에서 일어나서 주먹을 날렸다. 에드
위 역시 지지 않고 주먹질부터 했다. 뭔가 골치 아픈 일에 부딪칠
때마다 주먹질부터 하는 것도 이들의 습관이었다. 악의가 섞이지
않은, 그야말로 무의미한 스트레스 해소법이었다. 몇 분 뒤 에드
위는 집에서 들은 이야기들을 고스란히 에드윈에게 들려주었다.
에드윈은 무슨 영문인지 몰라 어리둥절해하다가 이내 경악에 빠
졌다. 두 소년은 서로 얼굴을 맞대고 앉아 앞으로의 계획을 짜기
시작했다.

　　　　　　　　　　　　　　*

　앨프릭이 허브밭에 나타난 것은 저녁기도 한 시간 전이었다.
캐드펠은 시신이 수습되어 영안실로 보내지고 유족들이 비통해
하면서도 서서히 주변을 정돈하기 시작하는 것을 본 뒤 작업장
으로 돌아와 30분쯤 혼자만의 시간을 가진 참이었다. 메이리그
는 목수와 그 가족들에게 무슨 일이 있었는지 전하고 앞으로 할
일들을 상의하기 위해 캐드펠보다 앞서 그 집을 나섰다. 아마 지
금쯤이면 행정관이 그 소년을 붙잡았을 텐데. 그 소년의 이름

이…… 에드윈…… 맙소사, 리힐디스와 결혼한 사람의 성도 잊어버리다니. 그리고 벨코트는 그녀의 사위라고 했지.

"마님께서 조용히 뵙고 싶다고 하십니다." 앨프릭이 진지한 표정으로 말했다. "지난날의 우정을 생각하여 친구를 도와주시기를 청하셨습니다."

놀랄 일도 아니었다. 비록 40년이 넘는 세월이 흘렀음에도, 캐드펠은 자신이 위험한 상태에 놓여 있음을 깨달았다. 만일 보넬의 죽음에 아무런 의문이 없고 에드윈이 위험에 처해 있지 않아 그녀의 앞날을 걱정할 필요가 없다면 더 좋았을 것이다. 그러나 현실이 이러한 것을 어쩌겠는가. 오늘날의 그를 만든 청년 시절의 기억은 리힐디스에게 많은 빚을 지고 있으며, 지금 그녀는 도움을 필요로 하는 처지였다. 그로서는 그 빚을 갚는 길 이외에는 다른 수가 없었다.

"곧 가겠네. 먼저 가 있게. 15분 안에 갈 테니."

캐드펠이 물방앗간 저수지 옆 첫 번째 집의 문을 두드리자 리힐디스가 손수 문을 열었다. 앨프릭과 알디스의 모습이 보이지 않는 것으로 미루어, 아마 둘만의 자리를 위해 미리 신경을 쓴 모양이었다. 집은 깨끗이 정돈되어 있었다. 오전의 난장판은 흔적도 없고, 조립식 식탁도 접어서 한쪽에 치워놓은 상태였다. 그녀는 남편이 사용하던 커다란 의자에 앉고 캐드펠을 그 옆 소파에 앉게 했다. 골풀 양초 한 자루만 외롭게 타고 있어 실내는 어둑어둑했다. 방 안의 다른 빛이라곤 그가 언제고 선명하게 기억할 수 있는, 까맣게 빛나는 그녀의 두 눈뿐이었다.

"캐드펠······." 리힐디스는 더듬거리며 입을 열었지만 잠시 침묵이 이어졌다. "정말 당신이었군요! 당신이 돌아왔다는 얘긴 들었지만, 그 뒤로 전혀 소식을 몰랐어요. 결혼해서 지금쯤 할아버지가 되었을 거라고만 생각했죠. 오늘 아침 내내 당신 얼굴을 볼 때마다 분명 내가 아는 사람인데 누구일까 생각하느라 마음이 혼란스럽더라고요······ 그러다 그 엄청난 고통에 빠진 순간에 당신 이름을 듣게 되다니!"

"당신이······." 캐드펠이 말했다. "당신이 여기 오리라고는 정말이지 꿈에도 생각 못 했어요. 이워드 거니, 이제야 그 사람 이름이 떠오르는군! 그 사람과 사별했다는 말도 처음 들었고, 재혼했다는 말도 전혀 듣지 못했지."

"3년 전에 재혼했어요." 리힐디스는 이처럼 갑작스럽게 막을 내리게 된 두 번째 결혼에 대한 회한 때문인지 길게 한숨을 내쉬었다. "그 사람을 좋지 않게 생각할까 봐서 하는 말인데, 거베이스는 나쁜 사람이 아니에요. 그저 나이가 많이 든 데다 워낙 자기 주장이 강한 사람이라 남들이 자기 뜻을 거스르는 것을 싫어했을 뿐이에요. 오랫동안 아내 없이 혼자 살아왔고, 정식 결혼에서 아들도 얻지 못했죠. 그 양반이 꽤나 끈질기게 구혼했는데, 나도 외로웠고······ 또 그 사람이 약속까지 해주어서······ 당신도 알죠? 자기에게는 후계자가 없으니 만일 우리가 결혼하게 되면 에드윈을 상속인으로 삼겠다고 했거든요. 그 사람의 대영주도 승인했고요. 참, 우리 가족 얘기를 해야겠군요. 딸이 하나 있어요. 시빌이라고, 이워드와 결혼한 이듬해 태어났죠. 당신도 기억할지 모르겠지만, 슈루즈베리의 일류 목수이자 조각가였던 이워드는 자기 사업을 운영하고 있었어요. 일도 잘했고, 좋은 목수에 좋은 남편이었죠."

"행복했소?" 캐드펠은 리힐디스의 얼굴에서 행복의 표정을 읽으며 진심으로 다행이라고 생각했다. 결국 많은 시간이 흘러야 하기는 했지만, 두 사람 모두 각자 제자리를 찾아 정착했던 것이다.

"아주 행복했죠. 그처럼 좋은 사람은 다시 못 만날 거예요. 다만 이상하게도 그땐 아이가 더 생기지 않더라고요. 그러다가 시빌이 열일곱 살 되던 해 이워드 밑에서 일하던 마틴 벨코트하고 결혼했어요. 마틴도 훌륭한 청년이에요. 시빌도 나처럼 행복한 결혼 생활을 했죠. 2년 뒤에는 아이도 갖게 되었고요. 그 소식을 들으니 마치 내가 다시 젊어진 듯 기쁘더라고요. 첫 손주가 태어난다니 오죽하겠어요! 기쁨에 들떠 딸애를 돌봤고, 태어날 손주를 위해 온갖 정성을 기울였죠. 이워드도 몹시 좋아했어요. 꼭 우리 부부가 새신랑, 새신부가 된 것 같았죠. 그런데, 정말이지 지금 생각해도 꿈만 같은데, 시빌이 임신 4개월 되던 때 나도 임신을 하게 된 거예요! 그토록 애가 안 생기더니 마흔넷이라는 나이에 말예요! 기적 같은 일이었죠. 아이들은 삼촌과 조카 사이지만 쌍둥이나 다름없었어요. 게다가 조금 더 어린 쪽이 삼촌이죠. 생긴 것도 둘 다 남편을 닮아 비슷했어요. 그 아이들은 젖먹이 시절 부터 형제처럼 가깝게 지냈고, 커서도 늘 붙어 다녔어요. 내 아들 에드윈과 내 손자 에드위 둘 다 아직 열다섯 살도 안 된 어린아이 들이죠. 캐드펠, 바로 이 에드윈 일로 당신에게 도움을 청하는 거예요. 나는 그 아이가 절대로 그런 사악한 짓을 하지 않았으리라 는 걸 맹세할 수 있지만, 그 행정관은 에드윈이 요리에 독약을 넣었다고 확신하는 것 같았어요. 만일 당신도 그 아이를 보았다면 그게 얼마나 터무니없는 생각인지 금세 알 수 있을 거예요."

자식을 지극히 사랑하는 어머니에게서 나온 말이었다. 그러나 세상에는 열네 살도 안 된 아이가 제 장래를 위해 부친을 살해하는 경우도 없지 않다는 사실을 캐드펠은 잘 알고 있었다. 게다가 이번 경우엔 살해당한 사람이 에드윈의 친아버지도 아니었고, 따라서 둘 사이의 애정도 그리 깊지 않을 터였다.

"두 번째 결혼에 대해 얘기해줘요." 캐드펠이 말했다. "그가 당신에게 했다는 약속에 대해서도."

"에드윈이 아홉 살 때 이워드가 죽었어요. 이후에 마틴이 가게 를 물려받아 이워드가 했던 대로 사업을 이끌어나갔죠. 우리 식구는 함께 살고 있었는데, 어느 날 거베이스가 장원의 벽판을 주문하러 가게에 들렀다가 나를 보고 첫눈에 반한 거예요. 그는 얼굴도 잘생겼고, 건강도 좋았고, 무엇보다 아주 자상했죠……. 자기와 결혼하면 에드윈을 상속인으로 삼아 말릴리 장원을 물려주겠노라고 약속했어요. 당시 마틴과 시빌에게는 아이가 셋이었는데, 그 애들 먹이기에도 빠듯한 살림이었어요. 나도 에드윈이 자립할 수 있도록 해주고 싶었고요."

"하지만 생각대로 되지 않았군." 캐드펠이 말했다. "알 만해요. 자식도 없이 오랜 세월을 혼자 살아온 남자와 한창 커가는 혈기왕성한 젊은이 사이가 어땠을지…… 편할 날이 없었겠지."

"하루도 그냥 넘어가는 날이 없었어요." 리힐디스는 한숨을 내쉬며 말했다. "에드윈은 그때까지 응석받이로 자란 터라 뭐든 제 멋대로 굴었고 틈만 나면 에드위랑 어울려 놀러 다녔어요. 거베이스는 에드윈이 목수의 자식과 어울려 노는 걸 몹시 못마땅하게 생각했죠. 장원의 상속인이 될 청년이 낮은 신분의 아이와 함께 어울리다니 말이 되느냐며 소리쳤고, 그러면 자기 분신과도 같은 조카아이를 누구보다 사랑했던 에드윈은 몹시 화를 내며 그 애가 어디가 모자라느냐며 반발했어요. 아무튼 이런 식으로 매일같이 엇나갔죠. 거베이스가 손찌검을 하면 에드윈은 마틴네 가게로 도망가 며칠씩 머물곤 했어요. 바깥출입을 금하고 집에 가두어도 어떻게든 도망치거나 다른 식으로 보복했고요. 거베이스는 머리끝까지 화가 나서, 이렇게 세상모르고 날뛰는 자식은 거리의 부랑아와 어울려 다니며 평생 장사질이나 해먹고 사는 편이 낫겠다며 차라리 목수 밑에 들어가 일이나 배우라고 했어요. 그러자 에드윈은 제 본심과 달리 그 말을 곧이곧대로 받아들여 결국 거베이스의 부아를 더욱 돋우고 말았죠. 그러다가 결국 거베이스가 장원을 수도원에 넘기고 자기는 죽을 때까지 여기 은거해 살겠다고 선언하기에 이르렀던 거예요. '저놈은 내가 물려주려는 영지를 눈곱만치도 귀하게 여기지 않아. 도대체 저런 배은망덕한 놈을 내가 왜 돌봐줘야 하지?'라고 하더군요. 그러곤 자기가 한 말을 실천에 옮겨, 계약서를 작성하고 크리스마스가 되기 전에 이사를 올 수 있도록 준비했던 거죠."

"에드윈은 뭐라고 했어요? 일이 그렇게까지 커질 줄은 몰랐을 텐데."

"전혀 생각도 못 했죠. 한편으로는 후회하면서도, 화가 나 씩씩거리며 우리를 찾아왔더라고요. 자기가 얼마나 말릴리를 좋아하는지 모른다고, 말릴리 장원을 우습게 여긴 적은 한 번도 없다고, 만일 자기가 장원의 주인이 되면 누구 못지않게 잘 관리할 자신이 있다고 우리 앞에서 얘기했어요. 하지만 남편은 고집을 꺾지 않았어요. 주위에서 숱하게 설득해도, 에드윈이 약속을 지키라며 대들어도 소용없었죠. 이미 엎질러진 물, 그 누구도 남편의 의지를 꺾을 수 없었어요. 더군다나 친자식이 아니니 에드윈의 승낙을 얻을 필요도 없었죠. 에드윈은 울분을 못 참고 다시 마틴네 집으로 가버렸고, 오늘까지는 이곳에 얼씬도 하지 않았어요. 사실 난 오늘도 그 애가 오지 않기를 바랐어요. 그런데 결국 오고 말았죠. 이제 그 애가 자기 생모의 남편을 살해한 흉악범으로 행정관의 추적을 받는 신세가 되었다니. 아아, 어떻게 이런 일이 있을 수가 있죠! 그런 끔찍한 짓은 어린아이로서 감히 상상도 못할 일이잖아요. 아, 캐드펠, 만일 그 애가 잡히면……. 정말이지,

생각만 해도 견딜 수가 없어요!"

"그 사람들이 다녀간 뒤 무슨 소식 못 들었소? 여기는 소문이 무척 빨리 퍼지는데. 만일 그 집에서 에드윈을 찾아냈다면 이미 무슨 말이 나왔을 거요."

"아직은요. 하지만 그 애가 달리 갈 데가 어디 있겠어요? 숨을 이유도 없고요. 여기서 나간 뒤로 그 애는 이곳에서 무슨 일이 벌어졌는지 전혀 알 방도가 없어요. 그저 터무니없는 대접에 화가 나 문을 박차고 나갔을 뿐이니까요."

"아마 그런 기분으로는 집으로 가고 싶지 않았을 거예요. 마음을 가라앉힌 뒤에 돌아갈 생각이었겠지. 마음의 상처는 두려움과 고통이 잦아들 때까지 계속 남아 있는 법이니까. 그건 그렇고, 식사 중에 무슨 일이 있었는지 들어봅시다. 메이리그가 중간에서 화해시키려고 애썼다고 했지요. 전에도 한 번 찾아온 적이 있다던데⋯⋯."

"여기는 안 왔어요." 리힐디스는 슬픈 표정으로 말했다. "둘이서 마틴네 가게에서 만든 성모 예배당의 설교대를 운반하러 수도원에 간 적이 있다더라고요. 그 기회에 메이리그가 친척인 수사님을 만나러 가면서 우리 애도 데리고 갔다고요. 그때도 여기 들러 나를 보고 가라고 에드윈을 설득했다는데, 한사코 그렇게는 못 하겠다고 하더래요. 메이리그는 착한 청년이에요. 어떻게 해서든 둘을 화해시키려고 노력했죠. 그러다 오늘 마침내 에드윈을 설득해냈는데 그 결과가 이렇다니! 그 애가 온다니까 거베이스는 아이처럼 좋아하면서도 처음부터 위악적으로 나가기로 작정한 것 같았어요. 유산을 물려받고 싶으면 거지처럼 빌어보라고 하더군요. 에드윈으로서는 상상도 하지 못한 일이었을 거예요. 아, 어차피 이렇게 될 거였으면 차라리 그 전에 죽는 편이 나았을 텐데! '마침내 꼬리를 내렸군.' 거베이스는 이렇게 말하더니, 무릎을 꿇고 그동안의 잘못을 빌면 동정해볼 수도 있다고 말했어요. 장원을 얻고 싶으면 손이 발이 되도록 빌라고 했죠. 그래서 결국 에드윈이 화를 못 참고 폭발한 거예요. '당신처럼 사악하고 독재적인 늙은이한테는 죽어도 무릎 꿇을 수 없고, 앞으로도 절대 그러지 않을 겁니다.' 에드윈은 화를 벌컥 내며 소리쳤어요. 하지만 거베이스는……." 그녀는 한숨을 내쉬곤 말을 이었다. "아까도 말했듯, 그렇게까지 악한 사람이 아녜요. 다만 고집이 세고 성격이 까다로울 뿐이죠. 그래도 한 가지 분명한 사실은, 그 애가 무척 많이 참았다는 거예요. 그 애로서도 할 만큼은 했어요. 나를 생각해서 온갖 모욕을 다 참았는데, 정말이지 이번엔 도가 지나쳤던 거죠. 그래서 결국 그 애도 소리를 지르며 대들었고, 거베이스는 거베이스대로 접시며 잔을 내던졌어요. 그러자 알디스와 앨프릭과 메이리그가 달려와 남편의 화를 가라앉히려 애썼죠. 그사이에 에드윈은 자리를 떴고요. 그게 전부예요."

캐드펠은 잠시 이 집의 다른 사람들에 대해 묵묵히 생각해보았다. 자존심 강하고 성질이 불같은 소년이 참기 어려운 모욕을 받았다. 만일 거베이스 보넬이 주먹에 맞거나 칼에 찔려 죽었다면 소년을 의심할 수도 있을 것이다. 그러나 독살이라면? 글쎄……. 에드윈은 그 전에 메이리그와 함께 수도원의 진료소에 두 차례 가보았다. 거기서 그 약을 보았을 테고, 범행의 동기와 기회도 있었다. 그러나 독살자에게는 어딘지 음험하고 비밀스러우며 어두운 구석이 있는 법이다. 자신감과 자존심이 높고 자유분방하게 자라난 이 소년과는 거리가 먼 기질이다. 그렇다면 이곳에 있는 다른 사람들은 어떨까?

"알디스라는 하녀는 오래 데리고 있었어요?"

"먼 친척뻘 되는 아이예요." 리힐디스는 뜻밖의 질문에 놀란 듯 살짝 미소를 지었다. "그 애가 어릴 때부터 알고 지냈죠. 2년 전에 고아가 되어서 내 밑으로 들어오라고 했어요. 내 배로 낳은 자식이나 다름없는 아이예요."

행정관을 기다리는 동안 그녀를 정성껏 돌보는 알디스를 보고 캐드펠도 어느 정도 눈치챈 바였다. "그러면 메이리그는? 그 친구도 당신 사위 가게에 들어가기 전에는 보넬 씨 밑에 있었다고 들었는데."

"메이리그는…… 그래요, 메이리그에게는 사정이 좀 있어요. 그 애 어머니는 웨일스에서 태어나 말릴리 장원에서 하녀로 있었는데, 흔히 있는 일이지만 주인의 아이를 낳게 되었어요. 따지고 보면 메이리그야말로 거베이스의 친자인 셈이죠. 남편이 첫 아내에게서 자식을 보지 못했으니 메이리그가 그의 유일한 자식이라 할 수 있어요. 내가 모르는 아이가 어딘가에 숨겨져 있지 않다면 말예요. 남편은 그 하녀 앙하라드를 죽을 때까지 보살펴줬고, 메이리그에게도 장원에 일자리를 주면서 계속 뒤를 봐줬어요. 사실 처음 그와 결혼할 땐 메이리그가 꽤 신경 쓰였죠." 그녀는 솔직한 태도로 말을 이었다. "그처럼 착하고 똑똑한 아이가 제 아버지 재산에 아무 권리도 없다니 영 딱하기도 했고요. 하지만 그 애가 자기 입으로 불평을 뱉은 적은 한 번도 없었어요! 안쓰러운 마음에 내가 직업을 갖는 게 어떻겠느냐 권했죠. 그러면 평생 제 앞가림을 할 수 있을 테니까요. 그랬더니 좋다고 하기에 거베이스를 설득해 마틴 밑으로 보내 기술을 배우게 했어요. 그러면서 에드윈을 잘 돌봐달라는 부탁도 했죠." 이 대목에서 그녀는 목소리가 약간 떨리는 듯했다.

"가능한 한 그 애를 달래서 거베이스와 화해할 수 있도록 신경 써달라고 말예요. 난 우리 애의 기가 꺾여서는 안 된다고 생각했어요. 능력도 있고 자기 앞길을 개척해나갈 힘도 있는 아이니까요. 다만 우리에게 돌아와주기만을 바란 거예요. 한때는 에드윈이 날 원망하기도 했어요. 남편하고 자기 중에서 한쪽 편을 들어야 할 때요. 난 남편 쪽을 택했는데, 그게 얼마나 마음에 걸리던지……." 그녀는 한동안 말을 잇지 못했다. "메이리그에게는 정말 고마워요. 어떻게 해서든 우리 둘을 다시 이어주려고 했거든요."

"메이리그와 남편의 사이는 괜찮았어요? 두 사람 사이에 악감정 같은 건 없었고?"

"악감정이라뇨! 전혀 없었어요." 리힐디스는 그 질문에 깜짝 놀라는 것 같았다. "아무 마찰 없이 잘 지냈죠. 크게 관심을 기울인 건 아니지만 거베이스도 메이리그에게 관대했고, 상당한 액수의 생활비를 보태줬어요. 그래, 그랬어요……. 아, 이제 그것도 끝났으니 그 애는 어떻게 지내게 될까요? 누군가 조언을 해줄 사람이 필요해요. 나한테 법은 너무 어렵기만 해서……."

독약을 손에 넣는 방법을 잘 알고 있었다는 이유만으로 메이리그를 의심할 수는 없을 것 같았다. 앨프릭 또한 작업장에 와서 그 약을 작은 병에 따르는 것을 보지 않았던가. 게다가 다른 사람이라면 몰라도 적어도 메이리그만큼은 보넬의 죽음으로 얻을 것이 없었다. 영주가 집안 하녀를 범해 사방 천지에 제 서자를 두는 경우가 드물지 않은 세상에, 서자가 단 하나뿐인 보넬은 오히려 품행이 상당히 방정하고 자신을 절제할 줄 하는 인물이라 할 수 있었다. 메이리그 자신도 운 좋게 장래성 있는 직업을 가졌으며 생활비도 넉넉했다니 불만을 가질 이유는 전혀 없었다. 그는 부친의 죽음을 슬퍼할 것이다.

"그러면 앨프릭은 어땠죠?"

바깥의 어둠이 작은 양초 불빛을 더욱 밝게 돋우는 듯했다. 달걀처럼 갸름한 그녀의 얼굴이 창백하게 빛나고, 두 눈은 달처럼 둥글게 반짝였다.

"앨프릭에게도 기막힌 사연이 있죠. 혹시나 해서 하는 말인데, 거베이스를 못된 영주라든지 법을 어기면서까지 착취를 일삼는 사람이라 생각지는 마세요. 하지만 법이라는 게 가끔은 허술할 때도 있나 봐요. 사실 앨프릭의 부친은 우리들처럼 자유민 신분이었어요. 토지가 그렇게 많지 않은 집안의 차남으로 태어났죠. 그런데 그 사람의 부친, 그러니까 앨프릭의 조부가 세상을 뜨면서 땅을 나누는 대신 큰아들에게 다 넘겨주는 바람에 할 수 없이 거베이스의 장원에 들어와 상속인이 없어 노는 땅을 맡아 경작하게 되었어요. 그렇게 해마다 정해진 경작세를 바치는 농노의 신분이 된 셈이었지만, 그는 자신이 자유민이라는 사실을 잊지 않았죠. 그러다 앨프릭이 태어났는데 그 애도 차남인 데다 집안에서 부쳐 먹는 땅으로는 제 형들 식구 먹기에도 빠듯한 형편이었어요. 그러자 어리석게도 자기 역시 장원의 살림을 돕는 하인 노릇을 하겠다며 나선 거예요. 장원을 양도하고 이곳에서 지내기로 결정했을 때, 거베이스는 함께 데려올 하인으로 그 아이를 골랐어요. 하인들 중에서 가장 일이 빠르고 성실했으니까요. 앨프릭은 다른 곳에 가서 일자리를 찾겠다고 했지만 거베이스는 그 아이의 형이나 부친이 장원의 농노로서 매년 세금을 바쳐왔기 때문에 앨프릭 역시 농노라는 주장을 내세워 소송을 걸었어요. 결국 재판을 한 결과, 남편의 입장이 받아들여져 그 부친이 자유민이었다 해도 앨프릭은 농노라는 사실이 인정되었죠. 앨프릭은 몹시 고통스러워했어요." 그녀는 안타깝다는 듯이 말을 이었다. "그 애는 한 번도 자기를 농노라 여기지 않고, 다만 임금을 받으며 일하는 자유민이라 생각하고 있었던 거예요. 이런 일이야 주위에서 흔히 볼 수 있죠. 자신이 자유를 잃었다는 생각은 전혀 해 보지도 않고 지내다가 막상 일이 닥친 뒤에야 깨닫게 되는 경우 말이에요."

캐드펠의 침묵은 그녀를 불편하게 했다. 사실 캐드펠은 전혀 다른 생각을 하고 있었다. 끓어오르는 분노를 가슴에 품었고, 복 수할 방법도 알았으며, 그럴 기회도 가지고 있던 또 한 사람이 여 기 있었군. 그러나 리힐디스는 자신이 털어놓은 저간의 사정에 몰두해 캐드펠의 침묵을 죽은 남편에 대한 비난으로 오해하고 있 었다. 남편에 대한 애정이 별로 남아 있지 않다 해도 사실을 있는 그대로 밝히는 게 좋겠다고 그녀는 마음먹었다.

"남편한테만 잘못이 있다고 생각한다면 그건 오해예요. 거베 이스는 당연한 권리를 주장한다고 믿었고, 재판에서도 인정을 받 았어요. 그이가 일부러 다른 사람을 속이려 든 적은 한 번도 없었 어요. 그저 자기 권리를 지켰을 뿐이죠. 게다가 앨프릭 자신이 상 황을 더 악화시킨 것도 사실이에요. 타고난 성품이 원체 바지런 한 아이라 거베이스는 그를 함부로 대하거나 닦달한 적이 없었거 든요. 그런데 제 자유를 빼앗겼다고 생각하면서부터는 그 애가 일부러 노예라도 된 양 비굴한 행동을 일삼은 거예요. 복종이라 기보다는 반항에 가까워 보일 정도로 스스로를 비하했죠. 그러니 두 사람 사이가 좋았겠어요? 게다가 거기 알디스 문제까지 겹쳐 서…… 아, 앨프릭은 한마디도 입 밖에 내지 않았지만 나는 알고 있어요. 알디스를 바라보는 그 애의 넋 나간 얼굴을 보면 모를 수가 없죠. 하지만 알디스는 자유민 신분인데 그 아이가 뭘 어쩌겠어요? 신분이 더 나은 메이리그도 알디스에게 그런 마음을 품지 않고 성실히 일하는데. 아, 캐드펠, 그동안 이런 집안 문제들로 골치를 썩여왔는데 이제 이런 사건까지 생기다니! 날 좀 도와줘요! 당신이 아니면 누가 나를 돕겠어요? 우리 아이에게 힘이 돼줘요! 당신이라면 틀림없이 할 수 있으리라 믿고 있어요."

"약속해요." 캐드펠은 신중히 생각한 끝에 입을 열었다. "부군의 살인범을 찾아내는 일에 최선을 다하겠다고. 살인범이 누가 됐든 내가 반드시 찾아내죠. 그러면 당신 마음이 기쁘겠어요?"

"네! 틀림없이 에드윈은 아니에요. 당신은 아직 그렇게까지 확신하지 못하겠죠. 하지만 언젠간 알게 될 거예요!"

"당신은 참 착한 사람이에요!" 캐드펠은 진심으로 말했다. "오래전 내가 생각했던 모습 그대로요. 한 가지 더, 지금 당장은 당신 생각과 내 생각이 완전히 일치하지 않지만 그래도 한 가지는 약속하죠. 내 힘닿는 한 당신 아들을 돕겠어요. 죄가 있든 없든 상관없이. 물론 진실을 은폐하지 않는 선에서 말이지만. 이제 됐죠?"

리힐디스는 아무 말 없이 고개를 끄덕였다. 그날의 사건뿐 아니라 오랫동안 지속되어온 고통이 문득 한꺼번에 그녀의 얼굴에 떠올랐다.

"장원의 영주와 결혼한 건 당신과 어울리지 않는 일이었던 것 같아요, 리힐디스." 캐드펠은 부드럽게 말했다.

"맞아요, 그런 것 같아요!" 리힐디스의 눈에서 눈물이 걷잡을 수 없이 쏟아져 내렸다. 그녀는 그의 어깨에 기댄 채 소리 내어 울기 시작했다.

4

　수도원을 찾는 순례자들로부터 마을 소식을 듣고 있는 구호소 관리 책임자 데니스 수사가 저녁기도에 참석하러 가는 길에 보넬의 사망 소식과 그의 의붓아들을 찾고 있다는 소문이 슈루즈베리에 파다하게 퍼져 있으며, 행정관이 마틴 벨코트의 가게까지 갔었지만 허탕을 쳤다는 이야기를 전해주었다. 집 안 구석구석을 다 뒤져도 소년의 행방을 찾지 못한 행정관은 주민들에게 소년의 색출을 도와달라고 부탁했지만, 주민들이 협력할 마음이 없는 이상 그런 노력은 헛수고일 것이라고 했다. 주민들은 그 소년을 잘 알았다. 지금껏 말썽 부려봐야 동네에서 벌인 개구쟁이 장난질이 전부인, 열다섯도 안 된 어린아이 아닌가. 누구도 밤잠을 희생해가며 소년을 잡겠다고 나서지는 않을 것이다.

소년을 찾는 일에 열을 올리는 사람은 행정관만이 아니었다. 캐드펠도 그에 못지않게 시급히 소년을 찾아내야 한다고 생각하던 차였다. 어머니란 자기 자식에 대해 편파적일 수밖에 없다. 특히 그 자식이 외동아들, 그것도 더는 아이를 갖지 못하리라 생각하던 시기에 얻은 늦둥이라면 더더욱 그렇다. 캐드펠로서는 소년을 직접 만나 이야기를 들은 뒤 판단을 내리고 싶었다.

리힐디스는 한참을 격하게 울고 난 다음에야 사위가 살고 있다는 가게 위치를 알려주었다. 다행히 수도원에서 그리 멀지 않은 곳이었다. 물방앗간 저수지를 지나면 다리가 나오는데, 그 다리 건너 시내로 들어가는 성문은 마지막 기도 시간 이후까지도 계속 열려 있었다. 문을 지나 와일가의 언덕길을 몇 분쯤 올라가면 벨코트의 가게가 나온다. 왕복 30분이면 충분한 거리였다. 저녁 식사를 일찍 마친 뒤 성서 독회를 빠지고 얼른 다녀오면 될 일이었다. 이 점은 염려할 것이 없었다. 로버트 부수도원장은 그 시간에 나타나지 않을 것이다. 그는 수도원장 내정자라는 자부심을 지키기 위해 수도원 내 자질구레한 일은 죄다 리처드 수사에게 맡겨두었고, 리처드 수사 또한 골치 아픈 일을 사서 할 사람이 아니었다.

저녁 식사로는 소금에 절인 생선과 콩 요리가 나왔다. 캐드펠은 맛을 느낄 여유도 없이 식사를 마친 다음, 바쁜 걸음으로 뜰을 지나 수도원을 빠져나왔다. 날씨가 찼지만 아직까지는 서리만 간혹 비치는 정도였고 첫눈도 아직 내리지 않은 상태였다. 그래도 캐드펠은 모직 천으로 발목을 감싸고 두건을 푹 뒤집어써 만반의 준비를 갖추었다.

성문을 지키는 문지기들이 그를 보고 인사를 건넸다. 캐드펠은 오른쪽으로 굽은 와일가의 언덕길을 오른 뒤 거기서 다시 오른쪽으로 돌아 벨코트의 집 마당으로 들어갔다. 굳게 닫힌 문을 두드렸으나 한참 동안 아무 대답도 들려오지 않았다. 이 침묵의 의미를 짐작할 수 있었기에 재차 문을 두드리지는 않기로 했다. 쓸데없이 소란을 피우기보다는 경계심을 누그러뜨릴 때까지 참고 기다리는 편이 나으리라.

잠시 후 조심스레 문이 열리더니 열한 살쯤 되어 보이는 여자아이가 문틈으로 침착하게 얼굴을 내밀었다. 불안에 떠는 가족들이 모두 구석에 모여 귀를 기울이고 있을 터였다. 아이는 잔뜩 긴장한 얼굴이었으나 놀라울 정도로 침착하고 의젓했다. 베네딕토 교단의 검은 승복을 보더니 아이가 미소를 띠며 안도의 한숨을 내쉬었다.

"보넬 부인을 뵙고 오는 길이란다." 캐드펠이 말했다. "아버지와 할 말이 있는데 만날 수 있겠니? 나 혼자 왔으니 겁낼 필요 없다."

아이는 주인의 위엄을 풍기며 문을 열어 캐드펠을 집 안으로 들였다. 이들 가족 중에서 가장 겁이 없을 여덟 살 토머스와 네 살배기 다이오타가 여자아이의 치맛자락 뒤에서 나와 호기심 가득한 눈으로 캐드펠을 빤히 쳐다보았다. 잠시 후 마틴 벨코트가 희미한 불빛이 어른거리는 복도로 나왔다. 남자는 팔을 벌려 아이들의 어깨에 손을 얹고 자기 옆으로 세웠다. 건장한 체구에 커다란 손을 가진 마틴 벨코트의 의젓한 얼굴과 진지한 눈빛이 캐드펠에게 왠지 좋은 인상으로 다가왔다. 그러나 이 불완전한 세상에서 과신은 금물인 법이었다.

"어서 오십시오, 수사님." 남자가 말했다. "알리스, 문을 닫고 빗장을 걸어라."

"번거롭게 해서 미안하오만 촌각을 다투는 일이라서." 문이 닫히자 캐드펠은 입을 열었다. "오늘 사람들이 이 집에 사는 소년을 찾으러 왔다 못 찾고 돌아갔다고 들었소만."

"네, 사실입니다." 마틴이 말했다. "처남은 집에 오지 않았습니다."

"그 친구가 어디 있는지를 묻는 게 아니오. 그에 대해서는 대답하지 않아도 괜찮소. 내가 묻고 싶은 건, 그 소년이 사람들이 주장하는 그런 짓을 과연 저지를 위인인가 하는 점이오. 당신은 소년을 잘 아는 사람이잖소."

벨코트의 아내가 한 손에 촛불을 들고 내실에서 나왔다. 한눈에 보기에도 어머니를 쏙 빼닮은 얼굴이었다. 다만 조금 더 부드러운 인상에 굴곡 있는 몸매를 지니고, 피부색도 더 희었지만, 그 정직한 눈빛은 어머니의 그것과 꼭 같았다. 그녀는 더 이상 참을 수 없다는 듯 화난 목소리로 말했다. "있을 수 없는 일이에요! 일거수일투족을 낱낱이 알 수 있고, 무슨 생각을 하는지 속속들이 드러나는 사람, 그게 바로 제 동생이에요. 기어다니던 아기 때부터 그 애가 무슨 불만이라도 가지면 반경 2킬로미터 안에 있는 모든 사람들이 다 알 정도였다고요. 원한을 품을 아이도 아니에요. 우리 아이도 마찬가지고요."

그랬다. 아직 직접 만나본 적은 없지만, 도피 중인 에드윈과 꼭 닮았다는 에드위 얘기였다. 집에는 그 둘 중 누구의 모습도 보이지 않았다.

"당신이 시빌인가 보군." 캐드펠이 말했다. "지금까지 당신 어머니와 있다가 오는 길이오. 한 가지만 묻고 싶소. 혹시 어머니가 결혼 전 알고 지냈다는 캐드펠이라는 사람에 대해 말씀하신 적이 있소?"

놀라움과 솔직한 호기심으로 밝게 빛나는 시빌의 두 눈이 촛불 빛에 여실히 드러났다. "수사님이 캐드펠 아저씨세요? 그럼요, 어머니가 얼마나 많이 말씀하셨는지 몰라요. 그런데……." 그녀는 두건 달린 검은 승복 차림을 향해 동정 어린 눈길을 보냈다. 무슨 생각을 하는지는 충분히 짐작할 만했다. 십자군 원정에서 돌아온 캐드펠이 지난날의 연인이 다른 남자와 결혼한 것을 알고는 실연의 상처를 견디다 못해 이 쓸쓸한 천직에 몸담았으리라 상상하는 것이리라. 그런 그녀에게, 자신이 수사가 된 것은 신께서 아무렇게나 쏘신 화살처럼 어느 날 갑자기 하늘의 부름을 받고 이루어진 결정이지 결코 실연의 아픔 때문은 아니라고 설명한들 무슨 의미가 있겠는가. 시빌은 따뜻한 말투로 말을 이었다. "아, 정말 잘됐네요. 어머니께 큰 위안이 되겠어요. 이렇게 수사님을 다시 만나다니, 그것도 마침 이 어려운 시기에 말이에요. 어머니가 믿고 의지하실 분은 수사님뿐이에요!"

"나도 그렇게 되길 바라오." 캐드펠은 진지하게 말했다. "그래야지. 내가 여기 온 것도 당신들을 도울 일이 있을까 해서요. 살인에 사용된 약물은 내가 조제한 것이니, 나 또한 이 사건의 관련자인 셈이지. 그래서 부당하게 의심을 받는 사람이 있다면 누가 됐든 힘닿는 데까지 도울 생각이오. 범인을 반드시 밝혀내겠다는 뜻이지. 만일 당신들 가운데 누구라도 나와 이야기를 하고 싶거나 내게 부탁할 일이 있으면 허브밭 작업장으로 오시오. 오늘 밤 자정미사 전까지는 거기 있을 테니. 이 집에서 일하는 메이리그가 수도원 지리를 잘 알 거요. 비록 오두막까지 와본 적은 없지만. 그는 지금 여기 있소?"

"네, 여기 있습니다." 마틴이 대답했다. "마당 건너 헛간에서 자고 있어요. 메이리그가 오늘 수도원에서 벌어진 일에 대해 소상히 얘기해주었습니다. 하지만 다시 한번 말씀드리는데, 에드윈이 그 집에서 나온 뒤로 저희는 물론이고 메이리그도 그 애를 보지 못했어요. 에드윈이 살인을 저지를 사람이 아니라는 점만은 분명합니다. 생각조차 할 수 없는 일이에요."

"그럼 편안히들 주무시오." 캐드펠이 말했다. "나머지는 하느님께 맡기고. 자, 나는 이제 그만 가봐야겠소. 알리스, 내가 나간 뒤에 문을 잠가라. 마지막 기도에 늦지 않으려면 서둘러야겠구먼."

커다란 눈을 한 어린 소녀가 빗장을 당겨 문을 열었다. 어린아이 둘이 그 옆에 다리를 벌리고 선 채, 문 밖으로 나가는 캐드펠을 물끄러미 바라보았다. "조심히 가세요!" 아이들 부모는 다른 말 없이 작별 인사만 건넸다. 그러나 와일가 언덕길을 내려오면서 캐드펠은 자신의 뜻이 제대로 전달되었으며, 번민에 빠져 있는 이 가족이 자신을 반가이 환영하고 있음을 확신할 수 있었다.

*

"내일까지 감기약을 꼭 만드셔야 한다면서요. 그런데 왜 제가 가서 도와드리면 안 되죠?" 마지막 기도를 마치고 나오는 길에 마크 수사가 캐드펠 옆에 바싹 붙어 볼멘소리로 물었다. "오늘 하루종일 고단하셨을 텐데, 밤새도록 잠도 안 주무시고 일을 하시겠다고요? 혹시 제가 허브들이 어디 있는지 모를까 봐 그러세요? 저도 버배스컴20, 스위트 시슬리21, 루타, 로즈메리, 유럽장대22가 어디 있는지 다 안다고요." 재료를 줄줄 읊어대는 것은 마크가 흔히 쓰는 수법이었다. 그렇게 나이 많은 선배 앞에서 자신이 얼마나 박식하고 책임감이 강한지 보여주고 싶어 하는 것이다.

"자넨 아직 어려. 그러니 잠도 많이 자야 하고."

"알겠습니다. 차라리 입을 다무는 게 낫겠네요." 마크 수사는 여전히 불만스러운 표정이었다.

"그러는 게 좋을 거야. 보아하니 감기 기운도 있는 모양인데,

가서 일찍 잠자리에 들게."

"전 괜찮아요." 마크 수사는 극구 부정했다. "하지만 수사님께서 저 모르게 혼자 하셔야 할 일이 있다면, 뭐 좋습니다. 눈치를 챙겨 따뜻한 방으로 가서 먼저 자야겠죠."

"세상일을 다 안다고 좋은 건 아니야." 캐드펠은 달래는 투로 말했다.

"그럼 다른 시키실 일은 없나요? 수사님 밑으로 들어온 이상 뭐든 하는 게 제 의무니까요."

"좋아. 정 그렇다면 자네와 체격이 비슷한 사람이 입을 만한 승복 한 벌만 구해서 내 방에 갖다놓게. 다른 사람 눈에 띄지 않도록 하고. 반드시 하지 않아도 괜찮네만⋯⋯."

"하고말고요!" 쉽지 않은 일임에도 불구하고 마크 수사는 더 이상 말이 필요 없다는 듯 자신 있게 대답했다. "혹시 삭발용 가위는 필요 없고요?"

"요즘 들어 점점 대담해지는 것 같구먼." 캐드펠은 중얼거렸다. 못마땅하다기보다는 관대함이 어린 목소리였다. "아니, 그거면 충분해. 아침나절엔 꽤 쌀쌀하니 두건을 쓰면 되겠지. 자, 그만 가보게. 가서 몸을 좀 녹이다 잠자리에 들어야지."

*

말린 허브와 꿀을 섞어 약을 달이려면 난로를 장시간 피워놓아야 했다. 그러니 조만간 찾아올 손님이 여기서 밤을 지새우게 되더라도 아침까지는 따뜻하게 지낼 수 있을 터였다. 캐드펠은 서두르지 않고 허브를 빻아 가루를 낸 뒤 난롯가 시렁에 걸려 있는 꿀단지에 넣고 서서히 저었다. 과연 그가 던진 미끼를 물게 될지 확신할 수는 없었으나, 에드윈 거니에게는 당장 처해 있는 곤경에서 구해줄 친구나 보호자가 시급히 필요했다. 벨코트 가족이 소년이 숨어 있는 곳을 알고 있는지는 확실치 않아도, 캐드펠은 의젓한 열한 살짜리 여자아이의 행동을 보며 한 가지 사실을 분명히 느낄 수 있었다. 그 애는 제 오빠가 어디 있는지 알고 있었다. 그리고 리힐디스가 한 이야기가 사실이라면 에드위가 있는 곳에는 에드윈도 함께 있을 터였다. 한 사람이 고통을 받으면 반드시 다른 한 사람이 그 옆을 지켜줄 것이다. 무척 아름다운 미덕이라고 캐드펠은 생각했다.

바람 한 점 없는 고요한 것이, 새벽녘에는 서리가 매섭게 내릴 성싶었다. 약이 보글보글 끓는 소리, 그리고 이따금 약을 저을 때 캐드펠의 소맷자락이 스치는 소리만이 간간이 밤의 정적을 끼뜨리고 있었다. 밤 10시가 지난 시각, 캐드펠이 자신이 던진 미끼가 허사로 돌아갔구나 생각할 즈음이었다. 칠흑 같은 어둠 속에서 조심스럽게 빗장을 푸는 소리가 들렸다. 문이 살그머니 열리더니 한줄기 서늘한 바람이 실내로 들이닥쳤다. 캐드펠은 상대가 행여 겁을 먹고 경계하지나 않을까 싶어 미동도 없이 가만히 앉아 있었다. 잠시 후 숨죽인 목소리가 가느다랗게 들려왔다. "캐

116

드펠 수사님……?"

"여기 있네." 캐드펠이 나지막하게 대답했다. "어서 들어와라."

"혼자 계시나요?" 여전히 속삭이는 목소리였다.

"그래, 들어와서 문을 닫아."

소년은 조심스럽게 안으로 들어왔으나 캐드펠은 문에 빗장이 걸리지 않았다는 것을 알아차렸다. "제가 듣기로는…….." 누구로부터 들었는지는 밝히지 않은 채 소년이 말을 이었다. "오늘 저녁에 제 누님 집에 오셨다면서요. 여기 계시겠다고 말씀하셨다고……. 저는 지금 저를 도와주실 분이 절실히 필요해요……. 수사님은 저희 할머, 아니 어머니와 오래전부터 아는 사이였다던데요. 수사님께서 바로 그 십자군에 참가하셨다는 캐드펠 아저씨라면서요? 어머니가 말씀 많이 하셨어요. 저는 계부의 죽음과 전혀 상관없어요! 맹세할 수 있어요. 행정관이 저를 살인 용의자로 찾아다닌다는 말을 듣기 전까지는 계부가 돌아가셨는지도 몰랐어요. 수사님, 어머님께 믿고 의지할 수 있는 친구가 되어주겠다고 하셨다죠? 그래서 이렇게 찾아왔어요. 저는 지금 기댈 사람이 아무도 없어요. 저를 도와주세요! 제발 부탁이에요."

"이쪽 난로가로 와 앉아라." 캐드펠은 부드럽게 말했다. "우선 마음을 좀 가라앉히고, 한 가지만 진지하게 대답해주려무나. 그런 뒤 이야기를 나누기로 하지. 거베이스 보넬 씨를 마구 때려 피투성이로 죽게 만든 사람이 바로 너냐?"

소년은 캐드펠이 손을 뻗으면 닿을 듯 말 듯한 거리를 두고 의자 끝에 조심스레 걸터앉았다. 아래쪽에서 타오르는 불빛 때문인지 소년의 얼굴은 실제보다 길쭉해 보였다. 매사에 민첩하고 기민한, 한창 혈기왕성한 나이의 소년이었다. 그 지방 청년들이 즐겨 입는 긴 바지에 소매가 짧은 상의 차림이었고, 머리에 썼던 두건은 벗겨져 헝클어진 고수머리가 그대로 드러나 있었다. 머리색깔은 빨간 난롯불 빛을 받아 암갈색으로 보였지만 대낮에 보면 잘 마른 떡갈나무처럼 옅은 갈색일 것 같았다. 턱과 뺨이 둥그스름한 것이 아직 아이 티가 가시지 않은 얼굴이었으나 단단한 골격만큼은 완연히 성인의 풍모였다. 소년은 커다란 눈을 둥그렇게 뜬 채 불안한 표정으로 캐드펠을 빤히 바라보다가 열을 올리며 격렬하게 입을 열었다.

"저는 손끝 하나 대지 않았어요! 계부가 어머니 앞에서 제게 심한 모욕을 준 건 사실이에요. 그땐 정말 죽이고 싶을 정도로 미웠죠. 하지만 계부를 때리지는 않았어요. 제 명예를 걸어도 좋아요!"

나이가 어려도 머리만 명석하면 위기에 처한 순간 별의별 수단을 써서 스스로를 지키려 들기 마련이지만, 그럼에도 캐드펠은 소년의 말에 조금도 거짓이 없다는 것을 확신할 수 있었다. 이 소년은 보넬이 어떻게 살해되었는지조차 모르고 있었다. 소년뿐 아니라 소년의 가족들도 마찬가지였다. 살인이라고 하면 대부분 한순간의 분노를 못 이겨 상대방을 무거운 쇠붙이로 내리치는 장면 같은 걸 연상하는 법이다. 이 소년 또한 아무 의심 없이 그 가정을 그대로 받아들이고 있었다.

"잘 알았다! 자, 이제 오늘 네게 무슨 일이 있었는지 전부 이야기하려무나. 내가 잘 들어보마."

소년은 혀로 입술을 한 번 축이더니 이야기를 시작했다. 소년의 말은 리힐디스가 들려준 내용과 조금도 차이가 없었다. 그는 메이리그의 권유에 따라 어머니 입장을 생각해서 보넬과 화해하러 그 집으로 갔다. 물론 약속받은 유산을 물려받지 못하게 된 것은 유감스러운 일이었고, 사실 화가 나기도 했다. 말릴리를 그 어느 곳보다 좋아했으며 그곳에 친구도 많았기 때문에 자기 소유가 된다면 정말로 잘 꾸려나갈 자신이 있었다. 그러나 자기 소유가 아닌 재산에 대해 턱없는 기대를 건다거나 마음이 바뀌었다고 약속을 저버린 사람의 비위를 맞출 생각은 전혀 없었다. 그동안 혼자 힘으로 살아가려고 기술을 익혀오기도 했고, 무엇보다 자존심이 허락하지 않았던 것이다. 그가 메이리그와 함께 그 집에 가기로 한 건 오로지 어머니의 입장을 생각해서였다.

"그리고 일단 메이리그와 진료소에 들렀지." 캐드펠이 한마디 거들었다. "메이리그의 친척인 리스 수사를 만나러."

소년은 흠칫 놀라며 당황스러운 기색을 내비쳤다. 캐드펠은 자리에서 일어나 오두막 안을 이리저리 거닐기 시작했다. 문은 그때까지도 열려 있었다. 캐드펠은 그 문 너머 칠흑 같은 어둠 속에서 언뜻 비친 희끄무레한 그림자를 놓치지 않았다.

"그랬죠……. 제가……."

"그곳에는 전에도 간 적이 있었다지? 메이리그가 성모 예배당의 설교대를 옮기는 걸 도와줬다고 들었는데."

소년의 얼굴은 다시 조금 밝아졌지만, 눈썹만은 여전히 불안한 듯 찌푸려진 채였다. "그랬죠. 그러니까…… 둘이서 함께 날랐어요. 그런데 그게 이 일과 무슨 상관이…….."

캐드펠은 문 쪽으로 걸어가 빗장에 손을 올려 거는 척하다가 갑자기 문을 활짝 열어젖히고는 칠흑 같은 어둠 속으로 손을 뻗어 누군가의 억센 머리칼을 움켜잡았다. 상대는 예기치 못한 일에 기겁해서 외마디 비명을 내지르며 안으로 끌려 들어왔다. 머리칼을 붙잡혔으니 상당히 고통스러울 텐데도 허리를 꼿꼿이 세우고 턱을 끌어당긴 채 당당한 태도를 유지하고 있었다. 미끈한 근육질 체격은 첫 번째 소년과 다를 바 없었지만, 두려워서인지 아니면 화가 치밀어서인지 그보다는 강렬한 인상을 지닌 소년이었다.

"에드윈 거니 씨 되시나?" 캐드펠은 정중하게 물으며 머리카락을 움켜쥔 손을 놓았다. "기다리고 있었네." 그는 빗장을 단단히 걸었다. 이제 사냥꾼들이 헤집고 다니는 한밤에 웅크려 앉은 작은 동물처럼 문밖에서 그가 하는 말을 엿들으며 경계하는 사람은 없었다. "자, 이제 다 모였으니 자리에들 앉자. 누가 삼촌이고 누가 조카지? 분간하기가 쉽지 않구먼! 마음 편히 있어도 괜찮아. 바깥보다는 안이 따뜻하겠지. 게다가 너희들은 둘이고, 나는 기운이 예전 같지 않으니 걱정하지들 말아. 너희들을 상대하겠답시고 다른 사람을 부를 생각은 없다. 너희 역시 나 하나쯤은 문제가 안 되겠지. 그러니 이제 차분히 앉아서 서로 각자가 생각하는 진실을 털어놓아볼까?"

두 번째 소년 역시 첫 번째 소년과 마찬가지로 망토를 걸치지 않아 추위에 오들오들 떨고 있었다. 소년은 난로 옆 의자로 다가와 곱은 손을 비비며 제 친척 곁에 얌전히 앉았다. 얼굴을 맞댄 두 소년은 많은 점에서 흡사했다. 그들 모두의 얼굴에서 캐드펠은 젊은 시절 리힐디스의 모습을 아련히 떠올릴 수 있었다. 따로 만나면 누가 누구인지 알아보기 어려울 것 같았지만, 자세히 뜯어보면 혼동할 정도로 꼭 닮은 것은 아니었다.

"그러니까 에드위가 에드윈의 대역을 하고 있었군." 캐드펠이 그들을 살펴보며 말했다. "함정에 빠질 경우를 대비해 에드윈을 밖에서 기다리게 한 거지? 내가 에드윈을 붙잡아 행정관에게 넘기지 않으리라는 것을 확인할 때까지는 모습을 드러내지 않기 위해 미리 에드윈이랑 말을 맞춰놓고서……."

"하지만 이 녀석이 죄다 엉망으로 만들었죠!" 에드윈이 솔직하면서도 습관적인 경멸조로 내뱉었다.

"무슨 소리야!" 에드위가 열을 올리며 말했다. "나한테 그 얘기는 안 해줬잖아. 오늘 아침 진료소에 갔느냐고 캐드펠 수사님이 물으시면 내가 어떻게 대답할 거라고 생각한 거야? 거기에 대해서도 한마디도 없었잖아."

"그 얘기를 왜 해야 되는데? 그게 중요하다는 생각은 안 했단 말이야. 그리고 그게 무슨 대수람! 네가 그 전에 이미 죽을 쒸놨 잖아. 어머니라고 해야 할 데서 할머니라고 하지를 않나. 안 그 랬으면 캐드펠 수사님이 내가 밖에서 엿듣고 있는 걸 어떻게 아 셨겠어?"

"네가 소리를 냈으니까 아셨지! 다 죽어가는 노인네처럼 쌕쌕 거렸잖아. 와들와들 떨기까지 하고." 에드위도 지지 않겠다는 듯 덧붙였다.

두 소년의 수작에 악의 따위는 조금도 없었다. 오히려 한쪽이 위험에 처하면 다른 한쪽에서 죽음을 불사하고 도와줄 듯한 끈끈 한 애정이 흘러넘치고 있었다. 에드윈이 조카의 옆구리를 쥐어박 은 것도 그저 평소 하던 장난일 뿐 적의에서 나온 행동은 아니었 다. 이에 에드위는 균형을 잃지 않으려고 에드윈의 어깨를 잡으 려 했지만 자세가 흐트러지는 바람에 결국 둘 다 바닥에 나뒹굴 고 말았다. 캐드펠이 다가가 두 소년의 목덜미와 두건을 잡고 일 으켜 세웠다. 둘의 싸움을 심각하게 여겨서라기보다는 달이고 있 는 약단지가 넘어질까 걱정이 되어, 그는 약간 거리를 둔 채 두 소년을 앉혔다. 짧은 난투의 효과인지, 두 소년을 괴롭히던 공포 의 감정은 어느덧 눈 녹듯 사라지고 없었다. 둘은 다소 멋쩍어하 며 입가에 쓴웃음을 머금었다.

"잠시 진정하고 가만히 좀 못 있겠니?" 캐드펠이 말했다. "둘 을 좀 비교해봐야겠다. 그러니까 이쪽, 에드윈이 삼촌이지만 나 이는 어리고…… 그래, 이젠 알겠다. 체격이 좋고 피부색이 검은 쪽이 에드윈이군. 눈은 짙은 갈색이고. 그리고 에드위는…….”

“옅은 갈색이죠.” 에드윈이 말했다.

“에드윈은 귓가 광대뼈 언저리에 작은 상처가 있구나. 초승달 모양의 하얀 상처가.”

“3년 전에 나무에서 떨어졌어요.” 이번엔 에드위가 끼어들었다. “나무 하나 제대로 못 타는 주제에.”

“그래, 이제 됐다! 자, 에드윈, 네가 이렇게 왔고 누가 누구인지도 이제는 알 것 같으니, 조금 전 네 대역에게 던졌던 질문을 다시 한번 되풀이하마. 명예를 걸고 대답해줬으면 한다. 보넬 씨를 때려 죽게 만든 사람이 바로 너냐?”

소년은 두 눈에 쌍심지를 켜고 단호하게 말했다. “전 아녜요. 흉기도 없었고, 또 그런 게 있었다 해도 제가 왜 계부를 해치겠어요? 사람들이 저를 두고 무슨 말을 하는지는 알아요. 약속을 저버린 계부에게 앙심을 품고 있다고들 하겠죠. 그건 사실이에요. 하지만 저는 원래부터 영지보다 장사에 흥미가 있었어요. 그쪽으로 성공할 자신도 있고요. 정말 말도 안 돼요. 도대체 누가 계부를 죽였는지는 모르지만 이런 일이 어떻게 일어날 수 있을까요? 아무튼 저는 아녜요. 제 명예를 걸고 맹세할 수 있어요.”

캐드펠은 소년의 말을 그대로 믿었으나 그런 기색을 내비치지는 않았다. “그럼 무슨 일이 있었는지 말해봐라.”

“저는 메이리그를 진료소에 두고 바로 어머니 집으로 갔어요. 그런데 진료소에 갔던 게 무슨 문제가 되죠? 그게 그렇게 중요한

가요?"

"지금은 신경 쓸 필요 없다. 계속해봐. 그래, 사람들이 널 반기던?"

"어머니는 아주 기뻐하셨어요. 하지만 계부는 마치 싸움에서 이긴 수탉처럼 저를 낮춰 보았죠. 저는 어머니를 생각해서 꾹 참고 최대한 아무 말 없이 있었는데, 그래서 더 화가 났는지 계부가 저를 계속 몰아붙이더라고요. 아무튼 그렇게 셋이서 식탁에 앉아 있는데, 알디스가 부수도원장님께서 친히 보내신 음식이라면서 접시를 들고 왔어요. 어머니는 그걸 화제로 삼아 계부 마음을 돌리려 하셨지만, 그분은 어떻게 하면 저를 욕보일지에만 신경 쓰느라 귀도 기울이지 않았어요. 저한테 뭐라고 했는지 아세요? 제가 매 맞은 강아지처럼 꼬리를 내리고 찾아올 줄 알고 있었다는 거예요. 이미 물 건너간 유산을 돌려받으려고 애걸복걸할 거라고요. 그러면서 무릎을 꿇고 빌면 불쌍히 여겨 생각을 바꿀 용의가 있다고 했어요. 그 말에 저는 그만 화가 치밀어 올라, 무릎 꿇는 건 꿈도 꾸지 말아라, 당신이 죽기 전에는 다시 볼 일 없을 거다 하고 소리쳤죠. 무슨 말을 했는지 기억은 다 안 나지만, 아무튼 계부는 손에 잡히는 물건들을 닥치는 대로 제게 던지고, 어머니는 울고불고…… 난리도 아니었어요. 저는 그 길로 뛰쳐나와 다리를 건너 시내로 돌아갔죠."

"하지만 벨코트의 집으로 가지는 않았지. 앨프릭이 다리까지 쫓아와 돌아가자고 부르는 소리는 들었느냐?"

"네. 하지만 돌아간들 무슨 소용이 있었겠어요? 그래봤자 일만 더 꼬였을걸요."

"아무튼 넌 집으로 가지 않았어."

"그럴 마음이 아니었어요. 속이 너무 상했거든요."

"에드윈은 거기서 곧장 강가에 있는 아버지의 목재 야적장으로 갔어요." 에드위가 거들었다. "안 좋은 일이 있으면 늘 그리로 가거든요. 저도 마찬가지고요. 무슨 문제가 생기면 거기로 가서 문제가 해결될 때까지 숨어 있지요. 거기서 에드윈을 찾아냈어요. 행정관이 집으로 와서 그분이 살해되었다며 에드윈을 찾았을 때, 저는 에드윈이 어디 있을지 금방 알 수 있었죠. 하지만 에드윈이 잘못을 저질러서 숨어 있는 건 아니라고 생각했어요." 에드위는 힘주어 말을 이었다. "어쨌든 에드윈에게 뭔가 안 좋은 일이 일어나고 있다는 생각에 미리 알려주려고 그리로 갔던 거예요. 에드윈은 살인 사건에 대해서는 물론 전혀 모르고 있었어요. 그분이 화가 나기는 했지만 멀쩡히 살아 계시는 것을 두 눈으로 똑똑히 보고 그 자리를 떠났으니까요."

"그럼 너희 둘 다 지금까지 거기에 숨어 있었단 말이냐? 집에는 들르지도 않고?"

"어떻게 집에 갈 수 있었겠어요? 사람들이 붙잡으려고 눈에 불을 켜고 있는데요. 저도 쭉 같이 있었어요. 하지만 머지않아 다들 그리로 들이닥칠 테니 곧 떠날 생각이긴 했죠. 거기 말고도 숨을 데는 많이 있으니까요. 그때 앨리스가 와서 수사님 말씀을 전해줬어요."

"그게 전부예요." 에드윈이 말했다. "이제 저희는 어떻게 해야
하죠?"

"우선 이 약을 그만 불에서 내려야겠다. 잠시 식혔다가 병에
담아야지. 너희들, 여기 올 때 평신도 전용 출입문으로 들어와 회
랑을 지나서 왔겠지?" 담 밖 수도원 서쪽 문은 마을이 포위되었
을 때와 같은 극한상황이 아닌 경우에는 늘 열려 있어 교구민 전
용 출입문으로 사용되고 있었다. "안뜰에서부터 이 냄새를 맡았
겠구나. 이 약은 끓을 때 무척 강한 냄새를 풍기거든."

"냄새가 좋은데요." 에드위가 말했다. 그는 감탄 어린 눈길로
새삼스레 작업장을 둘러보았다. 말린 허브가 담긴 주머니들이 난
로에서 피어오르는 열기로 가볍게 살랑이고 있었다.

"여기 있는 약들 모두 이렇게 냄새가 좋지는 않아. 그렇다고
역겨운 냄새가 나지는 않지만. 뭐랄까, 다들 강렬하면서도 깨끗
한 냄새랄까." 캐드펠은 투구꽃 물약이 들어 있는 커다란 병의
마개를 연 뒤 병 주둥이를 약간 기울였다. 에드윈은 코를 바짝 들
이댔다가 강한 냄새에 놀랐는지 고개를 뒤로 빼고 재채기를 했
다. 소년의 눈에서 눈물이 흘렀다. 물끄러미 캐드펠을 올려다보
던 그는 혼자 씩 웃더니 다시 조심스레 코를 갖다 대고 숨을 깊게
들이마셨다. 뭔가 기억을 떠올리려는 듯 그의 얼굴이 약간 찌푸
려졌다.

"메이리그가 할아버지 어깨에 바르던 약과 똑같은 냄새네요.

오늘 아침 말고 지난번에 갔을 때 맡았는데. 진료소 약장에 약병이 있었죠. 그거랑 똑같은 약인가요?"

"그래." 캐드펠은 병을 다시 선반에 올려놓았다. 소년의 얼굴에는 표정의 변화가 전혀 없었다. 이 냄새의 기억은 그에게 비극이나 범죄와 전혀 무관한 것이었다. 이번 사건에 대해 에드윈이 아는 것이라곤 거베이스 보넬이 흉기에 의한 불의의 타격으로 갑작스러운 죽음을 맞이했으리라는 짐작이 전부였다. 또한 소년이 죄의식을 느낀다면, 그건 젊은이로서 지켜야 할 태도를 망각하고 성급하게 화를 낸 결과 어머니의 마음을 아프게 했다는 것뿐이었다. 캐드펠은 더 이상 소년을 의심하지 않았다. 그는 어디에 내놓아도 정직한 소년이었고, 지금은 곤경에 빠져 자신을 도와줄 친구를 간절히 필요로 하고 있었다.

에드윈은 또한 매우 민첩하고 눈치 빠른 소년이기도 했다. 기분이 급변한 듯 그가 다시 캐드펠의 향해 입을 열었다. "캐드펠 수사님……." 소년은 주저하듯 나지막이 그의 이름을 불렀다. 이 나이 든 수도사가 바로 십자군으로 출정했다던 그 캐드펠이었다. 자신의 어머니가 그토록 만족스러운 결혼 생활을 누리면서도 줄곧 잊지 못하고 떠올리던 그 사람. 아마도 리힐디스는 그의 용모와 용기 따위를 실제보다 과장하여 이야기했으리라. "제가 메이리그하고 진료소에 갔던 일을 알고 계시죠? 에드위한테도 물어보셨고요. 그런데 전 도무지 모르겠네요. 그게 중요한가요? 그게 제 계부의 죽음과 무슨 관계가 있나요? 저로서는 정말 이해가 가지 않아요."

"이해가 가지 않는다는 점이 바로 네가 무죄라는 증거야." 캐드펠 수사는 말했다. "다른 사람들에게 설명하기는 어렵지만 그래도 나는 확신하고 있다. 자, 조카 옆에 앉아서 장난치지 말고 얌전히 들어봐라. 어떻게 해야 너희 둘의 관계가 좀 제대로 되겠니? 이제부터 아직 외부에는 알려지지 않은 이야기를 들려주마. 일단 네가 진료소에 두 차례 갔다는 사실은 아주 중요하다. 그곳에서 봤다는 이 연고도 마찬가지로 중요하고. 물론 다른 사람들도 이 약의 속성을, 그러니까 이 약이 지닌 이로운 점과 해로운 점을 잘 알고 있어. 조금 전 보넬 씨가 칼이나 다른 흉기에 찔려 돌아가신 것처럼 얘기했던 것에 대해서는 내가 사과하마. 사실은 그렇지 않아. 보넬 씨는 부수도원장께서 보내신 요리에 든 독으로 독살되셨다. 그 독이 바로 이것, '수도사의 두건'이라는 별칭을 가진 식물의 기름이지. 범인은 여기 내 작업장에서, 아니면 진료소에서 독을 훔쳤을 게다. 그 성분과 효과에 대해서도 잘 알고 있었을 테고."

피곤하고 지쳐 꾀죄죄한 상태로 이야기를 듣던 두 소년은 마침내 그 말뜻을 이해하고 겁에 질려 서로를 바라보더니 바싹 붙어 앉았다. 그런 모습이 마치 위험을 피해 굴이나 둥지 안에 모인 어린 동물들 같았다. 다 큰 남자처럼 보이려 애썼던 몇 년의 시간이 떨어져 나갔고, 그들은 이제 겁먹고 쫓기는 어린아이들에 불과했다. 에드위가 열을 올리며 말했다. "에드윈은 아무것도 모르고 있었어요! 사람들이 한 얘기는 그분이 돌아가셨고, 누군가에 의해 살해당했다는 게 전부였어요. 하지만 그렇게 돌아가셨다니! 에드윈은 그 전에 거기서 나왔어요. 그 집엔 가족들 말고 다른 사람이 없었고요. 에드윈은 그런 요리가 있는지조차 몰랐고…….”

“알고는 있었어요.” 에드윈이 말했다. “어머니가 말씀해주셔서 그런 게 있다는 건 알았어요. 하지만 저랑은 상관없는 요리였죠. 제가 집에 가고 싶었던 건 그저…….”

“됐다, 됐어!” 캐드펠은 야단치듯 말을 끊었다. “너희들 이야기는 충분히 알아들었다. 게다가 내 나름대로 시험도 해보았으니 그 이야기는 더 할 필요 없어. 자, 이제 편안히 앉아라. 내 앞에서는 안심해도 돼. 네가 잘못이 없다는 건 잘 알고 있으니까.” 젊은 혈기가 빚어내는 평범한 우행이라면 모를까, 이 두 사람에게는 아무 죄도 없을 터였다. 이제 캐드펠은 다른 의도나 경계심 없이 그들을 바라보며 다른 것들에도 신경을 쓸 수 있게 되었다. “내게 잠시 생각할 시간을 주겠니? 하지만 시간을 낭비해서는 안 되겠지. 너희들 뭐 좀 먹었니? 한 사람은 저녁을 거의 못 먹었을 듯한데.”

두 소년은 그동안 너무도 끔찍한 문제로 골치를 썩이느라 배고프다는 생각도 할 겨를조차 없었으나, 이제 비록 그 힘에 한계가 있기는 해도 든든한 지원군을 얻었으며 임시 거처일지언정 은신할 장소도 얻었기에 어느 정도 긴장이 풀리면서 갑작스럽게 엄청난 공복감을 느끼던 참이었다.

"여기 내가 구운 오트밀 쿠키와 치즈 한 조각, 사과 몇 알이 있다. 내가 최선의 방책을 궁리하는 동안 우선 요기라도 해둬라. 에드위, 넌 내일 아침 성문이 열리는 대로 곧장 집에 돌아가거라. 사람들 눈에 띄지 않게 조심하고. 설사 눈에 띄더라도 심부름을 다녀온 것처럼 보여야 한다. 확실하게 믿을 수 있는 사람이 아니면 입조심하고." 그 가족이라면 서로 단결하고 협력해서 그들 자신을 잘 지켜나갈 수 있을 것이었다. "하지만 에드윈, 너는 입장이 좀 다르구나."

"그 사람들한테 넘기실 생각은 아니시죠?" 오트밀 쿠키를 입안 가득 우물거리고 있던 에드위가 경계하는 눈빛으로 물었다.

"물론 그런 일은 절대 없지." 만일 법이 절대 오류를 범하지 않는다는 확신만 있다면, 캐드펠은 이 소년에게 당당하게 법정에 나가 무죄를 주장하라고 권했을 것이다. 그러나 그에게는 그런 믿음이 없었다. 재판에는 반드시 죄인이 필요하기 마련이다. 행정관은 자신의 수사 방향이 옳다고 믿고 있으니 다른 가능성은 일절 염두에 두려 하지 않을 터였다. 캐드펠의 증언에 귀를 기울이기는커녕, 오히려 경멸스럽다는 얼굴로 어깨를 으쓱이며 노인네가 교활한 어린애의 말을 곧이곧대로 믿는다고 비꼬지 않겠는가.

"저는 집으로 돌아갈 수 없겠죠." 사과를 잔뜩 베어 물어 부푼 한쪽 뺨과 잔가지들로 더러워진 다른 쪽 뺨이 다소 우스꽝스러워 보이긴 했지만, 에드윈은 진지한 표정으로 말을 이었다. "어머니에게 갈 수도 없고요. 가봤자 염려만 끼쳐드릴 거예요."

"오늘 밤은 너희 둘 다 여기서 지내라. 난로가 꺼지지 않게 주의하고. 의자 밑에 깨끗한 자루가 있으니 덮고 자면 따뜻할 게야. 하지만 날이 밝으면 이곳에도 사람들이 들락거릴 테니 일찍 일어나 나가야 한다. 한 사람은 집으로 가고, 한 사람은…… 그래, 한 이삼일 정도는 숨어 있어야겠지. 수도원 안에도 사람들이 찾기 힘든 곳이 있을 텐데……." 캐드펠은 잠시 생각에 잠겼다. 마구간 2층 다락방이라면 건초도 많고 아래층에 말들이 있으니 늘 따뜻하기야 하겠지만 아무래도 사람들 출입이 빈번한 곳이다. 더군다나 요즘은 축일을 앞두고 여행객들이 자주 드나드는 시기라 하인들 숙소로 사용될 가능성도 있다. 하지만 바깥 공터에 있는 창고라면 괜찮을 것 같았다. 마시장이나 수도원의 여름 시장이 열리는 빈터 한쪽 구석에 시장에 내놓을 말을 넣어두는 마구간과 사료를 쌓아두는 다락이 있었다. 수도원 소유지만 언제라도 행상들이 사용할 수 있는 곳이었다. 요즘 같은 철에는 찾는 사람도 거의 없는 데다가 2층 다락에는 잘 말린 건초와 밀짚이 수북이 쌓여 있으므로 며칠 밤 보내기에는 안성맞춤이었다. 게다가 예상치 못한 위험이 닥치는 경우에도 수도원 담장 안에 있는 것보다는 도망치기가 훨씬 수월할 것이었다. 물론 그런 목적에 쓰라고 만든 곳은 아닐 테지만!

"마침 좋은 장소가 생각났다. 낮에 먹을 음식과 에일을 챙겨 아침에 그리로 옮기도록 하자꾸나. 꼼짝 않고 숨어 있어야 하니 답답하겠지만 그래도 견뎌야 한다."

"행정관의 손에 잡히는 것보다는 낫겠죠." 에드윈은 흔쾌히 대답했다. "정말 고맙습니다. 그렇지만…… 결국에는 어떻게 될까요? 평생 숨어 지낼 수는 없잖아요."

"방법은 하나밖에 없어." 캐드펠이 잘라 말했다. "이 사건에서 벗어날 길은, 지금 네가 덮어쓴 죄를 범한 진짜 범인을 잡아내는 것뿐이다. 하지만 그 일을 네가 나서서 할 수는 없으니 내게 맡겨둬라. 나 자신과 네 명예를 걸고 할 수 있는 한 모든 것을 해볼 테니. 자, 이제 자정미사에 가봐야겠다. 아침기도 전에 다시 와서 너희들을 여기서 안전하게 나갈 수 있도록 해주마."

*

마크 수사는 약속한 대로 승복을 둘둘 말아 캐드펠 수사의 침대 밑에 가져다놓았다. 캐드펠은 아침기도를 알리는 종이 울리기 한 시간 전에 일어나 자신의 옷 속에 마크 수사가 가져온 옷을 껴입고 숙사의 안쪽 계단을 통해 밖으로 나왔다. 겨울 새벽은 더디기만 해서 날이 밝으려면 아직 한참이나 더 지나야 할 듯했다. 달도 없이 구름만 잔뜩 낀 새벽, 회랑을 지나 수도원 뜰을 가로질러 허브밭으로 가는 길은 온통 암흑 천지에 인기척 하나 없었다. 이 어둠 속에서 에드위는 성문이 열리기를 기다렸다가 교구민 전용 출입구를 통해 다리를 건너 슈루즈베리까지 무사히 갈 수 있으리

라. 만에 하나 관원들이 잠복해 있다 하더라도, 이미 시내 지리를
잘 알고 있을 테니 그들의 눈을 요령 있게 피할 터였다.

승복을 입히고 두건을 씌워놓으니 에드윈은 영락없는 수련사
의 모습 그대로였다. 그를 보며 캐드펠은 처음 수도원에 들어왔
을 때의 마크 수사를 떠올렸다. 매사에 주저 어린 몸짓으로 넓은
소맷자락 속에 두 손을 감추는 모습, 두려움에 가득 차 쉴 새 없
이 눈동자를 굴리는 모습도 마크 수사와 꼭 닮아 있었다. 다만 지
금 이 소년에게는 어딘지 묘한 장난기가 서려 있는 듯했다. 자기
에게 닥친 위험에도 불구하고 소년은 신나는 모험을 앞둔 꼬마처
럼 들떠 있었다. 소년이 얌전히 숨어서 지루한 시간을 참고 지낼
지, 아니면 철모르는 꼬맹이처럼 천방지축으로 나대어 스스로를
위험한 지경에 빠뜨릴지, 캐드펠로서는 지금 당장 생각하고 싶지
않았다.

두 사람은 나란히 회랑과 교회를 지나 서쪽 문으로 나간 뒤, 이
내 오른쪽으로 돌아 문지기실 반대쪽으로 방향을 잡았다. 사방은
아직도 칠흑처럼 어두웠다.

"이 길로 계속 가면 런던이 나오죠?" 에드윈이 두건을 살짝
들어 올리더니 나지막한 소리로 속삭였다.

"그렇지. 하지만 도망칠 일이 생기더라도 이 길을 택할 생각은
말아라. 세인트자일스를 지나면 길목마다 검문이 있을 테니까.
며칠간만 얌전하게 지내도록 해. 이삼일 안으로 뭔가 다른 수가
날 거다."

널따란 마시장터는 밤새 내린 서리로 하얗게 빛났다. 수도원 창고는 그 한쪽 귀퉁이에 자리 잡고 있었다. 중앙의 커다란 문은 단단히 잠긴 채였지만 뒤쪽으로 돌아가자 다락으로 통하는 계단이 나오고, 거기 또 하나의 샛문이 있었다. 이 이른 시간에도 간간이 거리를 오가는 사람들이 보였으나, 다락으로 통하는 계단을 오르는 성 베드로 성 바오로 수도원의 수도사 두 사람에게 시선을 주는 이는 아무도 없었다. 문이 잠겨 있어 캐드펠은 미리 준비해 온 열쇠를 꺼냈다. 안으로 들어서자 건조된 풀 냄새가 물씬 풍겼다.

"열쇠는 돌려놔야 해서 두고 갈 수가 없구나. 하지만 문은 안 잠그겠다. 네가 자유롭게 나올 수 있을 때까지 죽 열어두마. 그리고 여기 빵 한 쪽하고 콩, 탈지유, 사과 두세 알이 있으니까 받아 둬라. 에일도 한 병 있다. 밤에는 추울지 모르니 승복은 계속 입고 있어라. 건초 더미를 깔면 훌륭한 침상이 될 게야. 그리고 다음번에 올 때는 이렇게 노크를 할 테니까 이 신호로 나라는 것을 확인하면 되고……. 올 사람도 없을 테지만, 혹시라도 이 신호 없이 인기척이 나면 여기 건초 더미 속으로 바로 숨도록 해라."

소년은 대답 없이 쓸쓸한 얼굴로 서 있었다. 캐드펠은 손을 뻗어 소년의 두건을 벗겼다. 어디선가 새어 들어온 희뿌연 새벽 햇살에 소년의 갸름한 얼굴이 드러났다. 두 눈을 크게 뜨고 있는 것이, 진지하면서도 어딘지 염려스러운 표정이었다.

"잠을 푹 자지 못했나 보구나. 내가 너라면 여기서 꼼짝 않고 하루 종일 잠이나 자겠다. 절대로 널 혼자 내버려두지 않으리라는 점을 잊지 말렴."

"네, 알고 있어요." 에드윈은 누군가와 함께 있어봐야 뾰족한 수가 없다는 것을 잘 알았으며, 자신이 결코 혼자가 아니라는 사실 또한 잘 알고 있었다. 그에겐 충실한 가족이 있었고, 수도원 안에도 친구가 있었다. 더하여, 세상 누구보다 그를 아끼며 그의 안위를 걱정하는 다른 한 사람도 있었다. 소년은 조금 전과 달리 약하고 떨리는 목소리로 입을 열었다. "절대로 제가 한 일이 아니라고 어머니께 말씀해주세요. 전 계부를 해칠 생각은 꿈에도 하지 않았어요."

"걱정 말거라." 캐드펠이 소년을 안심시켰다. "나도 이미 네가 한 일이 아니라는 걸 확신하고 있었어. 내가 누구한테서 무슨 말을 듣고 그런 확신을 가졌겠니? 네 어머니가 아니면 말이야." 희미한 빛이 마술처럼 부드러워졌다. 지금 소년은 아이도 어른도 아닌, 남자도, 그렇다고 여자도 아닌 얼굴로 서 있었다. "어머니를 쏙 빼닮았군." 캐드펠은 이 소년만큼 어렸던 한 소녀를 떠올렸다. 은밀한 빛 속에서 그를 안고 입 맞추던 그 소녀. 그녀의 부모는 딸이 침대에서 홀로 깊은 잠에 빠져 있으리라 믿고 있었지. 이 순간 그는 그동안 만났던 동쪽과 서쪽의 모든 여성들을 잊었다. 그가 바라고 믿었던 그 어느 여성도 이처럼 그릇된 감정을 남기지는 않았다. "저녁 때 다시 오마."

캐드펠은 한마디 말을 남긴 채 바깥의 차가운 겨울 공기 속으로 물러났다.

맙소사. 캐드펠은 아침기도에 참석하기 위해 교구민 전용 출입문을 지나며 생각에 잠겼다. 홈 많고 거칠고 가공되지 않은 저 어린 육신이 내 아들일 수도 있었을 텐데! 그 소년뿐 아니라 다른 소년도 내 손주가 되었을지 모르지! 비록 아주 잠깐이었으나, 처음이자 마지막으로 자신의 소명에 회의를 품는 순간이었다. 혹시 이 세상 어딘가에 아리아나, 비앙카, 마리암(어쩌면 이들 말고도 지금은 잊었으나 이곳저곳에서 사랑했던 여성들이 한두 명 더 있을지 모르지만)이 낳은 내 아이들이 있는 건 아닐까? 그 아이들 역시 리힐디스가 낳은 저 소년처럼 아름답고 훌륭하게 자라고 있지 않을까?

5

이제 무엇보다 시급한 것은 한시라도 빨리 살인범을 찾아내는 일이었다. 그러지 못하면 소년은 도피 생활에서 벗어나 정상적인 삶을 살아갈 수 없을 터였다. 이는 또한 그 운명의 메추라기 요리가 수도원장 전용 조리실에서 거베이스 보넬의 배 속까지 어떤 경로를 거쳐 전달되었는지 상세히 밝혀낸다는 것을 의미했다. 누구의 손을 거쳤을까? 어떤 사람이 도중에 손을 댈 수 있었을까? 로버트 부수도원장은 수도원장 숙사에 고고하게 들어앉아 같은 요리를 맛있게 다 먹고 소화까지 시킨 뒤에도 아무 탈이 없었으니 그 음식에는 아무 이상이 없었다는 얘기가 된다. 부수도원장은 자신의 것과 같은 상태의 요리를 보내도록 요리사에게 지시했고, 그 과정에서 그가 요리에 직접 손을 댄 적은 없었다.

대미사에 들어가기 전, 캐드펠은 수도원장 전용 조리실에 들렀다. 그는 이 수도원에서 페트러스 수사를 겁내지 않는 몇 안 되는 수사들 중 하나였다. 광적인 사람은 언제 어디서나 다른 이들에게 위협적인 존재이기 마련이니, 페트러스 수사가 바로 그런 사람이었다. 종교나 소명에 관한 광적인 믿음 때문은 아니었다. 그런 것들은 그에게 오히려 당연하고 자연스러운 것이었으니까. 페트러스 수사가 광기를 보이는 대상은 다름 아닌 자신의 요리였다. 신성한 화덕불이 그의 검은 머리와 검은 눈을 시뻘겋게 물들였고, 그의 몸속을 흐르는 북부 지역의 피는 가마솥의 물처럼 펄펄 끓었으며, 변경 지방 출신의 거친 기질은 찜통처럼 타올랐다. 그 뜨거운 열정으로 그는 헤리버트 수도원장을 사랑했고, 로버트 부수도원장을 증오했다.

페트러스 수사는 그날의 전장을 둘러보며, 냄비와 솥과 쇠꼬챙이와 접시 따위를 모아 정리하는 중이었다. 힘든 노동의 결과를 소화할 사람이 헤리버트 수도원장이 아니라 로버트 부수도원장이라는 점이 그에게는 더없이 불만이었지만, 그럼에도 불구하고 완벽을 추구하는 그의 정신만큼은 조금도 변함없이 그대로였다.

"그 메추라기!" 그날 있었던 일을 들려달라고 하자 페트러스 수사는 볼멘소리로 대답했다. "지금껏 봐온 것 중 최고로 좋은 놈이었지요. 크지는 않지만 잘 먹어서 살이 통통히 오른 놈이었어요. 만일 수도원장님이 드실 것이었다면 내 솜씨를 다 발휘해 최고의 요리를 만들었을 겁니다. 네, 그랬어요. 부원장이 여기 왔어요. 물방앗간 옆집에 이사 온 손님한테 보낸다고 그 요리의 일부를, 그러니까 1인분 정도 따로 준비하라더군요. 그래서 시키는 대로 했습니다. 가장 좋은 부분을 골라 헤리버트 수도원장님 접시에 담았죠. 부원장은 그걸 자기 접시라고 했지만! 이 조리실에서 다른 누군가가 손댄 적은 없느냐고요? 분명히 말씀드리는데, 내가 데리고 있는 두 사람은 내가 하라는 대로만 합니다. 다른 사람은 없었고요. 부원장요? 여기 와서 냄비에 코를 들이대고 킁킁거리며 냄새를 맡기야 했죠. 하지만 그때는 요리가 아직 냄비 안에 있을 때였고, 내가 보넬 씨에게 보낼 음식을 따로 접시에 담은 건 부원장이 조리실에서 나간 다음이었습니다. 그러니까 말인즉슨, 나 말고는 아무도 그 접시에 손을 대지 않았다는 얘기죠. 그러다가 저녁 식사 시간이 다 되어서 그 하인, 앨프릭이라고 했던가요? 아무튼 그 사람이 음식을 가지러 온 겁니다."

"그 사람이 앨프릭이라는 건 어떻게 알았소? 자주 본 사이도 아닐 텐데."

"말이 없고 시무룩한 얼굴을 하고 다니는 사람 아닙니까." 페트러스 수사는 악의 없는 투로 말을 이었다. "하지만 시간은 칼같이 지키고 늘 몸가짐이 조심스러운 친구죠."

리힐디스도 같은 말을 했다. 조심하는 것이 너무 지나쳐서 오히려 답답할 정도라고 했다.

"그날 그 친구가 쟁반을 들고 안뜰을 가로질러 가는 걸 봤어요. 접시들에는 보가 씌워져 있었고, 그 친구는 두 손을 다 써야 했죠. 그러니 문지기실에 닿을 때까지는 중간에 멈춰 설 수 없었을 겁니다." 하지만 문을 나서면 수도원 담 귀퉁이에 정자가 한 채 있고 거기에 의자도 있으니 잠시 쟁반을 놓아둘 수 있었을 터였다. 게다가 앨프릭은 허브밭에 있는 캐드펠의 작업장으로 가는 길을 알고 있고, 독약이 어디 있는지도 직접 눈으로 보아 알고 있었다. 앨프릭은 두 가지 점에서 의심이 가는 인물이었다. 우선은 어떤 사람인지 정체가 거의 알려져 있지 않다는 점이었고, 또 한 가지는 바로 그렇기에 무슨 일이든 저지를 수 있는 가능성이 상당히 높다는 점이었다.

"어쨌든 여기 이 조리실에서는 요리에 뭔가를 탄 일이 없다, 이 말이군."

"물론입니다. 포도주와 소스 이외에는 전혀요. 만약 덜어내고 남은 고기에 독이 들어 있었다면……." 페트러스 수사는 소리를 낮추고 말을 이었다. "수사님은 내게 혐의를 두었겠죠. 의심할 만한 근거도 충분하니까요. 그렇지만 내가 정말 그 투구꽃 스튜를 만들 작정이었다면 접시를 바꾸는 실수는 절대 하지 않았을 겁니다."

페트러스 수사의 독설을 심각하게 여기지는 말아야겠지. 캐드펠은 미사에 참석하기 위해 뜰을 가로질러 가면서 생각했다. 다소 거칠지만 말만 그렇게 할 뿐 행동에 옮길 인물은 아니야. 아니, 어쩌면 그 점에 대해서도 생각해봐야 하지 않을까? 부수도원장에게 보낼 요리가 실수로 보넬에게 보내졌을 가능성도 있지 않을까? 그러나 페트러스 수사가 진범이라면 자기 입으로 그런 말을 할 리가 없을 텐데. 혹시 그 점을 노리고 일부러 털어놓은 거라면? 아니, 페트러스는 그렇게까지 영악한 인물이 아니다. 수도 생활을 서약한 이들 사이에서도 잔인한 증오의 감정은 간간이 일어나기 마련이고, 페트러스 또한 자기도 모르게 그러한 감정을 내비친 것뿐이리라. 아무리 생각해도 그가 살인범이라는 것은 쉽게 수긍이 되지 않아. 그래도 마음속에 담아두기는 해야지!

*

한 해의 가장 중요한 축일을 두세 주쯤 앞둔 시기라 미사에 참석한 교구민의 수가 눈에 띄게 불어났다. 그동안 예배의 의무를 가볍게 여겼던 이들의 양심을 몹시 자극하는 시기였다. 이날 아침에도 상당수 주민들이 교회에 와 있었다. 캐드펠은 그중 숱 많은 금발에 하얀 두건을 쓴 알디스의 모습을 보고 그리 놀라지 않았다. 그녀는 미사가 끝난 뒤 다른 사람들처럼 서쪽 문으로 나가는 대신 회랑으로 이어지는 남쪽 문을 통해 뜰로 나가더니 망토를 추스르고 식당 벽 앞에 자리한 돌의자에 앉았다.

캐드펠은 그녀를 따라가서 정중하게 인사를 건네며 여주인의 안부를 물었다. 그녀는 이목구비가 가지런한 얼굴을 들었다. 그 부드러운 얼굴선과 검은 빛을 발하는 강렬한 눈빛이 왠지 어울리지 않았다. 앨프릭과 마찬가지로 이 아가씨에게서도 무언가 알 수 없는 구석이 느껴졌다. 스스로를 드러내지 않는 한 다른 사람들은 그 속내를 알기 힘든 비밀스러운 분위기였다.

"몸은 괜찮으십니다." 알디스는 차분하게 말했다. "그렇지만 에드윈 도련님 문제로 고민하고 계세요. 그래도 도련님이 체포되었다는 말이 아직 나오지 않아 그나마 위안이 되시나 봅니다. 참 안되셨어요. 위안이 필요한 때죠."

캐드펠은 안심해도 좋다는 말을 전해도 좋을지 잠시 고민했지만, 잠자코 있기로 했다. 리힐디스가 그와 단둘이 이야기하기를 바란다면 캐드펠은 그 뜻을 존중해야 했다. 한집에 사는 몇 안 되는 식구들이 모두 의심을 받는 이 같은 상황에, 아무리 친척 아이라 해도 어떻게 전적으로 신뢰할 수 있겠는가. 하물며 의붓아들이나 하인의 경우는 말할 나위도 없을 것이다. 아니, 리힐디스만 해도 그렇다. 그녀를 완전히 믿을 수 있을까? 어머니란 자식을 지키기 위해서라면 그 어떤 끔찍한 짓이라도 서슴없이 저지를 수 있는 법이다. 게다가 거베이스 보넬은 그녀와의 약속을 파기한 장본인이 아닌가.

"괜찮다면 잠깐 같이 앉아서 얘기를 하고 싶은데. 바로 돌아가야 하나?"

"앨프릭이 저녁 식사를 가지러 곧 올 거예요. 식사 나르는 걸 도와주려고 기다리는 중이에요. 오늘은 빵에다 맥주까지 얻어 가야 되거든요." 알디스는 캐드펠이 앉을 수 있도록 자리를 내주며 말을 이었다. "어제 그런 일이 벌어졌는데도 똑같이 일을 해야 한다니 앨프릭이 무척 힘들 거예요. 사람들이 그에게 보내는 눈총을 생각해보세요. 수사님도 마찬가지겠죠. 아닌가요?"

"진실이 밝혀질 때까지는 어쩔 수 없지." 캐드펠은 가볍게 대꾸했다. "행정관은 이미 다 끝난 얘기라고 여기는 것 같던데. 자네도 그렇게 생각하나?"

"천만에요!" 알디스의 한쪽 입꼬리가 약간 비틀리며 엷은 조롱기를 띠었다. "천하에 거칠고 부산스럽기 짝이 없는 아이가 남을 독살했다니, 도대체 그걸 어떻게 믿겠어요? 하긴 저부터도 의심받고 있는 처지에 이런 말씀 드려봐야 아무 소용 없겠죠. 하지만 수사님도 제 얘기 들으셨잖아요! 앨프릭이 쟁반을 들고 부엌으로 들어와 부수도원장님이 보내신 선물이라고 했을 때, 그 접시를 받아서 식지 않게 난롯가 선반에 놓아둔 사람이 바로 저였어요. 그런 다음 앨프릭이 거실로 음식을 날랐고, 제가 맥주 한 컵과 다른 음식 접시를 들고 따라 들어갔죠. 식탁에는 주인님 가족 세 분이 앉아 계셨는데, 분위기가 얼마나 냉랭하던지 숨도 쉬기 힘들 지경이었어요. 그래서 주인님을 기쁘게 해드리려고 요리 얘기를 꺼냈죠. 그런 다음 제가 먼저 부엌으로 돌아왔고, 난롯가 선반 옆에 앉아 간간이 그릇에 담긴 요리를 저어가며 저녁을 먹었어요. 한 번인가 두 번인가 그릇을 불에서 조금 떨어뜨려놓은 적은 있었죠. 하지만 제가 아무것도 타지 않았다고 주장한들 무슨 소용이 있겠어요? 확실한 증거가 나오기 전에는 아무도 제 얘기를 믿어주지 않을 텐데요."

"자네는 분별력 있고 공정한 사람일세." 캐드펠이 말했다. "그나저나 메이리그 말인데, 자네가 부엌에 돌아왔을 때 그 친구가 막 문을 열고 들어왔다고 했지? 그러니까 그 친구가 부엌에 혼자 있은 적은 없었다는 얘기군…… 설령 그 접시에 무엇이 담겨 있는지 알았다 해도 말이야."

알디스의 창백한 이마와 금빛 머리칼 아래서 너무도 아름다운 눈썹이 활처럼 곡선을 그렸다. "문이 활짝 열려 있고 메이리그가 문간에 서서 구두에 묻은 흙을 털던 모습이 똑똑히 기억나요. 어쨌든 메이리그가 무슨 이유로 자기 아버지가 죽기를 바라겠어요? 물론 친자식이라고 특별히 잘해주신 건 아니지만, 그래도 메이리그 입장에서는 아버지가 돌아가시는 것보다는 살아 계시는 편이 나았을 거예요. 상속받을 가능성이야 없다 해도 결국 부자 관계잖아요?"

사실이었다. 교회는 말할 것도 없고 국가에서도 사생아의 상속권을 전혀 인정하지 않았다. 물론 태어나기 전에 양친이 합법적으로 결혼한 경우에는 사정이 다르겠지만, 메이리그는 어디에나 흔히 볼 수 있는, 하녀와의 하룻밤 정사로 인한 결과에 지나지 않았다. 결국 메이리그로서는 이 살인 사건에서 얻을 수 있는 것이 전혀 없는 셈이다. 반면 에드윈에게는 장원을 다시 손에 넣을 기회였고, 리힐디스에게는 사랑하는 자식의 미래가 걸린 문제였다. 그렇다면 앨프릭은?

이때 알디스가 고개를 들어 문지기실 쪽을 바라보았다. 팔에 나무 쟁반을 끼고 어깨에는 빵 자루를 걸친 앨프릭이 막 수도원으로 들어서고 있었다. 그녀는 옷매무새를 추스르며 자리에서 일어섰다.

"말해보게." 캐드펠은 그녀 옆에 서서 나지막한 목소리로 물었다. "보넬 씨가 돌아가셨으니 이제 앨프릭은 어디에 속하게 되나? 장원인가? 수도원이나 다른 영주에게 가게 되나? 그것도 아니면, 보넬 씨의 종신 농노였으니 수도원과의 계약에서는 제외되는 건가?"

알디스는 앨프릭을 향해 걸어가다가 고개를 홱 돌려 뒤를 돌아보았다. "제외될 거예요. 주인님의 개인 농노였으니까요."

"그렇다면 장원이 누구 것이 되든 앨프릭은 보넬 씨의 유산을 상속받을 사람에게 귀속되겠군……. 미망인이든 그 아드님이든 말이야. 물론 혐의가 벗겨진 다음 얘기지만. 자네가 보기엔 보넬 부인이 앨프릭을 기꺼이 자유의 몸으로 만들어줄 것 같은가? 그 아드님이라면 다른 결정을 할까?"

알디스는 대답 대신 두툼한 눈꺼풀과 길고 까만 속눈썹이 돋보이는 영리한 눈을 한 번 깜박일 뿐이었다. 그러고 나서 그녀는 뜰을 가로질러 앨프릭이 걸어오는 쪽으로 다가갔다. 이제 둘은 수도원장 숙사를 향해 나란히 걸어갔다. 앨프릭은 터벅터벅 걸으며, 제 어깨에서 자루를 내려 들려는 그녀를 만류했다. 의자에 앉은 채 한동안 그들의 뒷모습을 지켜보던 캐드펠은 문득 놀라움을 느꼈다. 그 놀라움은 잠시 후 가벼운 충격으로 바뀌었고, 식당에 들어가 저녁 식사를 들기 전 손을 씻을 무렵에는 다시 하나의 확신으로 바뀌었다.

*

그날 오후, 캐드펠은 수도원장 숙사의 창고 다락방에서 사과와 배 상자를 열어 썩은 과일을 골라내고 있었다. 그때 마크 수사가 밑에서 큰 소리로 그를 불렀다.

"행정관이 다시 왔어요." 캐드펠이 사다리 아래를 내려다보며 무슨 일로 소란을 떠는지 묻자, 마크 수사가 알렸다.

"수사님을 찾고 있던데요. 그 애는 아직 못 잡았나 봐요. 이것도 새로운 소식이라고 할 수 있다면요."

"나를 찾는다니, 별로 반가운 소식은 아니군." 캐드펠은 어린 아이처럼 민첩하게 사다리를 타고 내려오며 중얼거렸다. "무슨 일이라더냐? 그 사람 기분은 어떤 것 같고?"

"별로 심각한 일은 아닌 것 같던데요. 그 소년을 아직 못 잡아 초조해하는 것 같기는 하지만요. 작업장에 있는 그 기름에 대해 물어보더라고요. 조금이라도 없어지지 않았냐고요. 저는 아무것도 모른다고 했어요. 그 사람, 수사님이 약초 한 방울 사라진 것까지 죄다 알고 계시리라 생각하나 봐요."

"참 멍청한 사람이구먼. 극소량으로도 사람을 죽일 수 있는 기름이 두 손이 다 들어갈 정도로 큰 단지에 담겨 있는데, 누가 조금 따랐다고 해서 어디 표가 나겠나. 그래도 무슨 생각을 하고 있는지 떠볼 수는 있겠군. 이번 사건의 증거를 어느 정도나 수집했는지도 확인할 수 있겠어."

작업장에 가보니 행정관이 텁수룩한 턱수염과 매부리코를 캐드펠의 자루며 약단지들에 갖다 대어가며 흥미로운 얼굴로 조사에 열중하고 있었다. 호위병은 수도원 뜰이나 문지기실에 남겨두고 왔는지 혼자뿐이었다.

"도움이 필요해서 왔습니다. 수사님." 캐드펠이 들어서자 행정관이 말을 꺼냈다. "어떤 단지에서 독약을 훔쳤는지 알면 도움이 될 것 같아서요. 그렇지만 저기 젊은 수사는 여기서 훔친 건지 아닌지조차 모르겠다고 하더군요. 수사님께서 도와주실 수 있을까요?"

"그 문제라면 보탤 말이 없소." 캐드펠은 무뚝뚝하게 대꾸했다. "그 약은 워낙 독해서 극소량으로도 죽음에 이르게 할 수 있는데, 보다시피 여기에는 이렇게 많지 않소. 그러니 누가 몰래 가져갔는지 아닌지 확실하게 말하기 어렵지. 어제 이 병의 주둥이와 마개를 조사해보았지만 따라낸 흔적은 전혀 없었소. 시간이 많지 않았을 텐데 도둑이 마개를 막기 전에 일부러 공들여 주둥이 부분을 깨끗이 닦았을 것 같지는 않군."

캐드펠의 대답이 자신의 예상과 다르지 않아 만족했는지 행정관은 고개를 끄덕였다. "그렇다면 진료소에서 훔쳤을 가능성이 높다는 말씀이군요. 더군다나 거기 있는 병은 이것보다 작으니 더 수월했겠지요. 그런데 말이죠, 사실 거기도 들렀다 오는 길인데 누구도 딱 부러지게 대답하지 못하더군요. 노인들 사이에서는 서로들 사용하겠다고 할 정도로 인기 있는 약이라 누가 몰래 가져다 썼다 해도 사용자를 파악할 수 없답니다."

"아쉽게도 수사에 별로 진척이 없었다는 뜻이군요." 캐드펠 수사가 말했다.

"아직 범인을 못 잡은 건 사실입니다. 에드윈 거니의 은신처도 모르고요. 하지만 벨코트 가게 근처에는 나타나지 않은 것 같습니다. 목수의 말도 마구간에 그대로 있고요. 시내 어딘가에 숨어 있을 겁니다. 일단 가게와 성문, 그리고 그 아이 모친의 집에 사람들을 잠복시켜놓았습니다. 잡는 건 시간문제지요."

캐드펠은 의자에 앉아 무릎 위에 두 손을 올렸다. "그 소년이 범인이라고 확신하나 보군요. 그러나 사건 당시 그 집에는 그 말고도 네 사람이 더 있었고, 이 약의 효능과 해독에 대해 알고 있는 사람은 그보다도 훨씬 많소. 물론 그를 의심하는 입장은 충분히 이해하오. 나도 그런 생각을 했으니까. 하지만 무턱대고 의심하기보다는 증거를 찾아내는 것이 우선이오. 누군가를 미리 찍어놓고 벌이는 표적 수사가 아니라, 정황에 들어맞는 사람은 누구든 조사하는 수사를 벌여야 한단 말이지. 이번 사건의 경우 범행 시간이 극히 제한되어 있어서 길게 잡아도 30분을 넘지 않아요. 그 집 하인이 수도원장 숙사의 조리실에서 그 요리를 가져가는 걸 내 눈으로 보았소. 수도원장 전용 조리실에서 일하는 사람들에게 문제가 없다면, 수도원을 나갈 때까지 그 요리에는 독이 들어가지 않은 셈이오." 캐드펠은 차분하게 덧붙였다. "그렇다고 우리처럼 두건을 쓴 이들 모두를 의심하지 말라는 건 아니지만, 나를 포함해서 말이오."

행정관은 잠자코 듣고 있었으나 캐드펠의 말에 동의하는 눈치는 아니었다. "확실한 증거라니, 도대체 뭘 말씀하시는 겁니까?"

"어제도 이야기하지 않았소. 그 병의 냄새를 맡아보거나 소매에 한 방울이라도 묻혀보면 금세 알 수 있을 거요. 옷에 묻은 자국은 지워지지 않고, 냄새도 쉽게 제거되지 않지. 이 약이 강한 냄새를 풍기는 것은 투구꽃만이 아니라 함께 섞인 겨자나 다른 약초들 때문이오. 그러니 누가 됐건 먼저 입고 있는 옷부터 살펴보시오. 물론 옷에 자국이 없다는 것이 무죄의 증거는 될 수 없겠지만, 적어도 유죄라는 확신은 줄여줄지 모르지."

"재미있는 추론이긴 한데 그다지 신뢰는 가지 않는군요." 행정관이 말했다.

"그럼 이 점을 생각해보시오. 그 독약을 사용한 사람은 최대한 빨리 병을 없애려 했을 거요. 만일 어딘가 숨겨놓고 꾸물거리다 발견되기라도 하는 날에는 결정적인 단서가 될 테니까. 조사하면서 그 점에 신경을 쓰시오. 만일 내가 당신 입장이라면 나는 무엇보다 그 약병을 찾는 데 주의를 기울일 거요. 모르긴 해도 그 집에서 그다지 멀지 않은 곳에 버려졌을 테지. 그 병이 어디 있든, 일단 찾아내기만 하면 그것이 병을 버린 사람에 관해 중요한 단서를 제공해줄 거요." 캐드펠은 확신을 가지고 말을 이었다. "그리고 그것이 바로 문제의 약병이라는 점은 아마 착각할 수 없을 거요."

캐드펠은 이 순간 행정관의 검게 탄 얼굴에 떠오르는 묘한 미소가 도무지 마음에 들지 않았다. 그는 마치 이러한 태도로 캐드펠의 기세를 꺾는 것을 즐기는 듯했다. 그가 아직까지 소년을 붙잡지 못했다고 인정한 건 사실이지만, 그 두터운 가슴속에는 분명히 뭔가 은밀한 꿍꿍이가 있었다.

"병을 아직 못 찾은 건 맞소?" 캐드펠은 조심스럽게 물었다.

"못 찾았습니다. 열심히 찾아보지도 않았어요. 어디 있을지 짐작은 하고 있습니다만, 찾아봐야 별로 얻을 것도 없을 테니 굳이 뒤져볼 필요도 없을 것 같군요." 이제 그는 보란 듯이 웃고 있었다.

"그런 말도 안 되는 소리가 어디 있소?" 캐드펠은 딱딱하게 말을 이었다. "찾아내지 못했다면 어디 있는지 모른다는 뜻이지. 단지 추측에 불과한 모양인데, 실제로 찾아내는 것과 추측은 전혀 다른 이야기 아니겠소?"

"이미 우리 손에 들어온 거나 마찬가지니까요." 행정관은 자신이 이 수사보다 한발 앞서 있다는 사실을 몹시 즐기는 듯했다. "수사님이 말씀하신 그 약병은 세번강 물에 떠내려갔으니 아마 못 찾을 겁니다. 하지만 우리는 누가 그걸 거기에 던졌는지 알고 있습니다. 어제 이곳에 다녀간 뒤로 우리가 맨 놀기만 하다가 그

새끼 여우를 놓쳤다고 생각하시나 본데, 사실대로 말씀드리자면 그게 다는 아니었어요. 어제저녁 사건이 일어났던 시각에 수도원과 다리 주변을 지나간 사람이나 보넬의 하인이 소년을 뒤쫓아 가는 것을 목격한 사람이 있는지 샅샅이 조사했지요. 그런데 바로 그 시각에 다리를 지난 짐마차꾼이 있었다, 이 말씀입니다. 그 두 사람이 추격전을 벌이는 걸 보고 짐마차꾼은 소년이 도둑인 줄 알았답니다. 소년이 자기 앞을 지나쳐 가자 뒤쫓던 사람은 다리에서 훨씬 못 미치는 곳에서 추격을 포기하고 어깨만 한 번 으쓱인 뒤 뒤돌아 가버렸다더군요. 그래서 이 사람이 소년 쪽을 돌아봤더니, 뛰는 속도를 늦추다가 다리 한복판에 멈춰 서서 뭔가 자그마한 물건을 난간 너머로 던지더랍니다. 그 소년, 바로 에드윈 거니가 계부의 요리에 독약을 타고 스푼으로 한두 번 저은 다음 병을 들고 나와 없애버리려 했던 거죠. 자, 그 증언에 대해서는 어떻게 생각하십니까?"

그럴 리가! 에드윈은 이에 대해 일언반구도 없지 않았는가. 캐드펠은 엄청난 충격을 받아 잠시 자신이 교활한 위선자에게 속아 넘어간 것이 아닌가 생각해보았다. 그러나 다시 생각해보아도 대담하고 다혈질인 아이의 얼굴에서 교활한 구석이라곤 전혀 찾을 수 없었다. 그는 마음속 동요를 조금도 드러내지 않은 채 재빨리 반론을 펼쳤다. "그 '자그마한 물건'이란 게 반드시 병이란 법은 없지 않소? 그 짐마차꾼에게 정확히 확인해보셨소?"

"해봤지요. 뭐, 확실한 대답은 들을 수 없었습니다. 다만 한 손

에 꼭 들어갈 정도로 작았고, 물에 떠내려가면서 반짝였다고만
했을 뿐이지요. 그 이상은 잘 모르는 듯했습니다."

"정직한 목격자로군. 그 사람 증언과 관련해 두 가지를 묻고
싶소. 그걸 던질 때 소년이 정확히 다리의 어느 지점에 서 있었다
고 했소? 그 따라오던 하인도 그걸 던지는 걸 봤답니까?"

"뒤쫓아 오던 사람은 중간에 포기하고 등을 돌린 뒤라 자기 혼
자만 봤다고 했습니다. 그때 소년이 있던 자리는 다리의 중간 지
점쯤 되는 곳이라고 했고요."

그렇다면 버린 물건이 무엇이건 에드윈은 그것이 강가나 둑에
걸리지 않고 강물 한복판에 떨어지도록 일부러 다리 중간에서 던
졌을 것이다. 그러나 이는 오산이었다. 그 다리에서 조금 내려간
지점에 잡목들로 무성한 둑이 불쑥 튀어나와 있으니, 물건이 정
확하게 강물 한가운데로 떨어지지 않았다면 떠내려가다가 그곳
에 걸려 있을 공산이 컸다. 한편 앨프릭이 이런 이야기들을 빼먹
은 건, 짐마차꾼의 말마따나 목격한 적이 없어서였으리라.

"당신은 그 소년이 마부가 세워둔 마차 앞을 지나갔다고 하지
않았소? 그렇다면 마부가 지켜보리라는 걸 그도 알고 있었을 텐
데. 게다가 그 시각이면 다른 사람들도 없지 않았을 거고. 살인
자가 범행에 쓴 물건을 그렇게 많은 사람들이 지켜보는 가운데
아무렇게나 내버렸으리라고 생각하긴 힘든데, 어떻게 생각하시
오?"

행정관은 허리띠를 한 번 추스르더니 큰 소리로 웃었다. "악마

152

에게도 변호인이 있다는 말이 괜히 나온 게 아니군요. 하지만 잔인무도한 짓을 저지른 아이가 여유를 갖고 이것저것 생각할 수 있었겠습니까? 그 아이가 강에 버린 것이 병이 아니면 도대체 뭐라고 생각하시는 겁니까?"

그는 잘라 말하더니 저녁 기운이 쌀쌀한 바깥으로 나섰다. 캐드펠이 주먹으로 무릎을 두드리며 다리를 움직이기 시작하자, 그동안 한쪽 구석에 조용히 서서 한 마디 말이나 표정도 놓치지 않을 기세로 눈과 귀를 크게 열고 있던 마크 수사가 그제야 인기척을 내며 조심스럽게 물었다. "저녁기도까지는 아직 한 시간쯤 남아 있습니다. 날이 어두워지기 전에 다리 밑으로 가서 찾아보시겠어요?"

마크가 그곳에 있다는 것을 잊고 있던 캐드펠 수사는 화들짝 놀라 그를 바라보았다.

"그렇지! 자네 눈이 내 눈보다 낫겠군. 둘이 찾으면 수색 지역도 넓어질 테고. 자, 가보세. 뭐가 나올지 한번 보자고!"

마크 수사는 캐드펠을 열심히 따라갔다. 두 사람은 뜰을 지나고 문을 나와서 다리와 마을을 향해 큰길을 따라 걸었다. 왼편에 납빛으로 반짝이는 저수지가 있고, 그 위편에 음울한 정적에 감싸인 집이 보였다. 마크 수사는 호기심 어린 눈으로 집을 올려다보았다. 그는 보넬 부인을 본 적도 없고 캐드펠 수사와 부인 사이의 과거에 대해서도 아는 바가 없었지만, 스승이자 친구인 캐드펠 수사가 이번 일에 열의를 가지고 매달려 있다는 것만은 알고 있었다. 마크 수사는 작업장에서 들은 이야기들을 떠올리며 자기가 무엇을 해야 할지 궁리했다. 두 사람은 오른쪽으로 꺾어져 좁은 길로 접어들었다. 강가와 사원의 큰 정원을 지나 풍요로운 세 번 초원 지대까지 이어지는 길이었다.

"수사님, 지금 찾고 있는 물건이 작고 반짝이는 것이긴 하지만 그것이 꼭 병이 아닐 수도 있겠지요?"

"병이든 아니든 눈에 띄는 대로 찾아봐야 할 거야. 하지만 병이 아니었으면 좋겠다는 게 내 바람이지."

교각 바로 밑은 개간할 가치도 없는 땅이라 줄기가 굵직한 관목과 억센 풀들이 물가를 따라 경사를 이루며 서 있었다. 그들은 이제 막 얼기 시작한 물가를 따라 풀밭을 헤치며 이 잡듯 샅샅이 뒤져보기 시작했다. 그러나 해가 져서 수색이 쉽지 않은 데다 곧 저녁기도 시간이라 서둘러 수도원으로 돌아가야 했다. 결국 그들은 에드윈이 달아나며 강물에 던졌다는 미지의 물건, 자그마하고 상대적으로 무게가 나가며 반짝이는 그 무언가를 찾아내지 못했다.

*

저녁 식사를 마친 뒤, 캐드펠은 대회의실에서 열리는 독회에 참석하는 대신 숨어 있는 소년에게 줄 빵 한 덩이와 치즈 한 조각과 에일 한 병을 챙겨 마시장 터의 창고 다락방으로 향했다. 머리

위로는 맑은 밤하늘이 펼쳐져 있었으나 아직 달이 뜨기 전이라 주위는 칠흑같이 어두웠다. 내일 아침이면 지상이 온통 은색으로 변할 테고, 세번강 가에는 빙판이 펼쳐질 것이다.

사다리를 타고 올라가 약속한 신호대로 문을 두드렸지만 안에서는 아무 기척이 없었다. 캐드펠은 문을 열고 들어가 조용히 문을 닫았다. 아무것도 보이지 않는 어둠 속에서 새로 말린 건초의 신선한 향기가 희미하게 풍겨왔다. 안쪽에서 부스럭거리며 그를 맞으러 나오는 소년의 모습이 어렴풋이 눈에 띄었다. 캐드펠은 소리 나는 쪽을 향해 한 걸음 발을 옮겼다. "괜찮아, 나다."

"알아요." 에드윈은 조용한 목소리로 대답했다. "수사님이 오실 줄 알고 있었어요."

"지루하지 않았니?"

"종일 잠만 잤어요."

"대담한 친구로구먼! 그런데 대체 어디…… 아, 여기군!" 두 사람은 서로 다가서다 상대의 체온을 느끼며 동시에 제자리에 멈춰 섰다. 캐드펠은 소매를 더듬어 에드윈의 손을 잡았다. "자, 앉아라. 시간이 별로 없지만 서두를 필요는 없어. 여기 너 주려고 먹을 것과 마실 것을 좀 가져왔다." 보이지는 않았지만 소년은 그가 건네는 것을 반겨 받았다. 두 사람은 앉을 만한 자리를 손으로 더듬어 찾아 나란히 앉았다.

"좋은 소식이 있나요?" 에드윈이 초조하게 물었다.

"아직은. 그런데 네게 한 가지 물어볼 게 있다. 왜 사실을 있는 대로 다 말하지 않았니?"

에드윈은 빵을 한 입 베어 물다 바짝 긴장하여 허리를 곧추세웠다. "그런 일 없어요! 사실대로 다 말씀드렸어요. 도움을 청하는 마당에 제가 수사님께 뭘 숨기겠어요?"

"그래? 하지만 행정관 말이, 그날 네가 어머니 집에서 도망쳐 나올 때 슈루즈베리에서 다리를 건너오던 짐마차꾼이 네가 강물에 뭔가 버리는 걸 봤다고 증언했다더구나. 그런 일이 있었니?"

"네!" 소년은 조금도 주저하지 않고 대답했지만 그 목소리에는 묘한 당혹감이랄까 수치심이랄까, 그것도 아니면 불안이라 할 만한 것이 섞여 있었다. 사실을 은폐한 것에 죄책감을 느껴서라기보다는 숨기고 싶은 일을 예기치 않게 들켜 당황한 듯했다.

"왜 어제는 그 얘길 안 했지? 내가 알고 있었더라면 도울 길이 있었을 텐데."

"무슨 말씀이신지 모르겠네요." 소년은 여전히 의아해하면서 퉁명스럽게 말을 이었다. "저는 그게 이 일하고는 아무 관계가 없다고 생각했고…… 또 기억하고 싶지도 않았거든요. 하지만 중요하다고 하시니 말씀드릴게요. 어차피 별일도 아니니까요."

"무척 중요한 일이다. 그걸 버린 정확한 시간은 기억나지 않는다고 해도 괜찮아." 그 이유를 알려주는 편이 차라리 나을지도 모르겠다고 캐드펠은 생각했다. 적어도 캐드펠이라는 심문관만큼은 그를 의심하지 않는다는 신뢰를 심어줄 수 있을 테니까. "행정관은 네가 버린 물건이 독약이 든 병이라고 생각하고 있어.

그 집에서 음식에 독을 탄 다음 빈 약병을 강물에 버렸다고 보는 거지. 이제 그게 뭐였는지 말해주겠니? 그래야 그 사람들이 잘못 짚었다는 걸 납득시키지."

소년은 캐드펠의 말에 아무런 타격을 입지 않은 듯 가만히 앉아 있었다. 이미 최악의 상황을 겪은 그에게 이는 그저 또 하나의 작은 사건에 불과했다. 에드윈은 눈치가 빠른 아이라 이 사건이 자신과 캐드펠 수사에게 어떤 영향을 미칠 것인지 금세 파악해냈다. "혹시 수사님도 절 믿지 못하시는 건가요?"

"아니다! 나도 잠깐 놀라긴 했지만 지금은 아니야. 자, 이제 이야기해봐라."

"저는 아무것도 몰랐어요! 무슨 일이 일어났는지 제가 어떻게 알았겠어요?" 소년은 숨을 크게 들이마시더니, 긴장이 약간 풀렸는지 팔과 어깨를 캐드펠 쪽으로 살짝 기댔다. "그 물건에 대해서는 아무도 몰라요. 메이리그한테도 한마디 안 했고, 심지어는 어머니께도 보여드리지 않았으니까요. 그럴 기회도 없었고요. 수사님도 아시겠지만, 저는 목공 일만이 아니라 금속 세공도 조금 배웠어요. 제가 얼마나 잘하는지 보여주고 싶다는 생각에 계부께 드릴 선물을 만들었죠. 물론 그분을 좋아해서는 아니었지만요." 소년은 얼른 덧붙였다. "그건 전혀 아니었어요! 하지만 저와 계부 사이가 좋지 않은 것에 어머니께서 너무 마음 아파하셨어요. 계부도 어머니한테 거칠게 대하셨고요. 전에는 그러지 않으셨는데. 어머니께 아주 잘해주셨죠. 아무튼 그래서 화해의 의미로…… 또 제가 어느 정도의 기술자인지 증명하고 그분 도움 없이도 얼마든지 잘 살 수 있다는 것을 보여드리기 위해 선물을 만든 거예요. 계부는 여러 해 전에 순례차 월싱엄에 가셨을 때 유물을 하나 사 오셨는데, 그걸 아주 애지중지하셨어요. 성모마리아의 옷자락에서 잘라낸 천 조각이라고요. 제가 보기엔 진품은 아니었어요. 가장자리를 금실로 장식한, 제 새끼손가락 길이 정도되는 푸른색 천을 황금색 천으로 곱게 싼 물건이었죠. 듣자 하니 엄청난 돈을 주고 사 오신 모양이더라고요. 그래서 저는 그걸 넣을 유물함을 만들어 드리기로 했죠. 경첩이 달린 작은 상자로요. 배나무를 깎아 조립한 다음 칠을 하고, 뚜껑에는 자개와 은으로 성모상을 새겨 넣었어요. 바닥에는 파란색 돌을 깔고요. 다 만들어놓고 보니 나쁘지 않더라고요." 가냘프게 떨리는 소년의 목소리에 캐드펠은 마음이 아팠다. 공들여 만든 것을 제 손으로 버려야 했으니, 어린 소년으로서는 당연히 마음 아플 수밖에 없었으리라.

"어제 그걸 전해드리기 위해 가져간 거니?" 캐드펠은 부드러운 목소리로 물었다.

"네." 소년은 짧게 대답했다. 캐드펠은 리힐디스가 들려준 이야기를 떠올렸다. 선물을 감추고 어렵사리 용기를 내어 그들 부부를 찾아간 이 소년이 결국 어떤 대접을 받았던가.

"계부께 심한 말을 듣고 그 집을 나왔을 때 너는 그걸 손에 쥐고 있었다는 말이지. 이제 사정을 알겠구나."

소년은 아직도 분을 삭이지 못하겠는지 몸을 부르르 떨며 쓰디쓰게 말을 내뱉었다. "장원을 갖고 싶으면 무릎을 꿇으라고…… 무릎 꿇고 빌면 주겠다고 저를 조롱했어요. 그런 사람한테 어떻게 선물을 줄 수 있겠어요? 아마 췄더라도 계부는 그걸 자기가 이겼다는 증거로 생각했겠죠……. 그렇게 되는 건 참을 수 없었어요! 아무 대가도 바라지 않고 순수한 마음에서 주려던 선물이었다고요."

"나라도 너처럼 했을 게다. 더는 말도 않고 그냥 들고 나왔을 게야."

"하지만 강물에 버리진 않으셨겠죠." 에드윈은 아쉬운 듯 한숨을 내뱉었다. "제가 왜 그랬는지 정말 모르겠네요……. 계부께 드리려고 가져간 선물이 여전히 제 손에 있었고…… 앨프릭이 쫓아와 불렀지만 돌아갈 마음도 없고…… 그분께 드릴 마음은 없어졌지만 그렇다고 제가 갖기도 싫고……. 그래서 그냥 던져 버렸나 봐요."

그래서 리힐디스나 다른 사람들이 에드윈의 선물에 대해서는 아무런 언급도 하지 않았던 것이다. 그 선물은 용서를 구하고 자신의 자립을 주장하기 위한 것이었지, 결코 늙은 독재자를 기쁘게 하려고 만든 것이 아니었다. 열다섯 살 소년이 만들었다는 것을 감안한다면 상당히 훌륭한 선물이었으리라. 그러나 그 상자를 본 이는 아무도 없었다. 리힐디스가 보았다면 무척 기뻐했을 테지만, 안타깝게도 에드윈 자신 말고는 누구도 그것을 감상할 기회가 없었다. 공들여 만든 작은 상자, 자개와 은으로 장식한 멋진 유물함은 강물에 떨어져 흘러가버렸다.

"강물에 던질 때 뚜껑은 단단히 덮여 있었느냐?"

"네." 이제 어둠이 눈에 익어, 놀란 듯 눈을 커다랗게 뜬 그의 얼굴이 어렴풋이 보였다. 캐드펠이 던진 질문의 의미를 이해하지는 못하는 듯했지만, 어쨌든 소년은 당시 상황과 자신의 행동을 똑똑히 기억하고 있었다. "그것도 중요한가요? 원래는 그럴 생각이 전혀 없었어요. 지금 생각해보니 괜한 짓을 했네요. 하지만 제가 어떻게 알았겠어요? 그땐 살인에 대해 전혀 몰랐고, 무슨 문제가 있을 줄은 상상도 못 했는데요."

"뚜껑이 덮인 작은 나무 상자라면 틀림없이 강물에 떠내려갔겠구나. 강 주변에서 낚시나 뱃사공 일을 하며 사는 사람들이 있지. 여기서 애첨까지 강에 관한 일이라면 속속들이 알고 있는 이들이니 그게 어디쯤에서 떠오를지도 알 게다. 잘하면 다시 찾게 될지도 모르니 걱정 말거라. 행정관에게 일러서 상자를 찾아보라고 하겠다. 네가 그 생김새를 자세히 알려주면 찾기가 훨씬 수월하겠지. 그 상자가 어딘가에서 발견되기만 하면 네게는 아주 유리한 증거가 될 거야. 약병도 찾아보마. 그 병이 네가 가지 않던 장소에서 발견된다면 이 사건 해결에 중요한 단서로 작용할 테니까. 너는 이틀쯤 여기서 꾹 참고 숨어 지내렴. 그 뒤에는 좀더 안전한 장소로 옮길 수 있도록 조처하마."

"전 참을 수 있어요." 에드윈은 씩씩하게 대꾸하더니, 곧 조그

160

만 목소리로 덧붙였다. "하지만 오래 걸리지는 않았으면 좋겠어요!"

*

마지막 기도를 마치고 수도사들이 열을 지어 밖으로 나갈 때, 캐드펠의 머릿속에 자신이나 다른 사람들 모두 잊고 있던 중요한 의문 한 가지가 갑자기 떠올랐다. 그 문제에 답을 줄 수 있는 사람은 리힐디스뿐이었다. 잠들기 전 30분 정도만 할애한다면 그날 안으로 대답을 들을 수 있으리라. 누군가를 방문하기에 적절한 시간은 아니지만, 원체 사안이 분초를 다투는 데다 리힐디스도 에드윈이 안전한 장소에 숨어 있다는 사실을 알면 한결 편안히 잠들 수 있을 터였다. 캐드펠은 두건을 고쳐 쓴 뒤 수도원 정문을 향해 발걸음을 옮겼다.

그러나 앞뜰을 가로질러 문지기실로 다가가던 중, 그는 운수나쁘게도 역시 문지기실로 향하던 제롬 수사와 마주쳤다. 내일 있을 일을 지시하거나 아니면 오늘 잘못 처리된 일에 대해 잔소리를 늘어놓으러 가는 모양이었다. 제롬 수사는 벌써부터 자신이 유력한 수도원장 후보의 서기라는 영예로운 지위에 올랐다 여기며, 이미 수도원장의 특권과 지위를 마음대로 누리고 있는 로버트 부수도원장의 눈에 들기 위해 무슨 짓이든 서슴지 않고 있었다. 리처드 수사에게 위임된 권한마저도, 그가 귀찮은 일이 싫어

포기하겠다면 자신이 맡겠다고 달려들 정도였다. 수련사들이나 신참 수사들이 제롬 수사의 야망에 대해 탄식을 늘어놓는 것도 무리가 아니었다.

"이 늦은 시각에 무슨 볼일이라도 있으신지요, 형제?" 제롬 수사가 기분 나쁜 미소를 지어 보이며 물었다. "내일 아침 날이 밝은 뒤에 하시잖고?"

"밤새 처리하지 않으면 더욱 악화될 일이 있어서 그런다오." 캐드펠은 잘라 말하고는 등 뒤에서 제롬 수사가 실눈을 뜬 채 자신을 지켜보는 것을 느끼며 걸음을 재촉했다. 그에겐 합리적인 범위 안에서 자유롭게 움직일 권한이 있었으며, 도움을 필요로 하는 곳이 있으면 미사에 참례하지 않아도 문제가 안 되었다. 다른 수사들 같으면 부원장 눈 밖에 나는 것이 싫어서라도 제롬 수사의 비위를 맞추려 했을지 모르지만, 캐드펠은 저 젊은 수사에게 자신의 행선지와 볼일에 대해 굳이 이야기하고 싶지 않았다. 운이 나쁜 것은 사실이나 그로서는 특별히 감출 것도 없는데 괜히 뒤를 돌아봤다가는 오히려 역효과만 나지 않겠는가.

저수지 너머에 자리한 집 부엌에서 불빛이 반짝였다. 가까이 다가가니 덧창 틈새로 새어 나오는 불빛이 보였다. 그랬다! 캐드펠이 잊고 있던 또 한 가지 사실이 있었다. 부엌 창문은 저수지 쪽으로 나 있고, 거리로 보아도 도로보다는 저수지에 훨씬 가까웠다. 창 바로 아래 화로가 있어서 연기를 내보내느라 어제는 창문을 활짝 열어놓고 있었다. 작은 병을 던져버리기에 그보다 더 좋은 장소가 있을까? 거기서 힘껏 던지면 병은 저수지 바닥으로 가라앉을 것이다. 옷에 냄새도 배이지 않게 하고 자국도 묻히지 않으면서 증거를 인멸하기로는 더없이 좋은 방법이리라.

내일 날이 밝으면 저 창문에서부터 저수지까지 샅샅이 뒤져봐야겠다고 캐드펠은 마음먹었다. 힘껏 던진다고 던졌겠지만, 만에 하나 물까지 미치지 못하고 풀밭으로 떨어졌을지 누가 알겠는가? 찾아내기만 한다면 엄청난 소득일 터였다. 누가 던졌는지는 밝혀내지 못하더라도 많은 것을 말해주는 결정적인 단서가 될 것이 분명했다.

캐드펠은 가볍게 문을 두드린 뒤 알디스나 앨프릭이 나오기를 기다렸다. 그러나 안에서 조용한 목소리로 대답한 사람은 리힐디스였다.

"누구시죠?"

"캐드펠이오. 할 말이 있어 왔어요."

그 이름으로 충분했다. 리힐디스는 문을 활짝 열더니 그의 손을 잡아 부엌으로 안내했다. "쉿, 조용히! 알디스는 내 침대에서 자고 있고, 앨프릭은 방 안에 있어요. 난 우리 애 때문에 잠이 오질 않아서요. 아, 캐드펠, 내 마음을 달래줄 소식이 없나요? 당신이 그 애를 좀 찾아봐줘요."

"에드윈은 잘 있어요. 아직 잡히지도 않았고." 캐드펠은 벽 쪽 의자에 그녀와 나란히 앉았다. "하지만 누가 와서 물어보면 전혀 모른다고 해야 돼요. 여기 온 적도 없고 어디 있는지 아는 바도 없다고. 알겠어요?"

"하지만 당신은 알고 있는 거죠?" 골풀 양초에서 타오르는 희미한 불빛이 그녀의 얼굴을 한층 더 아름답고 부드럽게 물들였다. 캐드펠은 대답하지 않았지만, 그녀는 이미 그의 마음을 짐작한 듯했다. "그 말 하려고 온 건가요?" 리힐디스가 속삭이듯 말했다.

"한 가지 더, 나는 그 아이가 절대로 계부를 해치지 않았다는 걸 알고 있어요. 그건 확실해요. 조만간 진실이 밝혀질 테니 당신도 굳게 믿고 있어야 해요."

"믿고말고요. 당신이 도와준다면요. 아, 캐드펠, 당신이 없었다면 나는 절망에 빠졌을 거예요. 그렇지 않아도 에드윈 걱정에 머리가 아파 죽을 지경인데, 이런저런 골치 아픈 일들까지 생겨서……. 거베이스는 내일 무덤에 묻힐 거예요! 그이가 이 세상 사람이 아니니 나로서는 말에 대한 권리를 주장할 수 없는데, 최근 축일을 앞두고 여행객들이 많이 찾아와서 마구간에 빈자리가 없나 봐요. 말을 다른 데로 옮기든가 팔든가 해야 할 텐데……. 하지만 에드윈이 아끼던 말이기도 하고……." 리힐디스는 마음이 복잡한 듯 머리를 흔들며 한동안 말을 잇지 못했다. "다른 장소를 구할 때까지 마구간을 옮겨 며칠간은 돌봐주겠다고 하더군요. 나중에는 마틴에게 보내야 할까 봐요."

길어야 며칠일 텐데 그 짧은 사이를 못 참아서 이토록 리힐디스를 괴롭히다니, 캐드펠은 수도원 사람들의 매정한 처사에 분노를 느꼈다. 그녀는 다가앉아 그의 어깨에 몸을 기댔다. 어둑한 방에서 속삭이는 목소리, 그리고 이제 재만 남아 있는 화로의 온화한 열기가 오래전 그녀 아버지의 창고에서 보내던 비밀스러운 만남의 시간으로 그를 데려갔다. 오래 머물면 안 되겠군. 이러다 더 깊이 빠져들겠어!

"리힐디스, 한 가지 물어볼 게 있어요. 남편이 에드윈을 상속인으로 지정한 서류를 실제로 작성하고 서명한 적이 있나요?"

"네, 그래요." 리힐디스는 그 질문에 다소 놀란 듯했다. "법적으로 아무 하자가 없었지만 이후에 수도원과의 계약이 이루어지면서 그 유언장은 무효가 되었죠. 아, 그러고 보니⋯⋯." 그녀는 첫 번째 것과 마찬가지로 두 번째 계약의 효력 또한 사라졌음을 문득 깨닫고 놀라 말을 이었다. "그것도 지금으로선 무효가 되었겠군요. 그렇다면 에드윈의 상속권이 살아 있다는 뜻이잖아요⋯⋯. 우리 법률 대리인이 직접 작성했는데, 나도 그 서류를 가지고 있어요."

"그렇다면 살인죄로 체포되지 않는 한 에드윈이 장원을 소유하는 데는 아무 문제가 없겠군. 리힐디스, 한 가지만 더 물어봅시다. 최악의 경우에, 물론 그런 일은 있을 수도 없고 있어서도 안 되겠지만, 만약 그 애가 남편을 살해한 죄로 유죄판결을 받게 되면 말릴리는 어떻게 되죠? 수도원도 권리를 주장할 수 없고 에드윈도 상속받지 못하게 될 텐데, 그땐 누가 상속인이 되는 거예요?"

리힐디스는 최악의 경우를 머릿속에 떠올리고, 법률적으로 어떤 결말이 날지 잠시 생각해보았다.

"아마 유산은 아내인 내게 귀속되겠죠. 하지만 장원은 달라요. 에드윈 이외에 다른 합법적인 후계자가 없기 때문에 우선적으로는 대영주, 그러니까 체스터 백작께 반환될 거예요. 백작은 당신 마음에 드는 사람에게 그것을 하사할 테고요. 누구에게 돌아가느냐는 전적으로 그분 마음에 달린 셈이죠. 프레스코트 행정 장관이 될 수도 있고, 아니면 그 부하 중 한 사람에게 갈 수도 있고요."

말인즉슨 에드윈을 제외하고는 이 집의 그 누구도 보넬의 죽음으로 인한 이익, 적어도 물질적인 이득을 얻지 못한다는 뜻이었다. 증오심에 불타는 원수라면 상대의 죽음 그 자체만으로 충분히 만족을 얻을 수 있겠지만, 보넬은 특별히 남과 척진 일도 없으니 이번 경우에는 그러한 가능성을 염두에 두지 않아도 될 듯했다.

"확실한가요? 이 지역 어딘가에 조카나 사촌도 없고?"

"네, 없어요. 만약 있었다면 말릴리를 에드윈에게 물려준다는 약속을 했겠어요? 남편은 가문의 명예를 아주 소중히 생각하는 사람이었어요."

캐드펠은 잠시 생각에 잠겼다. 만약 그 재산에 대한 합법적인 권리를 지닌 누군가가 있다면? 보넬을 살해하고 에드윈을 살해 용의자로 만듦으로써 그야말로 일석이조의 효과를 얻는 셈이지.

그러나 개연성이 크지 않아. 그렇게 한다고 보넬 집안의 재산이 반드시 자기 손에 들어오리라는 보장은 없지 않은가.

캐드펠은 위로의 뜻으로 그녀의 가녀린 손을 잡았다. 비스듬히 비치는 불빛에 보랏빛 정맥이 뚜렷이 드러난, 여전히 소녀 같은 부드러움을 지닌 매혹적인 손이었다. 나이가 들어 간간이 주름이 보이긴 했으나 그녀의 얼굴 또한 여전히 아름다웠다. 당장의 시련과 고뇌도 오랜 세월 행복과 즐거움이 만들어낸 그 아름다움을 지우지는 못했다. 캐드펠에게 회한을 안기는 건 그 자신의 젊은 시절이지, 리힐디스를 잃었다는 것이 아니었다. 그녀는 좋은 남자와 결혼해 행복하게 지냈다. 두 번째 결혼에 다소 문제가 있기는 했지만, 그래도 이 순간 위험에 처한 아들만 무사하다면 그렇게까지 불행한 삶이라고는 할 수 없었다. 그 아들을 위험에서 구하는 일이 바로 자신이 해야 할 일이라고 그는 생각했다.

따뜻한 손이 그의 손을 꽉 쥐었다. 여전히 아름다운 얼굴이 그를 가까이서 바라보았다. 그녀의 눈은 마음을 들여다볼 듯 맑았고, 섬세한 입술에는 기쁨과 죄책감이 동시에 깃들어 있었다. "아, 캐드펠, 그 정도로 힘들었던 거예요? 수도사가 되어야 할 정도로? 늘 당신을 생각하면서도 내가 그렇게까지 당신 마음을 아프게 한 줄은 꿈에도 상상하지 못했어요. 약속을 저버린 나를 용서해줄 수 있나요?"

"다 내 잘못이었죠." 그의 목소리에는 다소 과장된 열의가 담겨 있었다. "당신이 잘되길 기원했어요." 그가 자리에서 일어서

자 그녀도 그의 손을 놓지 않은 채 따라 일어섰다. 아, 사랑스러운 여자, 그러나 위험한 여자였다. 이 순수한 친절이라니.

"기억나요?" 리힐디스가 속삭였다. 야심한 시각이라 목소리를 한껏 죽였지만, 그 속에서 친근함 이상의 감정이 전해졌다. "우리가 약속했던 그날 밤 말이에요. 그때도 12월이었죠. 당신이 여기에, 베네딕토회 수사로 있다는 것을 안 순간부터 나는 내내 그날을 생각했어요. 아, 그렇게 끝날 줄 누가 알았겠어요! 하지만 당신은 너무 오래 떠나 있었어요!"

이제는 정말로 돌아가야 할 시간이었다. 더 이상 곤란한 상황이 벌어지기 전에 자리를 떠야 했다. 캐드펠은 부드럽게 손을 뺀 뒤 잘 자라는 인사를 남기고 그 집을 나왔다. 일단은 자신이 사랑스러운 그녀를 잃은 슬픔 때문에 종교에 귀의했다고 믿게 내버려두자. 사건이 해결되어 모든 것이 원래의 자리로 돌아올 때까지 당분간은 그렇게 하는 편이 나을 듯했다. 그러나 그는 성직을 택한 것이 조금도 후회스럽지 않았다. 두건은 그에게 더없이 잘 어울렸다. 어떤 의미로 그의 일부가 되었다 해도 과언이 아니었다.

캐드펠은 밖으로 나와 서리가 내리는 차가운 밤공기를 가르며 자신이 선택한 곳으로, 앞으로도 영원히 그의 자리가 될 곳으로 향했다.

문지기실로 다가가는 캐드펠의 등 뒤에서 자그마한 체구의 그림자가, 뒤를 돌아보면 곧바로 숨을 수 있게끔 길 가장자리에 몸을 바짝 붙인 채 리힐디스의 집에서부터 일정한 거리를 두고 뒤

따라오고 있었다. 그러나 캐드펠은 한 번도 뒤돌아보지 않았다. 그러한 경솔한 움직임이 불러올 위험에 대해 최근 교훈을 얻은 터였다. 그리고 어쨌든 그런 건 그의 방식이 아니기도 했다.

6

　다음 날의 수도회 평의회도 여느 때와 마찬가지로 아주 지루하게 흘러갔다. 그러나 앤드루 수사의 낭독이 끝나고 수도원 업무 보고가 진행될 무렵, 캐드펠은 기둥 뒤편 자기 자리에서 반쯤 졸고 있다가 식품 저장실 담당인 매슈 수사의 보고에 번뜩 정신을 차리지 않을 수 없었다. 접객소가 내방객들로 꽉 차 있는데 앞으로도 지체 높은 분들이 많이 몰려들 것으로 예상되니 마구간으로 쓸 장소를 신속히 마련해야 하며, 따라서 수도원 소유의 말과 노새 일부를 다른 장소로 이동하여 여행객들의 말을 수도원 안에 둘 수 있도록 해야 한다는 것이 보고의 요지였다. 포위와 혼란으로 점철된 여름이 지나고 늦가을에 접어들면서부터 상인들이 고향에서 크리스마스를 맞이하기 위해 속속 귀향하고 있었다. 이

지역에 영지를 소유한 귀족들도 남부에서 계속되는 내란의 고통과 전쟁의 부담으로부터 벗어나 고향의 따뜻한 벽난로 앞에 앉아 그리스도의 탄생을 기리기 위해 하나둘씩 돌아오는 중이었다. 사정이 그러하니 마구간이 넘치는 것도 이상한 일이 아니었다. 매일 이곳을 드나드는 사람들로 수도원 경내는 북새통을 이루고 있었다.

"거베이스 보넬 씨의 말에 관한 건도 있습니다. 보넬 씨 장례식은 오늘 치러질 예정입니다. 마구간과 사료를 제공한다는 수도원의 의무 조항은 더 이상 유효하지 않다고 봅니다. 물론 보넬 씨의 사인 규명과 재산 정리 등 해결할 문제가 많겠으나, 부인께서는 말의 사료를 제공받을 권리가 이제 없다고 생각합니다. 그분에겐 출가한 딸이 있으니 그곳에 말을 맡기면 될 것입니다. 이 같은 결정이 확정되기 전까지는 수도원에서 사육을 담당하겠지만, 그동안 반드시 우리 마구간을 사용해야 할 필요는 없겠지요. 따라서 수도원 소속의 다른 경작용 말들과 함께 마시장 창고에 있는 마구간으로 옮기는 것이 좋겠다고 생각하는데, 이 문제에 대해 동의를 구하는 바입니다."

하지만 매슈는 캐드펠에게 한마디 상의도 없었다! 그는 놀라고 화가 난 나머지 그 자리에 굳어버렸다. 매슈 수사의 실리적인 태도가 아니라, 운 나쁘게도 그런 곳을 에드윈의 은신처로 선택한 자기 자신에게 화가 났다. 일이 이렇게 될 줄 누가 알았겠는가? 여태까지 마시장이 열리는 철과 성 베드로 축일장 때 임시 숙소로 쓰는 경우를 제외하면 그 창고의 마구간을 사용하는 일이 거의 없지 않았던가. 어떻게 이 난관을 헤쳐 나가야 할지 걱정이 었다. 남의 눈에 띄지 않게 에드윈을 안전한 장소로 옮길 수 있을 까? 환한 대낮에, 게다가 이래저래 행동을 제약하는 일상적인 직무를 도외시한 채 그 엄청난 일을 과연 해낼 수 있을까?

"좋소. 그렇게 하면 여유 공간이 생기겠군. 당장 옮기도록 하시오." 로버트 부수도원장이 찬성의 뜻을 표했다.

"네, 부원장님. 마부들에게 지시하겠습니다. 보넬 미망인의 말도 함께 옮기는 것에 동의하십니까?"

"그렇게 하시오." 말릴리 장원을 손에 넣을 가능성이 불투명해진 지금 로버트 부수도원장은 보넬 집안에 더 이상 관심이 없었다. 하지만 그렇다고 조용히 포기할 마음도 나지 않았다. 변사 사건과 그에 따른 결과들이 그에겐 눈엣가시처럼 불편했고, 자신의 힘으로 할 수만 있다면 말들뿐 아니라 그 가족 전체를 내쫓고 싶은 마음이 굴뚝같았다. 살인 사건이 수도원과 연관되는 것도, 행정관이 내방객들을 탐문하고 다니는 것도 그는 불만이었다. 고약한 소문이 악취처럼 수도원 주위를 감도는 것을 도저히 참을 수 없었다. "신임 수도원장이 서류를 결재할 때까지는 이 계약과 관련한 여러 곤란한 문제들 모두가 법적으로 공정히 처리되어야 할 것이오. 일단 보넬 씨 장례식이 끝나기 전까지는 어떤 조치도 취하지 않는 편이 좋겠소. 다만 말을 옮기는 문제에 대해서는 찬성하오. 그 아내가 말을 탈 일은 없을 테고, 설사 그럴 일이 생긴다 하더라도 더 이상은 우리가 관여할 문제가 아니겠지."

부수도원장이 제 작은 동정심에 보넬을 수도원 묘지에 매장하도록 허락한 것을 벌써부터 후회하는 모양이군. 캐드펠은 생각했다. 하지만 품위를 중시하는 사람이니 한번 내린 결정을 바꾸지는 않을 거야. 장례 의식도 장엄하게 치러줄 테고. 그 점은 리힐디스에게 어느 정도 위안이 되겠지. 거베이스 보넬은 현재 수도원 영안실에 있고, 매장은 밤에야 시작될 것이었다. 장례식을 치르고 나면 리힐디스도 조금은 평온을 되찾으리라. 리힐디스가 죽은 남편에 대해 죄의식을 품고 있을지 모른다는 생각이 캐드펠의 머릿속을 떠나지 않았다. 아마도 혼자 있을 때마다 밑도 끝도 없는 소모적인 가정에 빠지리라. 만약에…… 만약에 그 사람의 구혼을 받아들이지 않았더라면…… 만약에 그 사람과 에드윈의 관계를 좀 더 매끄럽게 만들 수 있었더다면…… 그랬다면 그 사람은 지금까지 멀쩡히 살아 있을지도 모르는데!

캐드펠은 수도원 묘지 확장을 위한 토지 구입에 관한 지루한 논의에는 아예 귀를 닫은 채 발등에 떨어진 자신의 문제에 골몰했다 마부들이 새 장소로 말을 옮기는 동안 거짓으로라도 할 일을 만들어 그곳을 드나드는 것이 불가능하지는 않을 성싶었다. 평수사들은 그의 행동을 전혀 의심하지 않을 것이다. 에드윈에게 베네딕토회 수사의 복장을 입힌 뒤 적당한 기회를 보아 빼돌리는 일도 그리 어렵지 않으리라. 그러나 그다음이 문제였다. 그를 어디로 데려가야 할까? 문지기실 쪽은 당연히 안 된다. 세인트자일스로 가는 큰길 옆에 한두 군데 아는 집이 있기는 했다. 병으로 힘들어하는 사람을 진찰해주었거나 고열로 신음하는 아이들을 치료해준 집들이었다. 그중 한 곳에 부탁하면 남자아이 하나쯤 숨기는 것은 문제도 아니겠지만, 캐드펠은 그들까지 이 일에 끌어들이고 싶지 않았다. 그 길 끄트머리에 자리한 세인트자일스 구호소는 어떨까? 그 구호소에서는 젊은 수사들이 수행의 일부로 끔찍한 병에 걸린 불행한 이들을 간호하고 있었다. 그곳이라면 남의 눈을 피해 다니는 소년 하나쯤 충분히 숨겨줄 수 있겠지.

이런저런 생각에 잠겨 있던 캐드펠은 갑자기 자신의 이름이 거명되는 소리에 정신을 차렸다. 대회의실 저쪽 로버트 부수도원장 근처에 앉아 있던 제롬 수사가 자리에서 일어나 왜소한 체구를 비굴하게 굽히고 교활한 눈을 번뜩이며 열변을 토하다가, 막 캐드펠의 이름을 내뱉은 참이었다.

"……제가 말씀드리고 싶은 점은, 우리가 사랑하고 아끼는 형제의 행동에 어떤 잘못이 있다는 것이 아닙니다, 부수도원장님. 저는 다만 위험에 처해 있는 형제의 영혼을 바르게 인도해야 함을 호소할 뿐입니다. 전해 들은 바, 캐드펠 형제는 이 축복받은 성직의 부름을 받기 여러 해 전에 우리 수도원의 손님인 보넬 부인과 세속적인 애정을 나눈 관계였다고 합니다. 공교롭게도 부인의 부군이 서거하는 사건으로 인해 캐드펠 형제는 이 부인과 다시 해후를 하게 되었습니다. 물론 이것은 형제의 잘못이 아닙니다. 저는 결코 누구를 질책할 생각이 없습니다. 형제가 그곳에 갔던 건, 단지 죽음 앞에 놓인 환자를 돕기 위해서였으니까요. 하지만 부수도원장님, 오랫동안 잊고 지냈던 속세의 인연이 이 순간 우리 형제의 신실한 헌신을 얼마나 가혹하게 흔들어댈지 생각해 주십시오."

큰 키에 목을 빳빳이 세워 고고하게 고개를 치켜든 채 콧잔등 아래로 이 위기에 처한 수사를 내려다보는 자세로 미루어, 로버트 부수도원장이 그 말을 더없이 진지하게 듣고 있다는 점은 의심할 여지가 없었다. 캐드펠 역시 마찬가지였다. 그는 경악과 분노가 급속히 식으며 적의로 바뀌는 것을 느꼈다. 제롬 수사의 독설에 대해서야 전부터 알고 있었으나, 이렇게까지 비열하게 나올 줄은 꿈에도 생각지 못한 터였다. 그 커다란 귀를 리힐디스 집의 열쇠 구멍에 갖다 대고 온갖 이야기를 엿들었겠군.

"그러니까 캐드펠 형제가 그 부인과 적절치 못한 이야기라도 나누었다는 뜻이오?" 로버트 부수도원장이 물었다. "대체 언제 그랬다는 거요? 캐드펠 형제가 보넬 씨의 임종 순간 슬픔에 빠진 부인과 같은 곳에 있었다는 사실은 우리도 익히 알고 있는 바요. 도움이 필요한 곳에 가서 자신의 의무를 다한 일을 두고 비난할 수는 없다고 생각하오만."

캐드펠은 불편한 마음으로 자리에 앉아 이들의 대화를 듣고 있을 수밖에 없었다. 돌아가는 상황으로 보아, 제롬 수사의 공격은 캐드펠뿐 아니라 로버트 수도원장에게도 전혀 예기치 못한 일인 듯했다.

"아, 아닙니다. 형제들 가운데 누구도 그 점을 문제 삼지는 않을 것입니다." 제롬 수사는 순순히 동의했다. "타인을 있는 힘껏 돕는 것은 기독교인의 당연한 의무일 테고, 형제 역시 그렇게 했습니다. 하지만 제가 알기에, 우리 형제는 바로 지난밤 그 부인을 재차 방문해서 이야기를 나누었습니다. 물론 유족을 위로하고 축복을 내리기 위해 한 행동일 수도 있겠지요. 하지만 이 같은 만남이 얼마나 위험한 것인지는 제가 더 이상 말씀드리지 않아도 익히 아시리라 믿습니다. 부수도원장님, 저는 묻고 싶습니다. 한때 혼인을 약속한 여자를 다른 사람에게 빼앗긴 남자가 괴로움에 못 이겨 세상과 인연을 끊었다가, 세월이 흐른 뒤 이제는 남의 부인이 된 그 여자를 다시 만난다는 것이 과연 온당한 일일까요? 아니요, 전혀 상상할 수도 없는 일입니다. 저는 다만 사랑하는 우리 형제를 위해, 형제에게 그 아픈 기억으로부터 벗어날 수 있는 기회를 마련해주는 것이 좋지 않을까 생각할 뿐입니다. 이 모든 게 다 형제의 마음을 평안케 하려는 충정에서 나온 이야기임을 알아주십시오."

제멋대로 잘도 지껄이는군. 캐드펠은 이를 갈았다. 오랜 세월 증오의 칼날을 들이댔지만 번번이 실패로 돌아갔던 상대에게 마침내 최후의 일격을 가하겠다는 기세였다. 아, 하느님이 허락만 하신다면 당장에라도 저자의 목을 비틀어버릴 텐데.

캐드펠은 후미진 구석 자리에서 일어나 수사들 앞에 모습을 드러냈다. "저 여기 있습니다, 부수도원장님. 제 행동에 관해 무엇이든 물어보셔도 좋습니다. 제롬 형제의 생각은 다소 지나치군요. 성직에 대한 저의 사명은 전혀 위기에 처하지 않았습니다."

적어도 그 말은 진심이었다.

로버트 부수도원장은 심각한 표정으로 캐드펠을 내려다보았다. 자기 휘하의 수사들 사이에서 불륜의 소문이 돌 경우 부수도원장은 그 자신을 위해서라도 끝까지 이를 덮고 당사자를 옹호하려 들 사람이었다. 하지만 한편 이 일은 늘 거북스러운 존재였던 저 자유분방한 인물에게 재갈을 물릴 절호의 기회이기도 했다. 캐드펠의 착실하고 관대한 모습 뒤편에 숨겨진 은밀한 구석을 본 듯해 부수도원장은 내심 쾌재를 불렀다. 그는 아둔한 사람이 아니었으니, 제롬 수사의 이야기에 숨겨진 속뜻을 모를 리 없었다. 과거의 연인이 다른 남자와 결혼하자 질투심에 사로잡혀 번민하던 캐드펠이 급기야 자기 손으로 연적을 제거하기에 이르렀다는 이야기 아닌가! 따지고 보면 허브의 성질과 그 해독에 관해 캐드펠만큼 잘 알고 있는 인물도 없었다. 물론 진지하게 받아들일 만한 가설은 아니었지만, 제롬 수사의 이야기는 지극히 작으나마 그러한 의혹의 씨앗을 뿌리기에 충분했다. 부수도원장은 정말 이 상황을 즐기고 있는 걸까? 적어도 자신의 수족과 같은 제롬 수사의 발언을 제지하지는 않았다. 아닌 게 아니라 그 일이 아예 불가능하다고도 할 수 없는 상황 아닌가. 캐드펠 자신이 투구꽃으로 손수 약을 만들었고, 누구보다도 그 효능을 잘 알고 있었다. 게다가 애써 손에 넣으려는 노력을 할 필요도 없었다. 보넬이 아프다는 소식을 듣고 그 집에 달려갔을 때 약 대신 독을 처방하지 않았다고 누가 장담할 수 있겠는가? 아니면, 앨프릭이 광장을 지나가는 것을 보고 그를 불러 세운 뒤 요리 냄새를 맡아보겠다는 핑계로 뚜껑을 열어 거기다 몰래 독을 넣었으리라 생각한다 해도 무리는 아니었다. 잠시 눈만 다른 데로 돌리게 하면 쉽게 할 수 있는 일이 아닌가! 무고한 이를 순식간에 범죄자로 몰아붙이기가 얼마나 쉬운지 새삼 실감하며 캐드펠은 몸서리를 쳤다.

"그게 사실이오, 형제?" 로버트 부수도원장이 잔뜩 무게를 실어 물었다. "서약을 하기 전 젊은 시절에 보넬 부인과 친밀한 관계였소?"

"사실입니다." 캐드펠은 솔직하게 대답했다. "친밀하다는 말이 친한 사이로 지냈다는 뜻이라면 말입니다. 십자군에 출정하기 전, 다른 사람들은 몰랐지만 저희는 장래를 약속한 사이였습니다. 지금으로부터 40년 전의 일입니다. 그 후로는 만날 기회가 없었습니다. 보넬 부인은 제가 없는 사이 결혼을 했고, 저는 성지에서 돌아와 곧바로 수도 생활을 시작했습니다." 이럴 때는 말을 짧게 하는 것이 상책이었다.

"그러면 왜 지금까지 아무 말도 안 했소? 그들이 우리 수도원에 처음 왔을 때 밝힐 수 있었을 텐데."

"저는 보넬 부인이 누구인지 전혀 몰랐습니다. 직접 얼굴을 보기 전까지는요. 첫 번째 결혼에 대해서만 알고 있었기 때문에 보넬이라는 이름을 들으면서도 별생각이 없었습니다. 아시다시

피, 저는 저를 찾는다는 전갈을 받고 아무 생각 없이 그곳에 갔습니다."

"그건 나도 알지." 부수도원장도 그 점은 인정했다. "그 행동에 문제가 있다는 얘긴 아니오."

"부수도원장님, 저 역시 마찬가지입니다." 제롬 수사가 끼어들었다. "캐드펠 형제가 비난받을 짓을 했다고는 생각지 않아요. 그러니까 아직은 말이죠……." 무언가 다른 추측을 불러일으키는 불쾌한 여운을 남기며 말을 맺는가 싶더니, 자신의 발언을 정당화하려는 듯 서둘러 덧붙였다. "저는 다만 유혹의 덫에서 형제를 보호해야 한다는 생각뿐입니다. 사탄은 기독교적 사랑을 가장해 모습을 드러내기도 하니까요."

로버트 부수도원장은 캐드펠을 뚫어지게 바라보았다. 노골적으로 비난하지는 않았지만 한껏 치켜 올라간 눈썹과 벌어진 콧구멍으로 미루어 어지간히 심기가 불편한 모양이었다. 이 수도원에 사는 그 누구도 전도와 일상의 과업을 수행할 때 이외에는 여자에게 눈을 돌릴 수 없다는 의지의 표현이었다.

"병자를 돌보러 간 것은 전혀 문제가 되지 않소, 캐드펠 형제. 그러나 어젯밤에도 그 부인을 방문했다는 것이 사실이오? 왜 그런 일을 했소? 부인에게 마음의 위안이 필요했다면 교구사제를 보냈어야지. 이틀 전에 그 집에 간 것에는 충분한 이유와 그럴 만한 권리가 있었으나 어젯밤은 아니오."

"어제 그곳에 갔던 건 사실입니다." 캐드펠은 최대한 자신을

억제하며 말했다. 이런 경우에는 화를 낸다 해도 소용이 없을뿐
더러, 가능한 한 초연하게 대처해야 제롬 수사를 난처하게 만들
수 있을 것이었다. "그 남편의 죽음에 대해 몇 가지 물어볼 것이
있었습니다. 이 사건은 부수도원장님뿐 아니라 저나 우리 수도원
형제들 모두를 위해 하루라도 빨리 해결되어야 할 문제 아니겠습
니까? 수도원의 평화를 위해서 말입니다."

"그건 장관과 행정관이 할 일이오." 부수도원장이 말을 잘랐
다. "내가 알기로 범인이 누구인지는 이미 재론의 여지가 없고,
다만 그 참혹한 짓을 저지른 자를 잡는 일만 남은 것으로 아는데.
캐드펠 형제, 형제의 변명은 설득력이 없소."

"복종의 서약에 따라 저는 부원장님의 해석에 경의를 표하는
바입니다. 그러나 부디 제 해석도 무시하지 않으셨으면 합니다.
저는 이 사건에 의문점이 있으며 진상 규명이 쉽지 않으리라 보
고 있습니다. 제가 부인의 집에 간 까닭도 바로 그것입니다. 아시
다시피, 제가 통증을 완화시킬 목적으로 직접 조제한 약이 살인
에 쓰이지 않았습니까? 따라서 우리 수도원뿐 아니라 이곳에 몸
담고 있는 수도사인 저 또한 진상이 규명되기 전까지는 편안할
수 없습니다."

"내겐 그 말이 법을 수호하는 이들을 전적으로 불신한다는 소
리로 들리는군. 판결을 내리는 것은 그 사람들 몫이지 형제의 일
이 아니오. 형제의 오만한 태도는 상당히 유감스럽소." 부수도원
장은 베네딕토회 성 베드로 성 바오로 수도원과 그 부지의 외부

에서 일어난 추악한 사태에 대해서는 일정한 거리를 두려는 참이었고, 이러한 자신의 의도에 부합하지 않는 생각은 전적으로 무시할 셈이었다. "내 판단으로는 제롬 수사의 말이 타당한 듯 여겨지오. 나는 형제를 영혼의 위기에서 벗어나도록 하는 것이 우리의 의무라고 생각하오. 앞으로 보넬 부인과는 접촉하지 마시오. 부인의 거취가 결정되어 현재 머물고 있는 집을 떠날 때까지, 형제는 경내에 머물며 주어진 직무만을 수행하시오."

더 이상은 어쩔 도리가 없었다. 스스로 서약한 복종의 의무는 원치 않는다고 해서 피할 수 있는 것이 아니었다. 캐드펠은 고개를 숙였다. 그러나 마음으로부터 우러나온 몸짓은 아니었고, 그보다는 앞으로 있을 전투에 대비해 뿔을 내리는 황소의 자세라 하는 편이 더 정확한 표현이리라. 그렇게 고개를 숙인 채 그는 나지막하게 말했다. "제게 주어진 명령을 제 의무로 알고 따르겠습니다."

*

"어쨌든 말이지." 15분 뒤 캐드펠은 마크 수사에게 말하고 있었다. 작업장 문은 꼭 닫아둔 상태였는데, 이는 캐드펠 자신이 아닌 젊은 마크 수사가 뿜어내고 있는 분노와 반항의 기운이 밖으로 새어 나가지 못하도록 하기 위해서였다. "그건 자네에게 내려진 명령이 아닐세."

"제 말이 바로 그겁니다." 마크 수사가 힘을 내며 말했다. "수사님이 그렇게 생각하시지 않을까 봐 걱정했어요."

"자넬 내 죄에 끌어들일 생각은 없었는데……." 캐드펠은 한숨을 내쉬었다. "이렇게까지 급한 일만 아니었다면 말이야. 어쩌면 그 애도 그냥 혼자 알아서 하도록 내버려두는 편이 좋았을지 모르겠어. 하지만 주위에 이리도 적들이 많으니……."

"그 애요?" 마크 수사는 의자에 낮아 얇은 발목을 까닥까닥 흔들면서 신중하게 말을 이었다. "병은 아닌 무언가를 손에 쥐고 있었다던 그 소년 말씀이시죠? 우리가 결국 찾지 못한 물건 말이에요. 듣기로는 아주 어린애라면서요. 성경 말씀이, 어린이는 보살펴줘야 한다고 했어요."

캐드펠은 애정 어린 눈길로 마크 수사를 바라보았다. 에드윈보다 고작 네 살밖에 더 먹지 않은 데다, 세 살 때 어머니를 잃은 뒤로 제대로 된 보호자도 없이 날마다 먹을 것과 잠자리를 걱정하며 불우한 어린 시절을 보낸 젊은이였다. 반면 다른 아이, 그러니까 에드윈은 주위 사람들로부터 한없는 사랑을 받고 자랐지만 최근 몇 달 전부터는 갈등의 시간의 보내야 했고, 지금은 절망적인 위기에 처해 있었다.

"용감하고 재주가 많은 아이지만 지금은 나밖에 의지할 만한 사람이 없어. 내가 보살피며 그 애에게 지시를 내리고 있지. 하지만 아마 혼자 놔두었어도 스스로 알아서 잘 해나갔을 게야."

"수사님, 제가 어디 가서 무엇을 해야 하는지 일러만 주세요."

마크 수사가 기운차게 말했다. "시키시는 대로 할게요."

캐드펠은 입을 열었다. "대미사를 마친 다음에 해야 하네. 공연히 대미사에 불참해서 이목을 끌면 곤란하니까. 만일 난처한 일이 생기면 자넨 모르는 척 절대로 나서지 말고. 알아듣겠나?"

"알겠습니다." 마크는 씩 웃으며 대답했다.

*

그날 아침 10시 대미사가 시작될 무렵, 에드윈은 줄곧 꼼짝도 못 하고 지낸 탓에 좀이 쑤셔서 견딜 수 없을 지경이었다. 아주 어렸을 적, 요람에서 몰래 빠져나와 마당으로 기어갔다가 수레바퀴 사이에 갇혀 사색이 되어 달려온 리힐디스의 손에 구조된 이래 이렇게 오랫동안 움직이지 못한 적은 없었다. 그러나 캐드펠 수사와 약속했으니 어떻게든 참아내지 않으면 안 되었다. 한밤중에는 다리 운동 삼아 밖으로 나가 사람들 눈을 피해 마시장 주변 거리를 조용히 산책하고 런던으로 이어지는 큰길에도 나가보았지만, 아무리 늦어도 동트기 전에는 다시 이 다락방으로 돌아와야 했다. 지금 소년은 다락에 굴러다니는 술통에 앉아 캐드펠이 주고 간 사과를 먹으며, 제발 아무 일이라도 좋으니 이 지루함을 깨뜨릴 사건이 벌어지기를 바라고 있었다. 환기를 위해 조그맣게 뚫어놓은 다락 틈새로 빛이 새어 들어와 건초를 부드럽게 밝혔다.

에드윈의 바람은 너무도 빨리 현실로 나타났다. 그동안 바깥에서 말들이 오가는 소리라든지 사람들이 걸어가면서 나누는 대화를 자주 들었기에, 그는 천천히 다가오는 말발굽 소리와 짧고 퉁명스러운 남자 목소리가 들려왔을 때도 별일 아니겠거니 생각하고 있었다. 그러나 갑자기 아래층에서 여닫이문이 활짝 열리더니 그 육중한 문짝이 벽에 쾅 하고 부딪치는 소리가 들렸다. 이어 고삐를 잡고 말을 어르는 소리와 포장된 광장의 자갈길을 밟는 말발굽 소리와 함께 마구간 안으로 말이 끌려 들어오는 기척이 느껴졌다

에드윈은 바싹 긴장하여 주의를 집중하고 귀를 기울였다. 한마리…… 두 마리…… 꽤 여러 마리인 것 같았다. 이제는 좀 더가벼운 발굽 소리가 들렸다. 노새일까? 마부가 적어도 둘, 아니서너 명은 되는 듯했다. 에드윈은 얼어붙은 온몸을 잔뜩 움츠린채, 행여 사과 우물거리는 소리라도 날까 신경을 곤두세웠다. 낮동안 말을 여기 놓아두려는 걸까? 그렇다면 크게 문제 될 일은없을 터였다. 하루 종일 꼼짝 않고 숨어 있기만 하면 되니까.

2층 마룻바닥 한복판에는 묵직한 뚜껑 문이 하나 나 있었다. 마부들이 필요한 물건을 가지러 갈 때 매번 열쇠를 가지고 밖으로 나가 계단을 오르는 번거로움을 피하기 위해 일부러 만들어놓은 것이었다. 에드윈은 술통에서 내려와 마룻바닥에 엎드리곤 그뚜껑 문 틈새에 귀를 갖다 붙였다.

목덜미와 어깻죽지를 쓰다듬으며 말을 어르는 앳된 목소리가

들려왔다. "착하지, 그래! 참 착하구나. 이 녀석 주인은 말을 참 잘도 키우셨네. 이놈 좀 보세요. 운동을 못 해서 안달인 것 같아요. 이런 놈을 그냥 썩히다니."

"어서 마사馬舍에 밀어 넣어." 누군가 거친 목소리로 짧게 명령을 내렸다. "그러고 이리 와서 노새들이나 좀 거들어라."

짐승들을 부리느라 분주히 오가는 소리가 뒤를 이었다. 에드윈은 살그머니 일어나 옷 위에 베네딕토회 승복을 껴입었다. 심각한 상황까지 가지는 않을 듯싶었지만, 그래도 만에 하나 발각될 경우에 대비해 미리 위장해두는 편이 좋을 것 같았다. 다시 뚜껑 문 옆으로 돌아와 귀를 기울이자 이번엔 또 다른 목소리가 들려왔다. "꼴 시렁에 건초를 채워. 여기 없으면 위에 많으니까 가져오고."

결국 이 은신처까지 쳐들어오겠다는 것인가! 이미 누군가 사다리를 밟고 올라오기 시작했다. 더 이상 소리를 죽이고 앉아 있다고 될 일이 아니었다. 에드윈은 서둘러 자리에서 일어나 통을 굴려 뚜껑 문 위에 올렸다. 밑에서는 걸쇠를 따는 소리에 묻혀 통이 구르는 소리가 들리지 않은 모양이었다. 그는 통 위에 걸터앉아 자기 몸무게가 두세 갑절 더 나갔으면 얼마나 좋을까 생각했다. 그러나 소년의 가냘픈 몸만으로도 충분했다. 아무리 힘이 센 사람이라도 뚜껑 문을 밑에서 위로 밀어올리기란 쉬운 일이 아니었다. 뚜껑 문은 약간 삐걱거리기만 할 뿐 더는 아무 일도 일어나지 않았다.

"꼼짝도 않는데요." 아래서 당황해하는 목소리가 들려왔다. "어떤 바보가 위에다 빗장을 질러났나 봐요."

"위에 빗장 같은 건 없어. 힘 좀 써봐. 아꼈다가 뭐 하려고 그래!"

"아니면 뚜껑 문 위에 뭔가 무거운 걸 올려뒀나? 정말 꼼짝도 안 해요." 그는 제 말을 증명해 보이려는 듯 다시 한번 힘을 써보았다.

"야, 내려와. 이 몸이 시범을 보여주지." 거친 목소리가 울리더니, 곧 육중한 무게를 못 이겨 사다리가 삐걱대는 소리가 들려왔다. 에드윈은 숨을 멈추고 자기 몸무게가 조금이라도 더 나가기를 바라며 온몸에 힘을 주었다. 문은 1센티미터쯤 들썩거리는가 싶다가 다시 닫혔고, 마부는 힘이 부치는지 가쁘게 숨을 쉬며 욕설을 퍼부어댔다.

"내 말이 맞죠, 웰?" 남자의 동료가 만족스러운 듯 소리쳤다.

"밖으로 나가 다른 문으로 들어가야겠어. 열쇠를 두 개 다 가져와서 다행이군. 이봐, 와트, 나랑 같이 가서 뚜껑 문 위에 있는 걸 옮기자고. 그래야 꼴을 내리지."

그러나 사실 뚜껑 문은 잠겨 있지 않았고, 열쇠 같은 건 필요도 없었다. 사다리를 타고 내려가는 소리가 들리더니 두 사람이 마구간 밖으로 나갔다. 이제 몇 분 뒤면 발각될 터였다. 건초더미 깊숙이 숨는다 해도 저들이 쇠스랑을 들고 온다면 그리 안전한 대피책이 될 성싶지 않았다. 전부 해서 세 명일까? 그렇다면 둘보다는 한 명을 상대하는 편이 나으리라. 에드윈은 술통을 굴려 문을 막은 뒤 다시 한가운데로 돌아와 힘을 다해 뚜껑 문을 들어 올렸다. 의외로 쉽게 들려 하마터면 뒤로 나자빠질 뻔했지만, 그는 얼른 균형을 잡고 서둘러 사다리를 내려왔다. 뚜껑 문을 다시 닫느라 시간을 낭비할 겨를도 없었다. 소년은 아래서 기다릴 위험에만 온통 신경을 쏟고 있었다.

그들은 셋이 아니라 넷이었다! 밑에서는 두 사람이 남아 말을 돌보고 있었다. 한 사람은 마구간 저쪽 끝에서 등을 돌린 채 구유에 건초를 퍼 담는 중이었고, 다른 한 사람, 잿빛 머리칼이 부스스하고 힘 좋아 보이는 또 다른 청년은 말을 부려놓은 뒤 막 돌아나오는 참이었다.

계획을 바꾸기에는 이미 늦었다. 에드윈은 머뭇거리지 않고 사다리 끝에서 마부를 향해 몸을 날렸다. 갑작스러운 움직임에 놀라 고개를 돌리던 마부는 검은 승복이 자신을 덮치자 비명을 지르며 땅바닥에 쓰러지고 말았다. 그러나 승복의 효용은 딱 거기까지였다. 동료의 비명 소리에 고개를 돌린 또 다른 마부는 베네딕토회 수사로 보이는 사람을 보고 순간 당황했다. 그도 그럴 것이, 한 손으로 옷자락을 잡고 다른 한 손으로는 쓰러진 동료의 쇠스랑을 꽉 쥔 이 소년의 모습은 도저히 수사라 믿기 어려운 것이었다. 마부는 가까스로 용기를 내어 그를 향해 다가갔으나, 상대가 자기 복부를 향해 쇠스랑을 겨누고 있는 터라 더 이상은 어찌할 도리가 없었다. 그러는 사이 바닥에 쓰러진 마부가 일어나 문간을 막아섰다.

　에드윈이 취할 길은 이제 하나밖에 없었다. 소년은 쇠스랑을 손에 쥔 채 가장 가까운 마사로 들어갔다. 그러나 그 순간, 엄청난 곤경에 처한 와중에도 그는 한눈에 그 말을 알아보았다. 조금 전 젊은 마부가 그리도 애를 먹어가며 달래던, 기운이 펄펄 넘친다는 바로 그 말이었다. 커다란 밤색 몸통에 하얀 점이 박히고 엷은 황록색 갈기와 꼬리를 가진 말이 그 북새통에 놀랐는지 뒷걸음질을 치다가 에드윈을 알아보고는 다가와 코를 비벼댔다. 에드윈은 말의 목덜미를 끌어안고 기쁨에 겨워 소리쳤다.

　"루퍼스…… 아, 너구나!"

　에드윈은 쇠스랑을 떨어뜨리고 말의 갈기를 붙잡아 높이 솟은 등에 올라탔다. 안장도 고삐도 없었지만, 이렇게 맨등에 올라탄 적이 한두 번이 아니었기에 그런 건 아무 문제가 안 되었다. 그는 발꿈치로 말의 옆구리를 힘껏 걷어차며 돌진하라고 명령했다.

　마부들은 그가 가짜 수사임을 깨닫고 붙잡으려 달려들었으나 루퍼스의 앞을 막아설 용기는 없었다. 루퍼스가 활시위를 떠난 화살처럼 마구간을 뛰쳐나가자 그들은 혼비백산해서 길을 터주었고, 그 와중에 좀 더 나이가 많은 마부가 발을 헛디뎌 건초더미에 엉덩방아를 찧고 말았다. 소년은 갈기를 꼭 붙들고 등에 몸을 바짝 붙인 채 엎드려 루퍼스를 격려했다. 그들은 순식간에 마시장 터에 나와 있었다. 이제 소년은 본능적으로 시내와 반대 방향인 런던 쪽을 향해 말머리를 돌렸다.

뒤쪽 계단으로 올라갔던 마부 둘은 문을 여느라 안간힘을 쓰다가 요란한 말발굽 소리를 듣고 무슨 일인가 싶어 고개를 돌렸다.

"저기 좀 봐! 수사님이시잖아!" 와트가 눈이 휘둥그레져서 소리쳤다. "도대체 무슨 일인데 저렇게 급하게 가시지?"

그 순간 바람이 휙 불어 두건이 벗겨졌다. 말을 탄 소년의 갈색 머리카락이 바람에 흩날렸다. 윌은 고함을 지르며 허겁지겁 계단을 내려갔다. "봤어? 삭발을 안 했어! 수사님이 아니라고! 행정관이 찾는 그 소년이 분명해. 아니라면 왜 창고에 숨어 있었겠어?"

그러나 에드윈은 이미 멀리 달려간 뒤였고, 마구간에는 그를 따라잡을 만큼 힘 좋은 말이 없었다. 젊은 마부의 말이 백번 옳았다. 운동 부족으로 몸이 근질근질하던 루퍼스는 일단 고삐가 풀리자 놀라운 기세로 내달렸다. 그러나 그들 앞에는 또 다른 방해물이 기다리고 있었다. 슈루즈베리 외곽 세인트자일스에는 경비병이 배치되어 지나는 사람들을 일일이 검문할 테니 어떤 일이 있어도 런던 쪽으로는 가지 말라고 캐드펠이 경고하지 않았던가. 소년이 이를 떠올린 건, 저만치 앞에서 네 명의 기수가 길을 꽉 메운 채 느릿느릿 이쪽으로 다가오는 것을 보았을 때였다. 방금 전 교대를 마친 경비병들이 성으로 복귀하는 중이었다.

그들을 뚫고 지나갈 수는 없었다. 새까만 승복 차림도 그들의 눈을 속이지는 못할 터였다. 결국 돌파구는 하나뿐이었다. 소년은 말의 무릎이 꺾일 정도로 황급히 속도를 늦춘 뒤 말머리를 돌려 지금까지 왔던 길을 되짚어 전속력으로 내달렸다. 뒤에서 추격을 알리는 고함 소리가 들려왔다. 아직 그의 신원을 밝히지 못했지만, 경비병들은 자신들이 수상한 인물을 뒤쫓고 있다고 확신했다.

*

마크 수사는 대미사가 끝난 뒤 다락에 몰래 들어가라는 임무를 받았다. 나중에 두 사람이 나올 곳에 한 사람만 들어갔다는 말이 나지 않게끔 하려면 누구의 눈에도 띄어서는 안 되었다. 헛간에 거의 도착할 무렵 무언가 소동이 인 듯 시끄러운 소리가 들려왔고, 곧 말 위에 올라타 성문을 향해 빠르게 달려가는 소년의 모습이 보였다. 그는 머리가 말갈기에 닿을 정도로 몸을 숙인 채 승복과 두건을 마구 휘날리고 있었다. 마크 수사는 에드윈 거니를 본 적이 없었으나 지금 무모하게 내달리는 저 소년이 누구인지 확실히 알 수 있었다. 자신에게 주어진 임무를 수행하기엔 이미 늦어 버렸다는 사실 또한 의심의 여지가 없었다. 소년이 잡힌 것은 아니지만, 이미 계획의 시작부터 망가진 셈이었다.

마부들의 우두머리 월은 자신이 돌보는 말들 가운데 최고로 좋은 녀석을 급히 끌어당겨 도망자를 쫓을 채비를 했다. 그가 안장에 몸을 실었을 땐 이미 밤색 말이 갔던 방향에서 다시 되돌아오고 있었다. 그는 녀석의 앞길을 막아설 생각으로 박차를 가했으나 말이 도무지 그의 의지대로 움직여주질 않았다. 루퍼스가 목을 뻗고 귀를 내린 채 움직이자 그가 탄 말은 곧장 걸음을 멈추더니 방향을 틀었다. 시종들 가운데 하나가 말발굽 쪽으로 쇠스랑을 던져보았지만 결과는 그다지 좋지 못했다. 루퍼스는 놀라서 옆으로 몸을 틀고는 재빨리 마을 쪽으로 달려 사라져버렸다.

윌이 녀석의 탐스러운 황록색 꼬리가 보일지 모른다는 희망을 품고 곧장 따라갈 수도 있었을 것이다. 그러나 마침 말을 쫓던 경비병들의 소리가 성문 근처에서 들려왔고, 그로서는 이 임무를 다른 이들에게 넘기게 된 것이 그저 기뻤다. 범죄자를 체포하는 일은 결국 그들의 몫 아닌가. 저 가짜 수도승이 다른 무슨 짓을 저질렀는지는 몰라도, 수도원에서 관리하던 보넬 부인의 말을 훔쳤다는 죄 하나만큼은 확실했다. 물론 도난 사건은 상부에 곧바로 보고되어야 할 터였다. 그는 말에 탄 채로 한 손을 흔들며 경비병들이 있는 쪽으로 다가갔다. 현장에 있었던 동료 셋도 모두 자기들이 목격한 것을 진술하기 위해 다가섰다.

그곳엔 이미 수많은 이들이 몰려 있었다. 길을 지나던 사람들은 좋은 구경거리에 걸음을 멈추었고, 인근 주택에 사는 사람들도 이 추격전이 대체 무슨 일인가 싶어 달려 나왔다. 사람들이 서로 본 것에 대해 이야기를 나누는 동안 아이들 몇몇도 다가와 귀를 기울이며 소동을 지켜보았다. 이 모든 상황이 추격의 재개를 다소 늦추었고, 더하여 어머니들이 아이들을 데리고 가느라 길을 막고 서서 도망자에게 1분이 넘는 시간을 추가로 벌어주었다. 마침내 경비대장이 부하들을 불러 모아 도망자를 쫓으려 할 땐 말이 갑자기 흥분해 찢어지는 소리를 내며 앞다리를 드는 통에 그를 바닥에 떨어뜨릴 뻔했고, 대장은 말을 달래느라 몇 분을 더 소모해야 했다.

다른 구경꾼들 사이에서 목을 빼고 있던 마크 수사는 밤색 말이 시야에서 완전히 사라진 뒤에야 경비대가 마을 쪽으로 달려가는 것까지 확인하고 마음을 놓았다. 이젠 모든 것이 에드원 거니에게 달려 있었다. 그는 손을 넓은 옷소매 안에 넣고 두건을 앞으로 끌어 얼굴에 그늘을 만든 뒤, 복잡한 소식을 안고 수도원 정문을 향해 돌아섰다. 가는 길에는 창고에서 주운 조약돌을 땅에 버렸다. 삼촌 저택에서 머물던 시절 적은 식사라도 얻기 위해서는 일을 해야 했고, 그는 네 살이라는 나이에 작은 돌 주머니를 들고 쟁기질 자리를 따라다니며 새들을 쫓았다. 자신이 굶주린 새들을 해치고 싶어 하지 않는다는 걸 깨닫기까지는 2년의 시간이 걸렸다. 그러나 그때 이미 그는 사격의 명수가 되어 있었으며, 그 기술은 지금까지도 여전했다.

*

"그래서 다리까지 쫓아가서 확인해봤나?" 캐드펠은 다급하게 질문을 던졌다. "교량 관리인이 그를 못 본 게 맞아? 행정관의 부하들도 그를 놓쳤고?"

"완전히 사라졌어요." 마크 수사는 즐겁게 설명을 이어갔다.

"적어도 그 길로는 가지 않았어요. 제 생각에 다리 옆 골목으로 들어갔을 리도 없고요. 아마 자기가 시야에서 벗어난 줄 몰랐을 거예요. 틀림없이 그는 강을 따라 아래쪽으로 내려갔겠죠. 물가 근처에 과일나무들이 있어 몸을 숨기기 좋거든요. 하지만 그다음엔 어떻게 했을지 모르겠네요. 분명한 사실은, 추격자들이 그 소년을 잡아 가지 않았다는 거예요. 아마 마을에 사는 소년의 친척을 찾아가겠지만 거기서도 큰 소득을 얻지는 못할 겁니다." 그는 캐드펠의 걱정 어린 얼굴을 뚫어지게 쳐다보더니 달래듯 말을 이었다. "수사님이 그 소년의 무죄를 입증해주실 거잖아요. 왜 걱정하시는 거예요?"

누군가 진실의 승리를 믿고 캐드펠 수사가 하늘에 쌓은 공로를 전적으로 의지한다는 점이야말로 걱정할 만한 일 이상이었으나, 어쨌든 오늘 오전의 소란이 마크 수사에게 근심을 드리운 것 같지는 않으니 감사할 일이었다.

"이따 저녁 먹으러 오게." 캐드펠은 고마운 마음으로 말했다. "와서 좀 쉬다 가도록 해. 자네가 의도를 가지고 돌을 던졌으면 아마 정확하게 명중했겠지. 자네 이름을 지어준 분이 누군지는 몰라도 미래를 예견하셨나 보네. 말이 나와서 얘긴데, 자네의 마크[23]는 무엇인가? 주교가 되는 것?"

"교황 아니면 추기경요." 마크 수사가 즐거운 듯 대답했다. "그 아래로는 절대 안 돼요."

"이런, 맙소사." 캐드펠 수사는 진지하게 대꾸했다. "주교보다

높은 직위라. 내가 충고 하나 하지. 그렇게 된다면 자네는 능력을
낭비하는 셈이야."

*

　행정관 일행은 소년이 사람들 눈을 피해 다리를 건넜으리라 믿
고 하루 종일 시내에서 수색을 벌였다. 그러나 아무리 찾아도 성
과가 없자 나중에는 주변의 주요 도로에 경비병을 파견해 물샐틈
없이 지키도록 했다. 슈루즈베리를 둥글게 돌아가는 세번강에는
두 개의 다리가 있었다. 하나는 수도원에서 런던 방면으로 이어
지는 다리요, 다른 하나는 웨일스 쪽으로 향하는 서쪽 다리였다.
그 다리에서부터는 길이 나뭇가지 모양으로 뻗어 있었다.
　행정관은 도망자가 웨일스 쪽 길을 택했으리라고 확신했다. 위
험하기는 하지만 그들의 관할을 벗어나려면 그곳이 가장 빠른 길
이었다. 그리하여 별 기대를 품지 않고 수도원 쪽 강둑을 수색해
나가는데, 열한 살쯤 되어 보이는 소녀가 벌판을 가로질러 달려
오더니 숨을 헐떡이며 혹시 지금 찾는 것이 수도사 복장에 엷은
황록색 갈기와 꼬리를 한 밤색 말을 탄 사람이냐고 물었다. 그들
이 깜짝 놀라 그렇다고 대답하자 소녀는 방금 전 그 사람을 보았
다고 했다. 숲에서 살그머니 나와 동쪽으로 번개처럼 사라졌는
데, 아마 강 위쪽 다리를 건넌 뒤 세인트자일스를 지나 런던으로
향하는 대로에 오르려는 것 같다는 것이었다. 외곽에서 길이 막

혀 돌아오긴 했지만 도망자가 처음 달아난 방향도 바로 그곳이었기에 소녀의 진술은 상당히 신빙성이 있는 듯했다. 잠시 안 보이는 곳에 숨어 있다가 수색이 반대 방향으로 진행되는 것을 확인한 뒤 안심하고 움직이기 시작한 것이리라. 소녀는 그 사람이 어핑턴 개울 쪽으로 갔다고 말했다.

일행은 소녀에게 고맙다고 인사한 뒤, 수색이 활기를 띠기 시작했다는 보고를 상부에 전하며 증원을 요청한 다음 서둘러 개울 쪽으로 향했다. 일행이 떠나자 알리스는 다리 쪽으로 얼른 되돌아갔다. 열한 살 소녀가 오기는 모습을 눈여겨보는 사람은 아무도 없었다.

추적자들은 어핑턴 개울을 지나서야 업턴으로 이어진 비좁은 길을 터벅터벅 걷고 있는 도망자를 발견했다. 도망자는 추적당하고 있다는 것을 깨닫자 갑자기 속력을 내기 시작했다. 말의 색깔이나 걷는 모양새로 보아 그들이 찾고 있던 사람이 틀림없었다. 추격자들의 마음에 잠시 의구심이 떠올랐다. 마을 사람들 눈에 띄기 쉽고 도피하는 데 결코 유리하지 않을 텐데, 왜 저 도망자는 훔친 옷을 그대로 입고 있는 걸까?

이미 늦은 오후라 해가 기운을 잃어가고 있었다. 추적은 몇 시간이나 계속되었다. 소년은 그 지역 지리를 훤히 꿰고 있었다. 샛길이 어디 있는지, 숨기 좋은 장소는 어디인지도 알았다. 추격자들은 이리저리 끌려다니며 골탕을 먹었다. 늪이 많은 숲으로 들어갔다가 뚱뚱한 무장 관리 하나가 악취를 풍기는 수렁에 빠지기도 했고, 길이 없을 것 같은 막다른 곳으로 이끌려 갔다가 말 한 마리가 돌에 채어 발이 부러지기도 했다. 소년은 애첨으로, 카운 드로, 크레시지로 이들을 유인하며 마음껏 농락했다. 그러다가 마침내 액턴 숲 근처에 이르렀을 즈음, 루퍼스가 지치는 바람에 그는 결국 붙잡히고 말았다. 경비병들은 하루 종일 고생한 것에 분통이 터져 소년을 거칠게 다루었다. 두 손을 포승줄로 꽁꽁 묶 는데도 소년은 전혀 반항하지 않고 묵묵히 모욕을 받아들였다. 소 년이 요청한 것은 단 한 가지, 말이 몹시 지친 것 같으니 슈루즈베 리까지 몇 킬로미터가 되었든 좀 천천히 가달라는 것뿐이었다.

　조금 가다가 소년은 팔목이 아프다며 포승줄 대신 승복 허리띠 를 사용하면 안 되겠느냐고 물었다. 경비병들은 그렇게 해주마고 했으나, 만에 하나 소년이 어두운 숲으로 달아날 것을 우려해 그 들 가운데 가장 마른 병사의 몸에 띠를 묶어 뒤따라오게 했다. 그 렇게 슈루즈베리까지 호송해 온 이들은 훔친 말을 원래 있던 곳 으로 되돌려 보내고 소년은 수도원 문지기실에서 재우기로 했다. 지금까지 밝혀진 범행만 보자면 말을 훔친 것이 전부이니, 다른 죄과가 드러나기 전까지는 수도원 감옥에 넣어두는 것이 순리일 터였다.

*

　체포된 용의자를 수도원 감옥에 하룻밤 유치시켜야 한다는 정중한 보고를 받은 로버트 부수도원장은, 보넬 살해 사건도 곧 막을 내리리라는 기대감에 만족스러워하면서도 한편으로 단 하룻밤이라 해도 자신의 관할 구역에 죄인을 재워야 한다는 사실에 마음이 영 개운치 않았다. 그러나 내일 아침이면 죄인은 당국에 넘겨질 것이니 그 정도의 불편은 감수할 수밖에 없었다.

"그러면 그 소년이 지금 문지기실에 있는 거요?" 부수도원장은 숙사까지 소식을 가지고 온 무장 병사에게 물었다.

"네, 수도원 문지기 두 사람이 지키고 있습니다. 내일까지 이곳에 유치하는 것을 허락해주시면 아침이 되는 즉시 행정 장관님께 넘기겠습니다. 부수도원장님께서 직접 가셔서 말 도난 사건에 대해 조사해보시겠습니까? 마부들한테 폭행을 가한 것만으로도 문제가 이만저만 아닙니다."

로버트 부수도원장 역시 인간인지라, 제 계부를 독살하고 행정관 일행을 하루 종일 골탕 먹인 문제의 젊은이를 보고 싶다는 강한 호기심이 일었다. "가보지. 교회는 죄를 미워할지언정 죄인에게는 등을 돌리지 않는 법이니까."

소년은 문지기실의 따뜻한 화로 앞에 앉아 아무 생각 없이 불을 쬐고 있었다. 세상으로부터 스스로를 방어하듯 등을 잔뜩 구부린 채였으나, 얼굴 여기저기 멍이 들고 지칠 대로 지친 와중에도 전혀 두려워하는 기색이 아니었다. 문지기와 경비병들이 눈을 부릅뜨고 호통을 치며 캐물어도 그는 제 내키는 대로 짧게 대답한 뒤 입을 다물어버렸다. 경비병들은 힘든 추격전으로 모두 파김치가 된 데다, 그중 한둘은 몸에 상처가 나고 멍까지 퍼렇게 들어 있었다. 그들을 찬찬히 훑어보던 소년은 카운드 근처 수렁에 거꾸로 처박혔던 뚱뚱한 관리를 보고는 그때의 우스꽝스러운 모습을 떠올리며 간신히 웃음을 참았다. 경비병 일행은 소년이 입고 있던 승복을 벗겨내어 문지기에게 넘겨주었다. 소년은 금발에 피부가 희었고, 무엇보다 영리해 보이는 갈색 눈동자가 인상적이었다. 로버트 부수도원장은 생각보다 어리고 단정한 이 소년의 모습에 깜짝 놀랐다. 악마도 이렇게 아름다운 얼굴을 가질 수 있구먼!

"완전 어린애잖아!" 문으로 들어서면서 내뱉은 그 말이 상대방에게 들리리라 생각지 않았지만 열네 살짜리 소년의 귀는 이를 놓치지 않았다. 로버트 부수도원장은 소년에게 다가가며 다시 입을 열었다. "그러니까 이 꼬마가 우리 수도원의 평화를 깨뜨린 장본인이란 말이군. 얘야, 넌 양심에 걸릴 일을 많이도 저질렀구나. 이젠 회개하고 싶어해도 늦지나 않았을까 걱정이다. 너도 어느 정도 세상 돌아가는 것에 눈떴을 나이이니, 살인이 얼마나 큰 죄인 줄은 알 테지."

소년은 부수도원장의 눈을 정면으로 바라보며, 차분하면서도 단호한 어조로 말했다. "저는 살인자가 아닙니다."

"얘야, 모두가 다 아는 사실을 왜 부정하는 게냐? 오늘 아침 네 명의 마부와 그 밖의 많은 사람들이 지켜보는 가운데 말을 훔친 것도 사실이 아니라고 주장할 생각이냐?"

"저는 루퍼스를 훔치지 않았습니다." 소년은 강한 어조로 대꾸했다. "루퍼스는 제 말이니까요. 루퍼스는 제 계부의 말이고, 저는 계부의 상속인입니다. 계부와 수도원 사이에 계약이 체결되지 않은 이상 저를 상속인으로 한다는 유언장은 아직 유효합니다. 자기 것을 훔칠 필요가 어디 있겠습니까? 도대체 누구로부터 훔친다는 말씀이시죠?"

"가증스러운 아이로군." 부수도원장은 예상 밖의 반응에 화가 치밀었다. 이 절망적인 상황 속에서도 감히 자신을 희롱하고 있지 않은가. "말을 삼가라! 아직 시간이 있을 때 회개하라. 아비를 죽인 살인자는 상속을 받을 수 없다는 사실을 모르는가?"

"아까도 말씀드렸고 지금 다시 한번 말씀드리지만, 저는 살인자가 아닙니다. 제 영혼에 대고, 성모님의 제단에 대고, 아니 그 어떤 것에 대고서라도 제 계부를 해친 적이 없다고 맹세할 수 있습니다. 그러니 루퍼스는 제 것입니다. 제 계부의 유언이 유효하다는 사실이 증명되고 대영주님께서 동의하시면, 루퍼스와 장원은 모두 제 것이 됩니다. 저는 어떤 죄도 범한 적이 없으니, 부수도원장님이 뭐라고 하시든 저를 죄인으로 만들 수는 없을 겁니다." 소년은 갑자기 눈을 빛내며 덧붙였다. "절대로 저를 죄인으로 몰아가실 수 없다는 말입니다."

"다 시간 낭비입니다, 부수도원장님." 행정관이 거친 소리를 내며 끼어들었다. "이렇게 뻔뻔한 놈은 교수대로 보내야 마땅합니다. 저 녀석의 명은 바로 끝날 겁니다." 그러나 그도 부수도원장의 엄숙한 눈빛에 눌려 차마 소년의 뺨을 칠 수는 없었다. "이런 놈은 생각해주실 필요도 없습니다. 공연히 쓸데없는 일로 고생하지 마십시오. 이놈은 법의 심판을 받을 겁니다."

"소년에게 식사를 주도록 하시오." 부수도원장은 말했다. 아무리 화가 난다 해도 하루 종일 말을 타고 이리저리 쫓겨 다닌 소년에게 연민을 느끼지 않을 도리가 없었다. "잠자리도 편안하게 해주고. 혹시 나중에라도 후회하는 빛이 보이면⋯⋯. 애야, 네 영혼의 안식을 생각해서라도 내 말 잘 들어라. 잠들기 전에 함께 기도드릴 수사가 필요하지 않느냐? 원하는 형제가 있다면 얘기해보거라."

소년은 눈빛을 반짝이며 고개를 들었다. 절망적인 상황에서 한 줄기 희망의 빛을 본 사람 같았다. "네, 캐드펠 수사님을 불러주신다면 고맙겠습니다."

캐드펠의 이름을 듣는 순간 저도 모르게 부수도원장의 눈썹이 치켜 올라갔지만, 방금 자신의 입으로 자비를 베푼 터이니 그 제안을 철회하거나 조건을 달 수는 없었다. "지금 바로 가서 캐드펠 형제를 불러오시오. 죄지은 영혼에게 조언과 지도를 하는 일이라고 전하시오."

문지기가 밖으로 나갔다. 취침 시간이었기에 대부분의 수사들은 숙사에 있었지만 캐드펠과 마크의 모습은 보이지 않았다. 문지기는 허브밭 작업장에서 그들을 찾아냈다. 두 사람은 어딘지 불안한 목소리로 나지막하게 대화를 나누던 중이었다. 소년이 잡혔다는 소식은 내일 날이 밝은 뒤에야 퍼질 터였다. 행정관의 부하들이 하루 종일 얼마나 골탕을 먹었는지에 대해서는 다들 알고 있었으나, 그들이 최후에 올린 개가에 대해서는 아직 알려진 바가 없었다.

"캐드펠 형제님, 문지기실로 오시랍니다." 문지기는 작업장 문에 기대어 말했다. 캐드펠은 놀란 얼굴로 그를 바라보았다. "한 소년이 마음의 구원을 얻기 위해 형제님을 불러달라고 요청했습니다. 글쎄요, 워낙 고집 센 아이라 그런 게 필요할지나 모르겠지만요. 부수도원장님께도 아주 뻔뻔하게 맞서더군요. 행정관 일행이 마지막 기도가 끝날 무렵 연행해 온 살인범입니다. 그래요. 그 거니라는 아이가 마침내 붙잡혔습니다."

결국 이렇게 막을 내리고 말았는가. 마크의 간절한 기도와 노력에도 불구하고, 캐드펠 자신의 보잘것없는 논리와 갈구와 믿음에도 불구하고, 이렇게 허망하게 끝나고 마는 것일까. 캐드펠은 무거운 마음으로 자리에서 일어섰다. "가겠소. 기꺼이 가고말고. 이제 모든 게 우리 손에 달렸는데, 남은 시간이 얼마 없군. 불쌍한 녀석 같으니! 그런데 왜 소년을 시내로 곧장 데리고 가지 않았소?" 아닌 게 아니라, 소년이 수도원으로 붙잡혀 와 잠시라도 만날 기회가 주어진 것은 금족령이 내려진 그의 처지를 감안하면 참으로 감사할 일이었다.

"그 애가 오늘 아침 말을 훔쳐 달아난 일 때문이죠. 다들 알고 계시지 않습니까? 수도원 소속 마구간에서 일어난 일이라 우선

이리로 데리고 왔다고 합니다. 하지만 내일 아침에는 살인죄로
연행해 가겠죠."

마크 수사 또한 절망적인 심정으로 그들을 따라갔다. 그는 낙
담과 불안에 빠져 한 마디도 할 수가 없었다. 하지만 바로 그것
이 죄라는 생각이 마음속에 떠올랐다. 체념이라는 죄. 자기 자신
에 대한 체념이 아니라 진실과 정의와 공정성에 대한 체념, 불행
한 인류의 미래에 대한 절망 어린 체념의 죄라는 생각이 그의 머
리를 떠나지 않았다. 아무도 자신을 청하지 않았지만 그는 아랑
곳없이 문지기실로 걸음을 옮겼다. 이 사건의 주인공이 아직 어
린아이라는 점, 또 캐드펠 수사가 그 아이를 전적으로 신뢰한다
는 점 말고는 아는 것이 없다시피 했지만, 그로서는 그 두 가지만
으로도 관심을 기울이기에 충분했다.

캐드펠은 무거운 마음으로 문지기실로 들어섰다. 하지만 철저
히 절망적인 심정은 아니었으니, 그러한 절망은 그에게 오히려
사치일 뿐이었다. 말없이 심각한 얼굴로 들어서는 그에게 모든
이들의 시선이 일제히 쏠렸다. 로버트 부수도원장은 자상하고도
간곡한 설교를 그만둔 지 오래였고, 관리들 또한 자백받기를 아
예 단념한 채 다만 이 골치 아픈 아이를 오늘 밤 여기 감금해두고
자기네들은 성으로 돌아가 편안한 잠을 잘 수 있다는 사실에 만
족하는 것 같았다. 그리고 무장한 병사들 속에, 서리가 내릴 정도
로 추운 이 밤, 머리에 아무것도 쓰지 않고 외투도 없이 앉아 있
는 가냘픈 소년이 있었다. 벽 쪽 의자에 앉은 소년은 분명 긴장한

듯 보였으나 발갛게 달아오른 얼굴로 화롯불을 쬐고 있는 그 태도는 믿기지 않을 정도로 느긋했다. 캐드펠의 눈과 마주치자 소년의 눈이 생기를 띠었다. 진초록 눈동자가 인상적인, 맑은 눈이었다. 머리는 잘 마른 떡갈나무처럼 옅은 갈색이었고, 약간 마르긴 했으나 나이에 비해서는 키가 큰 편이었다. 얼굴 여기저기 멍이 들고 몹시 지쳐 보이는데도 그 조심성 있는 눈과 진지한 얼굴 뒤에는 분명 웃음기가 배어 있었다.

한동안 소년을 바라보던 캐드펠 수사는 저간의 사정을 짐작하고 비로소 마음을 놓았다. 그는 문지기실에 모인 이들을 죽 둘러본 뒤 마지막으로 로버트 부수도원장을 지그시 바라보며 입을 열었다.

"부수도원장님, 저를 불러주셔서 감사합니다. 이 죄수에게 해줄 수 있는 일이 있다면 기꺼이 제 의무를 다하겠습니다. 그러나 여기 계신 분들이 뭔가 실수를 하신 듯합니다. 이 소년이 어떻게 잡혀 왔는지에 대해서야 저로서는 할 말이 없고 알 바도 아니지만, 한 가지, 이 소년이 오늘 아침 마구간에서 보넬 부인의 말을 훔쳤다는 그 시각에 정확히 어디서 무엇을 하고 있었는지에 대해서는 부디 조사해보시기 바랍니다." 캐드펠은 어리둥절해하는 행정관 일행을 향해 진지하게 덧붙였다. "여러분이 체포해 온 이 소년은 에드윈 거니가 아니라 그 소년의 조카인 에드위 벨코트입니다."

7

수도원 감옥은 문지기실 뒤쪽에 붙은 두 개의 작고 깨끗한 방으로, 내부에는 수련사들이 쓰는 것에 비해 그리 나쁘지 않은 나무 침대가 구비되어 있었다. 감방은 평소 거의 사용되는 일이 없었다. 성 베드로 축일장이 열려 매우 붐비는 여름철에나 술 취한 하인들 혹은 늦게까지 일한 평수사들이 여기서 잠을 자곤 했다. 아주 가끔, 도둑질을 한 하인이나 큰 잘못을 저지른 수련사들이 갇히기도 했지만 그런 경우는 극히 드물어서 대개는 비어 있었다.

캐드펠과 에드위는 감옥의 한 방에 오랜 친구처럼 나란히 앉아 있었다. 문 대신 쇠창살이 쳐져 있었으나 그 안에서 오가는 이야기에 누구도 귀를 기울이지 않았다. 열쇠를 소지한 수사는 죄

수가 그곳에 오게 된 이유에 대해서는 관심조차 없는지 꾸벅꾸벅 졸고 있었다. 돌아가야 할 때가 되면 소리를 질러 그 수사를 깨워 야 할지, 오히려 캐드펠이 더 걱정할 지경이었다.

"대단한 일은 아니었어요." 에드위는 아량 있는 요리사가 만들 어준 오트밀죽 한 사발을 깨끗이 먹어치운 다음 만족스럽게 한숨 을 내쉬며 입을 열었다. "아버지 사촌 형제분이 강가에 살고 계 세요. 수도원 밭들이 있는 게이 초원 너머에서 과수원을 하시는 데, 거기에 당나귀랑 마차를 집어넣는 작은 헛간이 있어요. 루퍼 스를 숨기기에 꼭 알맞은 곳이죠. 그 집 아이가 시내로 와서 소식 을 알리기에 제가 아버지 말을 타고 그리로 가서 에드윈을 만났 어요. 우리 제이펫처럼 늙고 앙상한 얼룩빼기 말에는 아무도 신 경 쓰지 않더라고요. 다리를 건널 때까지는 의심하는 사람 하나 없었고, 저도 일부러 서두르지 않고 천천히 갔죠. 알리스가 제 뒤 에 타고 가면서 누가 오나 살펴보았고요. 아무튼 거기 가서 저희 는 옷이랑 말을 바꾸고, 에드윈은 다시⋯⋯."

"나한테 알리지 마라!" 캐드펠은 서둘러 말을 막았다.

"그럴게요. 수사님도 모르고 계시는 게 좋겠죠. 어쨌든 에드윈 은 저랑 정반대 방향으로 갔어요. 그 사람들은 한참 뒤에야 절 찾 았죠." 에드위는 경멸 섞인 투로 말을 이었다. "알리스가 일부러 나서서 도와주기까지 했는데도 말예요. 하지만 일단 그 사람들 눈에 띈 다음부터는 얼마나 오래 끄느냐가 관건이었어요. 에드윈 이 도망갈 수 있도록 시간을 충분히 벌어야 했으니까요. 사실 더 데리고 다니면서 골려줄 수도 있었는데 루퍼스가 지쳐서 포기했어요. 아무튼 몇 시간은 그 사람들을 즐겁게 해줬잖아요. 사람을 보내서 수색을 중지하라는 전갈까지 보내더라고요. 어차피 그때쯤 에드윈은 이미 포위망을 벗어났을 테지만요. 수사님, 이제 저는 어떻게 될까요?"

"만일 네가 수도원으로 끌려 오지 않고 여기 와서도 부수도원장께서 입회하지 않으셨다면, 넌 저 사람들을 끌고 다니며 바보로 만든 대가로 호되게 곤욕을 치렀을 게다." 캐드펠은 솔직하게 말을 이었다. "로버트 부수도원장께서 사람이 좋아서는 아니고, 품위와 권위를 중시하는 분이기에 교구민에게 고문을 금하도록 해주셨다는 뜻이야." 이어 그는 에드위의 턱과 광대뼈 주위에 퍼렇게 든 멍을 보며 동정 어린 어조로 중얼거렸다. "하지만 그들이 벌써 네게 몹쓸 짓을 했나 보구나."

소년은 아무렇지도 않다는 듯 어깨를 으쓱였다. "이 정도는 참을 만해요. 일방적으로 저만 당한 것도 아닌데요. 그 관리가 늪에 거꾸로 처박혔다가 일어나면서 고함을 질러대는 꼴을 수사님도 보셨어야 하는데……. 아무튼 전 재미있었어요. 에드윈도 그 틈에 무사히 빠져나갔고요. 그렇게 잘 달리는 말은 생전 처음 타봤지 뭐예요. 정말 대단하더라고요. 전 앞으로 어떻게 될까요? 저를 살인죄로 고발하지는 못하겠죠? 루퍼스나 승복을 훔친 죄도 묻지 못할 테고요. 저는 오늘 아침에 그 창고 근처에도 안 갔으니까요. 제가 가게와 마당에 있는 걸 본 목격자들이 여럿 있어요."

"법을 위반하지는 않았지만 우롱한 건 틀림없는 사실이야. 모르긴 해도 관리들이 좋게 생각하지는 않겠지. 용의자 도주를 도운 죄로 한동안 성에 감금시킬지도 모르겠구나. 아니면 에드윈이 널 구하러 제 발로 돌아오리라는 생각에 너를 협박할 수도 있고."

에드위는 세차게 고개를 가로저었다. "에드윈이 알면 안 돼요. 제가 어떤 죄로도 고발될 리 없다고 믿고 있단 말예요. 게다가 협박을 견디는 일이라면 그 애보다 제가 훨씬 나아요. 그 애는 참을성이 없거든요. 최근 들어 좀 나아진 것 같긴 하지만 그래도 아직 한참 멀었어요." 자신의 앞날에 대해 어떻게 이처럼 낙관할 수 있을까? 캐드펠은 도무지 이해할 수 없었지만, 어쨌든 이 소년은 자기가 그보다 넉 달 먼저 태어났다는 사실을 의식하며 도무지 삼촌 같지 않은 제 삼촌을 어떻게 해서든 보살피려는 게 분명했다. "잠자코 기다리는 게 최선이겠죠." 에드위는 진지하게 말을 맺었다.

"글쎄다. 부수도원장님이 행정 장관에게 내일 직접 와서 너를 데려가라고 강력히 요구하셨어." 캐드펠은 한숨을 내쉬었다. "나도 그 자리에 나가 너를 돌봐주도록 하마. 부수도원장께서 내게 네 영혼의 인도를 맡기셨으니 소임을 다해야겠지. 자, 이제 그만 쉬도록 해라. 널 회개시키라고 해서 여기 와 있긴 하지만, 솔직히 말하면 넌 나보다도 회개할 필요가 없을 듯하구나. 괜히 이래라 저래라 간섭하는 건 부질없는 짓이겠지. 그래도 잠들기 전에 나와 함께 기도를 드린다면 하느님께서 반드시 우리 기도를 들어주실 게다."

"그러죠." 에드위는 명랑하게 대답하더니, 장난꾸러기 꼬마처럼 무릎을 꿇고 두 손을 가지런히 모은 뒤 눈을 꼭 감았다. 기도 중간에 소년의 입술이 살며시 벌어지며 미소를 띠었다. 아마도 수렁에 거꾸로 처박혔던 관리가 일어서며 했다는 저속한 욕설이 떠오른 모양이었다.

*

동트자마자 호송관이 올지 모른다는 생각에 캐드펠은 아침기도 시간이 되기도 전에 자리에서 일어났다. 로버트 부수도원장은 어젯밤의 소동에 몹시 화가 났으나, 다르게 생각하면 이제 행정 장관을 불러 자신과 아무 관계도 없는 이 죄인을 인도해 가라고 요구할 만한 정당성이 생긴 셈이었다. 이 소년은 베네딕트 수사의 승복을 훔치지도 않았고, 베네딕토 수도회의 말을 도둑질하지도 않았으며, 다만 어리석기 짝이 없는 관리 몇 명을 데리고 다니며 망신을 준 악동에 지나지 않았다. 그들이 소년을 어떻게 하는지는 그와 아무런 상관이 없었다. 그러나 부수도원장은 이 신성한 수도원과 자신의 권위를 감안해, 행정 장관이나 보좌관이 직접 와서 수도원에 큰 불편을 끼친 점에 대해 심심한 사과를 전하도록 해야겠다고 마음먹었다. 더하여 이후의 책임은 모두 속계에 있지 자신의 성스러운 관할 구역과는 전혀 상관 없다는 사실을 만인에게 알리고 싶었다.

　오전 8시 30분, 두 번째 미사가 열리기 전 호송관들이 수도원에 도착했다. 말을 탄 네 명의 무장 관리와, 잿빛 얼룩빼기 말을 탄 날렵한 체구의 귀족 청년이었다. 캐드펠은 그 청년을 보며 안도의 한숨을 내쉬었고, 곁에 줄곧 붙어 서 있던 마크 수사는 그 모습에 뭔가 좋은 일이 있으리라는 기대를 품었다.

　"행정 장관이 왕의 연회에 참석하러 남부로 갔나 보군." 캐트펠이 조용히 말했다. "하느님께서 우리를 지켜주시는 게야. 저 사람은 길버트 프레스코트가 아니라 그의 보좌관일세. 메이즈버리 출신의 휴 베링어라고 하네."

*

　"지금 말이죠." 15분 뒤 베링어가 환한 얼굴로 말했다. "부원 장님을 진정시키고 오는 길입니다. 이 대책 없는 녀석을 데려가 겠다고 약속드리고 미사에 가시도록 했죠. 친애하는 수사님께는 저와 잠시 이야기를 나누어야 하니 미사에 참석하지 못하실 거라고 했습니다." 그는 무장 관리 전원을 문지기실 밖에 대기시키고 문을 닫은 뒤 테이블을 사이에 두고 캐드펠과 마주 앉았다. "자, 이제 저 아이를 데려가 조사하기 전에 수사님이 알고 계시는 것을 모두 말씀해주세요. 제 생각엔 수사님만큼 이번 사건에 대해 많이 알고 계시는 분도 없을 것 같은데요. 더군다나 단조롭기 그지없는 수도원에서 이런 일이 일어났으니 수사님 성격에 가만히 앉아 보고만 계시지는 않았겠죠. 자, 말씀해보세요."

프레스코트 장관이 왕의 연회에 참석하러 가고 없어서 베링어가 책임자 지위에 올라 권한을 대행하게 된 터였으니, 이제 캐드펠로서는 속마음을 감출 이유가 전혀 없었다. 그는 알고 있는 사실을 모두 털어놓았다.

"그 애가 수사님을 찾아왔고, 수사님은 그 애를 숨겨주셨다고요……." 베링어는 생각에 잠겨 말했다.

"그렇소. 같은 상황에 처한다면 나는 또 그렇게 할 거요."

"캐드펠 수사님, 지금 그 소년이 얼마나 불리한 처지에 있는지는 수사님도 저만큼 잘 아실 겁니다. 그 아이 말고 다른 사람에게는 살해의 동기가 없으니까요. 혹시 조금이라도 의혹이 가는 점이 있다면 제게도 솔직히 말씀해주십시오."

"전혀 의심스러운 점이 없소." 캐드펠은 단호하게 잘라 말했다. "그 애의 머릿속엔 살인이라는 생각조차 없었다오. 독약은 그와 하등 상관이 없소. 그 애로선 독극물에 대해 생각도 하지 않았고, 생각할 수도 없었을 거요. 지난번 그 소년들이 왔을 때 시험해보았지만, 둘 다 보넬이 어떻게 죽었는지조차 모르고 있었소. 누군가에게 맞아 피를 흘리며 죽었다고 했더니 그대로 믿더군. 범행에 쓰인 독약을 그 애 코밑에 대보았는데도 얼굴빛 하나 변하지 않았소. 진료소에 있는 리스 수사의 어깨에 바르던 약 냄새와 똑같다고만 생각하는 모양이었소."

"수사님 말씀을 그대로 다 받아들이겠습니다." 베링어가 말했다. "하지만 그 말씀은 좋은 참고 사항이라면 모를까 결정적인 증거가 될 수 없습니다. 혹시 우리가 그 소년들이 어리다는 이유만으로 그들의 교활함이랄까, 뭐 그런 것을 잘못 판단하고 있지는 않을까요?"

"그렇지." 캐드펠은 미소를 띠며 베링어의 말에 동의를 표했다. "당신만 봐도, 그리 나이를 많이 먹지 않았지만 그렇다고 남보다 지혜나 교활함이 모자라지 않으니 말이오. 하지만 이번 일만큼은 내 말을 믿어주길 바라오. 나는 소년들을 잘 알지만 당신은 아직 그들을 모르지 않소. 당신이 주어진 책임과 의무를 다하는 만큼 나 또한 내 의무를 다할 생각이오. 이 일을 두고 당신과 논쟁을 벌일 생각은 없소. 그러나 한 가지 분명하게 말할 수 있는 건, 에드윈 거니가 지금 어디에 있는지는 나 역시 전혀 모른다는 사실이오. 만약 안다면 내가 직접 나서서 당신에게 자수하라고 권했을 거요. 저기 있는 그 애의 충실한 조카에게 그 애의 행방을 묻건 묻지 않건, 그건 전적으로 당신에게 달린 일이오. 그러나 저 애는 어떠한 경우라도 말하지 않을 거요. 심지어 프레스코트 장관이 와서 직접 심문한다 해도 말이오."

휴 베링어는 잠시 생각에 잠겨 손가락으로 탁자를 톡톡 두드리다가 입을 열었다. "캐드펠 수사님, 저로서는 그 소년을 끝까지 쫓을 수밖에 없고, 제가 할 수 있는 한 최선을 다하는 것 외에 다른 방도가 없습니다. 그러니 수사님도 최선을 다해주십시오."

"공정한 거래로군." 캐드펠은 짧게 대꾸했다. "당신과는 전에도 겨룬 적이 있지만 결국은 서로 돕는 입장이 되었지. 하지만 이번만큼은 내가 최선을 다하기 어려울 것 같소. 로버트 부수도원장이 말 안 하던가? 나는 이 원내를 벗어날 수 없는 처지요."

휴 베링어의 검고 날렵한 눈썹이 머리카락에 닿을 기세로 치솟았다. "맙소사, 무슨 잘못을 저지르신 겁니까?" 그의 눈동자가 흔들리고 있었다. "도대체 무슨 일을 하셨기에 금족령에 묶이신 거예요?"

"그 미망인과 긴 시간 대화를 나누던 중 우리가 젊은 시절 서로 가까운 사이였다는 이야기가 나왔는데, 그걸 누군가 밖에서 엿듣고 있었던 모양이오." 굳이 하지 않아도 될 말이지만 베링어에게라면 못 할 이유도 없다고 캐드펠은 생각했다. "언젠가 당신이 묻지 않았소? 왜 결혼을 하지 않았느냐고 말이오. 그때 내가 십자군 출정 전에 그런 생각을 한 적은 있다고 대답했을 거요."

"기억납니다! 이름을 말씀하신 것 같은데요. 아마 아이를 낳고 손주까지 보았을 나이라고 하셨죠……. 아, 정말입니까? 그 부인이 수사님의 여자 리힐디스라고요?"

"맞소, 그 여자가 리힐디스요." 캐드펠은 힘주어 말했다. "지금은 내 여자가 아니지. 두 남편과 살기 전에는 그랬을지 모르지만."

"저도 꼭 만나봐야겠는데요! 수사님을 사로잡을 정도로 매력적인 분이라니 정말 만나보고 싶군요. 만일 수사님이 아니라 다른 사람이었다면, 그러한 인연에 대한 이야기를 들은 이상 그분의 아들을 옹호하는 주장을 더더욱 신뢰할 수 없었을 겁니다. 그러나 수사님이 어떤 분인지 잘 하는 저로서는 궁지에 빠진 어린 소년을 보고 애틋한 마음이 발동한 것이리라 생각할 수밖에 없군요. 아무튼 그 부인을 만나보겠습니다. 조언이나 충고가 필요할지도 모르니까요. 법적인 문제들로 고민하고 계실 수도 있고요."

"당신이 할 일이 한 가지 더 있소. 내 주장을 증명해줘야겠소. 그 소년이 상감세공을 한 작은 나무 상자를 개울에 던져버렸다고 했소." 캐드펠은 그 상자에 대해 자세하게 설명했다. "그것만 찾아내면 소년의 주장은 큰 힘을 얻게 될 거요. 나는 현재 행동이 자유롭지 못해 세번강의 어부나 사공들을 만날 수가 없소. 작은 물건이긴 해도 그 사람들은 그게 어디쯤에서 떠오를지 잘 알고 있을 텐데 말이지. 당신이 해줄 수 있겠소? 슈루즈베리 시내나 하류 지역에 가서 사람들을 만나보면 분명 소득이 있을 거요."

"그렇게 하지요." 베링어는 곧바로 대답했다. "희한한 직업을 가진 자를 압니다. 세번강에 익사한 사람이 있을 때 사체가 어디쯤에서 떠오를지 알아맞히는 게 그 사람 일이죠. 작은 물건도 가라앉지 않고 떠오를지는 잘 모르겠습니다만, 아무튼 그 사람은 알고 있을 겁니다. 그에게 이 일을 맡기겠습니다. 자, 더 하실 말씀이 없다면 가서 소년의 쌍둥이나 다름없다는 그 아이를 만나보죠. 그 애에게는 수사님을 알고 있다는 것이 참 다행스러운 일이네요. 그렇지 않았다면 자기는 용의자가 아니라고 아무리 떠들어봐야 사람들이 믿어주지 않았을 테니까요. 정말 그렇게 똑같이 닮았습니까?"

"아니. 잘 아는 사람이 보거나 둘을 나란히 세워놓고 보면, 보통 가족끼리 닮은 정도일 뿐이오. 하지만 따로따로 놓고 보면 그 아이들을 아주 잘 아는 사람이 아닌 한 혼동하기 십상이지. 당신 부하들도 추격전을 벌이면서 틀림없다고 여겼으니 말이오. 자, 가서 만나보십시다!"

에드위가 기다리고 있는 독방으로 가면서, 캐드펠은 베링어가 수인에게 어떤 행동을 보일지 궁금해지기 시작했다. 소년에게 해를 끼치지 않으리라는 생각이 들면서도 왠지 불안한 기분이 가시지 않았다. 에드윈을 유죄라고 생각하건 아니건, 그 조카의 지나친 행동에 대해서는 좋은 눈으로 볼 수밖에 없지 않겠는가.

"애드위, 밝은 곳으로 나와라." 베링어가 독방의 문을 활짝 열며 말했다. "네 얼굴을 봐야겠다. 다음번에 또 이런 일이 생겼을 때는 너희들 둘을 제대로 구별해내야 할 테니까." 에드위는 얌전히 일어나 조심스럽게 밖으로 나오며 캐드펠을 힐끗 쳐다보았다. 보좌관은 소년의 턱을 잡아 얼굴을 살짝 들어 올린 뒤 이리저리 자세히 뜯어보았다. 푸른 멍은 이제 검붉은 색으로 변해 있었지만 연갈색 눈은 여전히 빛을 잃지 않았다. "이제 됐다." 베링어는 자신 있게 말했다. "다음번에 만나면 알아볼 수 있겠군. 자, 젊은 친구! 넌 이미 우리의 시간과 수고를 많이 빼앗았지. 널 혼내주겠답시고 더 이상 시간 낭비할 생각은 없다. 한 가지만 묻겠다.

에드윈 거니는 어디 있지?"

말투나 얼굴 표정으로 보아서는 소년이 대답하지 않을 경우 어떤 일이 벌어질지 섣불리 예측할 수 없는 분위기였다. 부드러운 음성에도 불구하고, 그 안에는 무한한 힘이 내재되어 있는 듯했다. 에드위는 마른 입술에 침을 한 번 축이고서, 캐드펠조차 처음 듣는 고분고분한 어조로 입을 열었다. "나리, 에드윈은 저에게 친척이면서도 가까운 친구나 다름없습니다. 그 애가 어디 있는지 말할 거라면 무엇하러 그 많은 노력을 들여 그 애를 도왔겠습니까? 그 애를 배반할 수 없는 제 심정을 헤아려주십시오."

베링어는 잠시 캐드펠을 돌아보았다. 여전히 진지한 표정이었지만 반짝이는 눈빛은 감출 수 없었다. "알겠다, 에드위." 그가 다시 소년을 향해 말을 이었다. "사실 그 이상의 답변을 기대하지도 않았다. 친구를 배반할 수는 없는 일이지. 하지만 이후에 또 볼일이 있을지 모르니 너를 한곳에 묶어놔야겠다. 널 찾느라 또 다시 소동을 벌이고 싶지는 않으니까."

에드위는 슈루즈베리 성의 감옥을 떠올리며, 최악의 사태를 만나더라도 당황하지 않겠다는 듯 비장한 표정으로 보좌관을 바라보았다.

"네 부친의 집과 가게를 떠나지 않겠다고 약속해라. 내가 이제 괜찮다고 하기 전까지는 말이야. 이 약속만 하면 집에 가도 좋아. 크리스마스 축제도 가까워오는 시기에 괜히 국고를 낭비해가면서 너를 먹이고 재울 필요는 없겠지. 약속만 확실하게 한다면 말이야. 자, 어떻게 하겠느냐?"

"아, 약속드리고말고요!" 에드위는 놀라움과 안도감에 입을 쩍 벌리고 있다가 얼른 대답했다. "나리의 허락이 떨어지기 전까지는 집 밖으로 절대 나가지 않겠습니다. 정말 고맙습니다!"

"좋아, 네 말을 믿기로 하지. 그리고 에드위, 한 가지 더 알아 둘 게 있다. 나는 네 삼촌이든 누구든 무작정 살인죄로 잡아들일 생각이 추호도 없어. 내 임무는 진범을 밝혀내는 것이다. 공연히 죄 없는 사람을 괴롭히지는 않을 거야. 이제 준비해라. 집까지 데려다주마. 부모님과 몇 마디 나누는 것도 좋을 것 같군."

*

10시 대미사가 열리기 전 그들은 시내로 출발했다. 베링어가 타고 온 말은 비쩍 여원 얼룩빼기였는데, 주인의 몸이 워낙 가벼워서인지 베링어와 에드위가 같은 안장에 탔는데도 조금도 힘들어하는 것 같지 않았다. 그들 뒤로는 무장한 호위병들이 따라갔다. 미사가 시작되어 성스러움에 마음을 맡기고 있던 중, 문득 조금만 빨리 생각해냈더라면 충분히 얻어낼 수 있었던 것 두 가지가 떠올라 캐드펠의 머리를 어지럽혔다. 먼저, 현재 마틴 벨코트에게는 말이 없고 수도원에서는 루퍼스를 빨리 처치하고 싶어 하니 벨코트에게 녀석을 맡기면 리힐디스가 더 이상 수도원 신세를 지지 않아도 되리라는 점이었다. 수도원의 골칫거리를 제거해준다는 구실을 들었으면 베링어도 흔쾌히 벨코트에게 말을 되돌려 주려고 나섰을 것인데. 또 다른 한 가지는 그보다 더 중요한 사안이었다. 바로 전날 그는 저수지 근처에서 독약이 든 병을 찾으려 했지만 금족령이 내려지는 바람에 꼼짝도 할 수 없었다. 왜 이 중요한 수사를 베링어에게 부탁하지 않았을까? 배나무로 만든 상자야 사공에게 찾아보라고 해도 되었을 일인데, 그처럼 중요한 사안을 깜박 잊고 말도 꺼내지 않았으니 대체 이런 안타까운 일이 어디 있을까? 하지만 이제는 너무 늦어버렸고 시내까지 베링어를 뒤쫓아 가 부탁할 수도 없는 노릇이었다. 캐드펠은 스스로에게 너무 화가 나, 그 착하고 헌신적인 마크 수사가 오늘 아침 일어난 일에 대해 물었을 때도 화풀이하듯 퉁명스럽게 대꾸했다. 그러나 마크 수사는 아랑곳하지 않고 정찬이 끝나자 허브밭까지 그를 따라왔다.

"내가 멍청했어." 캐드펠은 우울한 기분을 애써 떨치며 말했다. "큰 도움이 될 수도 있었을 기회를 놓쳐버리고 말았으니. 더군다나 한 발짝도 밖으로 나갈 수 없는 처지에 말이야. 자네 잘못도 아닌데 공연히 화풀이를 해서 미안하네."

"수도원 외부에 볼일이 있으시다면 어제처럼 제가 도와드릴 수도 있지 않을까요?" 마크가 차분히 물었다.

"그렇지만 이미 자넬 내 일에 너무 깊숙이 끌어들였어. 내가 조금만 신경을 썼더라면 관리들에게 시킬 수도 있는 일이었는데……. 특별히 위험하거나 비난받을 일도 아니잖나." 캐드펠은 차분히 말을 이었다. "그저 병을 다시 한번 찾아보자는 건데……."

"지난번에는 찾으시는 물건이 병이 아니길 바라시지 않았던가요?" 마크는 기억을 되살리며 물었다. "그런데 지금은 그걸 찾아야 한다니……."

"그랬지. 하지만 이번에는 병을 찾아야 하네. 만일 프레스코트 대신 베링어가 온 것이 행운의 징조라면, 틀림없이 찾을 수 있을 거야. 내가 장소를 알려주마." 캐드펠은 환한 대낮에, 서리가 가볍게 내려앉아 있는데도 불구하고 활짝 열려 있던 남쪽 창문의 의미를 강조하며 그 장소에 대해 자세히 설명해주었다.

"제가 가볼게요. 수사님은 마음 놓고 낮잠이나 주무세요. 제가 수사님보다는 눈이 훨씬 좋으니까요."

"잊지 말고 손수건을 가져가게. 발견하면 조심스럽게 싸고, 쓸데없이 만져서는 안 되네. 기름이 마른 흔적을 확인하고 싶으니까."

*

마크 수사가 돌아온 것은 오후 햇살이 점차 시들어갈 무렵이었다. 저녁기도까지는 아직 30분쯤 남아 있었으나, 이 시각에 풀숲에서 자그마한 물건을 찾기란 어려울 터였다. 겨울철 낮은 예순을 넘긴 인생처럼 느릿느릿 시작되었다가 빨리 끝나버렸다.

캐드펠은 마크 수사가 권유한 대로 오후 내내 낮잠을 잤다. 갈곳도 할 일도 없는 데다, 노력을 필요로 하는 과제도 없었다. 그러다 문득 잠에서 깨어보니 눈앞에 작지만 단단한 체구의 마크 수사가 서 있었다. 수도원에 처음 왔을 때처럼 겁에 질린 어린애 같은 얼굴에 환한 미소를 띤 채 그는 캐드펠을 내려다보았다.

"일어나세요! 제가 근사한 걸 가지고 왔어요!"

꼭 아버지의 생일날에 맞춰 찾아온 아들처럼 그는 신이 나서 말했다.

"보세요! 제가 해냈잖아요."

고이 접은 하얀 손수건이 캐드펠의 무릎에 가만히 놓였다. 마크 수사는 조심스레 손수건을 펼쳐 안에 든 것을 내보였다. 수줍은 승리의 몸짓으로 그 내용물을 짐작할 수 있었다. 조그맣고 흉측하게 생긴 녹색 유리병이었다. 안에 남아 있던 용액이 새어 나와 병의 한쪽은 황갈색을 띠고 있었다.

"등잔에 불 좀 붙여보게." 캐드펠은 두 손으로 손수건을 받쳐 들고 가까이 들여다보았다. 마크 수사가 부싯돌과 부싯깃을 부딪쳐 점토 쟁반에 담긴 작은 기름등잔 심지에 불을 붙였지만, 불빛이 워낙 희미해 그다지 도움이 되지는 않았다. 병은 나뭇조각에 모직 천을 꼬아 감싼 마개로 막혀 있었다. 그는 갈색 물이 든 천에 코를 대고 냄새를 맡아보았다. 옅기는 하지만 익숙한 냄새가 뚜렷이 감지되었다. 서리로 인해 다소 날아가긴 했어도 분명히 그가 아는 냄새였다. 병 바깥쪽에는 흘러내린 기름이 딱딱하게 굳어 있었다.

"이게 맞나요? 수사님이 찾으시는 걸 제대로 가져왔어요?" 마크 수사의 얼굴에 만족스러운 미소가 떠올랐다.

"맞다, 마크! 자네가 정말 해냈군! 이 조그만 병이 죽음을 가져온 거야. 손에 꼭 들어가 보이지 않을 정도로 작은 병인데. 그러니까 이게 이렇게, 옆으로 누워 있었단 말이지? 안에 든 용액은 말라붙어 있었고? 병 바깥도 마찬가지구먼……. 누군가 이걸 가지고 있다가 대충 마개를 닫고 급히 내던졌겠지. 액체가 새어서 주둥이 근처에 기름이 묻어 있는 걸 보면 충분히 짐작할 수 있는 일이야. 자, 여기 앉아서 얘기해보게. 이걸 어디서 어떻게 찾아냈지? 아주 중요한 문제야. 그 장소를 정확하게 다시 찾을 수 있겠나?"

"물론이죠. 표시를 해두었거든요." 마크 수사는 기쁨에 얼굴을 붉히며 소매가 닿을 정도로 캐드펠 곁에 바싹 붙어 앉았다. "그 집에서 저수지까지 뜰이 이어져 있잖아요. 저수지 가장자리에는 좁다란 오솔길이 죽 나 있고요. 뜰에 들어갔다가 괜히 사람들 눈에 띄기라도 하면 둘러댈 말이 마땅치 않을 것 같더라고요. 뜰이 워낙 좁고 가파르기도 했고요. 보아하니 남자든 여자든 집 안에서 거기 저수지까지 물건을 던지기는 어렵지 않을 듯했어요. 전 일단 그 오솔길 쪽으로 내려가봤죠. 그 길은 그날 내내 열려 있었다는 부엌 창문에서 멀지 않았으니까요. 그런데 제가 병을 발견한 곳은 거기가 아니었어요."

"거기가 아니라고?"

"네, 그 너머였어요. 저수지 가장자리에 얼음이 살짝 얼어 있더라고요. 가운데는 물방아에서 나오는 물 때문에 아직 안 얼었지만요. 풀밭을 다 뒤지고 돌아오는 길에 그 가장자리에서 이 병을 발견했어요. 얼음에 반쯤 박혀 있던데요. 개암나무 가지를 꺾어 살살 들어냈지요. 얼음이 완전히 녹기 전까지는 병이 있던 자리도 그대로 남아 있을 거예요. 누군가 이 병을 저수지에다 내던졌는데, 물방아에서 나오는 물의 흐름 때문에 가장자리로 밀려온 거예요. 마개가 닫힌 덕에 가라앉지 않았죠. 그러다 밤이 되면서 물이 어니까 거기 그대로 박혀버렸고요. 그런데 수사님, 부엌 창문으로 던진 게 아니라는 건 확실해요. 오솔길에서 상당히 멀리 떨어져 있었거든요."

"그래? 그렇다면 어디서 던졌을까? 그렇게 거리가 멀던가?"

"아뇨, 거리가 멀다는 게 아니라 방향이 잘못됐다는 뜻이에요. 오른쪽으로 아주 많이 치우쳐 있었는데, 그 중간에 덤불숲으로 된 제방이 있었거든요. 또 지면도 솟아 있어서 그리로 던지기는 힘들었을 거예요. 부엌 창문으로 던졌다면 절대 떨어지는 않을 장소였어요. 다른 방 창문이라면 몰라도요. 혹시 그날 다른 창문도 열려 있었나요? 식사를 하는 곳 말예요."

캐드펠은 리힐디스가 그를 맞이해 세 사람분의 식기가 어지럽게 흐트러져 있는 식탁을 지나 침실로 안내하던 장면을 머릿속에 떠올렸다. "그래! 열려 있었지! 햇빛이 들어오도록 말이야." 그곳에서 에드윈은 화가 머리끝까지 치밀어 그대로 부엌을 향해 달려갔다. 물론 부엌에서 범행을 저지르고 나중에 증거를 인멸했을지도 모른다. 그러나 분명한 것은, 에드윈이 그 거실에서는 단 한순간도 혼자 있지 않았다는 점이었다. 서둘러 집을 나서기 전까지 그는 줄곧 다른 이들과 함께 있었다.

"그게 무얼 의미하는지 알겠나? 자네 말대로라면 누군가 거실 창문을 통해 이 병을 던졌거나, 아니면 저수지 옆을 걷다 던졌다는 뜻일세. 하지만 에드윈은 이 두 경우 어디에도 해당되지 않아. 행정관 생각대로 부엌에서 잠시 멈추었을 수는 있겠지만 다리 쪽으로 가기 전에 저수지 옆으로 내려가지는 않았지. 그랬다면 앨프릭이 그리 오래지 않아 그를 붙잡을 수 있었을 거야. 아니, 오히려 그가 에드윈보다 앞서 갔거나 문 근처에서 붙잡았을걸! 에드윈이 나중에 병을 그곳에 던졌을 가능성도 전무해. 에드위가 찾아내기 전까지 화가 나서 줄곧 숨어 있었다고 했으니까. 내게 오기 전까지는 내내 둘이 같이 있었다고 했거든. 마크, 이 작은 병은 에드윈이 자네나 내가 그렇듯 이 일에 아무런 죄가 없음을 보여주는 결정적인 증거야."

"그래도 범인이 누구인지를 알려주는 단서가 되지는 않잖아요." 마크 수사가 지적했다.

"그렇긴 하지. 하지만 범인이 이 병을 거실 창문에서 던졌다면 보넬이 사망한 시각에서 한참 지난 후였을 게야. 행정관이 오가는 사이 그 북새통 속에서는 그럴 기회가 없었을 테니까. 그렇다면 누군가 이걸 계속 가지고 있었다는 말이 되는데, 지금 마개가 제대로 닫히지 않은 걸 보니 틀림없이 옷 어딘가에 흔적을 남겼을 테지. 물론 자국을 지우려 했겠지만 쉽지 않았을 거야."

"하지만 그 집 사람이 아닌 다른 누군가 범행을 저지른 뒤 저수지에 가서 내버렸을 수도 있지 않을까요? 수사님도 잠깐이지만 조리실에서 일하시는 분들을 의심한 적이 있고……."

"아니라고는 말 못 하겠군. 하지만 과연 그게 가능할까? 만일 누가 저수지 옆에서 이걸 던졌다면 분명 물 한복판까지 던질 수 있었을 게야. 거기 제대로 떨어졌다면 천천히 물이 들어차 그대로 가라앉아버렸거나, 혹은 시냇물을 따라 강으로 흘러들었겠지. 그런데 알다시피 이건 저수지 중간에 훨씬 못 미쳐서 떨어졌어. 그래서 자네가 이걸 발견하게 된 것 아닌가?"

"그럼 이제 어떻게 해야 하죠?" 마크 수사는 흥분한 기색을 감추지 못했다.

"우선은 저녁기도에 참석해야지. 자칫하다가 늦겠어. 내일 자네가 슈루즈베리 시내로 가서 이 증거물을 휴 베링어에게 넘겨주게."

저녁기도에 평신도가 참석하는 일은 매우 드물었지만 그렇다고 전혀 없는 일은 아니었다. 그날 저녁에는 자식이 무사히 집에 돌아온 일에 대해 우선은 신에게, 그리고 캐드펠 수사에게 진심 어린 감사를 전하고자 마틴 벨코트가 특별히 참석해 있었다. 저녁기도가 끝나자 마틴은 회랑에서 수도사들이 나오기를 기다리고 있다가 남쪽 입구에서 캐드펠과 만났다.

"수사님 덕분에 제 아이가 무사히 집으로 돌아오게 되었습니다. 성에 끌려 가 감옥에 갇히지 않은 게 얼마나 다행인가요! 아이는 제가 따끔하게 야단쳤습니다."

"내 덕이 아니오. 내게는 그럴 힘이 없소. 휴 베링어가 아이를 귀가시켜도 좋겠다고 생각한 거지. 앞으로 무슨 일이 생기든 휴 베링어만큼은 믿어도 좋을 거요. 불의를 보면 참지 못하는 공정한 성격이니까. 그 사람에게는 언제든 진실을 이야기해도 괜찮소."

마틴 벨코트는 씁쓸한 미소를 지어 보였다. "진실을 말한다 해도 모두 털어놓아서는 안 되겠지요. 그분이 제 아이를 관대하게 봐주신 것은 맞지만, 그렇다고 자유의 몸이 되기 전에 제 처남이 어디 있는지 알릴 수는 없잖겠습니까. 하지만 수사님께는……."

"아니, 됐소." 캐드펠은 말을 잘랐다. "내게도 얘기하지 마시오. 조만간 일이 잘 풀려 더 이상 숨길 이유가 없을 날이 오겠지만 지금은 아니오. 그건 그렇고, 가족들은 다들 잘 지내시오? 에드위도 아픈 데 없이 잘 있고?"

"전혀 없습니다. 한두 군데 멍이 들긴 했지만 그 정도는 당연히 참아내야죠. 자기가 원해서 한 일이니까요. 약간 기가 눌린 것 같기는 합니다. 전에 없이 순해졌지요. 저희로서는 다행스러운 일입니다. 일도 열심히 하려 들더라고요. 축제가 가까워졌다고 특별히 일이 많아진 건 아니지만, 에드윈도 없고 메이리그는 친척들과 크리스마스를 지내러 간 터라 일손이 달리거든요."

"메이리그가 친척집에 갔다고?"

"크리스마스와 부활절 때마다 갑니다. 국경 지방에 사촌과 숙부가 살고 있거든요. 연말에 돌아올 겁니다. 제 친척이라면 끔찍이 생각하는 녀석이죠."

그랬다. 캐드펠과 처음 만났을 때도 메이리그는 말했다.

'친척이라 해봐야 전부 외가 쪽입니다만, 모두들 아주 가깝게 지내고 있습니다. 친가 쪽은 달라요. 저희 아버지는 웨일스인이 아니시거든요.' 그러니 크리스마스를 지내러 친척집에 가는 것은 지극히 당연한 일이었다.

"그리스도께서 탄생하신 날 집안에 두루 평안이 있기를!" 캐드펠은 작업장 선반에 두고 온 그 작은 증거물을 떠올리면서 낙관적인 마음으로 축복의 인사를 건넸다.

"수사님도 평안히 보내십시오! 저와 가족 모두 수사님의 도움을 정말 감사히 여기고 있습니다. 언제든 저희 도움이 필요하시면 말씀만 하십시오."

마틴 벨코트는 가게로 돌아갔고, 캐드펠과 마크 수사는 저녁 식사를 하러 식당으로 향했다.

"내일 아침 일찍 시내에 다녀올 생각이에요." 마크 수사가 대회의실 한 귀퉁이에서 캐드펠의 귀에 바싹 입을 대고 속삭였다. 저녁 식사 후 프랜시스 수사가 떠듬떠듬 라틴어를 낭독 중이었다. "아침기도를 빠져야 할 텐데, 나중에 참회하면 괜찮겠죠?"

"그러면 안 되지." 캐드펠은 단호한 어조로 말했다. "저녁 식사 이후 자유 시간이 될 때까지 기다렸다가 가게. 최선을 다해 본분을 지켜야지. 규칙을 어기는 일이 있어서는 안 되네."

"수사님처럼 말이죠!" 마크가 낮은 목소리로 대꾸했다. 얌전해 보이는 마크의 얼굴에 에드윈이나 에드위의 웃는 표정과 닮은 환한 미소가 떠올랐다.

"물론 생사가 걸린 문제일 땐 얘기가 다르지. 게다가 난 응분의 대가를 치르고 있잖나. 자네는 내가 아니니 나와 같은 잘못을 반복하지 말게. 저녁 식사를 마치고 가도 늦지 않아." 캐드펠은 말을 이었다. "반드시 휴 베링어를 찾아야 하네. 다른 사람은 못 믿겠으니까. 그 사람과 함께 가서 병을 발견한 장소를 보여주면 돼. 그러면 에드윈은 가족의 품으로 곧 돌아갈 수 있겠지."

하지만 그 모든 게 필요 없는 일이었다. 다음 날 아침 열릴 수도회 평의회가 그들의 계획을 완전히 뒤바꿔버릴 터였다.

*

수도원장의 보좌 수사인 리처드 수사가 자리에서 일어나 부수도원장의 제청을 요구했다. 소소한 수도원 업무 사항을 처리하기에 앞서 긴급한 문제가 있다는 것이었다.

"식품 저장실 담당 수사가 오즈워스트리 옆 라이디크로소의 양 방목장에서 전갈을 받았습니다. 바르나바스 형제가 가슴 통증과 고열로 쓰러져 사이먼 형제 혼자 양 떼를 돌본다고 합니다. 문제는, 사이먼 형제가 자신은 제대로 간호를 할 수 없으니 잘 아는 이가 와서 도와달라고 부탁했다는 것입니다."

"그러잖아도 늘 생각했던 일이오." 로버트 부원장이 양미간을 좁히며 입을 열었다. "두 사람만으로는 손이 부족할 게요. 200마리가 넘는 양을 돌보는 데다, 변경 지방 아니오. 그나저나 사이먼 형제 혼자 일하고 있을 텐데 전갈은 누가 가져왔소?"

"다행히 현재 우리 수도원의 집사가 말릴리 장원을 관리하고 있는 덕에 그 사람의 도움을 받았답니다. 말릴리는 라이디크로소에서 몇 킬로미터밖에 떨어져 있지 않으니까요. 사이먼 형제가 말을 타고 그곳으로 가 전갈을 전해달라고 부탁했고, 그 즉시 집사가 마부를 이리로 보냈습니다. 한시가 급하니 오늘이라도 당장 도와줄 사람을 보내야 할 듯합니다."

말릴리라는 말을 듣자 부수도원장은 부쩍 관심을 보였다. 그때까지 줄곧 다른 생각에 골몰해 있던 캐드펠 역시 귀가 활짝 열리는 것 같았다. 그 다른 생각이 바로 말릴리와 관련된 것이기 때문이었다. 말릴리가 오즈워스트리 근처에 있는 수도원의 양 방목장에서 불과 몇 킬로밖에 떨어지지 않은 곳에 있단 말인가! 지금껏 장원의 위치에 무언가 의미가 있을지도 모른다는 생각은 한 번도 해본 적 없었으나, 이 갑작스러운 깨달음으로 마음속 의문 몇 가지가 일시에 풀리는 듯했다.

"당연히 그래야겠지." 로버트 부수도원장은 그 일의 적임자로 수도원 최고의 본초학자이자 약제사를 떠올리며 그렇게 대답했다. 이 일은 그를 보넬 부인으로부터 떼어놓을 기회일 뿐 아니라 부인을 홀로 되게 한 불행한 사건과 관련한 그의 집요한 주장을 무효로 만들 더없는 기회였다. 그는 위엄 있는 은발을 돌려 캐드펠 수사를 똑바로 바라보았다. 이는 결코 흔히 있는 일이 아니었다. 그리고 동시에 캐드펠 역시 같은 생각을 하며 속으로 흐뭇해하고 있었다. 설령 그 자신이 일부러 꾸며내려 했다 하더라도 이렇게 멋진 결과를 가져오지는 못했으리라. 이제 마크 수사에게 부탁한 일도 직접 할 수 있었고, 따라서 그 어린 수사에게 책임을 떠넘기지 않아도 될 것이었다.

"캐드펠 형제, 이 일은 약에 대해 잘 알고 있는 형제가 맡아줘야 할 듯하오. 병든 우리 형제에게 필요한 약을 지금 즉시 준비할 수 있겠소?"

"물론입니다. 기꺼이 하겠습니다, 부원장님." 캐드펠은 부수도원장이 한순간 자신의 슬기로운 결단에 의문을 느낄 정도로 흔쾌히 대답했다. 저 사람은 이 추운 겨울날 그 먼 곳까지 가 의사 노릇과 양치기 노릇이라는 궂은일을 동시에 떠맡는 게 뭐가 좋아서 저렇게 반색하고 나서는 것일까? 지금까지는 보넬 집안의 사건에 간섭하지 못해 안달하지 않았던가? 그러나 거리가 멀다는 사실이 부수도원장에게는 어느 정도 위안이 되었다. 라이디크로소에 처박힌다면 제아무리 용하다 해도 이곳의 일에 간섭하지 못할 테니까.

"그리 오래 있지는 않아도 될 거요. 바르나바스 형제가 하루

빨리 기운을 되찾도록 기도하겠소. 필요한 일이 있으면 말릴리에 있는 마부를 시켜 소식을 전하도록 하시오. 형제가 자리를 비운 사이 마크 형제가 가벼운 환자쯤은 볼 수 있겠지? 물론 중환자가 생기면 의사를 부르겠소만."

"마크 형제는 헌신적이고 유능한 수사입니다." 캐드펠은 마치 제 자식을 소개하듯 자랑스럽게 말했다. "만일 자신이 직접 처리하기 힘든 경우에는 마크 형제가 전문가의 조언이 필요하다고 정직하게 얘기할 겁니다. 이 계절에 필요한 약도 이미 충분히 준비해놓았습니다. 겨울철에 대비해 둘이서 그간 열심히 준비해왔지요."

"잘됐군. 시간을 다투는 일이니, 지금이라도 형제는 먼저 가서 떠날 채비를 하는 게 좋겠소. 마구간에서 가장 좋은 노새를 고르고, 길에서 먹을 음식을 충분히 가져가도록 하시오. 바르나바스 형제의 병을 다스릴 약을 챙기는 것도 잊지 말고. 진료소에 둘러볼 환자가 있으면 보고 가도 좋소. 마크 형제도 곧 보낼 테니, 출발하기 전 마크 형제에게 할 일을 일러두시오."

캐드펠은 수도원의 일상 업무에 대한 논의를 뒤로한 채 먼저 대회의실을 나왔다. 하느님께서 여전히 우리를 지켜보고 계셨어! 그는 기쁜 마음으로 재빨리 작업장으로 걸어가 필요한 물건들을 선반에서 꺼내 모으기 시작했다. 목과 가슴과 머리에 잘 드는 약, 가슴에 바를 연고, 거위 기름 그리고 허브 몇 종류였다. 나머지는 얼마나 충분한 휴식을 취하고 영양가 있는 음식을 섭취

하는가에 달려 있을 터였다. 라이디크로소에서는 닭도 치고, 겨우내 우유를 제공할 젖소도 키우고 있었다. 캐드펠 수사가 마지막으로 챙긴 것은 슈루즈베리로 가지고 갈 작은 녹색 유리병이었다.

마크 수사는 폴 수사의 라틴어 수업을 듣다 말고 작업장으로 달려와 숨을 헐떡이며 말했다. "수사님이 가시기로 했다면서요? 저는 여기 남아서 수사님 자리를 대신하고요. 아아, 수사님, 저 혼자 어떻게 이 일을 다 하죠? 게다가 휴 베링어 님 일은요? 그분께 드릴 증거물은 어떻게 해요?"

"이제 내게 맡기게. 라이디크로소에 가려면 어차피 시내를 거쳐야 하니 내가 직접 성에 들르겠네. 자넨 내게 배운 대로만 하면 별문제 없을 거야. 그동안 열심히 했으니까 잘할 걸세. 늘 내가 바로 곁에 있다고 생각하게. 곤란한 일이 생겨도 내게 질문할 때처럼만 하면 곧 해답을 찾을 수 있어." 그는 한 손에 연고 단지를 든 채 다른 손으로 마크의 머리를 부드럽게 쓰다듬었다. 삭발된 정수리는 더없이 부드러웠고, 거친 금발 머리가 그 주위를 감싸고 있었다. "그리 오래 걸리진 않을 걸세. 바르나바스 형제는 곧 나을 거야. 자, 들어보게. 내가 가는 곳에서 말릴리 장원이 멀지 않다더군. 지금 우리가 궁금해하는 문제의 해답은 이곳이 아니라 그곳에 있다는 느낌이 드네."

"정말 그렇게 생각하세요?" 마크 수사는 자신의 걱정을 까맣게 잊고 기대감 가득한 눈빛으로 그를 보며 물었다.

"그래. 내게 생각이 있어. 수도회 평의회 때 언뜻 떠오른 생각이기는 한데, 마크, 날 위해 수고 좀 해주겠나? 마구간에 가서 튼튼한 노새 한 마리만 골라 여기 이 물건들을 안장에 얹어주게. 나는 떠나기 전에 진료소에 좀 다녀와야겠어."

*

리스 수사는 난로 바로 옆 가장 좋은 자리를 차지하고 있었다. 의자에 푹 파묻혀 앉아 반쯤 조는 듯했으나, 주위 사람들이 움직이거나 입을 열면, 말 한마디 동작 하나라도 놓칠세라 슬며시 한쪽 눈을 뜨곤 했다. 캐드펠이 북서부 라이디크로소의 양 방목장에 간다는 소식을 전하자, 리스 수사는 기운이 부쩍 나는지 얼굴빛이 환해졌다.

"형제님 고향이지요! 혹시 그곳에 전할 인사말은 없습니까? 3대째 살아오셨으니 아직도 그곳에 친척이 계시겠지요?"

"물론이지!" 리스 수사는 이가 다 빠진 잇몸을 드러내며 활짝 웃었다. "조카 컨브리스 압 리스나 그 동생 오아인을 만나게 되면 안부를 좀 전해주시오. 거기에는 내 친척들이 많이 살고 있어요. 조카딸 앙하라드의 소식도 좀 물어봐주시오. 그 애는 이보르 압 모르간에게 시집간 우리 막냇동생 마라레드가 낳은 딸이라오. 이보르가 아직 살아 있는지 모르겠지만, 만일 살아 있으면 내가 잊지 않고 있다는 말을 전해주시오. 조카딸은 제 아들이 시내에서 일하고 있으니 한번 찾아올 만도 한데. 나는 그 애가 아주 어린아이였을 때의 모습도 전부 기억하고 있다오. 참 예쁜 아이였는데……."

"앙하라드라면 말릴리의 보넬 씨 집에 하녀로 들어간 친구를 말씀하시는 거지요?" 캐드펠이 부드럽게 물었다.

"그렇소, 참 안됐지! 하지만 잉글랜드인들이 오래전부터 그 땅 주인으로 살아왔으니 어쩔 수 있나. 하지만 사실 말릴리의 대부분은 웨일스의 컨흘라이스 지역에 있다오. 잉글랜드에 걸쳐 있는 땅은 그리 넓지 않지."

"그게 정말입니까? 그러니까, 말릴리가 잉글랜드인이 3대째 소유한 땅이기는 해도 웨일스에 속해 있다고요?"

"물론이오. 스노든산山이 그렇듯 말릴리도 웨일스 땅이나 마찬가지라오." 리스 수사는 애국적 정열에 불타 입에 거품을 물었다. "주민들도 웨일스인이고 소작인들도 대개 웨일스인이지. 나는 그 서쪽, 컨흘라이스 지역의 중심지인 란실린 교회 근처에서 태어났소. 그 땅은 처음부터 웨일스의 땅이었어!"

웨일스의 땅! 이는 윌리엄 루퍼스의 통치 기간 중 보넬이라는 이가 쳐들어와 그 땅을 빼앗고 이후 체스터 백작의 후원 아래 대대로 관리해왔다는 역사적 사실을 들먹이더라도 도저히 바뀔 수 없는 사실이었다. 아, 왜 좀 더 빨리 이 장원의 위치를 확인해보지 않았던가? 캐드펠은 못내 아쉬웠다.

"그렇다면 컨흘라이스의 송사는 웨일스의 재판관이 관리하고 있겠군요. 잉글랜드 법률이 아니라 웨일스의 허웰 법령[24]에 따라 재판을 하는 거죠?"

"물론이오! 그곳에도 웨일스의 엄연한 지방재판소가 자리하고 있소. 언젠가 보넬이 영역 문제로 재판을 신청한 적이 있는데, 웨일스 법이든 잉글랜드 법이든 조금이라도 자기에게 이익이 되는 쪽으로 변덕스레 옮겨 붙더군. 하지만 그 지역 사람들은 웨일스 법을 선호하는 데다 증인들 대개가 웨일스인이라 보통은 웨일스 법에 의한 재판이 훨씬 우세하지!" 리스 수사는 자신감 넘치는 목소리로 말하며 캐드펠을 향해 고개를 돌렸다. "그런데 법에 관한 건 왜 묻소? 무슨 소송이라도 거시려고?" 노인은 상상만으로도 재미있어 못 참겠다는 듯 킬킬거렸다.

"제가 하려는 건 아닙니다." 캐드펠은 자리에서 일어서며 말을 이었다. "아는 사람이 어쩌면 그러지 않을까 해서요."

캐드펠은 생각에 잠겨 밖으로 나왔다. 뜰에 서자 낮게 뜬 겨울의 태양이 갑자기 모습을 드러냈다. 한순간 눈이 아찔해지며 현기증이 느껴졌다. 그러나 역설적이게도 바로 그 아찔한 순간, 그는 앞으로 자신이 나아갈 길을 똑똑히 볼 수 있었다.

8

와일가에서 마틴 벨코트의 집 쪽으로 잠시 길을 틀어 그 가족
에게 무슨 문제가 없는지 직접 확인하고 싶었으나, 캐드펠은 이
내 그러한 생각을 접었다. 그보다 더욱 급한 일이 있는 데다 공연
히 남들의 이목을 끌었다가는 그 가족에게 피해가 갈지도 모를
일이었다. 휴 베링어야 워낙 주체성이 강하고 정의를 사랑하는
사람이니 전적으로 신뢰할 수 있어도 그를 제외한 슈롭셔의 다른
관리들은 그렇지 않았다. 길버트 프레스코트가 스티븐 왕의 공식
적인 대행인으로 이 지역을 맡고 있는 이상 당연한 일이겠으나,
부하들 모두 그의 눈 밖에 나지 않으려고 노심초사하는 듯했다.
그러나 프레스코트의 일 처리 방식은 엄하기 그지없는 한편 대체
로 근시안적이었고, 조급하게 결말을 내고자 하는 욕심에 늘 졸

속주의적인 경향을 띠었다. 프레스코트가 웨스트민스터에 가고 없는 지금은 베링어가 명목상 책임자의 자리에 올라 있었지만, 행정관들과 그 부하들은 죄다 원래의 상급자를 그대로 닮아 졸속적이고 편의주의적인 행정에서 벗어나지 못했다. 만일 벨코트의 가게에 누군가가 잠복해 있다면 쓸데없이 그들을 자극해 소동을 일으킬 필요가 없을 테고, 또 잠복한 사람이 없다고 하면 그것은 휴 베링어의 명령이 제대로 시행되고 있다는 의미이니 그것대로 만족스러운 일이리라.

캐드펠은 마틴 벨코트의 가게 쪽으로는 눈길 한 번 주지 않고 와일가의 언덕길을 천천히 올라 시내 중심가로 들어갔다. 원래 목적지인 북서부로 가려면 웨일스 방면으로 이어지는 다리를 건너야 했지만, 그는 다리 방향이 아닌 십자상이 서 있는 언덕길로 접어들었다. 십자상 근처에서 완만한 내리막이 시작되었다가 다시 오르막이 되면서 성문의 경비 초소로 이어지는 길이었다.

지난여름 성이 함락된 이후로는 스티븐 왕의 수비대가 완전히 성을 장악하고 있었기에 경계가 특별히 엄중하지는 않았다. 성문에 다다르자 캐드펠은 노새에서 내려 고삐를 끌고 경비 초소 앞으로 걸어갔다. 경비병이 차분한 어조로 물었다.

"안녕하십니까, 수사님. 무슨 일로 오셨는지요?"

"메이즈버리의 휴 베링어 님께 할 말이 있소. 캐드펠 수사가 왔다고 전해주시오. 잠시 시간을 내주셨으면 한다고."

"운이 좋지 않군요. 휴 베링어 님은 지금 여기 안 계십니다. 저녁이 되어야 돌아오실 것 같아요. 닝마주이 마독과 함께 강을 수색하러 가셨습니다." 휴 베링어가 출타 중이라니 실망스러웠지만 한편으로는 수색 소식에 안도감이 들기도 했다. 그 유리병 일은 차라리 마크 수사에게 맡기고 오는 편이 나았을 뻔했군. 마크 수사라면 당장 베링어를 못 만나더라도 나중에 다시 오면 되었을 테니까. 베링어 이외의 다른 사람은 누구도 믿을 수 없는 상황에 이런 경우를 미리 예측하지 못한 것이 실수였다. 베링어는 유물함 이야기를 듣자마자 당장, 그것도 부하를 시키지 않고 자신이 직접 수색하러 나선 것이다. 그러나 그가 돌아오기를 기다리면서 여기서 마냥 시간을 보낼 수는 없는 노릇이었다. 바르나바스 수사는 아파서 누워 있고, 캐드펠이 그를 간호하는 임무를 맡은 이상 한시라도 빨리 그곳에 도착해야 했다. 그는 이 중요한 증거물을 다른 사람에게라도 맡기고 갈지 아니면 그냥 가지고 갔다가 나중에 베링어에게 직접 전해주는 것이 좋을지 잠시 생각해보았다. 어찌 되었든 에드윈은 안전한 곳에 숨어 있으니 당장 큰일이 벌어지지는 않으리라.

"혹시 독살 사건 때문에 오신 거라면 당직 행정관을 만나보시겠습니까?" 경비병이 친절하게 물었다. "수도원에서 괴상한 일이 벌어졌다면서요? 얼른 범인이 붙잡혀 다시 평화를 찾아야 할 텐데요. 아무튼 들어가시죠, 수사님. 제가 노새를 매어두고, 윌리엄 워든 님께 수사님이 오셨다고 말씀드리겠습니다."

당직자를 만나보고 결정하는 것도 나쁘지 않을 성싶었다. 캐드펠은 돌로 된 대기소로 들어가 행정관을 기다렸다. 결심이 서기 전까지는 이곳을 방문한 목적을 주머니 속에 감춰두기로 했다. 그러나 방으로 들어서는 행정관을 본 순간, 그는 병을 그대로 감춰두는 편이 나으리라 확신할 수밖에 없었다. 지난번 로버트 부수도원장의 요청에 따라 보넬의 집에 파견되었던 바로 그 행정관이었다. 매부리코에 턱수염을 기른 건장한 체구의 남자, 자신감이 지나쳐 자기가 옳다고 믿으면 무조건 밀어붙이는 그자 말이다. 행정관도 한눈에 캐드펠을 알아보고는 입꼬리를 약간 올려 하얀 이를 드러내며 조소를 보냈다.

"이런! 또 뵙는군요, 수사님. 아직도 그 거니라는 불한당 놈이 무죄라는 증거를 수집하러 다니십니까? 증인만 나서면 다 끝날 문제인데요. 자, 오늘은 또 무슨 일로 오셨을까요? 설마 범인이 웨일스로 내빼는 동안 우리 수사에 혼선을 일으키러 오신 건 아니겠죠?"

"뭔가 새로 알아낸 게 있는지 궁금해서 와봤소." 캐드펠은 속마음을 감춘 채 천천히 대답했다. "어제 휴 베링어 님께 전한 애기도 있고 해서."

"새로운 건 아무것도 없고, 있을 수도 없습니다. 아, 그러니까 그 어리석은 강 수색을 지시하신 장본인이 바로 수사님이셨군요! 내가 왜 그 생각을 못 했을까! 그래, 그 교활한 어린것의 거짓말을 믿고 수사님 혼자 바보가 되는 것만으로도 모자라 우리까지 바보로 만들려고 하시는 겁니까? 이건 말도 안 됩니다! 이 추운 날, 있지도 않은 유물함을 찾겠다고 세번강을 뒤지고 다니게 만드시다니요! 수사님, 이 일에 대해서는 수사님께서 책임을 지셔야 할 겁니다."

"인정하오." 캐드펠은 순순히 동의했다. "우리 모두가 책임을 져야겠지. 당신까지 포함해서 말이오. 진상을 밝혀 정의가 실현되도록 하는 것은 베링어 님의 의무이자 당신과 나의 의무이기도 하오. 나는 내가 할 수 있는 최선을 다할 뿐이오. 힘이 든다고 진실에 눈을 감은 채 편안한 것에만 안주해서는 안 되지 않겠소? 괜한 일로 시간만 빼앗은 것 같군. 자, 휴 베링어 님께 내가 다녀갔다는 말이나 전해주시오."

행정관의 태도를 보아하니 그 말을 제대로 전할지조차 의문이었다. 그래, 증거물을 이자에게 맡겨서는 절대로 안 돼. 무조건 자신이 옳다고만 여기며 그와 반대되는 정황들은 무엇이건 멋대로 뜯어 맞추고도 남을 위인이야. 어쩔 수 없이 이 병은 라이디크로소까지 가지고 가서 바르나바스 수사가 기운을 회복할 때까지 기다리는 수밖에 없겠군.

"알겠습니다, 수사님." 윌리엄 워든이 짐짓 너그러운 태도로 말했다. "그런데 수사의 신분으로 이런 일에 관여하는 건 좀 문제가 있다고 생각하지 않으십니까? 이제부턴 경험 많은 전문가들에게 맡기도록 하시죠."

캐드펠은 더 이상 말을 않고 자리를 떠났다. 그는 노새를 타고 다시 시내로 돌아와 서쪽 다리로 향하는 오른쪽 길로 접어들었다. 베링어가 그가 말한 대로 움직이고 있음을 확인했으니 결국 손해 본 일은 없는 셈이다. 이제 앞으로의 여정에 마음을 쏟고, 리힐디스와 그 아들에 관한 일은 바르나바스 수사의 간병이 끝날 때까지 미루어두는 것이 상책이리라.

*

슈루즈베리에서 오즈워스트리로 이어진 길은 이 지역의 주요 간선도로로 상당히 잘 관리되어 있었다. 고대 로마인이 브리튼을 지배하던 시절 닦아놓은 그 길을 따라 동남쪽으로 계속 가면 런던이 나왔다. 런던에서는 지금 스티븐 왕이 영주들에 둘러싸여 크리스마스 축제 준비에 한창일 것이고, 오스티아의 앨버릭 추기경은 파견 사절단을 포섭하여 헤리버트 수도원장을 곤경에 몰아넣을 개혁 회의를 준비하느라 정신없이 바쁠 터였다. 그리고 지금 캐드펠은 그 번잡한 도시와는 정반대 방향으로 걷고 있었다. 군데군데 웃자란 풀들이 보일 뿐 길은 넓고 시원하게 뚫려 있었다. 오즈워스트리까지는 30킬로미터 정도 가야 했지만, 길가에 펼쳐진 풍요로운 경작지와 무성한 삼림이 캐드펠의 마음을 한결 편안하게 만들어주었다. 그는 노새에게 무리가 되지 않게끔 일정한 속도를 유지하며 길을 갔다. 오즈워스트리부터는 양 방목장까지 6킬로미터만 더 가면 되었다. 저 멀리 기울어가는 저녁 햇살 아래 웨일스의 푸른 언덕들이 장엄하게 솟아 있었다. 버윈의 웅

대한 산봉우리가 노을 속에 서서히 자취를 감추어가는 길을 따라, 그는 서쪽을 향해 계속 나아갔다.

캐드펠은 날이 어두워지기 전에 언덕 밑 평지에 자리 잡은 작은 농장에 도착했다. 수사들은 지붕이 낮은 오두막 한 채에 기거했고, 그 너머로 꽤 큰 규모의 외양간과 마구간이 보였다. 폭우나 폭설이 내릴 때면 그리로 양들을 들여보내는 모양이었다. 그리고 다시 그 너머에는 기다란 잿빛 돌담을 두른 목초지가 펼쳐져 있었다. 비교적 추위가 덜한 겨울 초입에는 그곳에서 풀을 뜯게 하고, 나무뿌리나 풀이 떨어지면 곡물을 먹이리라. 풀이 깔려 있어 발굽 소리가 거의 들리지 않을 텐데도 사이먼 수사의 개가 용케 기척을 알아채고 컹컹 짖어대기 시작했다.

캐드펠이 문 앞에서 내리자 사이먼 수사가 황급히 마중을 나왔다. 비쩍 마르고 철사처럼 꼿꼿한 체격에 머리는 봉두난발이었다. 나이는 마흔 정도 되어 보였지만 양 치는 일 이외에는 전혀 아는 것이 없는 어린아이 같은 사내였다. 양과 관련된 일이라면 자식을 키우는 어미처럼 모르는 것이 없는 그도 바르나바스 수사의 병에 대해서는 속수무책이었는지, 그는 더 이상 혼자서 환자를 돌보지 않게 된 것에 무척이나 감사하며 캐드펠의 손을 꼭 잡고 반갑게 흔들었다.

"수사님이 굉장히 힘들어하고 있습니다, 형제님. 숨을 쉴 때마다 꼭 낙엽 밟히는 소리가 나요. 어떻게든 한다고 해보았지만 저로서는 도저히……."

"같이 다시 한번 해봅시다." 캐드펠은 위로하듯 부드럽게 말을 건넨 뒤 나무 향기가 물씬 풍기는 어둠침침한 오두막으로 들어갔다. 다행히 실내는 따뜻하고 건조했다. 나무는 겨울철 방한에 더 없이 좋은 재료였다. 화재 위험이 있긴 하지만, 이런 외딴집에서는 큰 걱정을 하지 않아도 될 것이다. 방 안에는 간소하긴 해도 필요한 가구가 다 갖추어진 듯했다. 내실 침대에 누운 바르나바스 수사는 비몽사몽을 헤매고 있었다. 사이먼 수사의 말대로 숨소리가 요란했고, 이마는 불같이 뜨거웠으며, 반쯤 열린 눈에는 초점이 없었다. 그는 덩치가 크고 근육과 뼈 모두 단단한 건강 체질이었다. 아마 조금만 기운을 회복하면 금세 자리를 털고 일어나리라.

"여기는 내게 맡기고 가서 볼일을 보시오." 캐드펠은 허리에 찬 주머니를 끌러 침대 발치에 내려놓았다.

"뭐 필요한 건 없으신가요?" 사이먼 수사가 걱정스레 물었다.

"화로에 물을 한 냄비 올려놓고 새 옷 한 벌과 컵 하나를 준비해주시오. 더 필요하면 내가 알아서 하겠소."

사이먼 수사는 캐드펠의 말대로 했다. 자신이 모르는 전문 지식을 가진 이를 보면 아이처럼 무조건 믿고 따를 사람이었다. 캐드펠은 사이먼 수사가 켜놓은 촛불 아래서 밤새도록 바르나바스 수사를 정성껏 간호했다. 먼저 뜨겁게 달군 돌을 웨일스산産 플란넬에 둘둘 싸서 환자의 발에 대고, 가슴과 목과 갈비뼈에서 허리까지 겨자와 열을 내는 허브 몇 종을 섞은 거위 기름 연고를 바

르고, 다시 가슴과 목에 플란넬 붕대를 친친 감고 이마에는 찬 수
건을 올려놓은 다음, 향신료와 꿀과 해열용 허브를 탄 뜨거운 포
도주 한 잔을 마시게 했다. 환자는 자면서도 괴로운 듯 이따금 경
련을 일으켰고, 한밤중에는 땀을 비 오듯 흘려 침대를 온통 적셨
다. 정성스러운 두 간병인은 힘을 합해 환자를 안아 올리고 깨끗
한 새 시트로 갈아준 다음, 다시 따뜻하게 환자의 몸을 감싸 침대
에 뉘었다.

"이제 그만 가서 눈을 붙이시오." 캐드펠은 사이먼 수사에게 말
했다. "큰 고비는 넘겼소. 새벽에 일어나서 먹을 것을 찾을 거요."

깊은 잠에 빠진 바르나바스 수사는 다음 날 정오가 가까워서야
잠에서 깨어났다. 갓 태어난 새끼 양처럼 다리에 힘이 없어 후들
거리기는 했지만, 눈에는 초점이 돌아오고 숨 쉬는 것도 한결 나
아진 듯했다.

"걱정하지 말고 누워 있어요." 캐드펠은 기뻐하며 말했다. "다
리에 힘이 생긴다 해도 이삼일 정도는 몸조리를 해야 하거든. 시
간은 많으니 이 참에 푹 쉬도록 하시오. 양 돌보는 일은 우리 두
사람으로도 충분하니까."

바르나바스 수사는 몸이 한결 가벼워진 것을 느끼며, 캐드펠
이 시키는 대로 충분히 요양을 하기로 했다. 그는 식사도 다시 시
작했다. 처음에는 고열로 입맛을 잃었는지 몇 술 못 떴지만, 이내
식욕이 살아나 적극적으로 음식을 찾았다.

"아주 좋은 징후요." 캐드펠이 말했다. "입맛이 살아나서 잘

먹으면 건강은 금세 회복되지요." 두 사람은 환자가 다시 잠든 것을 확인한 뒤 목장으로 나가 양이며 닭이며 젖소며 그 밖의 생명체들을 세심히 살폈다.

"올해는 별문제 없이 지내왔습니다." 사이먼 수사는 다리가 긴 양들에 흡족한 시선을 던지며 말했다. 캐드펠과 마찬가지로 토박이 웨일스산 양들은 저 멀리 버윈의 능선이 가로놓인 남서쪽을 바라보고 있었다. 길쭉한 머리에 약간 거만한 듯하면서도 수수께끼 같은 표정, 예민한 귀, 그리고 성자 못지않게 무엇이든 꿰뚫어볼 것만 같은 노란 눈. "아직 풀이 지천으로 널린 데다 추수하고 남은 그루터기들도 많아서 먹이는 데는 문제가 없습니다. 사탕무도 제법 있으니 사료로 쓸 수 있고요. 날씨가 갑자기 혹독해지지만 않으면 올해 양털은 여느 해보다 좋은 게 나올 겁니다."

캐드펠은 양 방목장 위쪽 언덕마루에 서서 남서 방향을 바라보았다. 기다란 능선이 아래로 이어지다가 골짜기 사이로 꼬리를 감추었다. "저기 어딘가에 말릴리 장원이 있겠군요."

"그렇습니다. 여기서 5킬로미터쯤 떨어진 산비탈 사이에 영주의 집이 있고, 영지는 거기서부터 남동쪽으로 펼쳐져 있지요. 이 지역에서는 보기 드물게 좋은 지형입니다. 소식을 전할 일이 생기면 그곳 집사에게 부탁하면 되니 우리로서는 매우 다행이지요. 거기에 무슨 볼일이라도 있으십니까, 형제님?"

"가서 봐야 할 게 있소. 바르나바스 형제가 완쾌되고 시간이 난다면 가볼 생각이오." 캐드펠은 돌아서서 동쪽을 바라보았다.

"웨일스 국경까지는 여기서도 꽤 가야 하나 보군. 나는 양 치는 일을 해본 적이 없고, 이 지역에 온 것도 처음이라오. 콘위강에서 멀리 떨어진 귀네드에서 태어나 자랐거든. 하지만 이곳 산들을 보니 꼭 고향에 온 것 같소."

거베이스 보넬의 장원은 이 고지대 목장에서 웨일스 쪽으로 한참 들어간 곳에 있었다. 베네딕토회가 웨일스에 소유하고 있는 토지는 그다지 많지 않았다. 웨일스인들은 예로부터 전해 내려오는 켈트의 그리스도교를 선호했고, 로마의 눈치를 보느라 급급한 떠들썩한 조직보다는 세상을 버리고 고독한 은둔 생활을 하는 성자나 켈트 수사들의 가정적인 소모임을 더 좋아했다. 남부에는 세속적인 노르만 모험가들이 비교적 광범위하게 침투해 있었으나 이곳 말릴리만큼은, 리스 수사의 말마따나 웨일스라는 육체를 깊숙이 파고든 하나의 가시 같은 존재였다.

"말을 타고 가시면 얼마 안 걸립니다." 사이먼 수사는 어떻게든 돕고 싶은 마음에 얼른 말했다. "목장에 있는 말이 늙기는 했지만 평소 무리를 하지 않아 힘이 넘칩니다. 내일 타고 가시겠다면 제가 잘 손질해놓겠습니다."

"우선은 내일까지 바르나바스 수사의 건강에 차도가 있는지 지켜봅시다."

바르나바스 수사는 열이 내리고부터 아주 빠른 속도로 기운을 되찾아갔다. 저녁이 될 무렵에는 침대에만 누워 있기가 지루했는지 다리에 힘을 붙여야겠다면서 방 안을 돌아다니기도 했다. 타고난 체질과 튼튼한 심장만으로도 충분히 회복할 수 있었지만 그럼에도 그는 캐드펠이 내미는 약을 싫은 기색 하나 내비치지 않고 모두 받아먹었으며, 가슴과 목에 연고를 바르는 일에도 열심이었다.

"이제 제 걱정은 그만하셔도 되겠습니다. 벌써 다 나은 것 같아요. 그래도 내일이나 모레까지는 산에 가지 않는 게 좋겠죠. 사실 수사님께서 허락만 하시면 얼마든지 가겠지만요. 어쨌든 여기서 닭이며 소를 돌보는 일쯤은 거뜬합니다."

다음 날 아침 바르나바스 수사는 자리에서 일어나 함께 아침기도를 드리더니 침대에 다시 누우려 하지 않았다. 그러나 두 사람의 간곡한 권유에, 그는 하루 종일 난롯가에서 지내며 빵을 굽고 저녁을 준비하는 일 이상은 하지 않겠다고 단단히 약속했다.

"사이먼 형제, 형제 혼자서 일을 할 수 있겠다면 오늘 말릴리로 가볼까 하오." 캐드펠이 말했다. "지금 떠나면 낮 동안 일을 보고 저녁에 돌아와서 일을 거들 수 있을 거요."

사이먼 수사는 길이 갈라지는 지점까지 그를 배웅하면서 자세한 경로를 일러주었다. 크로소 바크라는 작은 마을을 지나면 십자로가 나오는데 거기서 우측으로 꺾어지면 앞쪽에 협곡이 보이고, 그 길을 따라 쭉 가다 보면 말릴리가 나오고, 그 너머 서쪽으로 더 가면 컨홀라이스 지역의 중심지인 란실린이 나온다는 얘기였다.

그날 아침엔 옅은 안개가 끼었지만 햇살이 안개를 뚫고 환하

게 내리비쳤고, 길가의 풀은 서리 녹은 물을 머금은 채 반짝이고
있었다. 이곳까지 타고 온 노새는 장시간의 여행으로 지쳤을 터
라 충분히 쉬게 해주기로 하고 캐드펠은 목장의 말을 빌려 탔다.
칙칙하니 볼품없는 구렁말이지만 성질이 온순하고 힘도 있어 길
을 가기에는 아무 문제가 없었다. 청명한 겨울 아침, 푹신한 풀을
밟으며 어린 시절의 기억을 되살려주는 언덕들 사이를 홀로 가
는 기분은 유쾌하기 그지없었다. 따로 할 일도 없고 대화를 나눌
필요도 없이, 이따금 집 마당에서 장작을 패는 아낙이나 풀밭을
찾아 양 떼를 몰고 가는 사내에게 웨일스어로 인사를 건네며 이
어가는 이날의 여정은 캐드펠에게 각별한 감회를 불러일으켰다.
이 지역에는 소작지들이 드문드문 산재해 있었으나 크로소 바크
를 지나 저지대로 접어들면서부터는 비옥하고 잘 정리된 경작지
가 펼쳐졌다. 말릴리에 들어선 듯싶었다. 졸졸 흘러가는 시내를
따라가다 보니 양편의 비탈진 언덕이 만나는 골짜기가 나타났다.
그곳에서 조금 더 가자 시내가 작은 강이 되어 좌우로 펼쳐진 기
름진 밭들에 물을 대주고 있었다. 언덕에는 나무가 무성했고, 남
동쪽으로 난 골짜기로 아침 햇살이 눈부시게 비쳐 들었다. 한눈
에 보아도 꽤 기름진 땅이라는 것을 알 만큼 훌륭한 밭들이었다.
곳곳에 소작인의 집이 아늑하게 들어앉아 있었다. 오른쪽 비탈
쪽으로 깊숙이 파고든 골짜기 길을 지나자, 숲의 절반쯤 간 지점
에 말릴리의 영주관이 나왔다.

  영주관은 높다란 목책으로 둘러싸여 있었지만 고지대에 위치

한 터라 멀리서도 훤히 보였다. 이 지방에서 산출되는 잿빛 대리석으로 지은 건물이었다. 슬레이트가 깔린 기다란 지붕 위에는 밤새 내린 서리가 햇빛에 녹아 물고기 비늘처럼 반짝였다. 나무다리를 지나 목책 사이에 난 문으로 들어서자 집 전경이 눈앞에 펼쳐지며 왼쪽 끝에 있는 거실의 중앙 문과 이어진 돌계단이 나왔다. 맞배지붕에 창문이 난 것으로 보아 부엌 위에도 방이 하나 있는 모양이었다. 중앙 홀과 가족용 방의 커다란 창문에는 세로 창살이 달려 있었다. 목책 안쪽으로 커다란 곳간과 마구간과 창고가 보였다. 노르만의 소영주도, 그의 상속인도, 더하여 베네딕토 수도원까지 하나같이 탐낼 만한 재산이었다. 아무리 생각해보아도 리힐디스는 자신과 어울리지 않는 결혼을 한 듯했다.

이곳 남자들은 모두 보넬의 종복들로 지금은 새로운 규칙에 따라 전부터 해오던 일을 계속하고 있었다. 마부가 나오더니, 베네딕토회 승복을 입은 사람에게는 이름을 물을 필요도 없다고 생각했는지 대뜸 고삐를 받아 쥐었다. 마당에 종복 몇이 보였는데 그중 빈둥거리는 이는 아무도 없었다. 집이 크기는 해도 종복이 여럿 필요하지는 않을 듯싶었다. 종복들은 모두 이 고장 사람들, 다시 말해 웨일스인들이었다. 영주의 침대를 제 몸으로 따뜻하게 덥히고 사생아까지 낳은, 예의 하녀와 같은 사람들. 보넬도 당시에는 젊고 매력적이었을 테고, 그는 하녀에게 아이뿐 아니라 육체적 쾌락도 주었으리라. 게다가 그녀와 아이를 살뜰히 돌봐주기도 했다. 물론 자신의 일족으로 받아들이지는 않았지만 말이다. 법적으로 자신의 소유물이 아닌 것에 대해서는 탐을 내지 않되 그 반대의 경우라면 결코 무엇도 놓치지 않는 사람, 궁핍한 자유민 집안의 차남에게 농노의 지분을 선뜻 내주기도 하지만 한편 오랫동안 소작료를 바쳐왔다는 이유만으로 법에 의지해 입장이 애매한 소작인을 농노라 주장하는 뻔뻔한 인물, 보넬은 바로 그런 자였다.

문제의 이 변경 지방에서 캐드펠 또한 자신이 몸과 마음 모두 웨일스인임을 새삼스레 실감하고 있었으나, 한편 잉글랜드인인 보넬이 자기 나라 법에 따라 제 권리를 지키려 한 것도 무리는 아니었으리라는 생각이 들었다. 보넬은 결코 악인이 아니었다. 다만 시대와 장소가 그를 악하게 몰고 가 결국 피살에 이르도록 만들었던 것이다.

사실 캐드펠로서는 이 집을 그냥 한번 둘러보는 것 외에 별다른 용무가 없었다. 그러나 이왕 여기까지 온 김에 들어가보는 것도 나쁘지는 않을 터였다. 그는 돌계단을 지나 중앙 홀의 바깥 통로까지 올라갔다. 부엌에서 사내아이 하나가 나오더니 캐드펠을 보고는 이곳에 대해 잘 아는 수도사라 생각했는지 가볍게 고개를 숙인 뒤 그냥 지나가버렸다. 홀 천장은 무척 높았고 튼튼한 기둥이 이를 떠받치고 있었다. 그는 홀을 지나 가족 방으로 들어갔다. 보넬이 마틴 벨코트에게 벽 수리를 부탁했던 방인 것 같았다. 그 결과 그는 벨코트의 장모인 리힐디스 거니, 한때는 정직하고 겸손한 상인의 딸이었던 리힐디스 본에게 시선과 마음을 빼앗기게 되었으리라.

마틴은 이 공사에 자신의 모든 애정과 기술을 유감없이 쏟아부은 듯했다. 크기는 중앙 홀보다 작았지만 바깥쪽에 화장실과 작은 예배당까지 딸려 있었다. 반지르르 윤이 나고 군데군데 조각 장식이 되어 있는 참나무 벽판은 상쾌한 향기를 풍겼고, 넓은 창으로 들어오는 햇빛을 반사해 방 안 전체를 은빛으로 환히 밝혀 주었다. 에드윈은 좋은 매형이자 훌륭한 스승을 모시고 있는 셈이었다. 설령 유산을 물려받지 못한다 하더라도 조금도 걱정할 일이 없을 듯했다.

"죄송합니다, 수사님!" 캐드펠의 등 뒤에서 경의 어린 목소리가 들려왔다. "슈루즈베리에서 손님이 오신다는 얘기를 미처 못 들었습니다."

캐드펠은 깜짝 놀라 뒤를 돌아보았다. 수도원의 집사가 그 자리에 서 있었다. 법률가 출신의 평신도로, 고용인들의 존경을 사기에는 부족하지만 자신의 업무를 완전히 장악하기에는 충분한 나이의 남자였다.

"실례를 범한 건 오히려 내 쪽이오." 캐드펠은 말했다. "사전에 얘기도 없이 이렇게 불쑥 나타났으니 말이오. 볼일이 있어 여기 온 건 아니고, 근처에 왔다가 우리 수도원의 새 장원에 호기심이 생겨 잠시 들렀소."

"글쎄요, 수도원의 장원이 될지는 아닐지는 아직……." 집사는 말꼬리를 길며 늘이며 캐드펠을 바라보았다. 수도원이 놓치고 있는 무언가에 대해 가늠하는 듯 날카로운 눈빛이었다. "어쨌든 지금으로선 확실치 않지요. 어떻게 되든 이곳을 잘 유지해야 하는 제 임무에는 변함이 없겠지만요. 이 장원은 여태껏 잘 운영되어 왔고, 소출도 상당합니다. 저희에게 볼일이 있어 오신 게 아니라면 숙소는 어디에 마련하셨는지요? 이곳에 머무르시겠다면 방을 준비해놓겠습니다."

"그럴 것 없소. 라이디크로소 부근 양 목장에서 일하는 동료 수사를 간호하러 왔다오. 그 형제가 완쾌될 때까지 거기서 대신 일하는 것이 내 임무지."

"환자분은 차도가 좀 있습니까?"

"그렇소. 한결 나아졌기에 잠깐 시간을 내어, 우리 것이 될지 안 될지 모를 자산을 한번 보려고 왔지요. 한데, 수도원의 소유권이 위협받는다고 생각할 어떤 확실한 이유라도 있소이까? 단순히 계약이 체결되지 않은 상태라는 이유를 제외하고 말이오."

집사는 속마음을 털어놓기가 주저되는 듯 입술을 살짝 깨물면서 미간을 좁혔다. "상황이 좀 묘하게 되어서요. 만일 상속인과 수도원이 모두 소유권을 상실하는 경우 대영주이신 체스터 백작께서 당신 마음대로 처분하실 텐데, 요즘같이 어려운 시절에 과연 이곳을 수도원에 넘길지 저로서는 의문이라서요. 물론 청원해볼 수야 있겠지만 전권을 지닌 수도원장님께서 슈루즈베리로 돌아오시기 전까지는 그것도 가망이 없는 일이고요. 그동안 우리가 할 수 있는 건 그저 법적인 결정이 내려지기 전까지 이곳을 탈 없이 관리하는 일뿐이지요. 저하고 함께 식사라도 하시겠습니까, 수사님? 아니면 포도주라도 한잔하실까요?"

캐드펠은 점심 식사를 사양했다. 아직 시간도 이른 데다 낮 동안 해야 할 일이 있기 때문이었다. 그러나 포도주를 한잔하자는 제의는 흔쾌히 수락하여, 두 사람은 벽판을 댄 거실에 자리를 잡고 앉았다. 검은 머리의 웨일스 소년이 포도주 한 병과 뿔 모양 잔 두 개를 날라 왔다.

"서쪽의 웨일스인들과는 별문제 없소?" 캐드펠이 물었다.

"전혀 없습니다. 그들은 보넬 씨 집안과 벌써 50년도 넘게 이웃으로 지내왔고, 악감정 같은 건 조금도 없지요. 물론 여기 소작인 외에 다른 웨일스인들과 접촉이 자주 있었던 건 아니지만요. 수사님도 아시겠지만, 이곳은 웨일스와 잉글랜드로 나뉜 곳이어도 다들 서로 통혼하는 사이라 주민 상당수가 인척 관계에 있습니다.

"우리 수도원의 나이 많은 수도사들 중 한 분도 이 지역 출신이오. 란실린 부근 마을이라 하시더군. 내가 라이디크로소에 간다고 하자 친척들 이야기를 하며 혹시 만나게 되면 안부를 전해 달라고 하셨소. 사촌 형제가 둘 있다는데, 컨브리스 압 리스와 오아인 압 리스라고, 혹시 그들을 만난 적 있소? 매제 되는 이보르 압 모르간이라는 사람 이야기도 하기는 했지만…… 그 수사님이 이들을 만난 지 오래되었으니 아마 그분은 지금쯤 이 세상 사람이 아닐지도 모르겠군. 리스 수사와 같은 연배인 듯했는데, 보통 그렇게 장수하는 경우는 드물지 않겠소?"

집사는 골똘히 생각하더니 고개를 가로저었다. "컨브리스 압 리스라는 이름을 들어본 적은 있습니다. 여기서 서쪽으로 800 미터쯤 떨어진 곳에 사는 분인 것 같은데요. 이보르 압 모르간 은…… 그분은 잘 모르겠군요. 하지만 저 아이는 알 수도 있습니 다. 저 애도 집이 란실린이거든요. 조금 있다 떠나시기 전에 한번 물어보시지요. 반드시 웨일스어로 물어보셔야 합니다. 잉글랜드 어도 잘하긴 하지만, 웨일스어를 써야 훨씬 많은 것을 얻게 되실 겁니다." 집사는 묘한 웃음을 지으며 덧붙여 말했다. "그리고 제 가 자리에 없을 때 물어보십시오. 악의가 있는 녀석은 아닌데, 제 앞에서는 좀처럼 제 속생각을 드러내려 하지 않을 겁니다. 가끔 잉글랜드어를 못 알아듣는 척하기도 하고요."

"그렇게 하겠소. 좋은 충고를 해줘서 고맙소."

"그럼 제가 문까지 전송을 못 해드리더라도 용서하십시오. 혼 자 계시는 편이 더 나을 테니까요."

캐드펠은 그 뜻을 알아차리고 거실에서 작별 인사를 나눈 뒤 휘장이 쳐진 복도를 지나 부엌으로 걸어갔다. 조금 전 본 소년이 벌겋게 달아오른 얼굴로 갓 구운 빵이 담긴 쟁반을 화덕에서 꺼 내고 있었다. 소년은 빵을 식히느라 쟁반 위의 빵을 하나씩 꺼내 점토 위에 놓으며 끊임없이 주변을 살폈다. 이는 두려움이나 불 신이라기보다, 살아 있는 모든 생명체에 민감하게 반응하고 호기 심을 보이지만 의심스러우면 바로 도망쳐버리는 야생동물의 것과 흡사한 경계심이었다.

"애야, 나 좀 보자!" 캐드펠이 웨일스어로 말을 걸었다. "빵을 다 옮기면 내게 그리스도인의 선의를 보여주지 않겠니? 나하고 같이 문 앞까지 가서 컨브리스 압 리스 씨나 그분 동생인 오아인 씨 집으로 가는 길을 알려줄 수 있겠느냐?"

소년은 베네딕토회 수사가 자신의 모국어로 이야기하는 것이 신기한지 눈을 반짝이며 캐드펠을 빤히 바라보았다. "슈루즈베리 수도원에서 오셨죠? 그럼 수사님이신가요?"

"그렇단다."

"그런데 웨일스 분이세요?"

"너하고 마찬가지로 웨일스 태생이지. 하지만 이 지역 출신이 아니라 트레브리우 근방인 콘위 골짜기에서 태어났단다."

"컨브리스 압 리스 씨는 무슨 일로 찾으시나요?" 소년은 직접적으로 물었다.

내가 정말 웨일스에 오기는 왔구나. 캐드펠은 생각했다. 잉글랜드 출신 하인이라면 상대에게 묻고 싶은 말이 있다 하더라도 혹시 뺨을 맞을까 두려워 살살 비위를 맞춰가며 에둘러 물어봤겠지만, 이 웨일스 아이는 마치 왕이라도 된 듯 제 생각을 거침없이 토해냈다.

"우리 수도원에 나이 든 수사님이 한 분 계시거든." 캐드펠은 친절하게 설명을 이어갔다. "예전에 이 고장에서 리스 압 그리피스라는 이름으로 불리던 분인데, 그분 사촌 형제들이 지금도 여기 살고 있다는구나. 슈루즈베리를 떠나올 때 친척들에게 안부를 전하겠다고 약속드린 터라 알아보는 중이다. 그리고 또 한 사람 이름을 더 말씀하셨는데, 지금 살아 계시는지 돌아가셨는지 정도 는 너도 알지 모르겠구나. 무척 연세가 드신 분이야. 리스 수사께 는 마라레드라는 누이가 있었고, 그분이 이보르 압 모르간이라는 사람과 결혼을 했지. 그들 사이에 앙하라드라는 딸이 태어났는 데, 그 딸은 몇 년 전에 죽었다더구나. 그래도 혹시 이보르 씨가 아직 살아 계시다면 그분께도 안부를 전하고 싶은데."

웨일스 이름이 홍수처럼 쏟아지자 소년은 빙긋이 웃음을 지 었다. "이보르 압 모르간 씨는 지금도 살아 계세요. 여기서 멀긴 하지만 란실린 근처에 계시죠. 제가 같이 나가서 길을 알려드릴 게요."

소년은 앞장서서 경쾌한 걸음으로 돌계단을 내려가 대문까지 달려갔다. 캐드펠은 말을 끌고 뒤따라가며 소년이 가리키는 대로 언덕들이 죽 이어진 서쪽 길을 바라보았다.

"컨브리스 압 리스 씨네 집까지는 1킬로미터도 안 돼요. 길 오 른쪽에 산울타리를 두른 집이 있는데 바로 거기죠. 작은 목장에 서 흰 산양들이 풀을 뜯고 있을 거예요. 이보르 압 모르간 씨 집 은 거기서 더 가야 해요. 같은 길을 쭉 따라가다가 언덕을 넘어가 면 아래쪽에 골짜기가 보일 거예요. 거기서 오른쪽으로 꺾어져서 개울을 건너세요. 컨흘라이스강이랑 만나기 전에요. 거기서 다시 800미터쯤 더 가다 오른쪽으로 구부러지면 숲속에 오두막이 보일 거예요. 그 집에 이보르 씨가 살고 계세요. 연세가 많으시지만 혼자 지내시죠."

캐드펠은 고맙다는 인사를 남기고 말에 올랐다.

"그 동생분 오아인 씨 말인데요." 소년은 이제 도움이 될 만한 건 모두 얘기하고 싶은 듯 밝은 어조로 말을 이었다. "수사님이 여기 이틀쯤 더 계시면 모레 란실린에서 만나실 수 있을 거예요. 그날 그분 토지에 관한 재판이 열리거든요. 저번에 오아인 씨가 소송을 낸 건이 아직 처리되지 않았는데, 재판관들이 먼저 그 땅을 둘러본 다음 판결을 내리기로 한 게 바로 모레예요. 크리스마스 전까지는 어떻게든 처리할 건가 봐요. 오아인 씨 땅은 마을에서 멀리 떨어져 있지만 그날 란실린 교회에 가면 틀림없이 그분을 만나실 수 있을 거예요. 이웃이 토지 경계석을 옮겼다고 해서 소송을 걸었댔어요."

저도 모르게 많은 이야기를 털어놓는 사이, 소년은 자신이 캐드펠에게 하나의 질문, 어쩌면 가장 중요한 질문에 대한 답을 내놓았다는 사실을 짐작조차 못 하고 있었다.

*

컨브리스 압 리스는―그 집안에는 '리스'가 하도 많아 어떤 경우에는 그 관계를 파악하기 위해 3대를 거슬러 올라가야 했다― 금세 만날 수 있었다. 그는 웨일스어를 쓰는 베네딕토회 수도사를 반갑게 맞이했고, 캐드펠 또한 이에 기쁜 마음으로 응했다. 방 하나에 찬장이 딸린 부엌이 전부인 집, 컨브리스 자신과 양과 닭들 외에 다른 생명체는 없는 외로운 남자의 거처였다. 컨브리스는 떡 벌어진 체구의 건장한 웨일스 노인이었다. 정수리는 벗어졌으나 가장자리에는 백발이 무성했다. 슈루즈베리 진료소에 있는 사촌보다 적어도 스무 살은 젊어 보였다. 컨브리스는 빵과 양젖과 치즈, 그리고 쭈글쭈글하지만 달콤한 사과를 내놓았다.

"형님이 아직 살아 계시다니 정말 하느님께 감사할 일이군요! 나도 늘 그분 생각을 했지요. 이종사촌 간이긴 해도 친형제처럼 가깝게 지냈거든요. 형님도 벌써 여든이 다 되셨겠군요. 그래, 수도원 생활은 편안하시답니까? 괜찮다면 술을 한 병 보내고 싶은데요, 수사님. 내가 직접 담근 술인데 겨울철에 특히 좋아요. 요즘 같은 때 한 방울만 마시면 심장에도 좋고, 머리에도 아주 그만이지요. 아, 형님이 아직도 우릴 기억하고 계시다니! 내 동생요? 걱정 마십시오. 오아인을 만나면 내가 소식을 꼭 전하겠습니다. 그 앤 마음씨 착한 마누라랑 다 큰 아들들과 함께 잘 살고 있어요. 큰애 엘리스는 내년 봄에 결혼을 하죠. 안 그래도 모레면 동생을 보실 수 있겠네요. 란실린 재판소에서 소송이 있으니까."

"말릴리에서 들었습니다. 재판이 잘 진행되시길 바랍니다."

"그래야죠. 오아인 말로는, 자기 이웃에 사는 허웰 버한이 경계석을 움직였다는 겁니다. 아마 사실일 거예요. 하지만 오아인도 전에 허웰에게 똑같은 짓을 했으니 피장파장 아니겠습니까?

사실 이런 일은 오래전부터 있어왔어요. 수사님도 이곳 출신이시니 잘 아시죠? 결국에는 판결을 따르기야 하겠지만, 그래서 무슨 소용이 있겠습니까? 언제나 그 모양이죠. 서로 죄의식 따위는 조금도 못 느끼고요. 결국 크리스마스에는 둘이 건배를 하게 될 겁니다."

"아무쪼록 우리 모두가 그래야겠죠." 캐드펠은 다소 훈계조로 대꾸했다.

그는 해가 지기 전에 다른 볼일을 봐야 한다는 이유를 대고 그 집을 나와 말을 타고 개울을 건넜다. 컨브리스와 마음을 열고 나눈 짧은 대화에 기분이 한결 나아지는 것 같았다. 가방 안에서는 컨브리스 노인이 손수 빚었다는 독주가 담긴 작은 병이 흔들거리고 있었다. 그는 양 목장에 다른 병, 그러니까 독약이 들었던 병을 두고 나와 다행이라고 생각했다.

좁은 골짜기 사이를 지나자 컨흘라이스 계곡이 보였다. 캐드펠은 그곳에서 오른쪽으로 꺾어져 웃자란 풀밭을 한참 헤치고 가다가 개울을 건넜다. 800미터쯤 더 가자 산등성이 아래로 무성한 숲과 그 한가운데 자리 잡은 오두막이 보였다. 나뭇잎이 무성한 한여름이라면 그냥 지나치고 말 정도로 조그마한 집이었으나, 지금은 잎이 모두 진 뒤라 앙상한 나뭇가지 사이로 닭장 같은 그 시골집의 전경이 한눈에 들어왔다. 울타리까지 너른 풀밭이 펼쳐져 있고, 나무들이 집 뒤를 병풍처럼 둘러싸고 있었다. 길 쪽으로 난 문을 찾을 수 없어서 캐드펠은 뒤로 돌아가보았다. 울타리에 기다란 줄로 묶인 말 한 마리가 한가로이 풀을 뜯고 있었다. 캐드펠이 탄 말과 마찬가지로 키가 크고 못생겼으나 나이는 몇 살쯤 더 많아 보였다. 캐드펠은 고삐를 당겨 멈춰 선 뒤 그 말을 바라보며 생각에 잠겼다. 물론 나이 많고 비쩍 마른 얼룩빼기 말이야 이 녀석 말고도 얼마든지 있을 터였다. 그러나 희고 검은 털이 기묘하게 뒤섞인 저 모양은 분명…… 설마 이름까지 똑같을까?

캐드펠은 고삐를 놓고 그 말을 향해 조심스럽게 다가갔다. 말은 캐드펠을 한번 힐끗 보더니 별 관심이 없는지 계속해서 풀을 뜯었다. 캐드펠은 혀를 차 말을 어른 뒤 이름을 불러보았다. "제이펫!"

얼룩빼기 말은 귀를 쫑긋 세우며 고개를 반짝 들어 소리가 나는 쪽을 돌아다보더니, 기다란 주둥이를 쭉 내밀어 캐드펠의 손에 갖다 대었다. 캐드펠은 녀석의 이마와 쭉 뻗은 목덜미를 손가락으로 어루만졌다. "제이펫, 정말 제이펫이구나! 네가 어떻게 여기 있지?"

그때 등 뒤에서 마른 풀을 밟는 발소리가 들렸다. 캐드펠은 재빨리 고개를 돌렸다. 집 한쪽 귀퉁이에서 한 노인이 묵묵히 그들을 바라보고 있었다. 머리와 수염은 온통 하얗게 세었지만 눈썹만큼은 숯을 칠한 듯 시커멨고, 그 아래 눈동자는 마치 겨울 하늘처럼 새파랬다. 시골 사람들이 흔히 입는 올이 거친 모직 옷을 입고 있었는데, 키가 크고 체구가 당당해서인지 무척이나 품위 있어 보였다.

"혹시 이보르 압 모르간 씨 되십니까?" 캐드펠은 여전히 한 손으로 제이펫의 목을 어루만지면서 뒤를 돌아본 채 물었다. "저는 캐드펠이라고 합니다. 한때는 트레브리우의 캐드펠 압 메일리르 압 다비드라 불렸죠. 어르신의 처남이자 지금은 슈루즈베리 수도사로 계신 리스 압 그리피스 씨의 심부름으로 이렇게 왔습니다."

길쭉하고 엄격하고 바싹 마른 노인의 입술 사이로 흘러나오는 음성은, 듣기 좋은 음악처럼 깊은 울림이 있었다. "내 손님에게 볼일이 있어 온 것은 아니고요, 수사님?"

"아닙니다. 어르신을 뵈러 왔습니다. 이젠 두 분 모두 뵙고 싶긴 하지만요. 그건 그렇고, 우선 저 말부터 눈에 띄지 않는 곳에 데려다 놓았으면 합니다. 제가 한눈에 알아볼 정도라면 다른 이들도 마찬가지일 테니까요."

노인은 찌를 듯 새파란 눈으로 캐드펠을 한참이나 바라보다가 입을 열었다. "들어오시오." 그는 성큼성큼 집 안으로 들어갔다. 캐드펠은 제이펫을 집 뒤쪽으로 끌고 가 나무에 매어놓은 뒤 얼른 그를 뒤따라 들어갔다.

나무 향기가 물씬 풍기는 어둠침침한 실내에, 노인이 에드윈의 어깨에 팔을 두르고 보호하듯 서 있었다. 어쩐 일인지 에드윈의 모습에서는 젊은이 특유의 인상적인 여유로움과 동시에 노인의 품위와 우아함이 배어 나왔다. 이보르 노인의 연륜 있고 경험 많은 태도를 제 미숙한 육신에 주입하기라도 한 듯 그는 말없이 꼿꼿하게 서 있었다. 자존감에서 비롯한 숭고한 평온함도 노인의 것 그대로였다.

"이 아이 말로는 수사님이 자기 친구라는군요." 이보르 노인이 입을 열었다. "이 아이의 친구라면 환영이오."

"캐드펠 수사님은 제게 참 잘해주셨어요." 에드윈이 노인에게 말했다. "제 조카인 에드위에게도 친절히 대해주셨고요. 메이리 그한테 들으셨죠? 저는 인복이 있나 봐요. 그런데 수사님, 절 어떻게 찾아내신 거예요?"

"널 찾아온 게 아니다. 사실 네가 사라진 뒤 어디 있는지 몰라 걱정을 하기는 했지만 오늘 여기 온 건 그래서가 아니야. 너도 메이리그와 함께 진료소에 계시는 나이 든 수사님을 찾아뵌 적이 있지 않느냐? 그분이 부탁해서 이보르 압 모르간 씨를 찾아온 거란다. 모르간 어르신, 어르신의 처남인 리스 압 그리피스 씨는 아직 살아 계시고 나이에 비해 건강하십니다. 제가 이곳에 간다는 말을 들으시고 친지분들께 안부를 전해달라고 당부하셨습니다. 여기 와본 지는 꽤 오래되었어도 아직 친척들을 잊지 않고 계신답니다. 이제 이곳을 다시 찾을 기회가 없을지도 모르겠다는 말씀도 함께 전하셨습니다. 컴브리스 압 리스 씨는 여기 오기 전에 만나뵀었습니다. 동생인 오아인 씨께도 안부를 전해주십사 말씀 드리고 오는 길이지요. 만일 리스 수사님 연배의 다른 분들이 생존해 계시거나 수사님을 기억하는 분이 있으면 만나시는 대로 말씀 좀 전해주시겠습니까? 리스 수사님은 당신의 핏줄과 고향과 이 땅에 뿌리내리고 사는 모든 이들을 잊지 않고 계신다고요."

"여부가 있겠소!" 이보르 노인은 얼굴 가득 환한 웃음을 지었다. "집안사람들을 유별나게 챙기던 사람이오. 친척 아이들도 우리 아이도 끔찍이 예뻐했고. 아마 자기 자식이 없어서 더 그랬을 게요. 결혼하고 얼마 안 되어 아내를 잃었는데, 그 일만 아니었더라면 여기서 우리와 같이 살았겠지요. 자, 여기 앉아서 그 사람 이야기 좀 들려주시오. 내 안부도 전해주시면 고맙겠소만."

"제가 해드릴 수 있는 이야기는 메이리그에게서 전부 들으셨을 겁니다." 캐드펠은 조잡해 보이는 탁자 옆 의자에 노인과 나란히 앉았다. "아마 그 친구가 에드윈을 이리로 안내했겠죠? 지금은 여기 없습니까?"

"손자 녀석은 친척들에게 인사 다니러 갔소." 노인이 말했다. "워낙 오랜만에 왔으니까. 이삼일 뒤면 돌아올 거요. 메이리그가 여기 이 아이와 함께 그 사람 병문안을 갔었다는 얘기는 들었소만, 인사를 다니겠다고 서둘러 나가느라 나하고는 한 시간밖에 얘기를 못 나눴지. 돌아오면 더 자세히 들을 수 있을 거요."

문득 여기 오래 머물러서는 안 되겠다는 생각이 캐드펠의 머리를 스치고 지나갔다. 슈루즈베리를 떠날 때만 해도 행정관들이 자신의 여정에 관심이 있을 리 없다고 생각했는데, 이 집에 도착하자마자 너무도 쉽게 에드윈을 만나게 된 것이 아무래도 마음에 걸렸다. 캐드펠 자신은 소년의 자취를 쫓거나 그를 찾을 생각이 전혀 없었지만, 오히려 휴 베링어나 그의 부하들이 역으로 그 가능성을 계산하여 몰래 그의 뒤를 밟았을지도 몰랐다. 그러나 과

261

거의 추억을 되살리며 이처럼 행복해하는 노인을 앞에 둔 채 달랑 친척의 안부만 전하고 곧바로 자리를 뜰 수도 없는 노릇이었다. 노인은 아내와 함께 살던 시절, 예쁘고 사랑스러운 어린 딸과 함께 지낸 행복했던 시절의 이야기를 끝도 없이 늘어놓았다. 이제 이 웨일스인 노인에게 남은 것이라고는 손자 하나, 그리고 그 자신의 위엄과 고결함뿐이었다.

이 먼 벽지로 도망 와 외롭게 살아가는 노인과 단둘이 지내다 보니 에드윈의 성품도 상당히 달라진 것 같았다. 그는 어른들의 이야기에 잠자코 귀만 기울일 뿐, 제 복잡한 문제에 대해서는 질문 하나 던지지 않았다. 그저 조용히 자리에서 일어나 벌꿀 술 한 병과 술잔을 가지고 와서 두 사람을 접대하는 일에 열중했다. 마침내 이보르 노인이 팔을 뻗어 에드윈을 테이블 앞에 앉혔다.

"얘야, 캐드펠 수사님께 여쭤볼 것이 많겠지?"

물론 소년이 말하는 법을 잊은 것은 아니었다. 제 차례가 오자 에드윈을 열을 올리며 이야기하기 시작했다. 제일 먼저 물은 것은 물론 에드위 소식이었다. 처음에는 무척 걱정하는 눈치였으나, 예의 모험이 생각보다 훨씬 성공적으로 끝났다는 말을 듣자 크게 안심했다. "휴 베링어라는 분이 그렇게 공평하고 관대한 사람인가요? 정말 수사님 말씀만 듣고 제 상자를 수색하기 시작했다고요? 아, 그것만 찾으면……! 에드위에게 제 역할을 맡기고 떠난 뒤 얼마나 후회했는지 몰라요. 어차피 제가 말렸어도 하겠다고 나섰겠지만요. 아무튼 저는 제이펫을 타고 길을 빙 돌아 저희가 몇 번 놀러 갔던 곳으로 향했어요. 강가에 있는 잡목 숲이었죠. 메이리그가 그리로 와서 자기 할아버지가 계신다는 이곳으로 오는 길을 알려주었어요. 그리고 그다음 날, 약속대로 메이리그가 이곳에 도착했죠."

"만일 진상이 밝혀지지 않는다면 어쩔 생각이냐?" 캐드펠이 부드럽게 물었다. "혹시라도 돌아갈 수 없게 된다면 말이다. 물론 하느님께서 굽어보고 계시니 그렇게 결말이 나지는 않겠지만. 하늘에 맹세코 그렇게 되지는 않을 게야."

소년의 얼굴은 엄숙하면서도 맑았다. 고결한 영혼을 지닌 보호자와 단둘이 얼굴을 맞대고 적잖은 시간을 지낸 덕분인지, 두 사람 사이에는 어딘가 닮은 구석이 엿보였다. "저는 몸도 건강하고 일도 잘할 수 있어요. 이곳에서 제 한 몸 건사하는 건 어려운 일도 아니죠. 부당한 혐의를 받고 고향을 떠나 타향으로 가서 잘 살아가는 사람들이 얼마나 많아요! 저도 그렇게 살려면 살 수 있을 거예요. 하지만…… 그래도 저는 돌아갈 거예요. 어머니 혼자 놔두고는 못 살 것 같아요. 안 그래도 홀로 되신 데다 이런저런 일로 얼마나 마음이 복잡하시겠어요? 게다가 전 아무 죄도 짓지 않았잖아요. 계부를 독살하고 도망친 아이로 사람들 기억에 남을 수는 없어요."

"그런 일은 결코 없을 거야." 캐드펠은 단호하게 말했다. "며칠만 더 하느님께 의지하며 숨어 지내면 진상이 밝혀져 떳떳하게 집으로 돌아가게 될 거다."

"진심이세요? 아니면 절 위로하려고 하시는 말씀인가요?"

"진심이지. 거짓말로 널 위로하기를 바라는 게냐? 아무리 그럴싸한 이유가 있다 해도 네게 거짓말을 하지는 않겠다." 그러나 엄밀히 말하자면 이는 사실이 아니었다. 캐드펠이 거짓말을 한 건 아니지만, 아직 그에게 이야기하지 않은 진실이 있었다. 그 집에 머물수록 마음이 무거워지는 것을 느끼며 캐드펠은 한시라도 빨리 작별을 고하고 떠나야겠다고 마음먹었다. 해가 기울고 있는데 갈 길이 멀다는 이유를 대는 것이 좋으리라. "이제 라이디크로소로 돌아가야겠습니다." 그는 자리에서 일어서며 말했다. "사이먼 수사에게 일을 죄다 떠맡기고 왔거든요. 바르나바스 수사는 다리에 아직 힘이 없어 잘 걷지 못하시고요. 제가 병자를 간호하고 대신 일손을 거들러 이곳에 왔다는 말씀을 드렸던가요?"

"무슨 소식이 있으면 다시 오실 거죠?" 에드윈이 물었다. 소년의 목소리는 차분했지만 두 눈에는 불안한 기색이 역력했다.

"그래, 그런 일이 생기면 다시 오마."

"라이디크로소에 며칠 더 머무르실 생각이시오?" 이보르 압모르간 노인이 물었다. "그럼 나중에 한가할 때 다시 뵙겠소." 이보르 노인은 에드윈의 어깨를 감싸듯 안고서 캐드펠을 전송하러 문간으로 향했다. 그러다 갑자기 그가 걸음을 멈추더니 손을 펼쳐 보였다. 조용히 제자리에 꼼짝 말고 서라는 신호였다. 나이는 들었어도 귀까지 어두운 것은 아니었다. 숨죽인 목소리를 처음 들은 사람이 바로 이보르 노인이었다. 한껏 낮춘 그 목소리는 그리 멀지 않은 곳에서 들려오고 있었다. 마른풀이 바스락거렸다. 숲가에 매어둔 말은 다른 말들이 다가오자 반가운지 푸르르 콧소리를 냈다.

"웨일스인은 아닌데!" 노인이 소리 죽여 말했다. "잉글랜드인이군! 에드원, 옆방으로 가라."

소년은 즉시 노인의 말을 따라 조용히 움직였지만 이내 어두운 문간으로 다시 다가왔다. "사람들이 있어요. 창 밖에, 두 명이에요. 가죽옷에 무장을 하고서⋯⋯."

이제 사람들의 목소리는 점점 더 가까워져 바로 문 밖에서 들려왔다. 목적지에 도착해 마음이 편했는지 그들은 드러내놓고 큰소리로 이야기를 나누었다.

"저거, 그 얼룩빼기 말 아닌가요?⋯⋯ 틀림없습니다!"

"내가 뭐랬나? 하나를 찾으면 다른 하나는 저절로 굴러 들어온다니까."

누군가의 만족에 겨운 웃음소리가 들렸다. 이어 갑자기 주먹으로 문을 두드리는 요란한 소리와 함께 위압적인 음성이 커다랗게 울려 퍼졌다. "문 여시오!" 형식적인 통보가 떨어지기 무섭게 강한 힘이 밀고 들어와 문을 안쪽으로 열어젖혔다. 문간에는 무장한 병사 두 명을 대동한 슈루즈베리 행정관이 떡 버티고 서 있었다. 캐드펠 수사와 윌리엄 워든은 팔을 뻗으면 닿을 거리를 두고, 한 사람은 격분에 사로잡혀, 다른 한 사람은 회심의 미소를 띤 채마주 보고 섰다.

"아이고, 이런! 캐드펠 수사님! 수사님에 대한 영장은 미처 못 챙겼군요. 어쨌든 지금은 수사님 뒤에 있는 저 젊은이에게 볼일이 있어 왔습니다. 저희는 에드윈 거니를 찾고 있거든요. 어이, 자네! 자네가 바로 그 친구인 것 같은데?"

에드윈은 문 안쪽에서 한 걸음 앞으로 내디뎠다. 셔츠 색깔처럼 창백해진 얼굴에 두 눈이 휘둥그레졌지만, 턱은 꼿꼿이 치켜든 채 마치 창을 겨누는 듯한 눈초리로 상대를 쏘아보고 있었다. 소년은 이곳에서 며칠 지내며 많은 것을 배운 터였다. "제가 에드윈 거니입니다." 그가 말했다.

"너를 거베이스 보넬의 독살 용의자로 체포한다. 자세한 조사를 위해 슈루즈베리로 연행하겠다."

9

이보르 노인은 심호흡을 한 뒤 허리를 꼿꼿이 펴고 뜻밖의 방문객을 상대하러 앞으로 나섰다.

"이보시오." 노인이 낮은 목소리로 말했다. 그의 음성은 비수처럼 날카로웠다. "내가 이 집 주인이오. 당신은 여태 당신이 누군지도 밝히지 않았소. 여기 손님들 중에는 내가 초대한 사람도 있고, 초대는 안 했어도 환영받는 사람이 있소. 나는 당신을 알지 못하고, 초대하지도 않았으며, 환영하지도 않소. 만일 당신이 나나 내 집 지붕 아래 있는 누구에게 볼일이 있어 왔다면 자기소개부터 먼저 하는 게 순서 아니겠소? 못 하겠다면 당장 이 집에서 나가주시오."

행정관은 놀라기는커녕 움찔하는 기색도 없었다. 공무를 집행

중인 행정관답게 당당하기 그지없는 태도였다. 그러나 공연히 노인의 심경을 건드려 문제를 복잡하게 만들어 좋을 게 없다고 판단했는지 그는 이내 태도를 누그러뜨렸다. "노인장이 이보르 압모르간 씨인가 보군요. 저는 윌리엄 워든이라고 합니다. 슈롭셔 행정 장관 길버트 프레스코트 님 밑에서 일하는 행정관이죠. 저는 에드윈 거니를 살인 용의자로 추적 중이며, 무슨 수를 써서라도 이 소년을 슈루즈베리까지 연행해 재판을 받게 할 임무를 지니고 있습니다. 노인장께서도 이 지역 어른이시니 법에 따를 의무가 있지요."

"하지만 잉글랜드의 법에 따를 의무는 없지!" 이보르 노인이 곧바로 대꾸했다.

"법은 법입니다! 잉글랜드 법이건, 웨일스 법이건 살인은 어디까지나 살인이고요. 그것도 독극물을 쓴 살인이지요, 어르신!"

캐드펠 수사는 에드윈을 힐끗 바라보았다. 소년은 하얗게 질린 채 간청하고 달래듯 노인의 팔 쪽으로 한 손을 뻗었으나 어른에 대한 존경심과 사랑으로 그 이상은 제지하지 못했다. 캐드펠이 소년을 대신해 가만히 노인의 야윈 손목을 잡았다. 누가 무슨 말을 하건 결국 이 사람들은 소년을 데려갈 것이다. 여기에 세 명이 있고, 집 밖에도 두 명이 더 대기하고 있는데 이들을 어떻게 막겠는가? 더군다나 상대는 자신감에 가득 찬 오만방자한 사내였다. 아마 지난번에 당한 역전극에 대한 복수도 하고 싶어 하리라. 그가 보좌관의 지시로 여기 온 것이라면 제 신상을 생각해서라도 휴 베링어의 심기를 거스를 수는 없을 테니 당장은 죄인을 함부로 다루지 않을 것이고, 그러니 더 이상 불필요하게 워든을 자극하지 않는 편이 나았다. 차라리 비위를 맞춰주는 편이 에드윈에게 이로울 터였다.

"행정관, 당신은 나를 잘 알고, 내가 이 소년을 결백하다 생각하는 것도 알 거요. 나 역시 당신을 잘 알며, 당신의 의무도 알고 있소. 명령을 집행하겠다면 우리로서는 막을 수가 없겠지. 하지만 한 가지만 물어봅시다. 휴 베링어의 명을 받고 여기 온 거요? 슈루즈베리에서 떠나올 땐 나를 미행하는 사람이 없었소. 도대체 어떻게 해서 이 집까지 오게 되었소?"

행정관은 자기의 현명함을 마음껏 드러낼 기회를 얻었다는 생각에 얼른 입을 열었다. "아, 수사님을 미행할 생각은 전혀 못 했습니다. 저와 헤어지고서 곧바로 수도원으로 돌아가셨겠거니 했지요. 하지만 보좌관께서 강 수색에서 허탕을 치고 돌아오셔서는, 수사님이 다녀가셨다는 말씀을 듣고 수도원으로 바로 뒤쫓아 가셨습니다. 그곳에서 수사님이 라이디크로소로 떠났다는 말을 들으셨고요. 보좌관님께 그 얘길 전해 듣는데, 마침 라이디크로소에서 멀지 않은 곳에 보넬 씨의 장원이 있다는 사실이 떠오르더군요. 그래서 제 재량으로 부하들을 이끌고 이곳에 와서 수사님의 행적을 추적해야겠다는 결심을 하게 된 겁니다. 장원의 집사에게서 수사님의 소재를 어렵잖게 알아낼 수 있었습니다. 그 집 하인들도 순순히 대답했고요. 슈루즈베리에서 온 관리가 물었으니 당연한 일이지요. 그 사람들 말이, 수사님이 이쪽 언덕 지대에 있는 두 집에 관해 물으셨다더군요. 그래서 바로 뒤를 쫓아 이렇게 두 번째 집에서 수사님을 찾아낸 겁니다. 한 사람을 찾으면 다른 한 사람은 저절로 굴러 들어올 줄 알고 있었죠."

보좌관 말대로라면 누구도 에드윈의 은신처를 누설하지 않았다는 뜻이었다. 이는 이보르 압 모르간 노인에게 상당히 다행스러운 일이었으니, 만일 그의 친척 가운데 누군가 이 집에 손님이 있다는 정보를 누설한 것이었다면 그는 이 일을 평생의 수치로 여길 터였다. 더하여, 행정관의 말은 캐드펠에게도 적잖이 중요한 정보를 주었다.

"그렇다면 휴 베링어가 보내서 온 건 아니군? 당신이 여기 와 있는 동안 베링어는 뭘 하고 있소?"

"보좌관께서는 그 말도 안 되는 수색을 계속하겠다며 강으로 가셨습니다. 마독이라는 넝마주이가 애첩까지 그분과 동행한다더군요. 꽤 기대를 하시는 눈치였지만 헛수고일 게 뻔합니다. 아무튼 그 덕에 저는 계획을 실천에 옮길 기회를 얻게 되었죠. 오늘 저녁 그분이 빈손으로 돌아오셨는데 제가 범인을 체포해 데리고 가면 꽤나 놀라실 겁니다."

그는 잔뜩 기대에 차 있었다. 자신의 성과에 이토록 만족스러워하니, 굳이 소년을 거칠게 다루지는 않을 것이다.

"에드윈." 캐드펠이 말했다. "나를 믿고 따르겠느냐?"

"네, 그러겠습니다." 에드윈은 침착하게 대답했다.

"그럼 이 사람들과 함께 가거라. 얌전히, 말썽부리지 말고. 너는 아무 잘못도 하지 않았고, 그러니 유죄 선고를 받을 리 없을 거야. 딱 한 가지만 기억해라. 휴 베링어의 손에 넘어가면 그분이 묻는 말에는 뭐가 됐건 있는 그대로 대답해야 한다. 진실을 말하라는 뜻이야. 내 약속하는데, 감옥에 오래 갇혀 있지는 않을 게다." 하느님, 저를 지켜주소서, 제가 선을 행할 수 있도록 도와주소서. 캐드펠은 마음속으로 기도했다. "만일 이 아이가 도망가지 않겠다고 약속하면 손은 묶지 않고 연행해도 되겠지요? 길이 멀고, 어두워지기 전까지는 도착해야 할 테니까요."

"좋습니다. 손은 묶지 않죠." 행정관은 무심하게 대답했다. "저기 밖에 있는 두 사람 보이시죠? 둘 다 내로라하는 활의 명수들입니다. 쓸데없는 생각을 품고 도망치려 한다 하더라도 몇 발짝 못 갈 겁니다."

"그런 짓은 하지 않겠습니다." 에드윈은 단호하게 말했다. "약속드려요. 자, 전 이제 준비됐습니다!" 그는 이보르 압 모르간 노인에게 다가가 공손하게 무릎을 꿇었다. "할아버지, 고맙습니다. 할아버지의 친손자는 아니지만…… 그랬으면 참 좋았을 거예요! 부디 제게 입 맞춰주세요."

노인은 소년의 어깨를 잡고 허리를 구부려 뺨에 입을 맞추었다. "하느님이 함께하시기를! 자유의 몸이 되거든 꼭 다시 오너라!"

에드윈은 구석에 놓아둔 안장과 굴레를 챙겨 들고 고개를 빳빳이 세운 채 밖으로 나갔다. 두 명의 무장 관리가 소년의 곁에 바싹 붙어 따라갔다. 잠시 후 집 안에는 캐드펠과 노인만 남았다. 열린 문틈으로 행정관과 소년, 두 무장 관리, 그리고 궁수 둘로 이루어진 행렬이 보였다. 아직 해가 떠올라 있었지만 날씨는 꽤 나 찼다. 아마 한밤중이 되어서야 슈루즈베리에 도착하리라. 지 루한 여정, 그 뒤에 기다리고 있는 것은 슈루즈베리 성의 차디찬 감방. 아, 하느님, 제발 이 일이 오래가지 않게 하소서. 모든 일이 순조롭게 풀린다면 이삼일 후에는 해결될 터였다. 그러나 누구에 게 순조로운 방향으로 풀려갈 것인가?

"메이리그에게는 뭐라고 하나!" 노인이 서글픈 표정으로 말했 다. "그 애가 돌아와 우리 집에 온 손님이 저자들에게 끌려간 걸 알게 되면……."

캐드펠은 에드윈의 갈색 머리와 가냘픈 몸이 보이지 않게 된 다음에야 비로소 문을 닫았다. 다 큰 아이였으나 건장한 병사들 틈에 끼어 있어서인지 훨씬 조그맣고 어려 보였다.

"메이리그에게는 에드윈 문제로 걱정할 필요 없다고 하십시오." 캐드펠은 한참 생각한 뒤에 입을 열었다. "진실은 결국 밝혀질 것이고, 그러면 그 아이도 풀려날 테니까요."

*

캐드펠에게는 하루의 시간이 남아 있었다. 그동안 에드윈을 위 해 특별히 할 수 있는 일도 없었기에, 그는 무언가 보람 있는 일을 해야겠다고 마음먹었다. 바르나바스 수사는 거의 완쾌되어, 이젠 오히려 고된 일을 피하고 며칠 더 따뜻한 집에서 푹 쉬라고 설득해야 할 정도였다. 다음 날이면 다시 돌아가야 하니 사이먼 수사도 그날 하루만큼은 푹 쉬게 해주고 싶었다. 그들은 하루의 주요 의식을 함께했다. 마치 성 베드로 사원에 돌아와 있는 것 같았다. 적절한 형식을 갖춘 환자의 낭송도 신께서는 기도로 받아주실 터였다.

닭에게 모이를 주고, 암소 젖을 짜고, 밤색 말을 돌보고, 양들에게 풀을 먹이느라 바쁜 와중에도 캐드펠은 그동안의 일들을 정리해보았다. 에드윈은 휴 베링어와 충분히 면담한 뒤 지금쯤 감옥에 들어가 있을 것이다. 마틴 벨코트는 에드윈이 붙잡혔다는 소식을 들었을까? 에드위는 제 유인 작전이 허사가 된 것을 알까? 그리고 리힐디스는…… 아마 베링어가 직접 그녀를 찾아가 아들이 잡혔다는 소식을 전했을 것이다. 그러나 아무리 정중하고 다정한 말을 건넸다 하더라도 그녀가 느낄 고통과 슬픔을 덜어주지는 못했으리라.

그렇지만 캐드펠이 진정으로 걱정하는 사람은 바로 이보르 압 모르간 노인이었다. 비록 잠시였으나 노인은 소년과 함께 지내며 정을 나누고 자신의 어린 시절이 다시 되살아난 듯한 기분을 느꼈을 것이다. 그러나 이제 다시 혼자가 되었으니 노인이 얼마나 쓸쓸해할지 충분히 짐작할 만했다. 그 드센 기세로 거베이스 보넬에게 반항하고 대들었던 에드윈이 이보르 압 모르간을 향해 드러낸 경의와 애정은 눈을 보고도 믿기지 않을 정도였다. 우리 인간은 누구와 함께 있느냐에 따라 희생자가 될 수도 상속자가 될 수도 있다.

"내일은 새벽녘에 떠나야 할 것 같소." 송진 냄새를 물씬 풍기는 장작들이 파란 불꽃을 내며 타오르는 난롯가에 둘러앉아 저녁을 먹던 중 캐드펠은 수사들에게 말했다. 이곳 재판소는 해가 떠오르자마자 문을 열었다. 방청객들이 어두워지기 전에 귀가할 수 있도록 하려는 배려였다. "최대한 일찍 돌아와 저녁에 양을 돌보도록 하겠소. 그런데 형제들은 내가 어딜 가는지 통 묻질 않는군."

"아닙니다, 형제님." 사이먼 수사가 온화한 어조로 대답했다. "형제께서 원체 생각거리가 많으신 듯해서요. 괜한 질문으로 번거롭게 해드리고 싶지 않았습니다. 하지만 저희가 알아야 할 게 있으면 편하게 말씀해주십시오."

그러나 말을 하자면 너무도 긴 이야기가 될 것이었다. 더욱이 이 고요한 세계에서 외롭게 살아가는 사람들에게는 어쩌면 안 하느니만 못한 이야기일 수도 있었다. 차라리 아예 말을 꺼내지 않는 편이 나을 것이다.

*

다음 날 동이 트기 전, 캐드펠은 자리에서 일어나 말에 안장을 없고 이틀 전과 같은 길을 따라 개울까지 갔다. 그때는 개울을 건너 이보르의 집으로 갔지만, 이번에는 그쪽으로 꺾는 대신 곧장 컨흘라이스 골짜기로 들어가 나무다리를 건넜다. 거기서부터 란실린까지는 2킬로미터도 안 되는 거리였다. 구름이 끼기는 했어도 이미 해가 떠오른 뒤라 사방이 훤하게 밝았다. 마을도 잠에서 깨어나 길은 교회로 향하는 사람들로 붐비고 있었다. 어젯밤 그 마을의 거의 모든 이들이 다른 지역에서 온 친구나 친척들에게 하룻밤 잠자리를 빌려준 모양이었다. 오늘 이 작은 마을에는 원래 인구의 열 배 가까운 사람들이 모여 있었다. 그는 교회 마당 귀퉁이에 자리한 접객소에 말을 매어놓은 뒤 사람들의 행렬에 섞였다. 베네딕토회의 검은 승복은 이 부근에서 흔히 볼 수 있는 것이 아니라 꽤나 이목을 끌었다. 캐드펠은 교회 안으로 들어가자 사람들의 눈을 피해 한쪽 구석에 자리를 잡았다. 너무 일찍 주목을 받고 싶지는 않았다.

자신과 관련된 토지와 사람들을 둘러싼 이 재판을 지켜보고 증언을 하기 위해 법정에 참석한 마을 노인들 가운데 이보르 압 모르간의 모습은 보이지 않았다. 사법관들의 지루한 법률 논쟁보다는 이 친숙하고 존경받는 주민들의 증언 공방이 훨씬 큰 영향력을 발휘할 터였다. 캐드펠이 컨브리스 압 리스를 찾는 사이 재판관 셋이 입정하고 첫 번째 재판이 열리기 시작했다. 원고의 이름이 거명되자 증인들이 우르르 몰려나왔다. 컨브리스는 동생의 지지자들 사이에 끼어 있었다. 오아인의 얼굴은 형 컨브리스와 무척 비슷했다. 이어 거무스레한 피부에 호전적인 분위기를 풍기는 피고 허웰 버한 역시 자기 측 증인들을 우르르 이끌고 들어왔다.

재판관이 평결을 내렸다. 문제가 되는 두 소유지를 실측하고 예전 계약 증서를 토대로 측량한 결과, 허웰 버한이 실제로 이웃 토지를 침범해 수 킬로미터 앞으로 경계석을 옮겨놓았다는 사실이 밝혀졌다. 그러나 동시에 오아인 압 리스 역시 피고의 불법행위를 알아챈 뒤 울타리를 몰래 옮겨놓아 손실된 부분을 그대로 되찾았다는 사실이 드러났다. 결국 양자의 경계선을 원상으로 돌려놓고 쌍방에게 약소한 액수의 벌금을 부과한다는 판결이 내려졌다. 예상대로 오아인과 허웰은 이 판결을 선선히 받아들이고 서로 악수까지 나누었다. 아마 오늘 밤 두 사람은 함께 술판을 벌여 자기들이 상대에게서 받아내리라 예상하는 벌금만큼 먹어치울 테고, 이런 송사는 내년에도 똑같이 반복될 것이다. 이는 캐드펠에게도 지극히 익숙한 일종의 국가적 게임이었다.

그 외에도 토지측량 문제를 놓고 재판을 기다리는 분쟁이 두 건 더 있었다. 한 건은 무리 없이 원만히 해결되었고, 다른 한 건은 패소한 측이 다소 불만을 제기하기는 했으나 큰 잡음 없이 마무리되었다. 그다음에는 죽은 남편의 가족들을 상대로 토지를 조금이나마 물려받고자 한 어느 부인의 소송 건이었다. 일곱이나 되는 이웃들이 증언을 해서 부인의 요구를 관철시킬 수 있었다. 오전 시간이 거의 끝나갈 무렵, 캐드펠은 걱정스러운 마음으로 어깨 너머 현관 쪽을 힐끗힐끗 뒤돌아보기 시작했다. 혹시 계산이 틀린 걸까? 그렇다면 정말 심각한 문제였다. 모든 것을 처음부터 다시 시작해야 할 터였다. 게다가 지금 에드윈은 절체절명의 위험에 빠져 있지 않은가. 당장은 휴 베링어의 정의감에 기대고 있으나, 그것도 길버트 프레스코트가 왕의 축제에서 돌아오면 끝나고 만다.

판결에 만족한 부인이 증인들과 함께 퇴장하려는 순간, 교회 문이 활짝 열렸다. 햇살이 환하게 교회를 비추는 가운데 한 무리의 사람들이 안으로 들어왔다. 캐드펠은 고개를 돌려 바라보았다. 메이리그가 통로를 걸어오고, 그 뒤에서 일곱 명의 노인들이 따라오고 있었다.

메이리그는 하얀색 상의에 짧은 바지 차림이었다. 슈루즈베리 수도원을 방문했을 때 입었던 것과 같은 옷으로, 그의 유일한 외출복인 모양이었다. 허리띠 위에는 리넨 전대가 둘려 있었는데, 이 역시 친척 노인을 돌보느라 진료소에 들렀을 때 차고 있던 것이었다. 값이 꽤나 나가 보이는 게, 아마 비슷한 다른 전대가 있을 성싶지는 않았다.

어디 내놓아도 눈에 띄지 않을 평범한 젊은이였다. 그러나 지금은 아니었다. 메이리그는 팔을 늘어뜨린 채 통로 중앙에 버티고 섰다. 교회이자 재판소라는 이 신성한 장소에 무기를 지니고 들어왔을 리는 없겠지만, 마음만 먹으면 언제라도 흉기를 꺼낼 수 있다는 듯 당당하면서도 긴장한 태가 역력했다. 그는 면도를 하고 목욕도 깨끗이 한 모습이었다. 교회 중앙에 가라앉은 빛이 그의 흰 피부에 진하고 어두운 그늘을 드리우며 강인한 얼굴의 모든 뼈대를 부각시켰다. 두 눈은 동굴 속 움푹 꺼진 곳에서 활활 타오르는 등잔불 같았다. 그는 애처로우리만치 어려 보이면서도 나이 들어 보였고, 굶주려 보였다.

"급히 법정의 허락을 요하는 청원 사항이 있어 왔습니다."

메이리그가 높고 맑은 목소리로 말했다.

"이제 막 폐정하려던 참이오." 재판장이 온화하게 말했다. "그러나 우리는 임무를 다할 것이오. 이름과 직업을 말해보시오."

"제 이름은 메이리그, 여기 있는 분들이 모두 알고 계시는 이보르 압 모르간 씨의 딸 앙하라드의 아들입니다. 앙하라드와 생전에 말릴리 영주였던 거베이스 보넬 사이에서 태어났죠. 거베이스 보넬에게는 자식이 하나뿐이고, 제가 바로 그 자식입니다. 그래서 저는 장원의 소유권을 주장하기 위해 이렇게 나왔습니다. 저는 이 법정에서 그 땅이 웨일스에 속한 토지요, 따라서 웨일스 법에 따라야 한다는 점과, 제가 그분의 유일한 자식이라는 점을 증언하고자 합니다. 웨일스 법에 따르면 정식 결혼에 의한 것이든 아니든 부친이 인지하고 있는 경우엔 자식으로 인정되는 것으로 알고 있습니다." 메이리그는 숨을 돌리느라 잠시 말을 멈추었다. 창백한 그의 얼굴은 긴장감으로 더욱 날카로운 빛을 띠었다. "제 청원을 들어주시겠습니까?"

교회 안에서 웅성임이 물결처럼 퍼져 나가 나무 벽까지 진동하는 듯했다. 재판관들도 놀란 표정을 숨기지 못하고 서로를 돌아보았으나, 인간적 한계를 초월한 균형과 평정은 결코 잃지 않았다. "긴급을 요하는 소송에 관한 한, 법적인 수속을 거쳤건 거치지 않았건 우리는 반드시 들어야 할 의무를 지니고 있소. 그러나 이 건의 경우 적절한 처리를 위해서라도 얼마간 휴정 기간이 필요하다고 보오. 그 점을 염두에 두고 발언해주시오."

"그러면 첫 번째로 말릴리 영지에 대해서 말씀드리겠습니다. 모두 알고 계시겠지만 여기 계신 네 분은 그 장원에 인접한 토지를 소유한 분들이며, 그 경계선을 모두 합하면 장원 전체 둘레의 10분의 9에 해당합니다. 나머지 10분의 1만이 잉글랜드 땅에 접해 있지요. 다들 아시다시피 장원의 거의 모든 부분이 웨일스 쪽에 속해 있다는 얘깁니다. 증인들께 저를 위한 발언을 부탁하고 싶습니다."

그중 가장 연장자인 증인이 입을 열었다. "말릴리 장원은 웨일스 지역에 있으며, 제가 살아오는 동안 두 번에 걸쳐 웨일스 법에 따라 재판이 이루어졌습니다. 물론 그 영지의 소유권은 잉글랜드인의 손에 있지만 말입니다. 몇 번인가 잉글랜드 법정에서 사건을 심리하긴 했지만, 거베이스 보넬은 두 번 모두 웨일스 법정을 선택해 웨일스 법에 의해 재판을 받았습니다. 따라서 저는 이 토지에 대해서만큼은 웨일스 법을 따라야 한다고 생각합니다. 다시 말해, 소유자가 누가 됐건 이 건은 컨흘라이스 관할에 속한다고 봅니다."

"우리도 모두 같은 의견입니다." 두 번째 노인이 말했다.

"다른 사람들도 같은 의견이오?" 재판장이 물었다.

"그렇습니다."

"반대 의견을 가진 사람은 아무도 없소?"

반대는커녕 오히려 여러 사람이 새로 그 의견에 동조하고 나섰고, 그중 한 명은 지난번 보넬이 소를 잃어버린 사건으로 이 법정에 출두해 지금 자리한 세 명의 재판관 중 하나로부터 재판받은 사실을 상기시키기까지 했다. 문제의 재판관도 물론 그 일을 똑똑히 기억하고 있었다.

"법정은 이웃 주민들의 증언을 인정하오." 재판장은 동료들과 눈짓을 교환하더니 고개를 끄덕이며 말했다. "방금 말한 그 토지가 웨일스에 속한다는 점에 대해서는 재론의 여지가 없으며, 누구든 그 권리를 주장하는 자가 원하는 경우에는 웨일스 법에 따라 재판받을 수 있소. 계속하시오!"

"두 번째 사안은 말입니다." 메이리그는 긴장이 되는지 입술에 침을 한 번 축이고 말을 이었다. "제가 거베이스 보넬의 자식이며, 그것도 단 하나뿐인 외아들이라는 점입니다. 여기, 제가 태어났을 때부터 저를 잘 알아온 분들이 바로 증인입니다. 또 이분들 외에도 제 혈통과 관련하여 아는 바가 있다면 이 자리의 누구든 저를 위해 증언해주시기를 청합니다."

그러자 교회 안의 상당수 사람들이 차례로 일어서서 노인들의 증언을 확인해주었다. 메이리그는 이보르 압 모르간의 딸인 앙하라드가 낳은 자식으로 앙하라드가 하녀 일을 했던 말릴리 장원에서 태어났다. 앙하라드가 영주의 아이를 출산했다는 사실은 누구나 다 아는 사실이며 보넬은 이 아이에게 잠자리와 먹을 것을 제공했다는 내용의 진술이 줄을 이었다.

"여기에는 한 가지 문제가 있소." 재판장이 말했다. "세간의 여론이 어떤 이를 지목해 누군가의 부친임을 주장한다 해서 그 여론이 증거로 작용할 수는 없소. 또 아이의 양육 의무를 인정했다고 해서 친부라는 사실이 증명되는 것도 아니오. 친자 확인에는 부친 본인의 인정이 필요하오. 그 확인을 얻은 자만이 친자와 재산상속의 권리를 가질 수 있소."

"그 점도 문제없습니다." 메이리그는 자신 있게 말하고는 옷 안자락에서 둘둘 만 양피지를 꺼냈다. "제가 일자리를 얻을 때 작성된 계약서입니다. 이걸 보시면 거베이스 보넬은 저를 자식으로 인정하며 서명했다는 사실을 확인할 수 있을 것입니다." 그는 앞으로 걸어가 서기에게 양피지를 건네주었고, 서기는 그것을 펼쳐 훑어본 뒤 입을 열었다.

"저 사람이 말한 대로입니다. 이 계약은 슈루즈베리의 대목수인 마틴 벨코트와 거베이스 보넬 사이에 이루어진 것으로, 전자가 후자의 아들 메이리그를 맡아 목수와 조각가에게 필요한 전반적인 기술을 가르친다는 내용입니다. 급료 외에 약간의 수당을 별도로 지급한다는 내용도 있고, 이 청년이 '내 아들'이라는 언급도 분명하게 나와 있습니다. 의심할 여지 없는 사실입니다."

재판관들이 낮은 목소리로 진지하게 의견을 나누는 사이 메이리그는 심호흡을 하며 처분을 기다렸다.

"이 계약서에 하자가 없다는 점을 인정하오." 마침내 재판장이 입을 열었다. "또한 청원인의 신원과 토지에 대한 권리도 인정하오. 그러나 들리는 바에 의하면, 아직 완전히 체결되지는 않았으나 장원을 슈루즈베리 수도원에 양도한다는 계약이 있었고, 이에 의거해 수도원에서는 보넬 씨가 불의의 사고를 당하기 직전 집사를 파견해 영지를 관리해왔다고 하오. 친자의 소유권 주장은 십분 정당하나 정황상 여러 복잡한 문제가 예상되기에 정식으로 법적 수속을 밟아 조처해야 한다는 것이 본 재판부의 생각이오. 더하여 잉글랜드의 대영주에 대해서도 고려하지 않을 수 없으며, 설사 계약이 체결되지 않았다 해도 보넬 씨가 생전에 의사표시를 한 만큼 수도원 또한 권리를 주장할 수 있을 거요. 이러한 점들을 감안해 청원인은 정식으로 소유권에 관한 소송을 제기할 필요가 있소. 되도록 빠른 시일 안에 법률 상의하기를 권하오."

"외람되지만." 메이리그는 자기가 원하는 토지를 이미 손에 넣은 양 당당하게 허리에 손을 얹고 눈을 빛내며 말했다. "웨일스 법에는 소송 전이라 해도 제게 소유권을 부여하는 조항이 있는 것으로 압니다. 친자인 경우에만 가능한 조항이나, 저는 고인의 친자식이니 당연히 이를 주장할 수 있다고 봅니다. 저는 다단 히드[25]의 권리를 주장하며 본 법정의 재가를 요청하는 바입니다. 허락하시면 저를 지지해주시는 어르신들과 함께 제 소유물인 장원으로 가도록 하겠습니다."

캐드펠 수사는 이 뜨거운 열정에 무심결에 빨려들어, 자기가 왜 그 자리에 서 있는지조차 잠시 망각할 정도였다. 노르만-잉글랜드 법에 따라 출생의 권리를 인정받지 못하던 메이리그가 자기 조국의 땅에 대한 열렬한 갈망을 표시하는 이 순간, 캐드펠을 비롯하여 재판관과 증인 할 것 없이 그 자리의 모든 이들이 커다란 마음의 울림을 느끼고 있었었다.

"본 법정은 청원인의 주장을 인정하오." 재판관은 근엄하게 말했다. "그 집에 들어갈 권리를 부인할 이유는 전혀 없소. 그러나 재판부로서는 아무런 사전 통지도 받지 못한 상황이기에 형식상의 절차로 여기 모인 분들의 동의를 구하는 것이 좋을 듯하오. 누구든 이의가 있는 분은 나와서 발언해주시오."

"이의 있습니다." 캐드펠은 순간적인 도취 상태에서 어렵사리 빠져나와 비로소 입을 열었다. "법정의 재가가 나기 전에 한 가지 문제에 대해 말씀드리고 싶습니다."

사람들은 일제히 소리가 난 쪽으로 고개를 돌렸다. 캐드펠의 키가 이곳의 다른 이들보다 작은 터라 재판관들은 좌석을 샅샅이 훑으며 목소리의 주인을 찾아야 했다. 메이리그 역시 핏기 없이 딱딱하게 굳은 얼굴에 초점 없는 눈으로 뒤를 돌아보았다. 비수와도 같은 캐드펠의 목소리에 그는 한순간 어리둥절하여 정신을 차리지 못했고, 사람들 사이를 헤치며 앞으로 나서는 캐드펠을 알아보지도 못했다.

"베네딕토 수도회에서 오신 분이오?" 재판장은 단단한 체구에 승복을 입은 남자가 통로에 나와 서자 당황한 목소리로 물었다. "슈루즈베리 수사 되시오? 수도원을 대변하러 오셨소?"

"아닙니다." 캐드펠 수사가 말했다. 그는 메이리그에게서 2미터도 떨어지지 않은 곳에서 걸음을 멈추었다. 젊은이의 빛나는 까만 눈에 이미 충격과 불신의 기미는 사라지고 없었다. "아닙니다. 저는 거베이스 보넬을 대변하러 여기에 왔습니다."

메이리그는 필사적으로 뭔가를 말하려 했지만 정작 아무 말도 나오지 않았다.

"무슨 말인지 모르겠군요, 수사." 재판장은 인내심을 보이며 말을 이었다. "설명해보시오, 그 문제라는 것이 무엇인지."

"저는 여러분과 마찬가지로 웨일스인입니다." 캐드펠은 입을 열었다. "웨일스 법을 인정하고 지지하는 사람입니다. 다시 말씀드려 혼인을 했느냐 안 했느냐와 관계없이, 자식은 자식이며 마땅히 자식으로서의 권리를 부여받아야 한다고 믿습니다. 잉글랜드 법에서는 사생아라 업신여긴다 해도 말입니다. 그렇습니다, 혼인을 하지 않은 상태에서 태어난 자식이라도 유산을 상속받을 권리는 있지요. 그러나…… 여기 이 사람처럼 자신의 아버지를 살해한 자식에게는 그 권리가 허용되지 않을 겁니다."

캐드펠은 장내에 한바탕 동요가 일겠거니 생각했지만, 예상과 달리 무거운 침묵이 흘렀다. 재판관들은 돌처럼 딱딱하게 굳은 채 앉아 있었고, 사람들은 숨도 제대로 쉬지 못했다. 이윽고 다들 정신을 차리며 놀란 눈으로 메이리그를 쳐다보았다. 메이리그는 안색을 유지하느라 필사적으로 노력하는 듯했다. 이마와 뺨으로 땀방울이 흘러내렸고, 팽팽하게 긴장한 목덜미 근육에는 푸른 힘줄이 툭툭 불거져 나왔다. 하지만 그는 이내 정신을 수습한 듯 고소인에게 무심한 시선을 던지더니 다시 재판관들 쪽으로 눈길을 돌렸다. 짧은 순간이었지만 캐드펠은 자신을 향한 메이리그의 눈길에서 무언의 경멸감을 느낄 수 있었다. 여기 모인 사람들 중에는 캐드펠을 수도원이 파견한 일종의 앞잡이, 그러니까 말릴리가 정당한 소유권자에게 넘어가는 것을 막고자 한 젊은이를 살인자로 몰고 가는 비열한 수단까지 불사하는 악랄한 대리인으로 여기는 이들도 있을지 모를 일이었다.

"그것은 실로 중대한 혐의요." 재판장은 얼굴을 크게 찌푸렸다. "만일 진지하게 한 발언이라면 자세히 설명해 그 내용을 입증하고, 그게 아니라면 당장 철회하시오."

"설명하겠습니다. 제 이름은 캐드펠, 슈루즈베리 수도사로 거베이스 보넬의 독살에 사용된 독약을 만든 본초학자입니다. 따라서 이 사건에는 제 명예가 걸려 있습니다. 통증을 가라앉히는 데 쓰려고 만든 제 약이 사람을 죽이는 독으로 사용되었으니까요. 저는 부름을 받고 현장에 갔다가 고인의 임종을 지켜보았습니다. 그리고 이제 고인의 죽음을 해명하기 위해 이곳에 왔습니다. 재판장님께서 허락하신다면, 이 사건이 어떻게 일어났는지 처음부터 자세히 설명하겠습니다."

캐드펠은 조금도 보태지 않고 사실 그대로를 이야기했다. 사건

현장에 있던 이들을 일일이 나열하고, 지금까지는 의붓아들만이 그 죽음에서 이득을 취할 유일한 사람으로 여겨졌다는 사실도 밝혔다.

"메이리그는 그의 죽음으로 아무런 이득도 취할 수 없을 듯 보였습니다만, 이제 우리 모두 알다시피 그에겐 대단히 큰 이해관계가 걸려 있었습니다. 우리 수도원과의 계약이 완전히 마무리되지 않은 상태였고, 따라서 웨일스 법에 따라 그는 유일한 상속인이 되지요. 제가 알고 있는 범위에서 메이리그에 관해 이야기해 보겠습니다. 이 젊은이는 언젠가부터 웨일스 법에 의하면 자신이 상속인이 된다는 사실을 깨닫고, 여느 자식들과 마찬가지로 아버지가 사망할 때까지 기다렸다가 상속권을 주장하겠다고 마음먹고 있었습니다. 거베이스 보넬이 재혼하여 의붓아들을 상속인으로 하는 유언장을 만들었을 때도 크게 걱정하지는 않았을 겁니다. 피가 섞인 친자의 권리는 그 무엇으로도 침해되지 않으리라 믿었겠지요. 그러나 부친이 노후를 위해 슈루즈베리 수도원에 장원을 양도하고 거처와 식량과 안락한 삶을 얻겠다는 결정을 내리자 사정이 달라졌습니다. 만일 그 계약이 곧바로 체결되었더라면 이 젊은이도 체념하고 물러나 살인까지는 저지르지 않았을 테지요. 그러나 우리 수도원장님께서 런던으로 소환되셨고, 곧 다른 사람이 당신 자리를 대신하게 될지 모른다는 생각에 계약 체결을 주저하셨습니다. 이를 기회로 메이리그는 다시금 기대를 걸며 어떻게 해서든 계약을 무산시킬 방법을 찾기 시작했지요. 만일 수도원이 정식 계약을 완료하면 자신의 법적 권리가 사라진다는 사실을 잘 알고 있었으니까요. 슈루즈베리 수도원을 상대로 어떻게 싸울 수 있겠습니까? 만일 소송이 벌어지더라도 수도원 측은 막강한 영향력을 행사하여, 잉글랜드 법정에서 잉글랜드 법에 의해 재판하려 할 것입니다. 물론 정당한 일이라 할 수는 없겠지만, 어쨌든 그럴 경우 메이리그 같은 일개 시민이 수도원을 상대로 송사를 벌여봐야 패소할 것이 뻔하고 결국 상속권은 물 건너가겠지요. 그러던 중 이 젊은이는 우연한 기회에 살인의 수단을 발견하게 되어, 그것을 사용하고자 하는 유혹에 시달리기 시작했습니다. 매우 유감스러운 일이지요. 처음부터 살인을 계획했던 것은 아니었으니까요. 그러나 어쨌든 지금 크나큰 죄를 짓고 여기 서 있는 이상, 이 젊은이가 그 범죄의 열매를 손에 넣어서는 안 되며 그럴 수도 없다는 점을 분명히 밝히고자 합니다."

재판장은 곤혹스러운 듯 한숨을 내쉬더니, 무표정한 얼굴로 꼼짝 않고 서 있는 메이리그를 바라보았다. "어떤 혐의를 받고 있는지 십분 이해했으리라 믿소. 할 말이 있으면 해보시오."

"할 말 없습니다." 메이리그는 절망적인 상황에서도 용케 자신을 추슬렀다. "모두 무책임한 추측에 지나지 않습니다. 게다가 증거도 없지 않습니까? 제가 그때 그 집에 있었던 건 사실입니다. 제 부친의 아내와 그 여자의 아들, 그리고 하인 두 명과 함께였죠. 하지만 그것이 전부입니다. 그래요, 그 전에 우연히 진료소에 들렀고, 이 수사님이 말씀하시는 그 약에 대해 들은 것도 맞습니다. 그러나 그게 저와 무슨 상관이 있습니까? 저도 하려고만 들면 그날 그 집에 있던 다른 모두에 대해 똑같은 이야기를 늘어놓을 수 있습니다. 그렇지만 증거가 없으니 그런 짓은 하지 않겠습니다. 행정관은 처음부터 제 부친의 의붓아들이 범행을 저질렀다고 주장했으나, 전 그것도 사실이라고 단정하지 않습니다. 다만, 저 역시 다른 사람들과 마찬가지로 증거가 전혀 없다는 말씀은 꼭 드리고 싶습니다."

"아니, 있습니다." 캐드펠이 곧바로 말을 받았다. "증거가 있어요. 이 사건이 우발적인 충동과 분노에 의한 범죄라는 사실은 물론 이후의 후회까지 드러낸다는 점에서 안타깝기 그지없는 증거지요. 진료소에서 제가 만든 투구꽃 기름을 몰래 빼내려면 반드시 작은 병에 옮겨 담아야 했습니다. 그 병을 사람들 눈에 띄지 않게 숨겨두었다가 사용한 뒤에는 아무도 모르게 빨리 없애야 했지요. 그런데 병이 버려진 장소를 살펴보면 보넬의 의붓아들인 에드윈 거니는 결코 범인이 아니라는 사실을 알 수 있습니다. 그 집에 있던 다른 사람이라면 몰라도 에드윈은 절대 병을 그 장소에 버릴 수 없었어요. 그날 소년의 행적은 이미 낱낱이 밝혀져 있습니다. 그가 집에서 나와 곧장 다리를 건너 시내로 들어가는 것을 목격한 이가 한둘이 아니지요."

"이것 역시 한낱 추측에 터무니없는 거짓말입니다." 메이리그는 자신감을 얻었는지 힘주어 말했다. "그 병은 발견되지 않았습니다. 만약 발견되었다면 행정관이 모를 리 없죠. 이것은 법정을 혼란에 빠뜨리기 위해 지어낸 이야기에 불과합니다."

물론 메이리그로서는 알 길이 없을 터였다. 에드윈도, 심지어
는 휴 베링어도 모르고 있는 사실이니까. 병에 대해 아는 사람은
캐드펠과 마크 수사 둘뿐이었다. 마크 수사라는, 절대로 악을 행
할 이유가 없는 인물이 그것을 발견했다는 게 천만다행이었다.

캐드펠은 주머니에서 변색된 녹색 병을 꺼내어 병을 싸고 있는
천을 조심스럽게 풀었다. "여기 그 병이 있습니다. 바로 이것입
니다." 그는 팔을 쭉 뻗어 당황한 메이리그의 코앞에 병을 들이
댔다.

그 순간 캐드펠은 메이리그의 얼굴이 처참하게 일그러지는 것
을 놓치지 않았다. 이제 의심의 여지가 없었다. 한편으로는 이 청
년에게 호감을 품고 있었기에 말로 다 할 수 없는 비애감이 느껴
졌다.

"이것은 제가 찾아낸 게 아닙니다." 캐드펠은 재판석을 향해
고개를 돌렸다. "이 사건에 대해서 아는 것이 없는, 그리고 절대
거짓말을 할 리 없는 한 수련사가 발견했지요. 그리고 발견된 장
소는…… 이 장소가 중요합니다…… 물방앗간 저수지의 얼음장
속이었습니다. 그 집의 내실 창문 바로 밑입니다. 에드윈이라는
소년은 그 방에 단 1초도 혼자 있던 적이 없습니다. 즉, 그 창문
으로 이 병을 내던질 수 없었다는 뜻이지요. 병을 잘 살펴보십시
오. 하지만 조심해야 합니다. 기름 자국이 겉에 묻어 있고, 안에
도 찌꺼기가 남은 상태니까요."

메이리그는 그 작은 병이 천에 싸인 채 세 명의 재판관들 손으로 건네지는 것을 지켜보며, 믿기지 않으리만치 침착한 목소리로 말했다. "이것을 발견한 장본인이 지금 이 자리에 없다는 점은 차치하고라도, 그날 그 방을 드나든 사람이 모두 네 명이나 됩니다. 게다가 따져보면 저는 그 집에서 가장 일찍 나온 사람이에요. 곧장 시내에 있는 가게로 돌아갔으니까요. 다른 사람들은 거기에 남았고, 지금도 그 집에서 살고 있습니다."

그럼에도 불구하고, 심판의 시간이 다가오고 있었다. 메이리그는 애써 태연함을 가장했으나 표정에는 어떻게든 자신을 방어하려는 기색이 역력했다. 그 역시 심판이 다가왔음을 알고 두려워하는 것이었다. 자기 자신 때문이 아니라 자신이 그토록 사랑했던 대상, 자기가 태어난 그 땅을 잃을지도 모른다는 두려움이었다. 이제 결론을 내려야 할 이 최후의 순간, 캐드펠은 전혀 예상치 못했던 마음의 갈등을 느꼈다. 하지만 무고한 에드윈이 감옥에 있지 않은가. 만일 메이리그가 그 사실을 알면 어떻게 나올까? 자신의 혐의가 옅어지는 셈이니 마음을 놓을까? 아니, 오히려 더 괴로워하고 흔들릴지도 모른다. 그날 오후, 행정관이 그토록 다그쳤음에도 불구하고 메이리그는 에드윈에게 불리한 증언은 단 한마디도 하지 않았다. 그 사실만 봐도 분명히 알 수 있는 사실 아닌가.

"마개를 열어보십시오." 캐드펠은 다급한 마음에서 자기도 모르게 목소리를 높였다. "냄새를 깊이 들이마시지 않도록 주의하셔야 합니다. 아직도 강한 약 기운이 남아 있으니까요. 그것이 살인의 수단이었다는 점은 의심의 여지가 없는 사실입니다. 그리고 병 바깥쪽에 흘러내린 자국이 있을 겁니다. 범행을 저지른 뒤 서둘러 마개를 막느라 생긴 것이지요. 범인은 행정관 일행이 현장에 다녀간 긴 시간 동안 이 병을 몸 어딘가에 숨기고 있었습니다. 따라서 틀림없이 잘 지워지지 않는 끈적끈적한 자국과 강한 냄새가 남았을 겁니다. 자, 이제 병의 냄새를 충분히 맡으셨겠지요?"

캐드펠은 메이리그를 향해 돌아선 뒤 거친 리넨으로 만들어진 전대를 가리켰다. "내 기억이 정확하다면 자넨 그날도 그걸 차고 있었네. 재판관님들께 조사를 맡기지 않겠나? 한두 시간, 혹은 더 긴 시간 동안 그 안에 저 병을 넣어두었다면 자국이 남았든지 냄새가 배었든지 했을 테니까. 자, 메이리그, 허리띠를 풀어 전대를 넘겨주게."

메이리그는 말없이 복종하듯 허리로 손을 가져갔다. 그 모습에, 캐드펠은 보넬이 사망한 그날 오후 내내 약병이 저 전대 안에 들어 있었으리라 확신하면서도, 한편으로는 아무것도 발견하지 못할지 모르겠다는 생각에 불안함을 느끼기 시작했다. 만일 그렇게 되면 자신의 주장은 터무니없는 모함으로 판명될 터였다. 아니, 아직은 모를 일이야! 설사 전대 안에 아무것도 없다 해도 그것이 메이리그의 결백함을 완전히 증명하지는 못해. 반면 아주 미세한 것이라도 약이 묻었던 흔적만 발견되면 어렴풋이 남았더라도 메이리그는 죗값을 치르게 되겠지……. 그때 메이리그가 허리띠를 풀려던 손가락을 갑자기 꽉 오므리더니 더 이상 움직이지 않았다.

"못 합니다!" 그가 거칠게 소리쳤다. "제가 무엇 때문에 이런 모욕을 받아야 합니까? 이 사람은 제 주장을 묵살할 목적으로 수도원에서 파견한 자입니다."

"합리적인 주장이오." 재판장은 근엄하게 말했다. "그대는 누구에게도 그것을 넘길 의무가 없소. 그러나 이 법정의 관련인은 다르오. 우리는 그대를 일부러 음해할 이유가 전혀 없으니, 그 전대를 서기에게 넘기기를 요구하는 바요."

법정의 관례에 익숙한 서기가 지체 없이 앞으로 나아와 손을 내밀었다. 메이리그는 모험을 할 용기가 없었다. 그는 갑자기 획 돌아서더니 자신을 지지하던 노인들 사이를 헤치고 열린 문 밖으로 뛰쳐나갔다. 눈 깜짝할 사이에 벌어진 일이었다. 그는 어느새 햇살이 환하게 내리비치는 앞뜰로 나가 사슴처럼 냅다 달리기 시작했다. 뒤에서 사람들의 고함 소리가 터져 나왔다. 교회 안에 있던 사람들 중 절반이 젊은이를 뒤쫓아 나갔지만 이는 어디까지나 본능적으로 나온 반응이었으니, 그 누구도 진심으로 그를 추적할 생각은 없어 보였다. 메이리그는 돌담을 훌쩍 뛰어넘어 교회 뒤편 언덕으로 이어지는 숲속으로 모습을 감추었다.

사람들이 반쯤 빠져나간 교회 안에는 무거운 침묵만이 감돌았다. 노인들은 어리둥절해하며 서로를 바라볼 뿐 추적에 나설 생각은 아예 하지도 않았다. 재판관들은 나지막한 소리로 의견을 교환했다. 캐드펠은 모든 힘과 사고력을 한번에 빼앗긴 사람처럼 멍하니 서 있다가, 마침내 길게 심호흡을 하고 고개를 들었다.

"아직 자백은 나오지 않았으며, 공식적인 고발도 없었고, 메이리그에 대해 어떠한 소송도 취해진 바 없습니다. 그러나 제 말이 지금 이 사건의 범인이라는 혐의를 받고 슈루즈베리 감옥에 갇혀 있는 소년을 위해서는 더할 나위 없이 확실한 증언인 것만은 틀림없는 사실입니다. 메이리그는 에드윈 거니가 체포되었다는 사실조차 모르고 있습니다."

"지금으로선 메이리그를 체포하는 길밖엔 없겠소." 재판장이 말했다. "아마 조만간 붙잡힐 거요. 또한 본 법정의 기록은 관례상 슈루즈베리 행정 장관에게 즉시 전달될 것인바, 그것으로 만족하시오?"

"제가 바라는 바입니다. 그 병도 같이 보내주십시오. 그에 대해서는 병을 발견한 마크 수사가 나중에 증언할 것입니다. 이 모든 걸 이 사건의 책임자인 휴 베링어 보좌관에게 보내주셨으면 합니다. 제가 직접 전달하고 싶지만, 여기서 해야 할 일이 남아 당장은 떠날 수가 없군요."

"서기에게 필요한 사본을 만들게 하겠소. 공증에 시간이 좀 걸릴 텐데, 그래도 내일 저녁까지는 보고서가 전달될 거요. 그러면 그 소년 일은 더 이상 걱정하지 않아도 되겠지요."

캐드펠 수사는 감사 인사를 남긴 뒤 교회를 나와, 아직까지도 흥분에 휩싸여 있는 앞뜰로 나갔다. 오전에 일어난 이 사건에 대한 소문은 벌써 컨흘라이스 전역으로 퍼져나가기 시작했으나, 소문이 아무리 빠르다 해도 메이리그의 신속한 행동에는 못 미치는지 젊은이의 행방은 도무지 알 길이 없었다. 캐드펠은 마당 한쪽에 매어둔 말을 타고 그곳을 떠났다. 그동안 갖은 노력을 기울여온 일이 갑자기 끝나버리자 피로가 크게 몰려왔다. 그는 절망적인 슬픔의 감정에 서서히 잠겨들었지만, 감사하게도 그 슬픔은 이내 평안함으로 바뀌었다. 생각할 시간을 벌기 위해, 무엇보다 급한 생각들을 정리하기 위해 캐드펠은 할 수 있는 한 천천히 귀로에 올랐다. 말릴리 장원을 지나면서는 회한의 시선을 숨길 수 없었다. 아직 끝난 것이 아니었다.

"돌아오셨군요." 사이먼 수사가 그날 밤 쓸 땔감을 난로에 지피며 말했다. "볼일이 무엇인지는지는 모르나 하느님의 가호가 함께하셨으리라 믿습니다."

"일은 잘 되었소." 캐드펠이 말했다. "자, 이제 나머지 일은 내게 맡기고 형제님은 쉬시오. 말은 마구간에 잘 넣고 먹이도 주었소. 쉬엄쉬엄 왔으니 그리 많이 지치진 않았을 거요. 닭장과 외양간은 저녁 식사 후에 내가 살펴보지. 아직 해가 남았으니 양들은 더 있다가 데려오면 될 테고. 오늘 밤에는 서리가 많이 내릴 것 같소. 이 산골짜기에서는 마을보다 30분쯤 늦게 해가 지는 것이 참 신기하군."

"형제가 지닌 웨일스인의 눈이 다시 제 능력을 찾아가는가 봅니다. 사실 이 지역은 지리만 잘 알면 한밤중에도 다니기가 그렇게 어렵지 않지요. 물론 숲속은 캄캄하지만요. 지난번 북쪽 지방에서 온 어느 방랑자와 이야기를 나눈 적이 있습니다. 스코틀랜드 출신의 빨간 머리 남자였는데 말을 알아듣기가 어찌나 힘들던지……. 한데 그 사람 말이, 자기네 나라에서는 태양이 지지 않고 내내 떠 있어 한밤중에도 길을 다닐 수 있다고 하더군요." 사이먼 수사는 동경하듯 말을 이었다. "어쩌면 꾸며낸 이야기인지도 모르겠습니다. 사실 저는 체스터보다 더 멀리 나가본 적이 없거든요."

그 말에 캐드펠 수사는 자신의 파란만장한 여행담을 떠올렸다. 사실, 지금의 이 상태를 평온이라 할 수 있다면 캐드펠은 평온보다는 폭풍우를 더 즐기는 사람이었다. 그러나 평온도 폭풍우도 모두 제 나름대로 의미가 있는 법이다.

"이곳에서 형제와 지내는 것이 참 좋소." 적어도 그 말은 진실이었다. "꼭 귀네드에 온 기분이오. 웨일스 말이 통하는 사람들이 많은 것도 마음에 들고. 슈루즈베리에서는 거의 쓸 일이 없거든."

바르나바스 수사가 저녁 식사를 내왔다. 그들은 그가 직접 구운 빵과 보리죽, 양젖 치즈, 말린 사과를 맛있게 먹었다. 바르나바스 수사는 호흡도 한결 나아졌고, 지치거나 피곤한 기색 없이 씩씩하게 집 안을 돌아다녔다. "이 정도면 이제 일을 해도 되겠죠? 다 형제님 덕분입니다. 오늘 밤에는 제가 양을 돌보고 싶어요."

"그럴 필요 없소." 캐드펠은 말했다. "하루 종일 농땡이를 부렸으니 내가 해야지. 형제는 이렇게 저녁 준비를 한 것만으로도 충분하오. 이런 훌륭한 요리 솜씨는 어디서 익혔소? 나는 그저 입만 달고 다니며 먹을 줄만 알았지 요리에는 영 소질이 없어서."

다들 꼭두새벽부터 일어나 일하기 때문인지 라이디크로소에서는 저녁 식사를 유난히 일찍 했다. 밖에는 여전히 해가 남아 동쪽 하늘은 짙은 청색으로 빛났고, 서쪽 하늘에는 노을이 걸려 있다. 캐드펠은 새끼를 밴 암양들을 데려오려고 근처 언덕으로 올라갔다. 몇 마리 되지 않았지만 여기서는 아주 귀했다. 만일 쌍둥이 새끼를 낳기라도 하면 그 기쁨이 더욱 커지리라. 그는 양을 치는 생활에서 큰 만족을 느꼈다. 양은 아프거나 다치거나 많이 늙은 경우가 아니면 죽임을 당하는 일이 거의 없었고, 먹이가 부족한 겨울철만 제외하고는 일부러 애써 챙겨 먹이지 않아도 되었다. 고기보다는 털과 젖이 더 값나가는 데다 가죽도 죽어서야 비로소 얻을 수 있는 것이기에 무척 귀하게 대접받았다. 그래서인지 양은 대개 사람들에게서 가족과 같은 대접을 받으며 천수를 누렸고, 간혹 이름을 얻는 경우도 있었다. 또 양치기들은 어떤가. 그들은 그들 나름의 독특한 성격을 띠었다. 온순하고 말수가 적었으며, 살인이나 도둑질이나 강도질 따위와는 거리가 멀었고, 법을 어기는 일도, 쓸데없는 불평을 하는 일도, 터무니없이 반항하는 일도 드물었다.

캐드펠은 느긋한 걸음으로 언덕을 오르면서 생각에 잠겼다. 아무래도 난 양치기에 어울리는 사람이 아니야. 작은 일에도 괴로워하고, 선악과 시비를 분명히 가려야 직성이 풀리는 성격이니까. 그러자 즉시 그날의 분투와 승리와 피해자가 마음속에 떠올랐다.

캐드펠은 봉우리 정상에 서서 다가오는 밤을 지켜보았다. 여기 서 있으면 멀리서도 자신의 모습이 보이리라는 생각이 들었다. 높고 광활하고 짙푸른 하늘에 뜬 샛별들이 눈에 어른거렸다. 그는 양 우리와 옹기종기 평화롭게 모여 있는 자그마한 건물들을 내려다보았다. 어느 순간 작은 그림자가 헛간 귀퉁이 쪽으로 획 지나가는 것 같았다. 잘못 본 걸까? 풀을 양껏 뜯은 양들이 부르지도 않았는데 캐드펠 쪽으로 모여들었다. 이제 내려가 따뜻한 헛간에서 잠들고 싶은 모양이었다. 하나같이 배가 불룩하니 더없이 만족스러운 듯 보였다.

마침내 캐드펠이 돌아서서 천천히 언덕을 내려가자, 양들도 조그만 다리로 우아하게 그 뒤를 따르기 시작했다. 그는 수효를 헤아린 뒤 처진 놈들을 불러 모았다. 어느새 어둠이 내려 주위가 캄캄했다. 양들과 그 자신 이외에는 밤의 정적을 깨는 것이 아무것도 없었으나, 캐드펠은 저 아래 건물 사이에서 순간적으로 지나갔던 한 생물체를 여전히 떠올리고 있었다. 다행히 사이먼 수사와 바르나바스 수사는 집 안에서 쉬는 중이었다. 모르긴 해도 난롯가에 앉아 불을 쬐며 꾸벅꾸벅 졸고 있으리라.

캐드펠은 양들을 헛간에 몰아넣었다. 헛간의 절반은 말끔히 치워져 있었다. 새끼를 낳을 어미 양들의 잠자리였다. 선반에는 양들에게 먹일 먹이가 가득했고, 한중간에는 물이 담긴 여물통이 동그마니 놓여 있었다. 헛간 안이 칠흑같이 캄캄한데도 양들은 다들 자리를 잘 찾아갔다. 건초며 토끼풀이며 양털 냄새가 물씬 풍겼다. 캐드펠은 말을 듣지 않는 한 녀석을 억지로 밀어 넣으며 자신도 뒤따라 헛간으로 들어갔다. 그때 갑자기 등 뒤에서 누군 가가 다가오는 것이 느껴졌다. 온몸 근육이 뻣뻣하게 굳었다. 싸늘한 칼날이 목에 와 닿는 순간 그는 제자리에 얼어붙어버렸다. 하지만 그에게는 처음 있는 일이 아니었으니, 쓸데없이 움직여 상대에게 겁을 주거나 돌발적 행동을 하게 만드는 어리석은 실수 를 범하지는 않았다.

남자는 팔을 움직이지 못하도록 뒤에서 캐드펠을 꽉 끌어안았 다. 도망치거나 저항의 몸짓을 조금도 허용하지 않을 태세였다. "나를 무참하게 짓밟으면 나 혼자서 지옥으로 떨어지리라 생각 했소?" 캐드펠의 귀에 숨 막힌 듯 헐떡이는 목소리가 들렸다.

"기다리고 있었네, 메이리그." 캐드펠은 침착하게 대꾸했다. "헛간 문을 닫게. 아무 일 없을 걸세. 난 움직일 생각이 없어. 자 네나 나나 지금은 증인도 필요 없을 테니까."

10

"그렇고말고." 메이리그는 거친 목소리로 속삭였다. "증인은
필요 없지. 내가 볼일이 있는 사람은 당신뿐이니까. 오래 걸리지
는 않을 거요." 캐드펠의 몸을 쥔 팔이 풀리더니 육중한 문이 소
리를 내며 닫혔다. 칠흑같이 어두운 이곳 헛간에서 밤하늘의 별
이 더욱 크고 밝게 보였다.

캐드펠은 미동도 하지 않고 선 채, 메이리그가 닫힌 문에 기대
며 내는 기척에 귀를 기울였다. 메이리그는 복수의 순간이 다가왔
음을 깨닫고 심호흡을 했다. 이곳엔 다른 출구가 없고, 따라서 캐
드펠이 한 발짝도 움직이지 않으리라는 것을 그는 알고 있었다.

"당신이 나를 살인자로 낙인찍은 마당에 뭐가 무서워 사람 하
나 못 죽이겠소? 당신은 나를 망쳤소. 내게 수치를 안기고, 친척

들이 보는 앞에서 나를 파멸시켰소. 내 타고난 권리를 빼앗고, 내 땅을 앗아 가고, 내 명예를 더럽히고, 살아갈 의미를 만드는 모든 것을 내게서 빼앗았소. 그리하여 나는 그 대가로 당신 목숨을 가져갈 생각이오. 이제 나는 더 이상 살 수도 죽을 수도 없소. 당신이 죽는 걸 내 눈으로 보기 전까지는 말이오, 캐드펠 수사."

상대의 이름을 부르는 단순한 행위가 심지어 이 앞을 내다볼 수 없는 관계에서마저 모든 것을 변화시킨다는 사실은 얼마나 기묘한가. 마치 어둠 속에 한줄기 빛이 스며드는 것 같았다. 조금 더 빛이 비치면 상황은 완전히 달라지리라.

"자네가 선 문 뒤편에 등잔이 있네." 캐드펠은 아무 감정도 실리지 않은 목소리로 말했다. "그 옆에 걸린 가죽 자루에 부싯돌과 부싯깃이 들어 있을 걸세. 서로 얼굴을 보며 이야기 나누세나. 불꽃이 튀지 않게 조심하고. 여기 있는 양들을 해치면 곤란하니까. 게다가 불이 나면 사람들이 몰려오지 않겠나. 등잔은 여기 선반 위에 올려놓게."

"그렇게 해서 목숨을 연장할 시간을 벌겠다는 건가? 어림없지."

"손이고 발이고 간에 절대로 움직이지 않겠네." 캐드펠이 인내심을 갖고 말했다. "오늘 밤 이 오두막의 마지막 일을 내가 하겠다고 나선 이유가 무엇이라 생각하나? 자네를 기다리고 있었다고 내 말하지 않았나? 무기 같은 건 없으니 염려 말고. 있다 해도 쓰지 않겠네. 무기를 써본 것도 오래전 얘기지."

긴 침묵이 이어졌다. 캐드펠은 메이리그의 입에서 무슨 말이

나올지 궁금했으나 그는 더 이상 한 마디도 덧붙이지 않았다. 잠시 후, 메이리그가 손을 뻗는가 싶더니 등잔 삐걱이는 소리와 뿔로 만든 뚜껑이 열리는 소리, 선반을 더듬는 소리, 선반 위에 등잔을 올려놓는 소리가 차례로 들려왔다. 부싯돌을 몇 번 부딪치자 불꽃이 일다가 마침내 심지 끝에 불이 붙어 자그마한 빛이 피어올랐다. 메이리그의 얼굴이 유령처럼 떠올라 어렴풋한 불꽃을 따라 어른거렸다. 노란 불빛이 희미하게 밝아지면서 선반이며 여물통이며 기둥들이 차례로 모습을 드러냈고, 평온하게 쉬고 있는 양들도 눈에 들어왔다. 캐드펠과 메이리그는 강렬하게 서로를 마주 보며 서 있었다.

"자, 이제 자네가 원하는 자를 잘 볼 수 있겠군." 캐드펠은 선반 한쪽 귀퉁이에 조용히 앉았다.

메이리그가 바닥에 깔린 여물과 건초를 밟으며 다가왔다. 얼굴은 잿빛으로 굳어 있었고, 눈에는 광기가 서려 있었다. 두 사람의 무릎이 맞부딪칠 정도로 가까워지자, 메이리그가 칼을 들어 캐드펠의 목을 겨냥했다. 약 20센티미터 길이의 칼을 사이에 둔 채 두 사람은 서로를 응시했다.

"죽음이 두렵지 않습니까?" 메이리그가 낮은 목소리로 물었다.

"전에 한 번 죽음의 팔꿈치를 스치듯 만져본 적은 있지. 우리는 서로를 존중한다네. 어떤 경우든 죽음이라는 것을 피할 수는 없어. 결국 누구든 한 번은 죽지 않겠나, 메이리그. 거베이스 보넬도 그랬고, 자네 역시……. 나도 예외는 아니지. 사람은 모두 언젠간 죽기 마련이네. 하지만 남을 죽여서는 안 될 일이야. 자네나 나나 그 선택의 기로에 선 적이 있네. 자네는 일주일 전에 그랬고, 나는 전에 칼을 쓰며 살았을 때 그랬지. 자, 지금 나는 자네의 뜻대로 여기 있으니 하고 싶은 일을 하게나."

캐드펠은 메이리그의 눈에서 시선을 떼지 않았지만, 이 젊은이의 검게 그을린 손가락에 힘이 들어가고 손목 근육이 급소를 노리느라 한껏 긴장하는 것을 놓치지 않았다. 그러나 그 이상의 움직임은 없었다. 메이리그는 도저히 억제할 수 없는 힘에 사로잡힌 듯 갑자기 몸을 뒤틀더니 한 걸음 뒤로 물러나 동물의 울음 같은 신음을 토했다. 이어 그는 손에 든 칼을 떨어뜨리고, 온몸의 힘이 다 빠져나가 서 있기조차 힘든 듯 두 팔로 머리를 감싸 쥐며 캐드펠의 발밑에 털썩 무릎을 꿇었다. 양들이 노란 눈을 휘둥그레 뜨고 낯선 행동을 하는 젊은이를 빤히 지켜보았다.

부서진 듯한 음성이 메이리그의 감싼 입에서 흘러나왔다. 절망에 억눌려 아파하는 소리였다. "아, 하느님, 제가 죽음을 직시할 수 있게 해주소서……. 당연하죠……. 마땅합니다……. 죗값을 치러야지요……. 하지만 다시 깨끗해질 수 있다면…… 다시 한번 깨끗해질 수만 있다면……." 그러곤 신음 같은 한마디가 터져 나왔다. "아아, 말릴리……."

"그래." 캐드펠은 가만히 말했다. "아주 훌륭한 곳이지. 허나 그곳이 세상 전부는 아니야."

"제게는 달라요. 제게는……. 전 이제 모든 걸 잃어버렸어요.

차라리 죽고 싶어요! 제발…… 제발 저를 죽여주세요…….”메이리그는 갑자기 몸을 일으켜 한 손으로 캐드펠의 승복 자락을 꽉 움켜쥔 채 그를 올려다보았다. “수사님, 저에 대해 그렇게 말씀하셨죠? 처음부터 살인할 생각은 아니었다고…….”

“내가 바로 그 증거 아니겠나? 내가 이렇게 살아 있지 않은가. 자네의 손을 멈추게 한 게 두려움만은 아니지.”

“순전히 우발적인 기회에 그렇게 됐다고…… 참 안타까운 일이라고 하셨죠! 동정이 간다고……. 정말 그렇게 생각하시나요? 안타깝다고요?”

“그렇네, 말 그대로야. 자네가 천성을 거스르고 그런 짓을 벌인 것은 정말 동정할 만한 일이지. 부친만이 아니라 자네까지 독을 마신 셈이니까. 메이리그, 지난 며칠간 할아버지 댁에 간 일이 있는가? 가서 무슨 얘기 못 들었는가?”

“못 들었습니다.”메이리그는 낮은 목소리로 대답했다. 문득 일가붙이 하나 없이 쓸쓸히 살아온 노인이 이제 정말 혼자 남았다는 생각에 그는 몸을 떨었다.

“그럼 에드윈이 행정관 일행에게 연행되어 지금 슈루즈베리 감옥에 갇혀 있다는 것도 모르겠구먼.”

메이리그는 전혀 모르고 있었다. 그는 놀란 얼굴로 캐드펠을 쳐다보다가 그 말에 담긴 의미를 깨닫고 고개를 가로저으며 강하게 부정했다. “아뇨, 맹세코 제가 고발한 게 아닙니다. 유혹이 있었던 건 사실이에요. 사람들이 그 애에게 혐의를 두는 것도 막지 못했고요. 하지만 제가 그들에게 고해바치지는 않았습니다. 그 애를 여기에 데리고 온 사람이 바로 저였어요. 우선 여기에 있게 했다가 죄가 없다는 게 밝혀지면……. 물론 그것으로 충분하지는 않았겠지만, 그래도 제 죄를 그 애에게 덮어씌울 생각은 전혀 없었습니다! 제가 그 애를 얼마나 좋아하는데요."

"나도 알고 있네. 자네가 에드윈을 그자들 손에 넘기지 않았다는 것도 잘 알지. 누구도 고의로 그러지는 않았을 게야. 하지만 그가 지금 붙잡혀 있는 것은 사실이네. 내일이면 다시 풀려나겠지. 다른 건 죄다 뒤죽박죽이지만 적어도 그것 하나만은 제대로 될 것 같군."

메이리그는 긴장한 나머지 꽉 움켜쥐어 새하얗게 된 두 손을 캐드펠의 무릎에 얹은 채 그를 빤히 올려다보았다. 전등의 부드러운 불빛에 고통으로 일그러진 젊은이의 얼굴이 어렴풋이 비쳤다. "수사님, 수사님은 늘 사람들에게 바르게 살라고 말씀하시죠? 이제 제게도 말씀해주세요. 저는 지금 너무도 고통스럽습니다. 병들고 잘못된 기분이에요. 나 자신이 누군지도 모르겠습니다. 참 안된 일이라고, 동정이 간다고 그러셨잖아요! 제 타락한 영혼을 제발 구해주세요!"

"불쌍한 친구!" 캐드펠은 얼음장처럼 차가운 메이리그의 손을 꼭 감싸 쥐었다. "나는 사제가 아니야. 자네에게 벌을 내릴 수도, 죄를 사해줄 수도 없다네."

"아니, 할 수 있으세요. 할 수 있으세요. 제 사악함을 밝혀내신 수사님이 못 하시면 누가 하겠어요! 제발 제 참회를 들어주세요. 그러면 마음의 준비를 할 수 있을 것 같아요. 제게 벌을 내려주세요. 뭐든 달게 받겠어요."

"그렇다면 말해보게. 마음의 안정을 얻을 수 있다면 말일세." 캐드펠은 무겁게 말하고는 메이리그의 손을 다시 꼭 쥐었다. 마치 상처에서 피가 배어나오듯, 젊은이는 조금씩 사건의 전모를 털어놓기 시작했다. 처음에는 아무런 악의 없이 그저 노인을 기쁘게 해드리기 위해 진료소로 갔다고, 거기서 그 약의 성질을 배우고 그것이 다른 목적에도 사용될 수 있다는 사실을 알게 되었다고, 그때 처음으로 악의 씨앗이 마음속에서 싹트기 시작했다고, 그 뒤 몇 주 내내 말릴리를 영원히 잃게 될지 모른다는 생각에 사로잡혀 지내다가 마침내 이를 막을 수 있는 방법이 있다는 것을 깨닫게 되었다고…….

"그게 그리 어려운 일도 아니라는 생각이 점점 커졌어요……. 두 번째 방문 때 병을 가져가서 약을 담았는데, 사실 그때까지만 해도 그저 미친 망상에 지나지 않았죠. 그러다 그 마지막 날 정말로 병을 몸에 지니고 간 거예요. 아버지가 마실 벌꿀이나 달걀술에 조금만 타면 된다, 이건 아주 쉬운 일이다, 생각하면서 말이에요……. 그렇지만 진짜로 실행할 마음은 크지 않았어요. 엄청난 죄를 저지른다는 생각이 들었거든요. 그런데 그 집에 도착해보니 다들 내실에 들어가 있고 알디스가 부수도원장님이 특별 요리를 보내왔다는 얘기를 해주더라고요. 화로 위에서 보글보글 끓고 있었어요. 숟가락이 꽂힌 채로요……. 저도 모르게 눈 깜짝할 순간에 그걸 넣어버렸죠……. 그때 앨프릭하고 알디스가 부엌으로 오는 소리가 들렸어요. 다시 밖으로 나가기에는 시간이 너무 부족해서 방금 문을 열고 들어온 사람처럼 문간에서 구두를 터는 척했어요. 그러니 그 친구들은 내가 부엌에 막 들어왔다고 생각했을 겁니다. 그러고서 제가 얼마나 후회했는지 모르실 거예요. 할 수만 있다면 시간을 되돌려놓고 싶었죠……. 하지만 이미 엎질러진 물이었어요. 달리 어쩔 수가 없었어요."

결국 순간의 충동에 떠밀려 그런 짓을 저지른 것이다. 또한 그 자신이 무어라 생각하든, 메이리그가 이곳에 온 것 또한 캐드펠을 죽이기 위해서가 아니었다.

"바로 그렇게 된 겁니다. 저는 죄의 열매를 얻고자, 바로 말릴리를 갖기 위해 그런 짓을 저질렀습니다. 한 번도 아버지를 증오한 적이 없건만 말릴리를 너무도 갖고 싶었기에……. 말릴리는 제 것이었어요……. 아, 결백한 몸으로 말릴리를 요구할 수만 있었다면! 하지만 이제 재판을 받아야겠죠. 불만은 없습니다. 저를 데려가세요, 수사님. 이제 죄의 대가를 치러야지요. 수사님께서 저를 위해 기도해주신다면, 기꺼이 수사님을 따라나서겠습니다."

메이리그는 땅이 꺼져라 한숨을 내쉬며 캐드펠의 손에 머리를 갖다 대었다. 잠시 후 캐드펠은 다른 손을 메이리그의 머리 위에 얹고서 그를 꼭 안아주었다. 사제도 아니고 사면을 해줄 수도 없는 그가, 지금 이 순간 참회를 받아들이고 판결을 내려야 할 입장에 처해 있었다. 독살은 살인 중에서도 가장 비열한 방식이었다. 그러나…… 메이리그 역시 운명의 장난에 희생된 사람 아닌가? 사랑스럽고 아름다운 성품을 지니고 태어났지만, 주위 환경에 의해 어쩔 수 없이 제 천성을 거슬러 그런 끔찍한 죄를 저지르게 되었으니 말이다. 더군다나 메이리그는 자신의 죄를 진심으로 뉘우치고 있었다. 죽음은 하나로 족하다. 또 하나의 죽음으로 이익을 볼 사람이 누가 있겠는가? 결국 최후의 심판은 하느님께서 내리실 일이다.

"나에게 속죄의 길을 알려달라고 했지?" 마침내 캐드펠이 입을 열었다. "아직도 같은 생각인가? 그 길이 아무리 어렵고 고통스럽다 해도 참고 따를 자신이 있는가?"

그의 무릎에서 무거운 머리가 꿈틀 움직였다. "따르겠습니다." 메이리그는 낮은 목소리로 대답했다. "기꺼이."

"처벌이 가벼워지리라 생각하는 건 아니겠지?"

"어떤 벌이라도 달게 받겠습니다. 달리 제가 어떻게 마음의 평안을 얻겠습니까?"

"그래, 맹세한 것으로 알겠네. 메이리그, 자네는 조금 전 내 목숨을 빼앗기 위해 왔노라 말했지만, 막상 기회가 왔는데도 날 죽이지 못했네. 그런데 이제 자네 목숨이 내 손에 달리고 보니, 나 역시 그 목숨을 빼앗지 못하겠다는 생각이 들어. 그건 옳지 않은 일이니까. 자네가 피를 흘린다고 이 세상에 무슨 이득이 있겠는가? 하지만 자네의 손과 힘과 의지, 자네 안에 아직 남아 있는 그 모든 미덕은 세상에 큰 쓸모가 될 걸세. 무슨 벌이든 달게 받고 속죄하겠다고 했지? 그러면 죄 갚음을 하라는 명을 내리겠네. 앞으로 자네의 삶을 살되 세상 사람들과 어울려, 그들을 배려하며, 그들과 함께 살아감으로써 자네의 부채를 갚으라고 명령하겠네. 자네가 행한 선의 총계가 악행을 모두 합친 것의 수천 갑절이 되도록 노력하게나. 이것이 내가 자네에게 내리는 벌일세."

메이리그는 천천히 고개를 들어 캐드펠을 올려다보았다. 그의 얼굴에 떠오른 것은 환희나 안도의 표정이 아니라 당혹감 그 자체였다. "정말입니까? 그게 제가 받을 벌이라고요?"

"그렇다네. 그것이 자네가 해야 할 일이야. 회개하게. 살아가면서 죄지은 자를 만나면 자네의 잘못을 떠올리고, 죄 없는 사람을 만나면 경의를 표하며 힘닿는 만큼 그를 돕게. 자네가 할 수 있는 것을 모두 하고 나머지는 하느님께 맡기게나. 성자라도 그 이상은 못 할 걸세."

"하지만 사람들이 저를 잡으러 올 텐데요." 메이리그는 여전히 믿기지 않는다는 표정이었다. "제가 붙잡혀 교수형에 처해지면 모두 허사가 되지 않습니까?"

"그들은 자네를 붙잡지 못해. 내일이면 자네는 여기서 멀리 떨어진 곳에 가 있을 테니까. 이 헛간 바로 옆 마구간에 내가 오늘 타고 다닌 말이 있네. 이 고장에서 말 도둑질이야 흔한 일이지. 오래된 웨일스의 장난 같은 것이라고나 할까. 하지만 그 말을 훔치라는 얘긴 아닐세. 내가 그놈을 자네에게 주는 거야. 나중에 책임 추궁은 당하겠지만 어쩔 수 있나. 아무튼 말을 타고 돌아다니다 보면 광대한 세상을 접하게 될 걸세. 진정한 참회자라면 그 세상을 한 걸음 한 걸음 나아갈 때마다 하느님의 용서를 구하며 일생을 살아갈 수 있지. 내가 자네라면 날이 밝기 전에 언덕을 지나 서쪽으로 가능한 한 멀리 가겠네. 그러다 북쪽으로 틀면 귀네드가 나올 텐데, 그곳에서는 아무도 자넬 알아보지 못하겠지. 물론 이 지역 지리야 나보다 자네가 더 잘 알겠지만."

"네, 잘 알고 있습니다." 메이리그의 얼굴에는 조금 전까지 어른거리던 불안한 표정은 이미 사라지고 오로지 경의와 순수함만이 떠올라 있었다. "하지만…… 그게 전부라고요? 제가 해야 할 일이……."

"그 일도 녹록지는 않을 걸세. 그리고 한 가지 더, 안전한 곳에 이르렀다 싶으면 사제를 찾아가 참회하고 그 내용을 글로 기록해 슈루즈베리 행정 장관 앞으로 보내도록 하게. 오늘 란실린에서 있었던 일로 에드윈은 풀려나겠지만, 그래도 의혹은 남기지 않는 게 좋겠지."

"저도 같은 생각입니다." 메이리그가 말했다. "반드시 그렇게 하겠습니다."

"자, 그럼 떠나게. 갈 길이 멀어. 그 칼도 챙기고." 캐드펠은 빙긋이 웃으며 덧붙였다. "빵이나 고기를 자를 때 필요하지 않겠나."

실로 이상한 결말이었다. 메이리그는 여전히 꿈에 취한 사람처럼 주춤주춤 자리에서 일어났다. 마치 하늘에서 내린 비로 고뇌가 말끔히 씻긴 사람처럼, 세례를 받아 새 생명을 얻은 사람처럼 더없이 후련한 표정이었다. 캐드펠은 등잔불을 끈 뒤 그의 손을 잡아 밖으로 데리고 나갔다. 별들이 하늘 가득 반짝이는 한밤중, 사방은 쥐죽은 듯 고요했다. 캐드펠은 마구간으로 가서 손수 안장을 얹어주었다.

"안전한 곳에 이르면 충분히 쉬게 해주게. 오늘 나를 태우고 다니기는 했지만 그리 먼 길은 아니었으니 많이 지치진 않았을 거야. 노새를 내줄까도 싶었는데, 녀석은 워낙 느린 데다 사람들 눈에 띄기 쉬우니 이 녀석이 낫겠지. 자, 어서 말에 오르게. 하느님께서 언제나 함께하시기를!"

메이리그는 그 말에 몸을 약간 움츠렸지만 창백하니 긴장한 얼굴은 조금도 움직이지 않았다. 등자에 한쪽 발을 얹은 채, 메이리그는 갑자기 진지한 어조로 말했다. "제게 축복을 내려주세요! 죽을 때까지 수사님을 기억하겠습니다."

*

메이리그는 그렇게 사라졌다. 양 우리 너머 언덕길을 올라, 자신의 도망을 도운 사람보다 훨씬 잘 아는 길을 따라 새로운 삶이 기다리고 있는 세상 속으로 떠나갔다. 캐드펠은 잠시 젊은이의 뒷모습을 바라보다가 돌아서서 오두막을 향해 걸음을 옮겼다. 그는 생각에 잠겼다. 저 젊은이가 세상에 나가서도 변하지 않는다면, 그 젯값은 내가 치러야겠지. 그러나 그럴 가능성은 크지 않으리라. 지나온 과정을 되돌아볼수록 그의 마음은 차츰 더 평안해졌다.

"왜 이렇게 오래 나가 계셨습니까?" 사이먼 수사가 따뜻한 실내로 캐드펠을 맞아들이며 말했다. "걱정하고 있던 참입니다."

"양들하고 같이 앉아 있자니 절로 명상에 잠기게 되더군." 캐드펠이 말했다. "양들은 잘 있소. 참 아름다운 밤이오!"

11

.

   더할 나위 없이 멋진 크리스마스였다. 이처럼 근사하고 평화로
운 크리스마스는 캐드펠로서도 처음이었다. 야외에서의 노동도
그간의 긴장을 풀어주는 축복이나 다름없었으니, 그는 이곳에서
보내는 소박한 시간을 수도원의 의례적이고 화려한 행사와 바꾸
고 싶은 생각이 조금도 없었다. 여행객의 발을 묶는 첫눈이 오기
직전 슈루즈베리에서 반가운 소식이 도착해 양 방목장 오두막의
세 수사가 입을 모아 부르는 소박한 크리스마스 찬송에 한층 멋
진 음색을 더해주었다. 소식을 보낸 사람은 휴 베링어였다. 란실
린 법정으로부터 보고서를 받았다는 내용에 더하여, 에드윈이 계
부를 위해 준비했던 화해의 선물을 애첨 근처 여울에서 찾아냈다
는 소식도 함께였다. 유물함이 많이 훼손되기는 했지만 알아보기

힘들 정도는 아니라고 했다. 소년은 사랑하는 어머니 품으로 돌아갔고, 범인이 밝혀졌기 때문에 보넬 가족은 다시 평화를 되찾았다. 또한 라이디크로소 양 목장에서 키우던 말이 마구간 문을 제대로 잠그지 않은 캐드펠 수사의 과실로 사라졌다는 보고에 대해서는 수도원 평의회가 유감의 뜻을 표명했으며, 조만간 캐드펠 수사가 수도원으로 복귀하면 어떤 식으로든 변상하게 할 것이라 했다는 내용도 포함되어 있었다.

도망자 메이리그에 관한 이야기도 있었다. 포이스 지방에서는 추격의 소리가 높았지만 그곳을 넘어서부터는 수색이 흐지부지되어 범인의 행방에 관한 소식이 일절 들어오지 않았다고 했다. 펜흘린에 은거하는 어느 사제가 이 청년의 고해를 들었노라 전하기는 했지만, 그 이상 메이리그의 행방에 관해서는 전혀 알 길이 없었다. 웨일스를 통치하던 오아인 귀네드[26]가 범인을 찾겠다며 자신의 영토에 침입한 잉글랜드 관리들의 만행을 결코 방관하지 않겠다고 했다는 소식도 덧붙였다.

실로 모든 일이 순조롭게 풀려나갔다. 캐드펠은 바깥세상의 일에 귀를 막은 채 양들에 둘러싸여 평화로운 나날을 보냈다. 짧은 기간이지만 그는 산중에 틀어박혀 한적한 삶을 마음껏 누렸다. 한 가지 아쉬운 게 있다면, 눈 때문에 길이 막혀 이보르 압 모르간 노인을 찾아갈 수 없다는 점이었다. 다른 사람은 몰라도 모르간만은 위로가 필요할 듯했다. 나이가 들면 약해지는 것이 어쩔 수 없는 인간의 모습 아니겠는가.

크리스마스 아침에는 새끼 양이 세 마리나 태어나는 경사가 있었다. 그중 두 마리는 쌍둥이였다. 수사들은 새끼 양들을 어미와 함께 집 안으로 들이고, 아기 예수와 같은 별자리에 태어난 그 순진무구한 어린 생명들을 정성껏 보살폈다. 이제는 완전히 건강을 회복한 바르나바스 수사는 마치 제 자식을 대하듯 그 커다란 손과 넓은 무릎으로 새끼 양들을 껴안고 살다시피 했다. 이처럼 모두가 평안을 되찾았으니 캐드펠도 슈루즈베리로 돌아가야 할 시간이었다. 바르나바스 수사가 주변 30킬로미터 안팎에서 가장 기운 좋은 사람이라 할 정도로 건강을 회복한 지금, 그가 의사로서 라이디크로소에 머물 핑계는 없었다.

쌓였던 눈이 녹아 외부로 나갈 수 있는 상태가 되었다. 축제일로부터 사흘이 지난 날, 캐드펠은 노새에 올라 슈루즈베리를 향해 남쪽으로 떠났다.

*

긴 여행길이었다. 캐드펠은 오즈워스트리로 가는 길을 택하지 않고 중간에서 우회하여 이보르 압 모르간을 방문한 뒤, 크로소바크에서 동쪽으로 꺾어 슈루즈베리 남쪽 길로 접어드는 여정을 택했다. 그가 이보르에게 무슨 말을 했고 이보르가 어떤 대답을 했는지는 아무도 알지 못했다. 다만 캐드펠은 그곳에 도착할 때보다 한층 홀가분한 기분으로 말에 올랐고, 혼자서 쓸쓸하게 지내오던 이보르 역시 같은 기분이 되었다는 것만은 틀림없었다.

　도중에서 지체한 탓에, 캐드펠의 노새가 슈루즈베리로 들어가는 웨일스 다리를 지나 길에 들어섰을 때는 이미 날이 저문 뒤였다. 언덕길은 축제를 보내고 다시 일상으로 돌아온 사람들로 잔뜩 붐볐다. 와일가에서 방향을 틀어 영악한 꼬마 숙녀 알리스의 환대를 받고 벨코트 집안 사람들이 잘 지내는지 확인해보고 싶기도 했지만 시간이 너무 늦어 다른 날을 기약하는 편이 좋을 것 같았다. 에드위 역시 금족령이 풀린 지 이미 오래일 터이니 보나마나 삼촌과 어울려 놀러나가고 없으리라.

　와일가를 따라 조금 나아가자 바로 눈앞에 둥글게 휘돌아 흘러가는 강물이 보였다. 캐드펠은 서서히 기우는 햇빛을 받으며 성문을 지나 다리까지 갔다. 에드윈이 그날 화가 머리끝까지 치밀어 유물함을 던진 장소였다. 그 앞으로는 길이 쭉 뻗어 있고, 저 오른편에 리힐디스의 집이 있었다. 저수지는 저녁 햇살을 받아 은빛으로 반짝였다. 조금 더 가니 수도원 담장 너머 교회의 서측 정면과 교구민 전용 출입문, 그리고 그 오른쪽에 문지기실이 보였다.

　정문으로 들어선 순간, 사람들이 소란스럽고 분주하게 오가는 광경에 캐드펠은 놀라지 않을 수 없었다. 대주교 같은 중요한 인물이라도 방문할 예정인지 문지기는 앞뜰을 치우고 쓸고 하느라 정신이 없었고, 수사들과 평수사들은 물론 수도원에 고용된 하인들까지 모두 나와 삼삼오오 짝을 지어 선 채 끼리끼리 떠들어대면서도 정문 쪽을 열심히 바라보며 드나드는 사람 하나하나에 신경을 곤두세우고 있었다. 캐드펠이 들어서자 잠시 동요가 일었으나, 이내 다들 그를 알아보고 다시 잠잠해졌다. 나이 어린 수련사들도 문지기실 담장 밑에 모여 재잘거렸고, 여행객들까지 전부 접객소 문간에 나와 구경하고 있었다. 제롬 수사 또한 홀 옆에 마련된 단상에 올라 정신없이 이쪽저쪽에 지시를 내리면서도 정문에서 눈을 떼지 않았다. 캐드펠이 없는 사이 그는 더욱 자신만만해진 것 같았고, 일을 처리하는 솜씨도 꽤나 능숙해진 듯싶었다.

캐드펠은 노새에서 내려 이 말을 마시장 터에 있는 마구간에 부려놓아야 할지 잠시 생각해보았다. 그때 마크 수사가 캐드펠을 발견하고는 반가운 표정으로 달려왔다.

"아, 수사님! 돌아오셨군요! 별고 없으셨어요? 저는 수사님이 여기 일을 완전히 잊어버리셨나 했어요. 참, 란실린 법정 이야기는 저희도 들었어요……. 아, 수사님께서 돌아오시니 정말 좋네요!"

"그런 것 같구먼." 캐드펠이 말했다. "이 모든 소란이 날 환영하기 위한 거라면 말이야."

"적어도 제 소란은 수사님을 위한 게 맞죠!" 마크는 웃어 보이더니 말을 이었다. "이건…… 그래요, 아직 못 들으셨겠군요. 지금 헤리버트 수도원장님을 기다리는 중이에요. 조금 전 마부 하나가 세인트자일스에 갔다가 거기서 수도원장님 일행을 봤대요. 병원에 잠시 들르셨다죠. 제롬 수사는 일행이 문에 들어서는 즉시 로버트 부수도원장께 가서 알리려고 저렇게 기다리고 있답니다."

"다른 소식은 없더냐? 여전히 헤리버트 '수도원장'이시라던?" 캐드펠은 궁금해하며 물었다.

"저희도 몰라요. 하지만 다들 걱정이 태산 같죠……. 페트러스 수사님은 화덕에 대고 엄청난 욕설을 퍼부어대셨어요. 여차하면 승복을 벗겠다고 난리를 치셨다니까요. 그리고 제롬 수사님은 말이죠, 전 정말 도저히 눈뜨고 못 볼 지경이에요!"

마크 수사는 전에 없이 흥분한 얼굴로 제롬 수사를 바라보았다. 마침 그는 막 단상에서 내려와 수도원장 숙사 쪽으로 황급히 가는 중이었다.

"아, 도착하셨나 봐요! 보세요, 부원장님도 나오시네요!"

로버트 부수도원장이 완벽히 갖춰 입은 차림으로 수도원장 숙사에서 나오고 있었다. 다른 이들을 위압할 정도로 큰 키 덕분에 사람들 머리 너머로도 그의 모습이 똑똑히 보였다. 속세를 초월한 고요함과 자상함과 경건함이 깃든 얼굴로, 부수도원장은 자신의 옛 상관에게 위선적인 존경을 보이느라 바삐 걸음을 옮기고 있었다. 환영 인사의 모든 면면에 더없이 숭고하고 아름다운 형식을 갖출 기세였다.

이윽고 헤리버트 수도원장이 수도원으로 들어섰다. 자그마한 체구에 땅딸막한 키, 눈에 띌 것 없는 평범한 인상의 노인은 하얀 노새 등에 쭈그러진 자루처럼 올라앉아 힘없이 다가왔다. 긴 여행으로 온통 먼지와 진흙투성이가 된 그의 얼굴엔 피로에 지친 기색이 역력했다. 자리에서 물러난 이의 초라함이 여실히 느껴지는 한편, 무거운 짐을 막 벗어던진 사람의 안도감 또한 엿보이는 듯했다. 헤리버트 수도원장은 천성적으로 겸손한 성격이었지만 그렇다고 쉽사리 꺾일 인물은 아니었다. 마부와 서기들은 몇 미터 거리를 둔 채 그의 뒤를 따랐고, 수도원장 바로 뒤에는 큰 키에 다부진 몸집의 베네딕토 수사 한 사람이 바싹 붙어 있었다. 산전수전 다 겪은 듯한 인상에 날카롭고 푸른 눈이 매서웠으나, 이따금 헤리버트 수도원장을 바라보는 눈길에는 무한한 애정과 존경이 담겨 있었다. 아마 이곳에 새로 들어온 형제인 모양이었다.

로버트 부수도원장은 파도를 가르는 배처럼 몰려든 수사들 사이를 헤치고 나아가, 헤리버트 수도원장이 말에서 내리기 무섭게 두 손을 내밀었다. "수도원장님, 무사히 돌아오신 것을 진심으로 환영합니다! 여기 모인 사람들 모두 저와 같은 생각일 겁니다. 일은 물론 잘 마무리되었겠지요? 전처럼 계속 저희들의 수도원장님으로 남아주시리라 믿어 의심치 않습니다."

공정하게 말하자면, 이 사람이 이렇게까지 노골적으로 거짓말을 하는 것은 자주 있는 일이 아니었다. 그러나 이런 상황에서 어느 누가 이와 다른 태도를 보이겠는가? 자신이 꿈에도 바라마지 않던 승진을 눈앞에 두고 있는 지금, 아무리 꼴 보기 싫은 상관이라 하더라도 면전에서 속내를 드러낼 수는 없으리라.

"나도 돌아와서 기쁘오, 로버트." 헤리버트 수도원장은 밝은 얼굴로 대답했다. "그러나 미리 알려두고 싶은 것이 있소. 나는 이제 더 이상 이 수도원의 책임자가 아니오. 다른 사람이 책임을 맡기로 결정되었고, 나도 그 결정에 기꺼이 따르기로 했소. 이제 부터 나는 그대 밑에서 평범한 수도사로서 충실히 생활해나갈 것 이오."

"아, 맙소사!" 마크가 절망스럽게 속삭였다. "보세요, 캐드펠 수사님. 부수도원장님 키가 더 커진 것 같아요!"

아닌 게 아니라, 로버트 부수도원장의 은발이 주교관을 쓰기라 도 한 양 더 높아진 것 같았다. 그러나 바로 그 뒤에 부수도원장 만큼이나 높이 솟은 머리가 또 하나 나타났다. 새로 온 수도사가 말에서 내려 헤리버트 수도원장 곁으로 다가선 것이었다. 흰머리 는 거의 없지만 나이는 로버트 부수도원장과 비슷해 보였고, 그 리 잘생긴 얼굴은 아니나 외모 또한 그 못지않게 날카롭고 지적 인 얼굴이었다.

"여러분에게 소개하겠소." 헤리버트 수도원장은 온화한 표정 으로 말을 이었다. "새로 오신 라둘푸스 수도원장[27]이시오. 오늘 부터 우리 수도원을 책임지도록 파견 사절단이 임명하셨소. 모두 신임 수도원장을 환영해주고, 여태껏 내게 했던 것처럼 이분께 경의를 보여주기 바라오."

뜰은 잠시 깊은 정적에 휩싸였고, 잠시 뒤 안도의 한숨과 함 께 웅성거리는 소리가 수사들 사이에서 파문처럼 번지기 시작했 다. 마크 수사는 캐드펠의 팔에 얼굴을 묻은 채 터져 나오는 웃음을 막으려 무진 애를 쓰고 있었다. 얼굴이 흙빛으로 변한 제롬 수사는 바람 빠진 풍선처럼 당장에라도 자리에 주저앉을 것만 같았다. 뒤에서 누군가가 싸움에 이긴 닭처럼 고성을 질렀지만 그 소리는 금세 멈추었고 사람들도 별다른 관심을 보이지는 않았다. 아마도 페트러스 수사가 아닌가 싶었다. 일이 절정에 이른 순간 로버트 부수도원장의 코를 납작하게 만든 저 신임 수도원장을 위해 그는 벌써 부엌으로 달려가 요리 준비를 하고 싶은 마음이 굴뚝같았다.

부수도원장은 자신의 심복처럼 무너져 내리지도, 사색이 되지도 않았다. 그의 반응에 대해서는 말들이 많았다. 구호소 담당인 데니스 수사는 부수도원장이 사시나무 떨 듯 다리를 심하게 떨어 당장 그 자리에 쓰러지는 것이 아닌가 걱정스러울 정도였다고 했다. 문지기인 평수사는 부수도원장의 안면 근육이 심하게 떨리더니 한동안 넋 나간 사람처럼 멍한 표정을 지었다고 했다. 수련사들 사이에서는 그 순간 부수도원장에게서 어찌나 음침한 기운이 풍겨 나오는지 순간적으로 살인이 나지나 않을까 걱정했다는 의견이 지배적이었는데, 여기서 흥미로운 것은 그 희생자가 신임 수도원장이 아니라 로버트 부수도원장에게 승진의 꿈을 잔뜩 심어놓고 다음 순간 그 환상을 산산조각 내버린 헤리버트였다는 점이었다. 마크 수사는 부수도원장이 한순간 대리석처럼 뻣뻣이 굳더니 이어 벌레 씹은 듯한 표정을 지으며 자신의 불편한 심기를 노골적으로 드러냈다고 비교적 구체적으로 묘사했다. 아무튼 부수도원장으로서는 그 순간을 벗어나기 위해 엄청난 노력을 기울여야 했을 것이다. 더군다나 헤리버트가 바로 뒤이어 한 말까지 그에게는 비수로 다가왔을 테니까.

"수도원장님, 로버트 페넌트 수사를 소개하겠습니다. 이 형제는 그동안 부수도원장직을 맡아 모범적인 자세로 나를 도왔지요. 이제 새로운 수도원장께도 전과 다름없는 헌신적인 노력을 다할 것입니다."

*

"정말 너무 멋졌어요." 마크 수사는 허브밭 작업장으로 돌아와 신나게 일을 시작하며 말했다. "그런데 좀 부끄럽기도 하네요. 다른 사람이 골탕 먹는 걸 보면서 통쾌해하다니, 아무래도 제 마음속에 악한 구석이 있는 거겠죠."

"저런, 저런." 캐드펠은 바삐 바랑을 열어 단지며 병들을 꺼내면서 무심코 대꾸했다. "자넨 너무 일찍부터 성자가 되려고 하는 구먼. 아직 스스로를 즐길 시간이 많이 남았네. 때로는 조금 악해지는 것도 필요하지. 그리고 정말 멋진 일이었던 건 사실 아닌가? 다들 그렇게 생각하고 있으니 괜히 위선 부리지 말게."

이에 마크 수사는 마음의 가책을 덜었는지 살짝 웃어 보였다. "하지만 그래도 헤리버트 원장님께서는 악의라고는 없이 순수한 애정으로……."

"이제는 헤리버트 형제라고 해야지!" 캐드펠은 부드럽게 말을 이었다. "자넨 아직 어리군. 그래, 그분이 순수한 의도로 그런 말씀을 하셨을 것 같나? '그대 밑에서 평범한 수도사로서……' 운운하신 게 다 그냥 나온 얘기라고? 글쎄, 난 잘 모르겠구나. 그리고 신임 수도원장의 면면을 보건대 이제 로버트 부수도원장이 이곳의 수도원장이 되려면 아마 꽤 오랫동안 기다려야 할 게야."

마크 수사는 벽에 붙은 의자에 앉아 발을 늘어뜨린 채로 놀란 듯 입을 벌렸다. "그럼 그게 다 어떤 의도에서 나온 말씀이었다는 거예요?"

"사전에 마부를 보내 알려놓을 수도 있었을 텐데 그러지 않으셨어. 세인트자일스에서 잠시 쉬는 사이 사람을 보내면 되었을 텐데 말이야. 쭉 아무도 모르게 하셨지! 그동안 마음고생을 많이 하셨을 텐데, 오늘 그 사건으로 통쾌하게 복수하신 셈이야." 캐드펠은 마크 수사의 놀란 얼굴에 알 수 없는 감동을 느꼈다.

"그렇게까지 놀란 표정 하지 말게! 우리 안에 있는 악을 전혀 인정하지 않으면 결코 성인이 될 수 없어. 그리고 헤리버트 형제께서 로버트 부수도원장의 영혼에 어느 정도 은혜 또한 베푸셨다는 사실을 잊어선 안 되네!"

"헛된 야망을 깨우쳐주셨으니까요?" 마크 수사가 주저하듯 물었다.

"알을 까기도 전에 병아리를 세어보는 것은 어리석은 짓이라는 점을 알려주셨잖나. 자, 이제 그만 숙사로 가서 사람들이 뭐라고들 하는지 들어보게. 나는 휴 베링어와 이야기를 좀 나눈 뒤 뒤따라갈 테니."

*

"이제 다 끝났군요. 그것도 우리가 바라던 대로 깨끗이 말입니다." 베링어는 캐드펠이 손수 빚은 포도주가 든 잔을 손에 쥔 채 난롯가에 편안히 앉아 입을 열었다. "서류도 다 처리됐고요. 그건 그렇고, 참 훌륭한 부인이시더군요. 말씀하신 리힐디스 부인 말입니다. 그분께 아들을 돌려드리게 되어 여간 다행스럽지 않습니다. 시내로 돌아가는 길에 그 집에 다시 들러볼 생각입니다. 아마 조만간 그 애도 수사님을 찾아뵐 겁니다."

직접적인 질문 없이 애매한 대화만 오가는 시간이었다. 제삼자가 들으면 무슨 말인지 알 수 없을 테지만, 그들 사이에는 기본적인 신뢰가 자리했으니 둘 모두 서로를 완전히 이해하고 있었다.

"국경 지역에 계시는 동안 말을 한 마리 잃어버리셨다고 들었습니다."

"메아 쿨파(내 탓이로소이다)! 마구간 잠그는 걸 깜빡 잊는 바람에."

"그런데 비슷한 시각에 란실린 법정에서는 사람을 잃어버렸다죠?"

"그것까지 내 탓이라 여기는 건 아니겠지? 내가 범인을 밝혀

323

냈건만, 그 사람들이 주의를 소홀히 하고 말았소."

"이러나저러나 수사님께서 말을 변상하시게 되겠군요."

"내일 아침 수도회 평의회에서 그 건이 거론될 거요." 캐드펠이 담담하게 말했다. "하지만 나더러 잃어버린 사람을 변상하라고 하지는 않을 테니, 뭐 큰 문제 있겠소?"

"그건 또 다른 회의에서 거론할 문제겠죠. 그 대가는 훨씬 클 거고요." 그러나 난롯불에 비친 베링어의 날카로운 얼굴에는 이미 웃음이 어려 있었다. "그건 그렇고, 몇 가지 전해드릴 이야기가 있습니다, 수사님. 요즘은 하루에 하나씩 웨일스로부터 놀라운 소식이 들어온다니까요! 바로 어제 체스터에서 온 소식인데, 이름을 밝히지 않은 어떤 사람이 베드겔레르트 수도원장의 농장에 와서는 자기가 타고 온 말은 라이디크로소의 베네딕토 수사에게 빌린 것이라며 그곳 마구간에 녀석을 두었다가 다시 돌려줄 수 없겠냐고 했다는 겁니다. 그런데 아르본 일대에 첫눈이 내려 고지대로 전령을 보낼 수 없기 때문에 라이디크로소에서는 아직 소식을 모르고 있다더군요. 말은 거기에 그대로 있고요." 베링어는 짐짓 아무것도 모르는 사람처럼 말을 이었다. "그 낯선 사람이 누군지는 모르겠지만, 자취를 감춘 우리의 범인이 펜홀린에서 참회한 지 이틀 뒤에 있었던 이야기랍니다. 배편으로 체스터를 거쳐 반고르에 갔던 사람이 그 사연을 들려주었죠. 어쨌든 수사님이 치러야 할 고행은 생각보다 길지 않을 것 같습니다만."

"베드겔레르트라!" 캐드펠의 머리가 빠르게 움직였다. "그럼 거기서부터는 걸어서 이동했다는 뜻인데…… 어디로 갔을 거라 생각하오? 클러노그, 카이르거비? 아니면 바다를 건너 아일랜드로 갔을까?"

"베드겔레르트 수도원의 독방에 들어갔을 수도 있겠죠." 베링어는 포도주 잔을 내려다보며 미소를 지었다. "세상 여기저기를 다니신 뒤 수사님도 결국 이렇게 항구로 돌아오시지 않았습니까."

캐드펠은 생각에 잠겨 손가락 끝으로 뺨을 톡톡 두드렸다. "아니, 아직은 아니오! 아직 멀었어. 그 친구가 자신의 죄를 갚으려면 아직 먼 길을 가야 하오."

휴 베링어는 큰 소리로 웃더니 잔을 내려놓고 자리에서 일어나 캐드펠의 어깨를 다정하게 두드렸다. "전 이만 가봐야겠습니다. 수사님을 만날 때마다 중죄를 짓는 기분이에요."

"하긴, 결국에 가서는 그렇게 끝날 수도 있겠지." 캐드펠은 진지한 얼굴로 중얼거렸다.

"중죄를 짓는다고요?" 베링어가 문간에서 뒤를 돌아보았다. 여전히 미소를 띠고 있었다.

"성직에 귀의하는 것 말이오. 성직에 있는 이들 중에는 속세에서 죄를 짓고 들어온 경우가 드물지 않소. 그렇게 해서라도 세상에 뭔가 보탬이 되려는 게지."

*

    에드윈과 에드위가 작업장을 찾아온 것은 다음 날 오후 무렵이었다. 머리를 곱게 빗고 옷도 단정히 입었으나 그런 차림새가 아무래도 어색한지 어딘가 불안한 기색이었다. 두 소년이 이렇게 똑같이 단장하고 나타나니 서로 너무나 비슷해, 캐드펠은 이들의 눈 색깔을 자세히 살펴 누가 누구인지 확인해야 했다. 소년들은 기쁘고 즐거운 마음으로 캐드펠에게 감사 인사를 전했다. 이들의 만족감이 잠시나마 이곳에 완전한 평화를 가져다주는 것 같았다.

    "나를 보러 오느라 이렇게 잘들 차려입은 건 아닐 것 같은데." 캐드펠은 자상한 눈으로 두 소년을 바라보며 말했다.

    "수도원장님께서 사람을 보내어 좀 만나보자고 하셨어요." 에드윈이 설명했다. 그는 예전의 그날이 생각나는지 눈을 동그랗게 뜨고 작업장을 둘러보았다. "어머니가 정장을 입어야 한다고 하셔서…… 이 녀석은 그냥 호기심에 따라왔고요. 초청도 받지 않았으면서."

    "에드윈은 아까 문지방에 걸려 넘어졌어요." 에드위가 잽싸게 끼어들었다. "얼굴이 추기경님 모자처럼 새빨갛게 변했죠."

    "안 그랬어!"

    "그랬어! 또 빨개졌는데 뭐." 사실이었다. 말을 꺼내기만 했을 뿐인데도 에드윈은 귀까지 벌겋게 달아올랐다.

"그러니까 라둘푸스 수도원장께서 널 보자고 하셨구나." 아마도 새 수도원장은 미결된 사건들을 하나씩 처리하려는 모양이었다. "새 수도원장님은 어떠시더냐?"

두 소년 모두 그리 깊은 인상을 받은 것 같지는 않았다. 그러나 에드위는 잠시 진지하게 생각하더니 입을 열었다. "훌륭한 분이셨어요. 그렇다고 수련사로 들어올 마음이 들 정도는 아니었지만요."

"원장님 말씀으로는······." 에드윈이 덧붙여 자세하게 설명했다. "어머니나 관리들하고 의논할 것들이 남아 있긴 하지만, 장원이 수도원에 귀속되지 않으리라는 건 확실하대요. 계약은 무효이니, 유언이 입증되고 체스터 백작님까지 인정해주시면 말릴리는 제 것이 된다고요. 제가 적당한 나이가 될 때까지는 수도원이 집사를 두고 관리할 예정이래요. 그리고 수도원장님께서 직접 제 후견인이 돼주시겠다고 했죠."

"그래, 넌 뭐라고 했니?"

"감사하다고, 기쁘게 받아들이겠다고 말씀드렸어요. 다른 수가 없잖아요. 장원을 관리하는 게 쉬운 일은 아니니까요. 하나씩 배워나갈 생각이에요. 그리고 저희는, 그러니까 어머니하고 저는 될 수 있는 대로 빨리 그리로 옮겨 갈 생각이에요. 눈이 더 내리기 전에요." 에드윈은 갑자기 어조를 바꿔 진지하게 말했다. "캐드펠 수사님, 메이리그 일은 생각할수록 끔찍해요. 전 도저히 이해가 안 가요······."

그럴 것이다. 소년으로서는 그를 용서하기 쉽지 않으리라. 그러나 한때 호감과 신뢰를 느꼈던 사람이니, 설령 독살이라는 행위가 아무리 혐오스럽고 가증스러운 것이라 할지라도 일말의 애정은 남아 있을지 몰랐다.

"사실 저도 가만히 앉아 말릴리를 메이리그한테 넘겨주지는 않았을 거예요." 에드윈은 속마음을 솔직하게 털어놓았다. "하지만 만일 싸워서 졌다면, 그래도 못 주겠다며 비겁하게 버티지도 않았겠죠. 그리고 내가 이겼다면…… 모르겠네요! 메이리그가 그곳을 나와 반씩 나눠야겠다고 생각하지는 않았겠죠? 어쨌든 그가 떠나버려서 기뻐요! 악한 생각이라는 건 알지만, 그래도 어쩔 수 없어요. 솔직히 말하니 속이 시원하네요!"

그것을 악한 생각이라 한다면 소년은 그 악한 생각에 동조하는 동료를 한 사람 더 가진 셈이었으나, 캐드펠은 그에 대해 아무 말도 하지 않았다.

"캐드펠 수사님, 제가 말릴리에 정착하게 되면 곧바로 이보르압 모르간 할아버지를 찾아뵈려고 해요. 제가 어려움에 처했을 때 그분께서 제게 입을 맞춰주셨죠. 어떻게 보면 친할아버지나 다름없는 분이에요."

하느님, 제가 소년에게 먼저 제안하는 실수를 범하지 않게 해주셔서 감사합니다. 캐드펠은 신실한 마음으로 생각했다. 이미 고결한 행위를 하려고 마음먹은 순간 선의를 강요받는 것만큼 젊은이의 짜증과 분노를 자아내는 일도 없으리라.

"참 좋은 생각이구나." 캐드펠은 따뜻하게 말했다. "널 보면 정말 기뻐하실 거야. 혹시 에드위도 데려갈 거라면 사전에 너희들을 구별하는 법을 알려드려라. 나처럼 시력이 좋지는 않으실 테니."

그 말에 소년들은 씩 웃어 보였다. "에드윈은 아직 저한테 빚이 있어요." 이번에는 에드위가 입을 열었다. "자기를 대신해서 제가 말을 타고 그 소동을 피운 데다 수도원 감옥에서 하룻밤을 지내기까지 했잖아요. 그러니 저도 언제든 맘 내킬 때마다 말릴리를 방문해도 되겠죠?"

"나도 감옥에서 이틀 밤이나 지냈다고." 에드윈이 자랑하듯 말했다. "그것도 수도원 감옥보다 훨씬 험악한 곳에서."

"그래? 하지만 멍도 안 들었잖아. 휴 베링어 님이 잘 돌봐주셔서 아주 편안히 지내놓고!"

에드윈이 손가락으로 에드위의 배를 쿡 찌르자 에드위는 다리를 걸어 에드윈을 넘어뜨렸다. 캐드펠은 깔깔대며 웃는 이들을 잠자코 지켜보다가 일어나, 두 아이의 고수머리를 두툼히 움켜잡아 서로 떼어놓았다. 그들은 즐겁기만 한지 도무지 웃음을 그치지 못했다.

"정말 못 말리겠군. 이보르 압 모르간 씨가 너희들을 보면 속깨나 썩이시겠다." 캐드펠은 짐짓 꾸짖듯 말을 이었다. "넌 이제 장원주야, 에드윈. 그러니 책임과 의무감을 가져야지. 이런 행동이 조카 앞에서 삼촌이 보여야 할 모범이라고 생각하느냐?"

에드윈은 몸에 묻은 먼지를 털어내더니 허리를 곧추세우고 진지한 표정을 지어 보였다. "저도 제 의무에 대해 많이 생각하고 있어요. 아직 모르는 게 많지만요. 배워야 할 것도 엄청 많고요. 수도원장님께도 말씀드렸지만, 사실 전부터 생각해온 게 있는데……. 계부가 재판을 해서 앨프릭을 농노로 만드셨잖아요. 전 그게 영 불만이에요. 앨프릭은 자기가 아버지나 할아버지와 마찬가지로 자유민이라 생각하고 있잖아요. 수도원장님께 제가 앨프릭을 자유롭게 해줄 수 있는지 여쭤보았어요. 지금 당장 가능한지, 아니면 나이가 차서 소유권을 얻을 때까지 기다려야 하는지 말이에요. 그랬더니 지금도 가능하다고 하시더라고요. 필요하면 당신이 후원자가 돼주신다고도 했고요. 전 앨프릭을 자유민으로 만들어주고 싶어요. 그래서 앨프릭하고 알디스가……."

"그 얘긴 제가 했어요." 에드위가 끼어들어 한마디 하더니 의자에 편안하게 기대앉았다. "알디스도 앨프릭을 좋아한다고, 앨프릭이 자유민이 되면 둘은 결혼할 거라고요. 게다가 앨프릭은 글도 배웠고 말릴리에 대해서도 잘 알고 있으니 훌륭한 집사가 될 거라고 말씀드렸죠."

"알디스가 앨프릭을 좋아한 건 나도 알고 있었어! 말만 안 했을 뿐이지. 그리고 장원이나 집사에 대해 네가 뭘 안다고 그래? 목수 보조인 주제에."

"목재나 목공예에 대해서는 너보다 훨씬 많이 알아, 이 풋내기 남작아!"

그들은 다시 치고받기 시작했다. 에드위가 에드윈의 갈색 머리털을 움켜쥐자 에드윈은 에드위의 갈비뼈를 간질였고, 둘은 서로 뒤엉켜 낄낄 웃어댔다. 캐드펠은 보다 못해 둘을 양 옆구리에 낀 채 문가로 나갔다.

"자, 이제 가거라! 여기서 이런 장난은 안 돼! 넓은 데 가서 실컷 놀아라!" 캐드펠 자신이 듣기에도 바보같을 정도로 자부심 강하고 소유욕 넘치는 발언이었다.

두 소년은 머쓱한 표정으로 문간에 서서 캐드펠을 바라보았다. 에드윈이 얼굴빛을 바꾸더니 무언가 생각난 듯 서둘러 말했다. "캐드펠 수사님! 저희가 떠나기 전 집에 한번 오실 거죠? 어머니가 뵈었으면 하세요!"

"그러마." 캐드펠은 달리 할 말이 생각나지 않아 선선히 수락했다. "꼭 가도록 하지!"

그는 문간에 서서 멀어지는 두 소년을 지켜보았다. 뜰을 가로질러 문지기실 쪽으로 가면서도 둘은 여전히 팔을 걸고 아옹다옹 다투느라 정신이 없었다. 저 또래의 아이들이란 참으로 알 수 없는 존재들이었다. 압박 속에서도 영웅적인 충성심과 용맹함을 보이고 숭고한 목적을 위해 열심을 다하는가 싶다가도, 온 세상이 평화로워지자 순식간에 어린 강아지로 돌아가 싸우며 뒹구니 말이다.

*

　캐드펠은 작업장으로 돌아와 세상의 모든 것과 단절하듯 문을 걸어 잠갔다. 지금 이 순간만큼은 마크 수사와도 함께 있고 싶지 않았다. 작업장 안은 고요했다. 벽에 댄 거무스레한 널빤지들로 내부는 더욱 어두웠고, 희미한 화로 불빛만이 주위를 어슴푸레 밝히고 있었다. 고향 집처럼 아늑한 곳, 바로 이곳이 그가 바라는 전부였다. 휴 베링어의 말마따나 결국 모든 것이 깨끗이 끝났다. 에드윈은 장원을 손에 넣었고, 앨프릭은 자유와 안정된 미래를 얻었다. 이제 그가 닫힌 입을 열고 자신의 마음을 드러낸다면 알디스도 그의 청을 거절하지는 않을 것이다. 리스 수사는 친척과 그가 보내준 술에 대한 이야기로 한동안 신나게 떠들 테고, 사라진 종손자에 관한 일은 서서히 잊을 것이다. 이보르 압 모르간 노인만큼은 몹시 슬퍼하겠지만, 그의 집에서 멀리 떨어지지 않은 곳에 살게 될 새로운 손자에게서 얼마간 위안을 얻으리라. 그리고, 세상을 떠돌아다니며 숱한 고행을 겪을 메이리그를 위해서는 많은 기도가 필요할 것이다. 물론 캐드펠은 그 젊은이를 위한 기도를 절대로 잊지 않을 터였다.

　캐드펠은 조금 전 소년들이 씨름했던 의자에 편안하게 앉았다. 리힐디스가 말릴리로 떠날 때까지 금족령을 핑계로 찾아가지 않는 게 어떨까? 그러나 이는 비겁한 행동이었다. 그는 스스로의 그런 행동을 용납할 수 없었다.

비록 나이는 들었어도 리힐디스는 여전히 매력적이었다. 그런 그녀에게서 감사를 받는 것은 자못 유쾌한 일이 될 것이다. "기억나요……?"로 시작할 그녀의 이야기를 상상하는 것만으로도 그는 큰 즐거움을 느꼈다. 그래, 가봐야지! 추억을 공유하는 기쁨도 그리 자주 누릴 수 있는 것이 아닐 텐데.

앞으로 한두 주 안에 그 가족은 말릴리로 이사를 갈 테고, 그러면 리힐디스를 자주 볼 수 없을 것이었다. 캐드펠은 아쉬움과 안도감이 뒤섞인 감정으로 한숨을 푹 내쉬었다.

아! 결국 이것이 모든 이를 위한 최선의 길이었으리라!

주

1 모드 황후 Empress Maud(1102~1167)

마틸다(Matilda of England)라고도 불린다. 정복왕 윌리엄의 아들인
헨리 1세의 딸로, 신성로마제국 황제 하인리히 5세와 결혼했다가 그
가 죽은 뒤 앙주 백작 조프루아 5세와 재혼해 헨리 2세를 낳았다.

2 스티븐 왕 King Stephen(1092 또는 1096~1154)

정복왕 윌리엄 1세의 외손자이며 잉글랜드 노르만 왕조의 네 번째 국
왕. 외숙부이자 잉글랜드 왕인 헨리 1세가 살아 있을 때 헨리 1세의 딸
인 모드 황후의 왕위 계승을 돕겠다고 서약했으나 1135년에 헨리 1세
가 죽자 약속을 깨고 잉글랜드 군주의 자리를 차지했다.

3 허브 herb

본래는 초본이라는 뜻이나 특히 예로부터 쓰여온 약용, 향료 식물들을
가리킨다.

4 헤리버트 수도원장 Abbot Heribert(?~1140)

1127년 고드프리드 수도원장의 갑작스러운 사망 이후 1138년까지 슈
루즈베리 수도원장을 지냈다.

5　로버트 페넌트 부수도원장 Prior Robert Pennant(?~1168)

12세기 전반에 슈루즈베리 수도원의 부수도원장을 지냈고, 1148년부터 1168년까지 슈루즈베리 수도원장을 지냈다. 귀더린으로의 순례를 담은 『성 위니프리드의 생애』를 남겼다.

6　인노켄티우스 교황 Innocentius III(?~1143)

1130년부터 1143년까지 로마 교황을 역임한 인노켄티우스 3세를 일컫는다.

7　알베리크 추기경 Alberic, cardinal-bishop of Ostia(1080~1148)

프랑스에서 태어나 1131년부터 1138년까지 베젤 레이의 수도원장을 지냈다. 1139년에는 잉글랜드의 스티븐 왕과 스코틀랜드의 데이비드 1세 사이의 전쟁을 중재하기도 했다.

8　슈루즈베리 성 베드로 성 바오로 수도원 the Shrewsbury abbey of Saint Peter and Saint Paul

잉글랜드 슈롭셔주에 위치한 수도원으로, 원래 성 베드로에게 헌정된 작은 목조 교회였으나 11세기 후반 성 베드로와 성 바오로 두 사도에게 헌정한 석조 건물로 개축되었다.

9　성모영보대축일

성모마리아가 대천사 가브리엘로부터 구세주의 어머니가 되리라 계시받은 것을 기념하는 축일.

10　베네딕토회 Benedictine

베네딕토 규칙을 바탕으로 공동생활을 하는 가톨릭 공동체. 6세기 '누르시아의 베네딕토(성 베네딕토)'가 몬테 카시노에 창설하여 전 유럽에 퍼진 수도회의 일파다. 청빈, 순결, 복종을 맹세하고 규율이 매우 엄격한 삶을 강조했다. 집단적인 예배도 중요시하여, 수사들은 하루에 일곱 번씩 모여 찬송하고 기도하는 성무일도를 수행했다.

11   로즈메리 rosemary

꿀풀과에 속하는 상록소형관목. 높이 1~2미터로, 2~3센티미터 정도의 길쭉한 잎이 띠 모양으로 난다. 봄부터 여름에 걸쳐 가지 끝에 담자색 꽃이 핀다. 지중해 연안과 남유럽 원산으로, 가지나 잎은 주로 향수나 약품의 재료로 널리 알려져 있다. 상큼한 향은 신통력이 있어 중세유럽에서는 악귀를 물리친다고 믿기도 했다.

12   박하 mint

꿀풀과에 속하는 여러해살이풀. 땅속줄기로 번식하고 땅 위로 나온 줄기는 직립하며, 길이는 60~90센티미터가량이다. 띠 모양으로 달리는 잎은 긴 타원형이고 기름선이 많다. 7~9월에 담자색 또는 백색 꽃이 줄기 위쪽에 모여 핀다. 유럽에서 박하 소스는 고기 요리에 필수적인 향신료로, 고대 이집트나 로마에서도 사용되었다.

13   범의귀 Aaron's beard

범의귀과에 속하는 여러해살이풀로 줄기는 적자색이고 높이는 20센티미터쯤 된다. 실같이 가느다란 줄기가 땅 위에 누워 뻗어나가다가 아무 곳에서나 싹이 난다. 잎은 뿌리께에 모여 나는데, 잎자루는 거의 없고 긴 타원형 또는 주걱 모양으로 두껍고 털이 있다. 7~8월에 하얀 꽃이 성기게 핀다. 높은 산이나 습한 곳에 주로 자라고 잎은 기침과 동상에 약재로 쓴다.

14   아마 flax

아마과에 속하는 한해살이풀로 높이는 1미터 내외이다. 5~7월에 붉은 자주색 꽃이 핀다. 중앙아시아 및 아라비아 원산으로, 껍질의 섬유로는 리넨 등의 피륙을 짜고, 씨는 기름을 짜며 약재로도 쓴다.

15 겨자 mustard

겨자과에 속하는 한해살이 혹은 두해살이풀. 높이 1미터가량이며 잎은 무잎 비슷하나 쭈글쭈글하며 가장자리가 톱니 같다. 4월경에 노란 꽃이 피고 5센티미터가량의 원기둥꼴 열매를 맺는다. 씨는 몹시 작으며 양념과 약재로 쓴다. 지중해 연안과 남유럽 원산이다. BC 1600년경의 파피루스에도 기록이 남아 있을 정도로 오래전부터 재배되어왔다. 어린잎은 괴혈병의 약으로 쓰이고 권태감을 없애준다. 겨자씨를 증류하여 얻은 기름은 동상, 류머티즘, 중풍, 관절염 따위의 치료제로 사용한다.

16 세이지 sage

차조기과에 속하는 여러해살이풀. 높이 50~80센티미터로, 윗면에 잔주름이 있는 녹백색 타원형의 두꺼운 잎이 띠 모양으로 난다. 여름에 자색 꽃이 바퀴처럼 달린다. 지중해 연안과 남유럽 원산으로, 그 잎은 예로부터 만병통치약으로 쓰였다.

17 바질 basil

꿀풀과의 한해살이풀. 높이는 60센티 미터 내외이고 잎은 달걀꼴이다. 열대아시아에 주로 분포하며 전체에 향기와 매운맛이 있어 향신료와 방향제로 쓴다. 향기는 머리를 맑게 하고 두통을 없애는 효과가 있다.

18 서양쐐기풀 Stinging Nettle

유럽, 온대에서 아열대에 걸쳐 분포하는 여러해살이풀로 길이는 90~180센티미터까지 자란다. 6~9월에 녹색 꽃이 핀다. 잎에 가시 같은 털이 있고 그 털에 개미산이 있어서 피부에 닿으면 물집이 생길 정도로 따갑고 아프지만 어린 식물체는 데쳐서 먹기도 한다. 예전에는 중요한 섬유식물로도 쓰였으며 빈혈이나 관절염, 중풍, 류머티즘의 치료제가 되기도 한다.

19   루타 Rue
운향과에 속하는 여러해살이풀로 유럽 원산이다. 줄기 높이는 50~90센티미터이고 청록색 잎이 날개 모양으로 달린다. 초여름에 노란색의 작은 꽃이 핀다. 풀 전체에 강한 향기가 있어서 마취제, 자극제로 쓰였다. 중세 유럽에서는 모든 액을 물리치는 신통한 마력이 있다고 믿었다.

20   버배스컴 verbascum
현삼과 버배스컴속 식물을 통틀어 이르는 말. 생긴 모양은 담배와 비슷하며, 잎은 크고 긴 타원형이며, 노란 꽃잎이 달린다. 아메리카와 중국이 원산지이며 관상용으로 재배한다.

21   스위트 시슬리 sweet cicely
산형화목 미나리과의 여러해살이풀로, 유럽과 러시아가 원산인 허브의 한 종류이다. 시슬리(cicely)는 '향기를 풍기다'라는 뜻을 가진 그리스어에서 유래한다. 예전부터 요리에 많이 이용하였다. 높이 80~150센티미터까지 자란다. 잎은 고사리와 비슷하게 생겼으며 밝은 녹색으로, 5~6월에 줄기 꼭대기에 흰색의 꽃이 산형꽃차례로 달리며 양성화이다. 뿌리는 다려서 뱀이나 개에게 물린 곳을 소독하는 데에 쓴다. 완전히 익지 않은 열매는 날것으로도 먹는다. 생잎은 오믈렛, 수프, 스튜 등의 요리에 사용되며 강장효과가 있다.

22   유럽장대 hedge mustard
원산지가 유럽이고 장대냉이를 닮았다는 뜻의 이름이다. 원산지가 서아시아와 유럽과 북아프리카인 외래식물이며, 한해살이풀이다. 높이는 40~80센티미터로 가지가 사방으로 갈라지고 아래를 향한 흰색의 거친 가시털이 있다. 줄기잎은 창 모양이고 작으며 잎자루가 없다. 꽃은 5~7월에 줄기 끝과 잎겨드랑이에 노란색으로 핀다.

23 마크 Mark

'Mark'는 '목표'를 뜻하기도 한다.

24 허웰 법령

10세기 웨일스를 통치한 허웰 압 카델 왕이 제정한 법체계.

25 다단히드 dadanhudd

고대 웨일스 상속법에서 아들이 토지 소유권을 주장하기 위해 죽은 아버지의 사생활을 밝히는 일.

캐드펠 수사 시리즈 03
수도사의 두건

초판 발행. 2024년 8월 5일
지은이. 엘리스 피터스
옮긴이. 현준만
펴낸이. 김정순
편집. 배주영 박진희 홍상희 김유라 허영수
마케팅. 이보민 양혜림 손아영

펴낸곳. (주)북하우스 퍼블리셔스
출판등록. 1997년 9월 23일 제406-2003-055호
주소. 04043 서울시 마포구 양화로 12길 16-9(서교동 북앤빌딩)
전자우편. editor@bookhouse.co.kr
홈페이지. www.bookhouse.co.kr
전화번호. 02-3144-3123
팩스. 02-3144-3121

ISBN 979-11-6405-257-8   04840

옮긴이 현준만
한국외국어대학교 영어교육과를 졸업했다. 옮긴 책으로『루카치』『나, 클레오파트라』(1~4)
『이야기 세계사 여행』『마구스』(1~3)『에로스』『기계의 아름다움』 등이 있다.
현재 아트앤스터디 대표를 맡고 있다.